HEYNE <

Das Buch

Als sein geliebtes Herrchen Paddy von einem Maskierten erstochen wird, ist Golden Retriever Monty am Boden zerstört. Doch er fasst einen Entschluss: Wenn er die Tat schon nicht verhindern konnte, so wird er den Mörder aufspüren und überführen; den Geruch des Mannes hat er sich jedenfalls gemerkt. Ebenfalls mit den Ermittlungen betraut ist die Polizistin Rose Sidebottom, auf deren Cottage Monty zu seinem großen Glück ein neues Zuhause findet. Roses Kollegen sind allerdings keine große Hilfe, sondern machen ihr das Leben schwer. Höchste Zeit, dass Monty die Sache selbst in die Pfote nimmt.

Die Autorin

Louisa Bennet studierte Literatur an der University of London. Ihr Golden Retriever Pickles brachte ihr das Feld der Hunde-Linguistik näher. Ehrlich gesagt denkt Pickles sich die Krimis aus, und Louisa kümmert sich nur um die Niederschrift. Sie tippt wesentlich schneller als er und lässt sich nicht so leicht von Futter oder vorbeihuschenden Eichhörnchen ablenken.

www.montydogdetective.com

LOUISA BENNET

Monty und ich

Roman

Aus dem Englischen
von Leena Flegler

WILHELM HEYNE VERLAG
MÜNCHEN

Die Originalausgabe MONTY AND ME erschien
2015 beim Aron Verlag

MIX
Papier aus verantwortungsvollen Quellen
FSC® C014496

Verlagsgruppe Random House FSC® N001967

Vollständige deutsche Erstausgabe 12/2016

Printed in Germany
Redaktion: Katja Bendels
Umschlaggestaltung: Eisele Grafikdesign, München,
unter Verwendung eines Motivs von © Shutterstock
Druck und Bindung: GGP Media GmbH, Pößneck
ISBN: 978-3-453-41893-6

www.heyne.de

Für Ann Young, Zina Daniel
und Maureen Larkin

KAPITEL 1

Ich springe aus dem Wagen und laufe mit der Schnauze am Boden kreuz und quer über die Wiese vor meinem neuen Zuhause. Flaumige Federn wirbeln auf, bleiben an meiner feuchten Nase kleben, und ich niese sie weg, sodass sie durch die Luft schweben. Als Welpe habe ich einmal ein Kissen in sämtliche Einzelteile zerlegt, weil ich dachte, es würde sich eine Ente darin verstecken. Ich hab zwar jede Menge Federn gefunden – aber keine Ente. Die suche ich immer noch. Irgendwo müssen sich diese nackten Biester ja herumtreiben.

»Na, was meinst du?«, fragt Rose und lächelt mich an.

Was ich meine? Ich meine, diese bitteren weißen Pillen, die der Tierarzt mir verabreicht hat, haben sich am Ende ausgezahlt. Ich kann die Nähte nicht mehr spüren, und meine Pfoten fliegen regelrecht übers Gras. Wie in einem Traum. Ich renne zu Rose hinüber, mein Schwanz fegt hin und her wie ein Scheibenwischer bei einem Wolkenbruch, und ich lecke ihr über die Hand. Nach der ganzen Zeit, während der ich in der Tierklinik in einen Zwinger gepfercht war, brauche ich jetzt den Wind in meinem Fell, und zwar ordentlich. Ich sprinte auf und ab, lege mich in die Kurven wie ein Motorrad auf der Brands-Hatch-Rennstrecke und stürze im langen Gras beinahe über ein ausgeblichtes Holzschild, das einst Besucher in Duckdown Cottage willkommen hieß. Auf dem Schild ist eine weiße Ente aufgemalt.

Ente!

Ich laufe an der Außenwand entlang, wo so viel Entenschiss liegt, dass in meinem Kopf geradezu ein Feuerwerk zündet.

»Monty!«, ruft sie mir nach. »Lass die Enten in Frieden!«

Das kann doch nicht ihr Ernst sein! Enten und Fasane zu jagen ist meine Berufung – dafür wurde ich gezüchtet!

Ich schalte um auf selektives Gehör, steuere den Teich an und stürze kopfüber auf diese himmlische Mischung aus Schlamm, Vogelschiss und stehendem Wasser zu – das Chanel No. 5 für Hunde. Der überwiegende Teil der Schnatterschar hockt still im Schatten einer Weide. Eine matronenhafte Stockente scheint die Meditationsstunde zu leiten.

»Om shanti«, gibt sie vor.

»Om shanti«, kommt es von den anderen zurück.

Mit geschlossenen Augen dämmern sie weg, balancieren ihre plumpen Körper auf einem Beinchen, das aussieht wie ein dünner Zweig – es ist einfach zu verführerisch. Ich kann mich nicht beherrschen. Endlich wieder Enten umwerfen!

Wie die Kriegsflagge einer Armee auf Vormarsch habe ich meine Rute mit all dem Federflaum aufgestellt, stürze auf sie zu und kläffe begeistert. Die Enten geraten in Panik, rennen im Kreis herum und stieben dann auseinander. Ein paar von ihnen wollen sich ins Wasser retten, andere wetzen mit ausgestreckten Flügeln über die Wiese, und noch ehe Rose mich am Halsband packen kann, lande ich im Wasser, das kühl und berauschend über mir aufspritzt.

»Monty! Aus! Die Nähte!«

Mit weit aufgerissenem Maul stürze ich mich auf eine schwarz-weiße Reiherente und schnappe sie mir.

»Lass mich los, du sabberndes Fellbündel!«, quakt sie und tritt mir vor die Schnauze.

Ohne sie wieder freizulassen, kann ich diesem sich windenden Federknäuel mit Schwimmhäuten an den Füßen nicht erklären, dass ich ihm nichts tun werde. Nass bis auf die Knochen, aber hochzufrieden wate ich aus dem Teich und lege den zerzausten Vogel unverletzt vor Roses Füßen ab. Ein Geschenk. Mit aufgestellten Ohren und aus dem Maul hängender rosa Zunge – eine Geste, die Zweibeiner oft für ein Lächeln halten – erwarte ich, dafür gelobt zu werden.

»Böser Junge!«, schimpft sie mich aus. Sie ist vollkommen außer Atem.

»Volltrottel!«, quakt die Ente mir zu und watschelt ein bisschen wacklig auf den Beinen davon.

Mit gesenktem Kopf und hängenden Ohren sehe ich ihr nach und klemme den Schwanz ein. Ich wundere mich über Roses Reaktion. Die Reaktion der Ente ist nicht weiter erstaunlich – die verstehen einfach keinen Spaß.

»Das wird nicht gut gehen, wenn du die Enten frisst. Du musst sie in Ruhe lassen, Monty«, sagt sie und streckt den Zeigefinger in die Luft.

Selbst wenn sie sauer ist, ist ihre Stimme ganz weich – wie eine leichte Brise, die durch hohes Gras säuselt.

Mit einem Seufzer setze ich mich hin.

Detective Constable Rose Sidebottom ist mein Alphatier, meine Rudelführerin. Die Anführerin meines *neuen* Rudels. Was Sidebottom bedeutet, hab ich nicht ganz begriffen. Sidebottom heißt Seitenhintern – dabei liegen die Hinterteile, an denen ich sonst immer schnüffele, definitiv nicht seitlich am Körper, sondern hinten. Daher nenne ich sie einfach Rose. Sie ist Detective in Ausbildung und hat dafür mein ganzes Mitgefühl. Ich war auch mal in Ausbildung – als Begleithund. Es ist wirklich nicht leicht, wenn jede Bewegung genau beobachtet und bewertet wird. Auf dem Weg hierher hab ich im Kofferraum ihr Geschirr entdeckt. Wer hätte gedacht, dass Detectives auch ein Geschirr tragen müssen! Allerdings nennt sie ihr Geschirr Schutzweste – keine Ahnung, warum.

Ich sehe ihr in die Augen, die ungefähr so blau sind wie Blu Tack, dieser Knetkleber. Woher ich das weiß? Ich hab mal welches gefressen. Man konnte herrlich darauf herumkauen; geschmeckt hat es allerdings nicht. Roses mausbraunes Haar ist zu einem langen Pferdeschwanz zusammengebunden, der mich an eine buschige Rute erinnert. Da ich ihr bis an die Hüfte reiche, kann sie nicht besonders groß sein, aber sie hat Kraft. Das weiß ich, seit ich aus dem Zwinger flüchten wollte und sie mich am Halsband gepackt hat. Sie ist nicht der Typ für klimpernden Glitzerschmuck, und sie zieht sich von Kopf bis Fuß in ein und derselben Farbe an. Heute ist es ein grauer Hosenanzug. Die einzige Ausnahme ist eine silberne Uhr mit einem zierlichen Armband und winzigen Steinchen rund um das kleine Ziffernblatt. Die Uhr riecht nach einer fremden Person. Nach einer Person, die unter mehreren Decken in einem Krankenbett liegt. Aber Rose versteckt die Uhr unter ihrem Ärmel, als würde sie nicht wollen, dass man sie entdeckt.

Jetzt kaut sie auf ihrer Unterlippe. Sie sieht besorgt aus. Doch nicht etwa, weil ich den Enten nachgejagt habe? Oh nein! Prompt habe ich ein schlechtes Gewissen. Ich muss versuchen, mich zusammenzureißen, was hart werden wird. Mich zusammenzureißen widerspricht meinen Instinkten. Ein Retriever ist nun mal ein Apportierhund …

Ich setze mich aufrecht hin, fest entschlossen, die blöden Biester zu ignorieren.

Ich will ein guter Junge sein. Das kann ich.

Allerdings kann ich es nicht bleiben lassen, einen Blick hinüber zum Teich zu werfen. Der Vogel, den ich gerade freigelassen habe, hebt die Schwanzfedern und pupst trotzig in meine Richtung. Jetzt mal ehrlich, das lasse ich mir nicht …

»Sind wir uns einig? Dann sehen wir uns jetzt ein bisschen um. Aber immer schön ruhig bleiben, in Ordnung? Deine Wunde ist noch nicht verheilt.«

Ich sehe Rose an, als könnte ich kein Wässerchen trüben.

»Komm!«

Ich gehorche ihr aufs Wort und trotte neben ihr her. Die einfachen Kommandos kenne ich in- und auswendig. Sitz. Fuß. Aus. Bleib. Hol. Diese und diverse mehr wurden mir in der Führhundeschule eingedrillt. Was ich damals noch nicht wusste: Auf eine Führhundeschule zu gehen ist wie ein Stipendium für Oxford oder Cambridge zu bekommen – und ich hatte sogar Topnoten! Meine Zukunft sah wirklich rosig aus. Allerdings hab ich es gleich bei meinem allerersten Einsatz verpatzt und mich komplett blamiert. Aber das ist eine andere Geschichte.

Vor uns steht ein verfallener Schuppen in der Größe einer Garage. Er ist über und über mit Efeu bewachsen. Zwei Holztüren hängen schief an kaputten Scharnieren, und der schwarze Lack blättert ab und kringelt sich. Ich schnüffle am Rahmen und empfange eine alte Urimail – das Hundeäquivalent zur E-Mail. Es ist die Nachricht eines leicht verblendeten Dackels namens Legless, der allen Ernstes glaubt, er wäre nach dem Elben aus *Herr der Ringe* benannt, weil er so wahnsinnig flink ist. Flink – auf so kurzen Beinchen? Irgendwie hab ich da meine Zweifel. Auch wenn Urimails kurz sind, transportieren sie doch mehr als E-Mails: Sie lassen auch Rückschlüsse auf unsere Stimmung zu. Der Dackel ist jedenfalls euphorisch. Nach drei Jahren ist es ihm endlich gelungen, dem Briefträger in den Knöchel zu beißen. Das glaube ich auf der Stelle. Immerhin befindet sich seine Schnauze dafür genau in der richtigen Höhe.

»Tante Kay hat immer gern im Garten gearbeitet. Das hat sie entspannt«, sagt Rose und wirft einen Blick auf die verbeulte grüne Schubkarre, die gleich hinter der Schuppentür steht. »Sie hatte wirklich einen grünen Daumen. Und stell dir vor, sie hat ihren Blumen immer was vorgesungen!«

Ich sehe zu ihr auf. Sie hat Tränen in den Augen. Ich lehne mich an ihr Bein und kann ihre Trauer spüren. Ihr geht es ganz ähnlich wie mir. Ich weiß zwar nicht, warum Zweibeinern Tränen in die Augen schießen, aber ich verstehe den Schmerz, den so ein Verlust mit sich bringt. Rose scheint ihre Tante Kay genauso zu vermissen wie ich mein altes Herrchen Paddy. Es fühlt sich an, als hätte man mir ein Bein amputiert – nur dass die Erinnerung daran immer noch schmerzlich präsent ist. In der Tierklinik habe ich Nacht für Nacht geheult und nach Paddy gerufen, obwohl ich tief im Innern wusste, dass er nicht mehr wiederkommen würde.

Ich vermisse Paddys kräftige Hand, die meinen Kopf streichelt. Ich vermisse unsere gemeinsamen Ausflüge zum Angeln. Wie er mich ausschimpfte, wenn ich die Fische verscheuchte. Ich vermisse unsere Abende – er saß im Sessel und tippte auf seinem Laptop herum, während ich mit dem Kopf auf seinen Lederschlappen vor ihm auf dem Boden lag. Und ich vermisse seinen Geruch: nach verstaubten Büchern, Mundwasser, seiner Strickjacke und den Leberleckerlis, die er immer in der Tasche hatte, nur für alle Fälle.

»Muss irgendwann mal den Rasen mähen«, murmelt Rose vor sich hin und geht dann weiter.

Es dauert eine Weile, bis es bei mir klick macht. Mähen? Warum denn? Ich mag wilde Wiesen. Ich mag es, wenn der Löwenzahn mich am Bauch kitzelt und die Bienen in alle Richtungen davonstieben, sobald ich durch das hohe Gras laufe.

Ich setze noch schnell eine Urimail auf Legless' alte Nachricht. Unterschreiben muss ich sie nicht. Jeder Hund hat seinen ureigenen Geruch. Es ist die gleiche Mail, die ich jedes Mal hinterlasse, wenn ich die Möglichkeit habe zu pinkeln. Sie erzählt von meiner Scham. Und ich stelle die immer gleiche Frage: Wer hat Professor Patrick Salt umgebracht?

Als ich Rose hinterhertrotte, lasse ich den Kopf hängen und klemme den Schwanz ein. Sie untersucht den Mordfall, aber was sie nicht weiß: Das tue ich ebenfalls. Im Leben habe ich Paddy enttäuscht, aber ich habe mir fest vorgenommen, dass ich ihn im Tod nicht noch einmal enttäusche.

Rose wartet schon auf mich.

»Armer Junge«, sagt sie und tätschelt mich. »Ich sollte es nicht an dir auslassen. Es ist ja nicht deine Schuld. Den Job hab *ich* vermasselt.«

Es ist September und früh am Abend. Der Sommer ist in diesem Jahr spät dran gewesen, und die Luft ist immer noch warm. Das Licht wird gerade erst ein bisschen schwächer. Wir spazieren am Gewächshaus vorbei, wo ein paar Scheiben fehlen und die Tomatenpflanzen jede Menge reife Früchte tragen.

Ich kann die Süße regelrecht schmecken. Und ich nehme einen rattigen Geruch wahr, dem ich später mal nachgehen will. Jetzt folge ich erst einmal Rose hinunter zum hinteren Teil des Gartens, wo eine gigantische Eiche den Himmel kitzelt und eine dichte Eibenhecke die Grundstücksgrenze markiert. Mein Herz klopft wie wild – dahinter muss der Fluss sein! Oh, ganz wie zu Hause! Dann erinnere ich mich wieder daran, dass dies hier jetzt mein Zuhause ist.

Aus der Ferne klingt ein leises Grollen zu uns herüber, das sich allmählich in ein Rattern verwandelt und lauter wird, je näher es kommt. Dann spüre ich, wie die Erde vibriert. Ein Luftstrom, der den schweren Geruch von heißem Metall, Motoröl und Gummi in sich trägt, trifft meine Nase, ich mache einen Schritt zurück, kläffe kurz zur Warnung, und dann ertönt hinter der Hecke plötzlich ein angsterfüllter Schrei. Binnen Sekunden ist alles vorbei, aber durch die Lücken im Laub blitzen mich helle Augen an. Meine Rute kringelt sich über meinem Rücken wie ein Fragezeichen, ich stehe breitbeinig da, und dann mache ich einen Satz nach vorne und knurre die Kreatur an. Ich muss uns schließlich verteidigen. Ich kläffe Rose zu, dass sie sich zurückziehen soll, aber sie steht nur da und lacht, dass ihr Pferdeschwanz auf und ab wippt.

»Ist schon gut, Monty. Das ist doch nur ein Zug. Daran wirst du dich gewöhnen müssen. Die Gleise verlaufen gleich dort hinter der Hecke.«

Sie streicht mir über den Kopf, und ich entspanne mich ein wenig. Ein Zug? Ich weiß nicht … Einem Zug bin ich noch nie zuvor begegnet, und ehe ich ihn nicht beschnüffelt habe, bleibe ich besser auf der Hut.

Rose geht in die Hocke und sieht mir in die Augen.

»Der Zaun ist im Eimer, aber ich kann es mir im Moment nicht leisten, ihn zu reparieren. Versprich mir, dass du nicht ausbüxt.« Sie krault mich hinterm Ohr.

Oh ja … ein Stück höher – ja, da! Noch ein bisschen … ah, großartig!

»Okay?«

Ich würde alles für sie tun. Ehrenwort.

Außer …

Um ehrlich zu sein: Ich habe eine Schwäche. Meine Nase ist zwar mein größter Pluspunkt, andererseits aber auch meine Achillesferse, der Riss in meiner Fellrüstung. Ich bin fresssüchtig. So. Jetzt ist es raus. Ich bin süchtig. Und das Fressen ist auch der Grund, warum ich kein Begleithund mehr bin. Der peinlichste Moment in meinem Leben. Andererseits habe ich auf diese Weise den Professor kennengelernt. Das Leben kann ganz schön verrückt sein, oder?

»Hast du Hunger?«, fragt Rose, und irgendwie habe ich das Gefühl, dass wir gut miteinander auskommen werden.

Wir laufen zurück zum Haus, und ich gehe so nah neben ihr, dass sie fast über mich stolpert. Sie schließt die Küchentür auf, die aussieht wie ein Stalltor und über den ausgetretenen Linoleumboden schleift, der mit einem gelb-braunen Rautenmuster verziert ist. Schlagartig bin ich umgeben von einem ganzen Büfett von Düften. Einige davon sind schon sehr alt. Wo kann man die Geschichte eines Hauses besser einatmen als in der Küche? Roses Duft ist der jüngste von allen. Sie riecht nach Vanille und Honig, Pfefferminze und dem Meer. Wahrscheinlich hat sie ihre Kindheit an der Küste verbracht. Das Meer ist ein Teil von ihr. Ihre Kleidung riecht jedoch nach Arbeit: nach bitterem Kaffee, abgestandenem Zigarettenqualm, Plastikstühlen in überheizten Räumen – und dem Schweiß einer anderen Person, der leicht säuerlich mit Angst vermischt ist. Sollte sich irgendjemand darüber wundern, warum Hunde ihren Besitzer beschnüffeln, sobald er wieder nach Hause kommt: Sie wollen schließlich wissen, wo er war und wen er getroffen hat.

Aus Roses Tasche kommt ein lautes Klingeln, und ich spüre, wie sie sich verkrampft. Dann nimmt sie den Anruf entgegen.

»Sir?« Ihre Hand zittert leicht.

Ich sehe mich nach der Bedrohung um und bin bereit, Rose zu verteidigen.

Dann blafft ein Mann durchs Telefon: »Sidebottom, sofort aufs Revier!«

KAPITEL 2

Wenn Rose Sidebottom sich selbst beschreiben müsste, würde sie wohl sagen: durchschnittlich groß, eher unauffällig, durchschnittlich mausbraunes Haar im Pferdeschwanz, durchschnittliche Abschlussnoten von der Polizeischule.

Zwei Dinge an ihr waren allerdings alles andere als durchschnittlich: zum einen ihr peinlicher Nachname. Es gab keinen Witz über Hinterteile, den sie nicht schon gehört hätte. An der Schule war sie wegen ihres Namens gehänselt worden, an der Polizeischule hatte man ihr Streiche gespielt, und auch als Detective Constable in Ausbildung trug er nicht gerade dazu bei, ernst genommen zu werden. Die zweite außergewöhnliche Eigenschaft war Roses untrüglicher Instinkt, genau zu wissen, wann jemand sie belog: Dann verspürte sie ein Prickeln – als würden ihr die Hände und Füße einschlafen –, das sich in ihrem ganzen Körper ausbreitete. Als Kind war diese Gabe eher eine Belastung gewesen. Rose hatte schon von klein auf gewusst, dass es den Weihnachtsmann und die Zahnfee nicht gab, dass es nicht donnerte, weil Gott gerade Möbel verrückte, dass im Alter von zwölf ihre beste Freundin ausplauderte, in wen Rose verliebt war – und zwar ausgerechnet bei einer Mädchenclique, die Rose nicht ausstehen konnte –, und dass ihr Vater fremdging. Das Leben wäre um einiges leichter gewesen, wenn sie all das nicht gewusst hätte.

Als Police Officer hatte dieser eingebaute Lügendetektor

allerdings dafür gesorgt, dass ihre Aufklärungsrate durch die Decke gegangen war, und als sie einmal zu einem Einsatz wegen häuslicher Gewalt gerufen wurde, hatte sie das Leben einer Frau gerettet, die grün und blau geschlagen und blutüberströmt in einem Zimmer lag, während ihr überaus freundlicher und entgegenkommender Lebensgefährte behauptete, es wäre alles in bester Ordnung. Zur großen Überraschung und Missgunst ihrer uniformierten Kollegen hatte dieses Gespür für die Wahrheit Rose eine der begehrten Stellen im Major Crime Team beschert.

Allerdings hatte die Gabe nicht verhindern können, dass sie sich früher am Abend den größten Patzer aller Zeiten geleistet hatte, weshalb sie jetzt auch vor DCI Craig Leach stand und sich nichts sehnlicher wünschte, als dass der Boden sich unter ihr auftäte und sie darin versinken könnte. Ihr Vorgesetzter saß hinter seinem unordentlichen Schreibtisch. Sein kahl geschorener, billardkugelrunder Kopf schien direkt auf dem plumpen, bulligen Körper festgeschweißt zu sein.

Rose versuchte, nicht nervös von einem Bein aufs andere zu treten.

»Ist Ihnen eigentlich klar, was Sie da angerichtet haben?«

Seine Stimme war ein tiefes Grollen, und stärker denn je hörte man ihm an, dass er aus Manchester stammte, auch wenn er inzwischen seit rund zwanzig Jahren im Süden lebte. Er wartete ihre Antwort nicht ab, sondern brüllte einfach weiter. Sein Gesicht war mittlerweile puterrot.

»Operation Nagelpistole ist gescheitert!« Bamm. Wie ein Vulkanausbruch.

Die Nagelpistole war eine Aktion der Drogenfahndung gewesen.

»DI Morgan ist auf hundertachtzig, und ich kann es ihm nicht mal verübeln. Fünf Monate Observierungsarbeit für die Tonne!«

Er donnerte die Handflächen auf die Tischplatte, sodass die Aktenstapel bebten. Unwillkürlich zuckte Rose zusammen. Sie wusste genau, dass hinter der großen Glaswand in ihrem Rücken DI Pearl jedes einzelne Wort mit anhören konnte. Warum war er überhaupt noch da? Das ganze Wochenende über waren sie rund um die Uhr mit dem Salt-Fall beschäftigt gewesen. Die anderen waren doch auch alle heimgefahren, um sich endlich auszuruhen.

»Sir, ich wusste wirklich nicht, um wen es sich handelte – in die Operation Nagelpistole war ich nicht involviert.«

»Sie sind an zwei Undercover-Kollegen in einem geparkten Wagen vorbeispaziert, und dann auch noch an Gary und Meg im Pub. Die beiden konnten es nicht fassen – und ich genauso wenig. Was sind Sie eigentlich – blind?«

»Sir, ich kenne Gary und Meg doch kaum …«

Die Drogenfahndung war im vierten Stock untergebracht, das Major Crime Team im zweiten.

Normalerweise war Roses Stimme sanft. Sie hatte einen leichten West-Country-Akzent und wurde nur ungern so laut und so vulgär wie ihre Kollegen. Ihr war klar, dass sie in Leachs Ohren nervtötend piepsig klang, und versuchte, mit so fester Stimme wie nur möglich zu sprechen – doch es kam nur ein Krächzen.

»Ich wollte nach Feierabend in dem Pub doch nur noch etwas trinken – um ganz ehrlich zu sein, Sir, war ich ein bisschen durch den Wind.« Sie hielt kurz inne. Hatte das schwach geklungen?

Leach nickte. »Und weiter?«

»Er hat mich angesprochen, Sir. Und ich fühlte mich geschmeichelt. Immerhin sieht er ziemlich gut aus. Charmant.«

»Ray Summers? Dieses charmante Arschloch dealt mit harten Drogen! Mit dem richtig heftigen Zeug! Er ist ... Nein, er *war* unsere einzige Verbindung zu einem international operierenden Drogenring. Summers hätte morgen einen seiner hiesigen Zulieferer treffen sollen. Noch ein Tag, und wir hätten diese Gangster eingelocht. Begreifen Sie jetzt vielleicht, was Sie da angerichtet haben?«

»Es tut mir leid, Sir.« Mit Tränen in den Augen starrte sie zu Boden.

»Was haben Sie ihm erzählt?«

»Gar nichts, Sir. Ich hab nicht mal erwähnt, dass ich bei der Polizei bin.«

Wenn sie irgendeinem potenziellen Lover gegenüber erwähnte, dass sie bei der Polizei arbeitete, war er augenblicklich über alle Berge. Ihr Job war ein noch größeres No-Go als Körpergeruch, Flatulenz oder eine Vergangenheit mit Kettensägenmassakern.

»Sei's drum, Sie haben unsere Aktion auffliegen lassen. Eine halbe Stunde später bei der Razzia in dem Lagerhaus wurde rein gar nichts mehr gefunden. Keine Drogen, keine Computer, kein Geld – und er selbst ist wie vom Erdboden verschluckt.«

Rose musste schwer schlucken. Wegen eines einzigen verdammten Fehlers schien ihre Karriere vor dem Aus zu stehen, noch ehe sie überhaupt richtig begonnen hatte. Warum in drei Teufels Namen hatte sie stattdessen nicht einfach Monty abgeholt und sich ein Fläschchen für zu Hause mitgenommen?

»Wie hat er überhaupt herausgefunden, dass Sie Detective sind?«

»Als ich aufs Klo musste, hab ich meine Handtasche bei ihm stehen lassen. Er muss hineingeguckt und meinen Dienstausweis entdeckt haben.«

Leach zog die Augenbrauen hoch. Für jemanden, dessen Schädel derart kahl war, waren sie überaus buschig. Unwillkürlich musste Rose an zwei haarige Raupen auf einem Weißkohl denken.

»Lassen Sie Ihren Dienstausweis niemals aus dem Blick, Sidebottom! Sie kriegen noch eine letzte Chance.«

»Entschuldigung, Sir. Kommt nicht noch einmal vor.«

»Hat er zumindest irgendwas gesagt, was uns auf seine Fährte bringen könnte?«

»Als ich von der Toilette wiederkam, war er am Telefon ... Er hat aufgelegt, sobald er mich gesehen hat, aber ich konnte noch hören, wie er eine Lieferung erwähnte – dass man sie aufhalten müsse. Dann entschuldigte er sich, und weg war er. Nicht einmal da hab ich kapiert, was los war – bis Meg auf mich zustürzte und mir eine Ohrfeige verpasste.«

Leach hatte seine Hände vor sich auf dem Tisch so fest ineinander verkrallt, dass seine dicken Knöchel fast schon violett waren.

»Mein Chef sitzt mir im Nacken. Morgan würde Sie am liebsten wieder zur Streife abkommandieren, und weiß der Geier, was Ihr Team zu alldem sagen wird. Das haben Sie wirklich toll hingekriegt.«

Er ließ sich mit seinem ganzen Gewicht auf die Stuhllehne zurückfallen. Seine Tränensäcke waren noch dunkler und geschwollener als sonst, und irgendwie tat er ihr leid.

»Wenn die Kollegen Ihnen nicht mehr vertrauen, können wir Sie hier nicht mehr gebrauchen. Bringen Sie das wieder in Ordnung. Aber zuallererst gehen Sie zu Morgan und entschuldigen sich bei ihm. Und verpatzen Sie den Salt-Fall nicht auch noch, kapiert?«

»Natürlich, Sir.«

Leach legte die Hände in den Nacken und starrte ihr in das gerötete Gesicht.

»Rose, sind Sie sich wirklich sicher, dass Sie diesen Job machen wollen?« Seine Stimme war jetzt sanfter. »Wir haben es hier mit menschlichen Abgründen zu tun, mit schrecklichen Taten. Mit Morden, Folter, Missbrauch. Wir schieben Überstunden, die Presse und die Öffentlichkeit sind grundsätzlich gegen uns, von einem Privatleben ganz zu schweigen ...«

Verstohlen warf Rose einen Blick auf seinen Ringfinger, an dem einmal ein Ehering gesteckt hatte. Er hatte in Leachs Pummelfinger rundherum eine Kerbe hinterlassen.

»Ja, Sir«, antwortete sie und sah ihm direkt in die Augen. »Ich wollte immer schon Detective werden.«

Leach legte den Kopf leicht schief. »Gott, Sie erinnern mich an Kay, als sie in Ihrem Alter war ... halsstarrig und naiv.« Er lächelte, was ungewöhnlich für ihn war, und Rose war irritiert. Seine Zähne waren überraschend klein für seinen großen Kopf – wie die Zähnchen eines Kleinkinds. »Wissen Sie, sie hatte es anfangs auch nicht leicht. Sie war ziemlich sensibel, konnte kein Blut sehen oder andere Scheußlichkeiten. Aber sie hatte Biss. Sie war hartnäckig. Sie war die beste DI, mit der ich je gearbeitet habe.«

»Kay ist mein großes Vorbild, Sir. Und ich weiß, dass ich es schaffe ...«

Leach stand auf und nickte. »Möglich. Aber das hier war ein Riesenpatzer, Rose. Ich werde Sie einem erfahreneren DI zur Seite stellen, der ein Auge auf Sie hat.«

Und mit diesen Worten machte er seine Bürotür auf und winkte Dave Pearl herein.

Immer schick angezogen und von den meisten weiblichen Officers umschwärmt, bummelte er herein, als wäre es sein Büro.

»Dave ist Ihr neuer Mentor.«

Dabei hatte Rose sich gerade noch eingeredet, dass es schlimmer nicht mehr kommen konnte. Daves sonnengebräunte Stirn kräuselte sich, und aus seinen mattsilbrigen Augen sah er geringschätzig auf sie herab.

»In Ordnung, Dave?«, fragte Leach.

Erst als Pearl merkte, dass Leach ihn anstarrte, zwang er sich zu einem Lächeln. »Klar, Chef.«

»Sie tun, was Dave Ihnen sagt, und sonst nichts, kapiert?«, wandte er sich an Rose und griff nach seiner Jacke. »Okay, ich bin dann mal weg.«

Er schlenderte hinaus und ließ Rose mit Pearl alleine zurück – und schlagartig war dessen Lächeln wie weggefegt.

»Sieh an, sieh an. Die Auserwählte ist in Ungnade gefallen.«

Obwohl Rose dreißig Zentimeter kleiner war als er, richtete sie sich gerade auf. »Tut mir leid, Boss, was passiert ist. Ich mach es mit dem Salt-Fall wieder gut. Ich weiß, dass ich mich anstrengen muss, um mir den Respekt der anderen wieder zu erarbeiten.«

Er schüttelte den Kopf. »Ich glaube nicht, dass das so einfach wird. Ich meine, wer will nach so einer Sache noch mit Ihnen arbeiten?«

»Wenn Sie mir eine Chance geben, werden es die anderen auch tun.«

Pearl beugte sich ein Stückchen vor. »Sie sind für diesen Job nicht gemacht. Das waren Sie noch nie.«

»Ich weiß genau, worum es hier in Wahrheit geht. Nur weil ich mit Ihnen nicht auf einen Drink gehen wollte …«

»Das müssen Sie falsch verstanden haben. Warum sollte ich mit einer Frau ausgehen wollen, die für einen Drogendealer aus dem Höschen springt?«

Sie ballte die Faust. Wenn sie ihm jetzt eine runterhauen würde, wäre ihre Karriere auf einen Schlag beendet.

»Sie sind ein …«

»Nur weil Sie Kay Lloyds Nichte sind, heißt das noch lange nicht, dass Sie hierfür Talent haben. Vergessen Sie das nicht.«

KAPITEL 3

Rose hat mir eine Schüssel Wasser in die Küche gestellt und versprochen, nicht lange wegzubleiben. Und sie hat ihr Versprechen gehalten. Allerdings muss dieser laute Mann vom Telefon sie mächtig durcheinandergebracht haben. Sie lässt den Kopf hängen wie ein Hund, der ausgeschimpft worden ist. Ich stupse sie gegen das Bein und wedele zur Unterstützung mit dem Schwanz. Sie beugt sich herunter und nimmt mich in die Arme. »Was für ein Durcheinander«, seufzt sie.

Durcheinander? Ich sehe mich unter ihrem Arm hindurch in der Küche um. So schrecklich chaotisch sieht es hier doch gar nicht aus. Außerdem hab ich mich um den Klecks Marmite unter dem Küchentisch gekümmert. Im Spülbecken stehen noch ein paar Verpackungen vom chinesischen Take-away, die zum Glück noch niemand unters Wasser gehalten hat und die es vertragen könnten, ordentlich sauber geleckt zu werden. Das mach ich gerne – natürlich bloß der Ordnung halber. Leider kann ich nirgends auch nur einen Hauch McDonald's riechen – mein absoluter Lieblingsgeruch. Oder vielmehr der Lieblingsgeruch aller Hunde. Ich wünschte mir, bei McDonald's würde es Doggieburger geben – oder sie würden extra Hundefilialen eröffnen. Wie wär's mit einem Big Barker, einem Wuffewrap oder mit Welpuccinos? Himmel, ich fange allein schon bei dem Gedanken an zu sabbern! Und zwar direkt auf Roses Schuhe.

»Komm, ich geb dir was zu fressen«, sagt sie.

Sie klingt zwar putzmunter, aber darunter flirrt Besorgnis wie ein Paar Libellenflügel.

Dann zieht sie mehrere Dosen Hundefutter aus einer Tüte. Woher ich wissen kann, dass es sich um Hundefutter handelt? Auf dem Etikett ist ein verzückter Labrador abgebildet. So grinsen Labradore nur, wenn es Fressen gibt. Als Rose die Schranktür aufzieht, kann ich das fröhliche Gelächter, Rosenblüten, reife Tomaten und noch andere satte, erdige Aromen regelrecht riechen. Vielleicht hat so ja Tante Kay gerochen, deren Duft allmählich schwächer wird. Gerüche verfliegen nun mal mit der Zeit. Trotzdem steckt diese Küche voller Geschichten. Die verkratzten Bodendielen riechen ganz leicht nach Legless, dem Dackel, auch wenn über die Jahre unendlich oft darübergewischt wurde. Der alte Bauerntisch aus Eichenholz mit seinen tiefen Furchen und Tintenflecken zeugt von einer Zeit, als dieses Haus noch voller Kinder war. Das Einzige, was verhältnismäßig neu aussieht, ist die Waschmaschine, an der ein rotes Lämpchen blinkt und die vollgestopft ist mit sauberer Wäsche, die aufgehängt werden muss.

»Wie viel brauchst du denn?«, fragt Rose und wirft einen nachdenklichen Blick auf die Dose voll fleischiger Herrlichkeit. »Ich hatte noch nie einen so großen Hund wie dich, Monty.«

Wie viel? Na, alles!

Sie sieht mich an, und ich lecke mir die Lefzen. Sie zuckt mit den Schultern.

»Alles, nehme ich an.«

Wir verstehen uns!

Sie löffelt die weiche Leckerei in einen Napf, legt eine

weiße Tablette obenauf und stellt den Napf dann auf den Boden. Als ich auf ihr Kommando warte, ist sie überrascht.

»Ist schon okay. Iss nur.«

Schleunigst schlinge ich die ganze Portion hinunter – man weiß schließlich nie, ob nicht noch ein anderer Hund auftaucht ... Dann lecke ich den Napf sauber, bis ich die Glasur auf der Keramik schmecken kann. Im Garten hängt Rose die Wäsche an eine Leine zwischen zwei Bäumen, und ich laufe ihr nach und helfe ihr, indem ich ein paar Socken stibitze und sie mir nachrennen muss, um sie wiederzukriegen. Als ich die letzte Socke freigegeben habe, ist Rose ganz außer Atem und lacht. Dann nimmt sie mich spielerisch in den Schwitzkasten.

»Du bist vielleicht ein Schlawiner – aber du hast mich wirklich aufgeheitert.«

Jederzeit gerne zu Diensten!

Dann ist ihr Essen dran. Sie schneidet eine Hühnerbrust und Gemüse in kleine Stücke. Ich atme den himmlisch süßen Geruch des Hühnerfleischs tief ein, das jetzt in einem Wok vor sich hin brutzelt, und sehe sie mit hoffnungsvoll großen Augen direkt an. Gerade als ich drauf und dran bin, sie mit meinem Blick zu hypnotisieren, klingelt ihr Handy. Mist! Ich schwöre, sie war kurz davor, mir etwas abzugeben.

Rose wirft einen Blick auf das Handydisplay und sieht schlagartig erleichtert aus. Zumindest ist es nicht schon wieder dieser laute Mann. Stattdessen kommt ein Grunzen aus dem Telefon.

»Mum, das war noch nie lustig«, sagt sie und seufzt.

Ihre Mum ist doch wohl kein Schwein?

»Ach komm, Liebes, was erwartest du? Du bist jetzt bei der Schweinetruppe.« Und noch ein Grunzen.

Ich habe Rose noch kein einziges Mal in Begleitung eines Schweins gesehen. Keine Ahnung, was diese Verrückte meint.

Roses Stimme zittert ein bisschen. »Womöglich nicht mehr lange.«

»Das ist ja großartig! Das muss ich sofort deinem Vater erzählen.«

»Das ist überhaupt nicht großartig, Mum! Ich mag meine Arbeit. Allerdings hab ich eine Überwachungsaktion vermasselt, und jetzt denkt mein Chef, dass ich eine Vollidiotin bin. Und er hat nicht einmal unrecht …«

Ihr Herz schlägt ein wenig schneller, und ihr sonst so blasses Gesicht sieht aus, als hätte sie einen Sonnenbrand. Ich schnüffle vorsichtig an ihrem Bein.

»Lass dich von diesen Trotteln bloß nicht unterkriegen. Denk immer daran: Ich weiß, wozu sie fähig sind. Ich habe ihre brutale Vorgehensweise am eigenen Leib erfahren dürfen.«

Rose verdreht die Augen. »Lass gut sein, Mum. Du bist im Leben noch nicht verhaftet worden.«

Der saftige Fleischgeruch ist einfach zu viel für mich. Zwei lange Sabberfäden wetteifern darum, wer als Erster den Boden erreicht. Nur weil ich meinen Kopf ein bisschen schief lege, landet einer davon auf Roses Knie.

»Ach, Monty«, sagt sie und wischt ihn mit einem Küchentuch wieder weg.

»Sag bloß, du hast einen Freund? Ich hab mich schon gefragt, ob überhaupt noch Hoffnung besteht.«

»Monty ist ein Hund.« Sie legt den Pfannenwender weg und streichelt mir über den Kopf. Das Schwein gibt einen tiefen Seufzer von sich.

»Warum wundert mich das nicht? Allen erkundigt sich immer noch nach dir, weißt du?«

»Er hat Mundgeruch und stinkt nach Schweiß.«

»Aber zumindest hat er ein Gewissen.«

Das Hühnchen brennt an. Verdammt. Ich stupse Rose an der Hand an.

»Mum, ich muss auflegen, Essen ist fertig. Ich ruf dich wieder an.«

Sie füllt einen Teller und setzt sich zum Essen an den Tisch. Ich liege ihr zu Füßen und halte Ausschau nach dem einen oder anderen Bissen, der ihr versehentlich herunterfallen könnte. Wie heißt es so schön? *Der Hund kriegt, was am Boden liegt.* Nur dass Rose ordentlich isst. Beim nächsten Mal muss ich ihr wohl schöne Augen machen und ein wenig betteln. Paddy hat mir am Ende seiner Mahlzeit immer einen Bissen übrig gelassen. Außer es war ein Curry. Er meinte, mit Curry würden meine Pupse stinken wie Kuhmist, was ich nicht weiter schlimm fand, aber Paddy hat dann immer die Nase gerümpft und sich mit der Hand vor dem Gesicht rumgewedelt.

Als Rose sich wieder an ihren Laptop setzt, lasse ich mich zu ihren Füßen nieder. Dann höre ich auf einmal Krallen über Holz kratzen und sehe ein Eichhörnchen durchs Küchenfenster spähen. Es streckt eine Pfote aus und tippt auf den »Neighbourhood Watch«-Aufkleber am Fenster. Ich muss nur kurz den Kopf heben, und es rast davon. Seltsames Kerlchen. Fast hätte ich darüber ein Foto von Paddy in einer Fachpublikation verpasst, die Rose gerade durchklickt. Verdammt, sieht er gut aus in seinem besten Anzug! Seine Augenbrauen und der Oberlippenbart sind dunkel, während der Rest des Barts und sein Haar fast weiß sind – wie eine Hundeschnauze, die mit den Jahren weiß wird. Das gefällt mir. Seine Augenwinkel sind voller Fältchen, weil er viel lacht, und seine Augen haben eine sattbraune Farbe und strahlen vor Wärme wie heißer Kakao. Ich höre ein Winseln. Zu meiner Überraschung kommt es von mir selbst. Rose sieht zu mir herunter und streicht mir zum Trost über den Kopf. Als das Foto vom Bildschirm verschwindet, habe ich Paddys Gesicht immer noch vor Augen.

Sein Haus ist jetzt wahrscheinlich ganz dunkel und leblos. Meine Hundedecke und meine absolut perfekte, schmuddelgelbe, zerrupfte Plüschente liegen neben der Hintertür. Die Ente riecht zum Niederknien. Einmal hat Paddy meinen dreckigen Freund in die Waschmaschine geworfen – zum Glück war es ein Frontlader, sodass ich ihn mir gerade noch rechtzeitig schnappen und bei den Malven verstecken konnte. Noch schlimmer war es allerdings, wenn Paddy den Überzug meiner Hundedecke waschen wollte. Wann immer das geschah, gerieten wir in Streit, ich biss mich am einen Ende fest, und Paddy zerrte am anderen. Weil Paddy der Boss war, gab ich am Ende immer klein bei, aber ich konnte nie verstehen, warum er diesen köstlichen Geruchscocktail wegwaschen wollte. Na ja, natürlich gab es einen Grund.

Mein Schlafplatz ist sozusagen ein aromatisches Archiv all meiner Abenteuer. Er riecht nach den Orten, die ich besucht, nach den Tieren und Menschen, die ich getroffen habe, und sogar nach alten Knochen, auf denen ich herumgekaut habe. Himmel, diese Knochen! Aber am wichtigsten überhaupt: Er riecht nach Paddy. Wann immer er meinen Schlafplatz angefasst hat, hat er dort seinen angenehmen Geruch hinterlassen – und den Geruch der Orte, die er besucht, der Menschen, die er getroffen, und der Mahlzeiten, die er zu sich genommen hat. Mein Kurzzeitgedächtnis ist so messerscharf wie die Reißzähne eines Welpen, während mein Langzeitgedächtnis eher einem Eichhörnchen gleicht, das nicht mehr weiß, wo in aller Welt es seine Nüsse verbuddelt hat. Insofern speichert mein Schlafplatz sozusagen lange zurückliegende Ereignisse, die ich mir bei Bedarf wieder ins Gedächtnis rufen kann. Ich muss dafür nur einmal kurz schnüffeln. Wer meine Hundedecke wäscht, wäscht auch all diese guten Erinnerungen weg – und zwar für immer. Was bleibt, ist eine Art olfaktorische Amnesie, und die setzt mir gehörig zu. Ich sehne mich danach, die Schnauze tief in meine alte Hundedecke zu stecken und all die guten Erinnerungen einzuatmen.

»Nacht, Monty«, sagt Rose und reißt mich aus den Gedanken.

Als ich die Augen aufschlage, hat sie einen provisorischen Schlafplatz aus Kissen für mich gebaut.

»Sobald ich kann, hole ich dein altes Hundebett«, sagt sie. »Bis dahin muss das hier reichen.«

Ich schnüffle an den Kissen und zucke zurück. Lavendel, Mottenkugeln und Krankheit und … Himmel, hilf! In diesem Haus muss jemand wirklich schwer krank gewesen sein. Und traurig. Auch Trauer hat ihren eigenen Geruch. Sie riecht ein bisschen wie welke Rosenblätter.

KAPITEL 4

Ich lege die Schnauze auf die Pfote und versuche einzuschlafen. Doch obwohl ich müde bin, will es mir nicht gelingen. Ich vermisse Paddy ganz fürchterlich und möchte mit ihm zusammen sein. Als ich das Klackern winziger Krallen auf dem Boden höre, schlage ich die Augen wieder auf. Es riecht nach Mülltonnen an warmen Tagen, fauligem Obst, fettigen Verpackungen und merkwürdigerweise auch ganz leicht nach heißem Metall, Motoröl und Gummi – genau wie der Zug. Doch hinter dieser Kombination kann nur eines stecken: eine Ratte. Ich schleiche langsam auf das Geräusch zu. Es ist zwar dunkel, aber ich brauche kein Licht, um zu wissen, worauf ich zusteuere. Gleich rechts von der Tür zur Vorratskammer ist ein kleines Loch in der Fußbodenleiste, und in diesem Loch steckt das runde Hinterteil einer Ratte. Die Hinterbeine kratzen über die ausgetretene, glatte Oberfläche des Linoleums, und ich kann ein Murmeln hören.

»… sollte dringend abspecken …«

Ihre Stimme kiekst, und der Schwanz ringelt sich hin und her wie ein Wurm. Zumindest das, was von ihrem Schwanz übrig ist. Die Hälfte scheint ihr abhandengekommen zu sein. In einer Falle, nehme ich an.

Ich war noch klein, als ich erstmals zu sehen bekam, wie sehr die Zweibeiner Ratten hassen. Damals lebte ich noch in Windsor bei meiner Patenfamilie, die mich auf die Führhundeschule vorbereitete. Mein Herrchen, John Collum, war Schlossgärtner. Der eine oder andere kennt vielleicht Teile der Geschichte von Windsor Castle: Gefängnistürme, politische Intrigen, Belagerungen, königliche Hochzeiten – und dann das Feuer, das 1992 ausbrach, angeblich durch einen technischen Defekt. Die tierische Urinüchteküche behauptet allerdings etwas anderes. Aber die wenigsten Zweibeiner wissen, was wir Hunde so im Schilde führen. Die Corgis sind Verschwörer vor dem Herrn und Ausbrecherkönige, die regelmäßig ein Päuschen bei McDonald's an der High Street einlegen. Die Bediensteten müssen sich dann immer als normale Bürger verkleiden und sie wieder einfangen, bevor sie auf der Titelseite der *Sun* landen. Woher ich das weiß? Als die königliche Familie einmal außer Haus war, durfte ich mit John das Gelände betreten, und da bin ich zum ersten Mal den königlichen Corgis begegnet und habe Ratten in Rattenfallen zu Gesicht bekommen. Viele von ihnen waren tot oder verstümmelt. So was vergisst man nicht.

»Steckst du fest?«, frage ich den fetten, felligen Hintern.

Das Quietschen der Ratte ist ohrenbetäubend, und sie platzt mit dem Schwanzstummel voran aus dem Loch heraus wie ein Champagnerkorken aus der Flasche, sieht mich und legt eine Kehrtwende hin, wie ich sie bislang nur bei Stuntfahrern im Fernsehen gesehen habe. Ich glaube, so was macht man mit der Handbremse. Und dann gibt die Ratte Gummi.

»Halt! Ich will dir doch nichts tun – ich will mich nur ein bisschen unterhalten!«, rufe ich ihr nach und trotte gemächlich hinter ihr her.

Sie versucht, unter der Küchentür hindurchzukommen –

vergeblich. Dann versucht sie es in der anderen Richtung. So geht es eine Weile weiter, hin und her und kreuz und quer über das Linoleum, bis ich beschließe, mich einfach in die Mitte der Küche zu setzen und ihr beim Auf- und Abflitzen zuzusehen. Es ist ein bisschen wie bei einem Tennisturnier. Irgendwann bleibt sie stehen, lehnt sich an ein Tischbein und schnappt nach Luft.

»Du machst mich echt fertig, Kumpel«, japst sie.

»Das war nicht meine Absicht«, erwidere ich. »Ich hab bloß hier gesessen und dir zugesehen, falls du es nicht bemerkt hast.«

Mit ihren kugeligen, leicht hervorstehenden Äuglein nimmt sie mich ins Visier. »Was willst du?«, fragt sie, und ihre Schnauze mitsamt den hauchzarten Barthaaren zittert in einem fort.

»Nichts Besonderes. Ich heiße Monty. Rose hat mich heute adoptiert.«

»Was haste denn angestellt? Biste woanders rausgeflogen oder was? Wurdest vor die Tür gesetzt?«

Langsam beruhigt sich ihre Atmung, und sie legt sich die rosafarbenen Pfötchen auf die Wampe. Ihr Blick ist allerdings immer noch durchdringend.

Ich muss wegsehen. »Mein Herrchen wurde ermordet. Von einem anderen Zweibeiner«, erkläre ich ihr. »Ich hab noch versucht, ihn zu verteidigen, wirklich …«

Dann muss ich heulen. Ich kann nicht anders. Ich weiß mir wirklich nicht mehr zu helfen. Wir Hunde heulen eben. Irgendwo in der Ferne hört mich ein anderer Hund und heult zurück, genau wie in einer dieser Nachmittags-Talkshows, wenn die Moderatorin sagt: »Ich kann Ihren Schmerz nachfühlen.« Als ich wieder nach unten sehe, sitzt die Ratte neben meiner Pfote und streicht mir übers Fell. Weil sie so klein ist, fühlt es sich federleicht an, und das tut gut.

»Na, na, armes Ding«, sagt sie. »Tut mir echt leid, Mann. Muss schlimm für dich sein, wo ihr euren Herrchen gegenüber doch immer so loyal seid. Ich bin mir sicher, du hast getan, was du konntest.«

Mir fehlen immer noch die Worte. Vorsichtig, damit ich meine neue Freundin nicht zerquetsche, schiebe ich die Schnauze zwischen meine Vorderpfoten auf den Boden. Sie streichelt mich immer noch.

»Ich bin übrigens Betty Blabble. Nett, dich kennenzulernen. Und sorry, dass ich so misstrauisch war. Aber du bist echt groß, weißt du? Sogar für'n Hund. Hab mich bloß ein bisschen erschreckt, das ist alles.«

»Ich töte keine anderen Tiere. Muss ich auch nicht, weil ich immer gefüttert werde. Ich hab vielleicht hin und wieder mal ein paar aus Spaß gejagt, aber mehr nicht. Du brauchst vor mir keine Angst zu haben.«

Sie sieht in eines meiner Augen. Wahrscheinlich kann sie ihr komplettes Spiegelbild darin erkennen.

»Weißt du was? Ich glaub, du bist ein netter Kerl«, stellt sie fest und nickt.

Eines ihrer zitternden Barthaare streift meine Schnauze. Meine Ohren zucken, wie immer, wenn ich gekitzelt werde. Sie lacht, was ein bisschen so klingt, als würde man mit den Fingernägeln über eine Tafel kratzen, aber immerhin heitert es mich auf.

»Und du hast Glück«, sagt sie. »Rose arbeitet zwar für die Bullen, aber sie ist eine von den Guten, und das hab ich noch nie über einen von denen gesagt. Bin erst vor ein paar Tagen hier eingezogen und muss mich noch 'n bisschen orientieren, aber sie hat immer was zu futtern im Haus und wohl auch nichts gegen ein paar Untermieter einzuwenden – wie dich zum Beispiel.«

Jetzt bin ich neugierig und hebe den Kopf. »Was hast du denn gegen die Polizei?«

»Ach, das ist 'ne lange Geschichte. Ich sag nur so viel: Ich hatte genug Stress mit dem Gesetz. Damals, im Eurotunnel. Hab seitdem ein neues Kapitel aufgeschlagen«, sagt sie und nickt nachdrücklich.

»Was denn für ein Gesetz?«, hake ich nach. »Französisch oder englisch?«

Ich hab noch nie eine Eurotunnelratte getroffen, aber nach ihrem leichten kentischen Akzent zu urteilen, hat sie vermutlich mehr Zeit auf der britischen Seite verbracht. Und wer hätte nicht schon von den berüchtigten Tunnelrevierkämpfen gehört? Die Zweibeiner dachten damals, die Kollateralschäden aus den Rattenkämpfen stammten von menschlichen Vandalen. Aber da täuschten sie sich.

Als sie mir mit einer stummen Geste signalisiert, dass ihre Lippen versiegelt sind, ist ihr Blick für einen Moment hart. Ich habe verstanden und wechsle das Thema.

»Rose will den Mann finden, der mein Herrchen ermordet hat. Sie arbeitet an dem Fall. *Und* sie hat mich vom Tierarzt abgeholt. Was mich betrifft, ist sie die Beste.«

Betty nickt, und ihre Barthaare kitzeln mich wieder an der Schnauze. Ich zucke zur Antwort mit den Ohren.

»Ich will ihr helfen, Paddys Mörder zu finden. Nur hab ich keine Ahnung, wie ich das anstellen soll.«

»Der Mörder … Hast du ihn gerochen?«, fragt sie. »War es ein Kerl oder eine Frau?«

»Definitiv ein Mann. Und ich hab einen ziemlich guten Geruchs- und Geschmacksinn. Ich hab ihm ein Stück Fleisch aus dem Arm gerissen.«

Betty hält mir ihre winzige Pfote für ein High Five hin. Ich halte meine in die Luft, sodass sie die schwarzen Ballen sehen kann, und sie schlägt ein.

»Gut gemacht«, sagt sie. »Stolz auf dich.«

»Ich bin ihm also ziemlich nah gekommen. Ich würde ihn jederzeit wiedererkennen.«

»Siehste«, sagt Betty. »Ich versteh einfach nicht, warum die Zweibeiner uns nicht viel öfter fragen, wenn sie ein Verbrechen aufklären wollen. Dein Superriecher könnte ihnen jede Menge Zeit sparen. Ich sag ja immer: Lasst die Polizeihunde ran und schmeißt diese nutzlosen Bullen raus.«

Ich entscheide mich kurzerhand dagegen, sie darauf hinzuweisen, dass Rose dann ebenfalls gefeuert würde.

»Paddy hat mir mal erzählt, dass wir den besten Geruchssinn von allen Säugetieren haben – mal abgesehen von Bären.«

»Da muss ich dir leider widersprechen, Mr. Monty. In einer Disziplin stecken wir euch in die Tasche. Ich sag nur: Landminen.« Wieder nickt sie nachdrücklich.

Verblüfft rutsche ich ein Stück zur Seite und hole aus Versehen Betty von den Pfoten, die umfällt wie eines dieser Stehaufmännchen.

»Tut mir leid! Alles klar bei dir?«

Sie klopft sich das Fell ab. »Da braucht's schon mehr, um mich umzuhauen. Mach's einfach nicht noch mal.«

»Was meinst du denn mit den Landminen?«

»Ratten finden die meisten Landminen – keine Ahnung, warum, aber so ist es. Ich weiß das, weil ein Kumpel von mir bei der Armee arbeitet. Als Minenspürratte.«

»Das hab ich nicht gewusst.«

»Na denn«, sagt Betty, setzt sich auf die Hinterbeine und streckt die Schnauze in die Luft, als würde sie Witterung aufnehmen. »Nächste Frage: Gibt es Verdächtige?«

»Ich weiß nicht … Seitdem war ich die ganze Zeit in der Tierklinik.«

Betty starrt die Wundnaht an. Meine Brust musste rasiert und die Wunde mit siebzehn Stichen genäht werden.

»Tja, mein Freund, wenn wir uns den Mörder schnappen wollen, dann wirst du mir wohl die ganze Geschichte erzählen müssen.«

Wir? Dann haben wir uns jetzt also zu Verbrecherjägern zusammengeschlossen? Mein Herz schlägt etwas schneller. Ich habe eine Freundin, die mir helfen will! Doch dann wird mein Herz wieder schwer wie ein Stein, der in einem Teich versinkt. Ich will diesen schlimmsten Moment in meinem Leben nicht noch einmal aufleben lassen. Das macht mich krank. Ich stehe auf und laufe um den Tisch herum.

»Das kann ich nicht.«

»Komm schon, Herzchen. Erzähl mir, was passiert ist.«

KAPITEL 5

Ich werfe einen Blick durchs Fenster hinauf zum Vollmond. Er erinnert mich an den Käse, den ich Paddy mal von seinem Weihnachtsteller stibitzt habe. Betty und ich sitzen nebeneinander auf dem Küchenboden und baden im hellen Mondlicht.

»Na los«, sagt sie. »Du schaffst das schon.«

Ich bin den Angriff auf mein Herrchen schon zigmal im Kopf durchgegangen, und dabei stelle ich mir immer wieder die gleiche Frage: Hätte ich ihn retten können? Aber ich habe noch niemandem erzählt, was wirklich vorgefallen ist. Ich lecke mir über die Nase und versuche, mir einen Ruck zu geben. Mein Herz rast wie verrückt. Ich schlucke schwer und fange an zu erzählen.

»Ich wusste, dass irgendetwas faul war, noch bevor ich den Mann sehen konnte. Vielleicht lag es daran, wie dieser Wagen unsere Straße langgeschlichen ist – genau wie die gruselige Katze zwei Türen weiter, wenn sie Vögel jagt. Ich hörte die Reifen über den Schotter knirschen und dachte noch: Komisch, Mr. Grace, der alte Mann von nebenan, kriegt doch sonst nie Besuch, und wir erwarten auch niemanden. Ich hätte wirklich besser aufpassen müssen. Stattdessen saß ich brusthoch im kalten Wasser, starrte flussaufwärts und hielt Ausschau nach Fischen. Wenn ich fischen gehe, denke ich an nichts anderes mehr. Paddy saß im Garten und hat wie immer nach dem Abendessen an seinem Laptop gearbeitet und an einem Glas Wein genippt. Wenn er das Glas auf den Tisch stellte, konnte ich das leise Klirren hören. Wir wohnten in einer Doppelhaushälfte – einem roten Klinkerhäuschen mit niedrigen Decken und schmalen Bleiglasfenstern – am Ende einer Sackgasse. Das Haus war ziemlich klein – zwei Zimmer oben, zwei unten –, aber der Garten war ein echtes Hundeparadies: gut tausend Quadratmeter sattgrüne Wiese, jede Menge Blumenbeete zum Buddeln, Bäume, die einen gigantischen Vorrat an Ästen zum Rumkauen abwarfen, und – das Allerbeste – ein Fluss hinter dem Gartentörchen, das ich leicht überspringen konnte. In diesem Fluss hockte ich also und genoss die Strömung, die mich am Bauch kitzelte, als plötzlich, nur Zentimeter von meiner rechten Vorderpfote entfernt, ein Prachtkerl von einem Fisch auftauchte. Ich konnte mich gerade noch zusammenreißen, um nicht mit dem Schwanz zu wedeln. Wellen verscheuchen die Fische – das hab ich auf die harte Tour lernen müssen. Ich riss also das Maul auf und bereitete mich darauf vor, mich wie ein Grizzly auf den Fisch zu stürzen, als es auf einmal an der Tür klingelte. Paddy hörte es nicht, aber mein Gehör ist viel besser. Ich hätte sofort kehrtmachen und herausfinden müssen, was dort vor sich ging. Aber dieser Fisch war einfach so verlockend nah …«

Ich lasse den Kopf hängen und lege die Ohren an.

»Wie hättest du denn ahnen sollen, dass Paddy in Gefahr war?«, fragt Betty. »Hör auf, dir die Schuld daran zu geben.«

Ich schüttle den Kopf und winsele. Ich hätte es wissen müssen. Es war meine Aufgabe, ihn zu beschützen. Ich schlucke und fahre schweren Herzens fort.

»Ich tauchte unter, mit dem Kopf zuerst, und schnappte zu

in der Hoffnung, den Fisch zu erwischen. Aber der schlüpfrige Scheißer ist einfach abgezischt und hat mich mit einem Maul voll nassem Laub und mit Wasser in der Nase stehen lassen. Als ich endlich aufgehört hatte zu niesen, warf ich einen Blick hinauf zum Garten. Ein Mann, den ich noch nie zuvor gesehen hatte, kam seitlich am Haus entlang auf uns zu. Über sein Gesicht hatte er sich eine Art dunkle Socke mit Löchern über Augen und Mund gezogen. Paddy sprang abrupt auf, und sein Stuhl kippte nach hinten. Ich war zu weit entfernt, um seine Angst zu riechen, aber ich wusste augenblicklich, dass er in Gefahr war.

›Was wollen Sie hier?‹, fragte er mit bebender Stimme.

Der Mann sagte kein Wort, sondern hielt nur den Zeigefinger an die Lippen. Er hatte Handschuhe an. Er bedeutete Paddy, still zu sein, genau wie Paddy es mir immer signalisiert hat, wenn ich mal wieder wie verrückt den Eichhörnchen nachgekläfft habe.

So schnell ich konnte, stürzte ich aufs Ufer zu, aber das Wasser hielt mich zurück, und ich rutschte auf einem Stein aus. Ich rappelte mich wieder auf, raste durch das offene Gartentörchen und aufs Haus zu. Paddys Herz schlug zu schnell, das hörte ich schon von Weitem.

›Lauf!‹, bellte ich ihm zu. ›Lauf weg!‹

Aber er lief nicht weg. Vielleicht lag es an seinem Alter. In Hundejahren wäre er acht gewesen, aber als Zweibeiner war er schon sechsundfünfzig. Womöglich war er aber auch vor Angst wie gelähmt. Ich werde es nie erfahren. Jedenfalls rannte ich immer schneller, fletschte die Zähne, nahm den Eindringling ins Visier. Rute steif nach oben gerichtet, tiefes, grollendes Knurren.

Als der Kerl mich entdeckte, zuckte er zwar zusammen, aber er wich nicht zurück. Ich nehme an, er hatte mit mir gerechnet. Durch den Schlitz in seiner Kopfsocke sah ich, wie er sich über die Lippen leckte, als wollte er mich gleich verschlingen. Für den Bruchteil einer Sekunde war ich verwirrt, weil er keine Angst zu haben schien, aber ich rannte trotzdem weiter auf ihn zu. Der Mann hatte ein Messer in der Hand – und plötzlich machte er einen Schritt auf mein Herrchen zu und rammte es ihm in die Brust. Ich brüllte vor Wut. Noch während ich über die Blumenkübel auf ihn zusprang, konnte ich seinen Geruch wahrnehmen: den beißenden Gestank von merkwürdigen Zigaretten, feuchten Wänden, von irgendeinem widerwärtigen Essen, das nicht einmal ich hätte fressen wollen, und von irgendeiner Krankheit, die ich noch nie zuvor gerochen hatte. Der Geruch erinnerte mich an irgendein Insekt, aber ich kam nicht darauf, welches.

Paddy stand unter Schock und klappte tonlos den Mund auf und zu. Als der Angreifer das Messer wieder herauszog, presste mein Herrchen sich die Hand über die Wunde und sank auf die Knie.

›Nein!‹, heulte ich und stürzte mich auf den Mann mit der Maske.

Er schnellte herum, streifte mit der Hand an meinem Körper entlang – und dann stieß er mir das Messer in die Brust, durch Fell und Haut … Ich jaulte vor Schmerz, aber ich hatte immer noch genug Schwung, sodass ich ihn mit meinem ganzen Gewicht traf und auf den Rücken warf. Ich rollte mich so schnell wie möglich von ihm runter, weil ich fürchtete, er könnte mich ein weiteres Mal erwischen, und tatsächlich raste das Messer nur Zentimeter an mir vorbei. Als es auf dem

Boden auftraf, stürzte ich mich auf ihn. Ich erwischte ihn am Arm, der das Messer gehalten hatte, riss ihn mit aller Kraft herum und biss eine tiefe Fleischwunde hinein. Jetzt war er an der Reihe, laut aufzuheulen. Seine dünne Jacke hatte ihn nicht im Geringsten schützen können. Ich nahm allen Zorn zusammen und trieb meine Zähne immer tiefer in seinen Arm – bis er schließlich das Messer fallen ließ und mich so hart in den Bauch trat, dass ich ihn loslassen musste. Es gelang mir gerade noch, ein Stück aus seiner Jacke zu reißen. Dann fiel ich zur Seite und versuchte verzweifelt, wieder zu Atem zu kommen. Meine linke Kopfhälfte war schon ganz klebrig von dem Blut, das aus der Schnittwunde quoll.

Als der Mann sich den zerfleischten Arm vor den Bauch presste, konnte ich einen Teil von einer Tätowierung erkennen – doch dann wirbelte er erneut herum und suchte den Boden nach dem Messer ab. Ich verhielt mich ganz still – ich lag nämlich darauf. Dann sah er zu Professor Salt hinüber, der reglos und mit weit aufgerissenen Augen dalag, als würde er gerade den schönsten Sonnenuntergang seines Lebens betrachten. Doch ich wusste, dass mein Herrchen nichts mehr sah. Seine freundlichen braunen Augen waren blind und kalt wie Murmeln. Und auch der Mörder wusste es. Jedes Mal, wenn ich Luft holte, fühlte es sich an, als erhielte ich einen weiteren Tritt. Trotzdem gelang es mir, den Kopf zu heben und ihn anzuknurren. Für meine Verhältnisse war es ein schwaches Grollen, aber das konnte der Angreifer ja nicht wissen, und so wich er ein Stück zurück, schnappte sich Paddys Laptop vom Gartentisch und das Weinglas und lief ins Haus. Erst jetzt sah ich, dass er einen Rucksack über den Schultern trug. Er schlug die Tür hinter sich zu, damit ich ihm nicht folgen konnte – dabei hätte ich mein Herrchen ohnehin nicht allein gelassen.

Ich konnte hören, wie der Mörder das Haus durchquerte und schließlich in Paddys Arbeitszimmer ging – ich wusste genau, auf welche knarzende Bodendiele er gerade trat. Erst gingen Schubladen auf, und es waren dumpfe Geräusche zu hören: Er warf verschiedene Dinge in seinen Rucksack, und Papier ratschte an dem Rucksackstoff entlang. Anschließend ging er weiter ins Wohnzimmer und warf dort Schubladen auf den Boden, und dann kam ein metallisches Geräusch.

Ich robbte zu Paddy hinüber und leckte ihm übers Gesicht. Vielleicht war er ja trotz allem noch am Leben? Ich wünschte mir nichts sehnlicher, als dass ich mich getäuscht hätte. Ich leckte und leckte immer verzweifelter, und mit jedem Mal kippte sein Kopf kurz zur Seite, aber er blinzelte nicht einmal mehr.

›Wach auf!‹, winselte ich. ›Bitte wach auf!‹

Ich schob meine Schnauze ganz nah an seinen Mund und versuchte, seinen Atem zu riechen, hoffte auf den leisesten Hauch – nichts! Ich heulte wie ein Schlosshund, die Schnauze zum dunkler werdenden Himmel gerichtet. Ich heulte vor Schmerz und vor Trauer, wie wir es schon seit Jahrhunderten tun. Ich heulte, weil ich nicht wie ein Zweibeiner weinen kann. Ich heulte, weil ich mein Herrchen mehr als alles andere auf der Welt liebe.

Ich hörte erst wieder auf, als die Haustür auf- und wieder zuging und die Sohlen des Mannes über den Kies knirschten. Eine Autotür wurde aufgezogen, und zwar alles andere als lautlos: Metall schrammte über Metall. Ich konnte Diesel riechen und hörte ein Klappern, als er fortfuhr.

Währenddessen wurde ich immer schwächer und benebelter und die Blutlache unter mir immer größer. Dennoch hätte ich Paddy um nichts auf der Welt alleingelassen. Er war mein Leben – und irgendjemand hatte ihn mir weggenommen. Ich jaulte erneut auf, aber mein Kopf fühlte sich so schwer an, dass ich ihn auf Paddys Brust legen musste. Sein weißes Hemd war rund um die Stichwunde blutdurchtränkt, und sein durchbohrtes Herz schlug nicht mehr. Ich schwor mir, dass ich nicht eher aufgeben würde, bis ich den Mann gefunden hätte, der mir mein Herrchen weggenommen hatte.«

KAPITEL 6

Auf der Wanduhr rast der Sekundenzeiger übers Zifferblatt und misst unser Schweigen. Ich lasse mich schwer zu Boden sinken, und Betty tritt neben mich, legt sich bäuchlings neben meine Vorderpfote und umklammert sie fest wie eine Rettungsinsel auf offener See. Dann neigt sie den Kopf.

»Armes, armes Ding«, sagt sie und streicht mir übers Fell, als würde sie auf ihrer Rettungsinsel vorwärtspaddeln. »Und der arme Mr. Salt!« Ihre Schnauze zuckt, als sie zu mir aufsieht. »Magst du mir erzählen, was dann passiert ist?«

Ich nehme also meine Erzählung wieder auf.

»Nach einer Weile hörte ich eine ältere, zittrige Stimme, die klang wie Mr. Grace von nebenan, aber ich bekam die Augen nicht auf. Ich öffnete das Maul und gab ein Geräusch von mir, ein Winseln, oder zumindest dachte ich, dass ich es von mir gab – dann wurde ich wieder ohnmächtig. Ich hörte, wie Paddy nach mir rief – er lebte! Ich rannte auf ihn zu, er ging vor mir in die Hocke und nahm mich in den Arm, und ich schob meine Schnauze in sein Hemd und schnüffelte.

›Alles okay, mein Junge, ich bin ja hier‹, sagte er, und dann spazierten wir am Flussufer entlang, er warf einen Ball für mich ins Wasser, und ich sprang hinterher, um ihn zurückzuholen. Die kühle Frische des Flusswassers war einfach herrlich! Ich ließ mich ein Stück treiben – ohne jede Anstrengung, ganz ohne zu schwimmen. Ich war leicht wie die Luft zum Atmen, die Wasseroberfläche glitzerte in der Sonne, und ich hörte ihn rufen: ›Hol den Ball! Guter Junge!‹

Doch dann bohrte sich ein durchdringendes, nicht enden wollendes Jaulen in meinen Traum und drohte mich zurück in die Realität zu zerren. Dabei wollte ich doch nur bei Paddy bleiben! Aber die Sirene wurde immer lauter und schriller. Dann waren da Schritte, alarmierte Stimmen, herumschreiende Zweibeiner, und plötzlich legte sich eine warme Hand auf meinen Hals. Die Person schien zu zögern – und sie schwitzte. Ich spürte sofort, dass sie Hunde nicht mochte. Würde sie mir wehtun? Ich bewegte meinen Kopf auf Paddys Brust ein Stück zur Seite, und sofort zog sich die Hand zurück. Die Frau zuckte zusammen wie eine erschrockene Katze.

Ich brachte ein schwaches Grollen hervor. Noch war ich nicht tot – solange ich dazu in der Lage war, würde ich nicht zulassen, dass mein Herrchen angefasst würde.

›Der Hund lebt noch!‹, rief die Frau, und dann beugte sich jemand anders über mich.

›Wir müssen ihn bewegen. Vielleicht lebt der Mann ja auch noch.‹

Ich schlug die Augen auf – oder zumindest versuchte ich es, aber meine Wimpern waren von Paddys Blut verklebt.

›Wehe‹, knurrte ich und versuchte, mich aufzusetzen, aber mein Knurren war nichts weiter als ein Stöhnen.

Um mich herum nahm ich Polizeiuniformen wahr, und diese komischen Hüte mit dem karierten Hutband, das aussieht wie ein reflektierendes Hundehalsband. Mein Oberkörper wurde hochgezogen, während meine Hinterläufe mehr oder weniger blieben, wo sie waren, und dann legte man mich neben Paddy, sodass ich ihn ansehen konnte. Sanitäter beugten sich über ihn und untersuchten ihn auf Lebenszeichen, eine Maschine piepte, und plötzlich schnellte Paddy in die Höhe, auch wenn seine Augen immer noch leer gen Himmel gerichtet waren.

›Wir brauchen einen Tierarzt‹, hörte ich jemanden sagen, ›wie's aussieht, verblutet der Hund sonst noch. Er ist der einzige überlebende Zeuge, der arme Kerl.‹

›Zeuge? Das ist doch bloß ein Hund!‹

Dann kamen mehr Stimmen. Mehr Sirenen, Autotüren schlugen, Schritte marschierten den Gartenweg auf und ab. Irgendjemand erteilte Befehle.

Ein anderer Mann kniete sich neben mich. Seine Schuhe steckten in blauen Überziehern, und er trug einen weißen Overall. Er hatte schwarzes, stacheliges Haar und riesige Hände und roch nach Desinfektionsmittel und anderen Tieren – definitiv ein Tierarzt. Ich nahm den Geruch von mehreren Katzen wahr, von einem Meerschweinchen, einer Schildkröte (was für ein merkwürdiges Geschöpf!), Hunden, sogar einem Jack Russell namens Flash, wenn ich mich nicht täusche – und von Kühen. Und zwar von vielen Kühen. Man weiß sofort, wenn ein Tierarzt sich in der Nähe von Kühen aufgehalten hat. Der Gestank von Kuhmist bleibt tagelang an ihm haften. Zweibeiner riechen das nicht, wenn sie sich erst einmal gewaschen haben, aber wir riechen so was.«

Betty nickt zustimmend. »Kühe stinken zum Himmel.«

Dass Ratten innerhalb des Tierreichs ebenfalls ziemlich weit oben auf dem Stinkometer rangieren, erwähne ich lieber nicht. Ich will sie nicht vor den Kopf stoßen, also erzähle ich lieber weiter.

»Der Tierarzt tätschelte mir den Kopf. ›Schon gut, ich will dir nicht wehtun‹, sagte er und zog meine Lefze hoch. ›Das sieht nicht gut aus. Er hat viel Blut verloren.‹ Dann kam er ein Stück näher. ›Er hat ein Stück Stoff im Maul – könnte vom Täter stammen.‹ Dann sah er auf Paddy hinab, der neben mir lag.

Während der Tierarzt mir durch einen Schlauch das Herz abhörte, legte sich die zierliche Hand einer Frau sanft auf meine Augenbraue. Ich mochte ihren Geruch – er erinnerte mich an einen Vanille-Milchshake in einem Küstenstädtchen. Sie strich mir über den Kopf, um mich zu beruhigen, und entdeckte dann meinen Namen auf der Hundemarke. Sie hatte kein bisschen Angst vor mir. Das war Rose.

›Monty‹, sagte sie und warf dem Tierarzt einen Blick zu. ›Malcolm, die Spurentechniker sollen einen Abstrich von seinem Maul machen.‹ Dann winkte sie eine Frau herbei, die ebenfalls einen weißen Overall und eine kleine weiße Atemschutzmaske trug. ›Sieht so aus, als hätte er den Mörder gebissen‹, sagte Rose zu ihr, dann wandte sie sich wieder dem Tierarzt zu. ›Könnten Sie sein Maul aufhalten, während wir die Spuren sichern?‹

›Ich will ihm erst ein Schmerzmittel geben.‹

Ich spürte einen leichten Stich im Nacken, und binnen weniger Sekunden dämmerte ich wieder weg. Ehe ich michs versah, hatten zwei starke Hände meine Kiefer auseinandergezogen, und die Frau von der Spurensicherung zog mir etwas aus dem Maul, was zwischen einem Fangzahn und dem Backenzahn gesteckt hatte.

Rose tätschelte mir mit blutigen Einweghandschuhen das Fell.

›Alles gut, Monty. Sehr brav. Und jetzt kümmern wir uns um Professor Salt.‹

Ich sah zu dem herzförmigen Gesicht mit den großen blauen Augen auf – und zum ersten Mal nahm ich sie richtig wahr. Ihr Lächeln kam von Herzen, und rein menschlich betrachtet, war sie auf eine natürliche Art schön und blass. Keine Spur von diesem fettigen Make-up-Zeug, das andere Frauen auftragen und das auch nicht schmeckt, wenn man ihnen übers Gesicht leckt – da spreche ich aus Erfahrung. Ich kann das Alter von Zweibeinern nicht sonderlich gut schätzen, aber Rose war definitiv nicht älter als einundzwanzig. Deutlich jünger jedenfalls als alle anderen, die dort herumliefen.

Ich war von ihrer tröstlichen Art so abgelenkt, dass ich zu spät mitbekam, dass der Tierarzt mir einen Maulkorb anlegen wollte. Ich zog den Kopf zurück und hob die Pfote, um mich zu wehren, aber da war der Maulkorb bereits festgeschnallt. Am liebsten hätte ich ihnen zugerufen: ›Nein, ich muss bei Paddy bleiben!‹, aber sie konnten mich nicht verstehen.

›Muss das wirklich sein? Nach allem, was er durchgemacht hat?‹, fragte Rose. ›Er beißt doch nicht.‹

An Paddys Hemd festhalten konnte ich mich mit dem Maulkorb jedenfalls nicht mehr, und dann schob mir Malcolm auch noch die Arme unter den Körper.

›Gehen wir lieber auf Nummer sicher‹, sagte er und hob mich hoch – was angesichts meiner achtunddreißig Kilo nicht gerade ein Kinderspiel war.

›Ach, da sieh einer an!‹, rief Rose und starrte auf den Boden. ›Der Hund lag auf der Mordwaffe. Guter Junge!‹

Ich versuchte, mich aus Malcolms Griff zu befreien, doch die Schmerzen waren trotz des Schmerzmittels übermächtig.

›Schon gut, Junge, bald bist du wieder auf den Beinen‹, beruhigte mich Rose mit einer Stimme, die so weich war wie eine Welpendecke.

Als Malcolm mich zu seinem Wagen trug, warf ich einen Blick zurück. Leute in weißen Overalls liefen auf Paddy zu, und Rose war drauf und dran, das Messer aufzuheben, hielt dann aber plötzlich inne.

›Ja, nimm es!‹, drängte ich sie.

›Sir, hier!‹, rief sie jemandem zu, und die anderen traten beiseite und sahen zu dem Mann, der das Kommando führte. Er erinnerte mich an eine Bulldogge, mit der ich einmal unschön zusammengerumpelt war. Der Mann steckte das Messer in eine Tüte, nickte kurz und ging wieder.

Ein großer Kerl mit zurückgegeltem blondem Haar – wie der herausgeputzte Teilnehmer einer Hundeausstellung – rief der netten Frau zu: ›Sidebottom! Hier rüber! Lassen Sie endlich den Köter in Ruhe. Und passen Sie auf, wo Sie hintreten!‹

Sie warf mir einen letzten Blick zu, seufzte und machte sich dann auf den Weg zu dem Mann, der sie gerufen hatte. Sie sprach ihn mit ›Boss‹ an. Er schickte sie hinein, und als sie auf das Haus zulief, glotzte er ihr auf den Hintern. Das Alphamännchen, das sich ein Weibchen ausguckt – was für ein Widerling! Ich konnte ihn vom ersten Moment an nicht leiden.«

KAPITEL 7

Ich sehe zu Betty hinüber, die sich auf die Hinterläufe gestellt hat und schattenboxt.

»Fiesling!«, ruft sie und versetzt der Luft einen Haken. »Wie kann er nur … Du bist doch kein Köter! Du bist ein verdammter Held! Warte, bis ich den unter die Krallen kriege … Der wird so was von gezwickt!«

»Ich bin kein Held, Betty. Und lieber wäre mir, du würdest mir bei der Suche nach dem Mörder helfen.«

»Mit Vergnügen, Mr. Monty. Ich brauche ohnehin eine Beschäftigung. Das wird mich von meinen Jungen ablenken.«

»Du hast Junge?«

Ich sehe mich verdutzt um, als hätte sich ihr Nachwuchs irgendwo hinter ihr versteckt.

»Sie sind inzwischen alle aus dem Nest und machen ihr eigenes Ding, aber ich vermisse sie ganz fürchterlich.«

Sie lehnt sich schwer gegen mein Bein, lässt die Barthaare hängen und sieht wirklich bedrückt aus.

»Muss hart sein, sie gehen zu lassen«, sage ich.

»Das Härteste überhaupt. Ständig mache ich mir Sorgen um sie. Dass es mein fünfter Wurf war, ist da vollkommen egal – ich liebe sie genauso sehr wie meinen ersten.«

»Und ihr Vater – seid ihr noch zusammen?«

Sie springt auf. »Machst du Witze? Er ist der Grund, warum ich aus dem Tunnel ausgezogen bin. Dieser Idiot!«

Offensichtlich habe ich gerade einen wunden Punkt erwischt. Besser, ich halte das Maul.

»Na ja, kein Grund, den Kopf hängen zu lassen. Oder wie mein gutes altes Muttertier zu sagen pflegte: ›Lass dich nicht gehen. Steh auf und gib's ihnen.‹ In diesem Sinne: Auf geht's, wir müssen diesen Mord aufklären!« Sie kratzt sich am Kopf. »Der Geruch des Mörders – würdest du ihn wirklich wiedererkennen?«

»Wie könnte ich den vergessen!«, schnaube ich und beschwöre ihn in mir herauf. »Miefiges Essen – wie verfaulte Eier. Feuchte Wände. Diese komischen Zigaretten aus Kräutern. Und eine Krankheit, die irgendwie mit einem Insekt zusammenhängt, dem ich aber noch nie zuvor begegnet bin.«

»Er kifft, meinst du?«

Ich sehe Betty ratlos an.

»Du weißt schon – wenn Zweibeiner kichern und unkontrolliert Essen in sich hineinstopfen.«

»Ich bin mir nicht sicher ... Paddy hat mich manchmal mit zur Uni genommen, und die Klamotten von ein paar der Studenten rochen ganz ähnlich.«

Betty nickt weise. »Und diese Krankheit – glaubst du wirklich, er war krank?«

»Er hatte irgendetwas an sich, aber ich weiß wirklich nicht, was. Es erinnert mich an den Geschmack von Kupfer.«

»Machst du das öfter – Kupfer ablecken?« Betty sieht mich besorgt an.

»Nein, nicht wirklich.«

»Okay, dann müssen wir dich jetzt mal mit ein paar Verdächtigen zusammenbringen. Wir schnüffeln sie sozusagen aus. Hmm. Aber wie wollen wir das machen?«

»Genau das ist ja mein Problem! Immerhin bin ich kein Polizeihund. Ich will sie wirklich gerne unterstützen, aber wie soll ich das anstellen, solange ich hier festsitze?«

»Psch, psch. Lass mich kurz nachdenken. Hat Rose vielleicht irgendetwas gesagt? Hat sie Namen genannt?«

Ich versuche, mich an den frühen Abend zu erinnern, als Rose mich vom Tierarzt abgeholt hat. Erst fällt mir ein, wie froh ich war, endlich aus diesem Zwinger herauszukommen. Dann die Autofahrt und all die herrlichen Gerüche, die alle so schnell am offenen Fenster vorüberzogen, dass ich sie kaum rechtzeitig einatmen konnte. Ich habe mich schon immer gefragt, warum Gerüche schneller werden, sobald man in einem Auto sitzt. Vielleicht rennen sie ja los und versuchen, mit dem fahrenden Wagen mitzuhalten – ein bisschen wie Hunde, die Radfahrern hinterherjagen?

»Jetzt, wo ich darüber nachdenke«, sage ich, nachdem der Sekundenzeiger eine volle Minute abgetickt hat, »da hat irgendwer angerufen. Während Rose am Steuer saß. Und sie meinte, sie kann sich nicht vorstellen, dass ein gewisser Larry Soundso zu einem Mord fähig ist. Sie hat ihn einen … Wie war das gleich wieder? Einen Gelegenheitsdieb genannt. Das war's.«

»Larry – und weiter?«

Ich stehe auf und schüttle mich, um einen klaren Kopf zu kriegen. Haare und Speicheltropfen fliegen in alle Richtungen. Betty bleibt gerade noch verschont, aber ein bisschen Sabber landet auf dem Linoleumboden.

»Larry Rice? Lice? Nein. Larry N… Nice! So hieß er! Larry Nice. Ich weiß noch, wie ich dachte: Dabei klingt der überhaupt nicht nett.«

»Und warum ist er verdächtig?«

»Ich weiß es nicht, aber ich konnte hören, wie der Anrufer meinte, sie würden ihn wohl laufen lassen.«

»Und wo wohnt er – haben sie das erwähnt?«, fragt sie.

»Ich glaube nicht …«

»Dann müssen wir eben ins Telefonbuch gucken. Im Flur auf dem Tischchen liegt eins. Wir schlagen die Adresse nach und statten ihm einen Besuch ab.« Betty nickt entschlossen. Doch dann runzelt sie die Augenbrauen. »Ups. Vielleicht gibt's da ein kleines Problem.«

»Was denn?«

»Ich hab die obere rechte Ecke abgeknabbert.«

»Von diesem Wälzer?« Ich starre ihren runden Bauch an. Kein Wunder, dass sie so eine Wampe hat!

Sie blickt auf ihre Krallen hinab, um mir nicht in die Augen sehen zu müssen. »Manchmal hab ich eben Heißhunger …«

Ich schüttle den Kopf. »Ist auch ganz egal. Ich kann hier sowieso nicht weg. Ich hab Rose versprochen, dass ich nicht ausbüxe.«

»Oh Mann, ihr Hunde seid echt so was von domestiziert! Weißt du, du musst auch mal über den Tellerrand gucken. Ich verstehe schon, dass du darauf trainiert bist, Kommandos zu befolgen, aber erzähl mir nicht, dass du noch nie irgendwelche Regeln gebrochen hast. Los, raus mit der Sprache!«

»Als Welpe war ich ziemlich unartig … Aber ich meine, wer war das nicht? Hab ein paar Schuhe zerbissen, Fressen stibitzt, an ein Hosenbein gepinkelt – solche Sachen. Aber das hab ich mir ziemlich schnell abgewöhnt. Na ja, gut, ein paarmal hab ich auch später noch über die Stränge geschlagen, aber nicht mit Absicht. Also, nicht vorsätzlich – wie bei dieser Sache. Außerdem war da immer Fressen im Spiel. Ich bin ein Engel, bis … Na ja, um ehrlich zu sein: bis ich Fleisch rieche. Dann vernebelt sich mein Hirn, und ich vergesse mich. Es ist wirklich ein Problem.«

Betty klettert an meinem Bein hoch, setzt sich zwischen meine Schulterblätter und flüstert mir ins Ohr: »Siehst du, und wo bitte schön ist jetzt der Unterschied? Larry aufzuspüren ist doch ein guter Grund. Immerhin versuchen wir, einen Mörder dingfest zu machen.«

Ich weiß noch, wie Paddy einmal vor dem Fernseher saß und über einen Zeichentrickfilm kichern musste, in dem ein kleines rotes Teufelchen auf der einen und ein kleiner weißer Engel auf der anderen Schulter saßen und beide ihrem Zweibeiner etwas ins Ohr flüsterten. Ich sehe mich zu Betty um – meinem persönlichen Teufelchen.

»Betty, du erwartest von mir, eines der zehn Hundegebote zu brechen: Du sollst deinem Herrchen gehorchen. Ich habe Rose versprochen, dass ich nicht weglaufe. Das hier grenzt an groben Ungehorsam.«

Sie beugt sich noch ein Stück näher an mein Ohr. »Aber du hilfst Rose dabei, den Fall zu lösen. Zu jeder Regel gibt es eine Ausnahme, mein lieber Mr. Monty.«

Betty versteht mich einfach nicht. Duckdown Cottage ohne Roses Erlaubnis zu verlassen wäre gerade so, als würden *Die Meuterei auf der Bounty*, *Spartacus* und … *denn sie wissen nicht, was sie tun* zu einem einzigen großen Megablockbuster der Rebellion verschmelzen. Sich durchs Gebüsch zu stehlen, die Reste von irgendjemandes Mittagessen zu stibitzen und dann wieder zurück in den heimischen Garten zu springen ist eine Sache – sein Zuhause für so eine Reise zu verlassen eine ganz andere.

Betty flitzt an meinem Bein hinab und baut sich vor mir auf.

»Das war gerade nicht dein Ernst, oder? Wie hast du es genannt? Diese Gebotssache?«

»Das war mein voller Ernst. Die Hundegebote stammen noch aus der Zeit unserer Vorväter – damals, als das Wolfsvolk gerade erst beschlossen hatte, sich den Zweibeinern anzuschließen. Das sind nun mal unsere Gesetzte, und sie sind jahrhundertealt. Jeder Hund auf dieser Welt bekommt sie schon als Welpe beigebracht. Nur wegen dieser Gesetze haben wir so ein enges Verhältnis zu den Menschen.«

»Okay, aber gibt's da nicht auch eine Regel, dass man sein Herrchen beschützen muss?«

»Das ist Nummer drei: Du sollst dein Herrchen verteidigen.«

»Und was ist Nummer eins?«

»Du sollst dein Herrchen über alles lieben.«

»Siehst du?« Betty hüpft aufgeregt auf und ab. »Du hast dein Bestes gegeben, um Paddy zu verteidigen, und jetzt musst du eben unter Beweis stellen, wie sehr du ihn liebst, indem du diese Gehorsamsregel brichst und seinen Mörder findest. Verstehst du, was ich meine?«

Ich schüttle den Kopf. »Wenn ich jetzt ausbüxe, um diesen Mann zu finden, riskiere ich, dass meine eigene Tierart mich verstößt. Und weißt du auch, was das heißt?«

»Nur zu gut.«

Betty lässt sich wie ein Ballon, aus dem die Luft entwichen ist, gegen mein Bein plumpsen und starrt zur Decke. Ihre

Stimmungskurve ist ein einziges rasantes Auf und Ab. Ich warte kurz, und als nichts weiter passiert, stupse ich sie vorsichtig mit der Nase an. Aber sie reagiert nicht.

»Betty, bist du auch eine Verstoßene?«

Sie sieht mich von der Seite an und seufzt. »Nee. Natürlich nicht.« Es klingt nicht besonders überzeugend.

Urplötzlich springt sie auf und deutet mit der Pfote auf den Mond, der zum Küchenfenster hereinleuchtet. Ich erschrecke mich so sehr, dass ich mich aufbäume und kläffe.

»Aber du musst diese Gehorsamsregel gar nicht brechen, Mr. Monty – weil Rose nicht mal bemerken wird, dass du das Haus verlässt! Wir haben doch die ganze Nacht Zeit – und dieser Larry wohnt doch unter Garantie hier in der Gegend. Wir sind wieder zurück, bevor sie aufwacht – als wäre überhaupt nichts passiert.«

Ich weiß genau, dass ihr Vorschlag nicht ganz lupenrein ist, aber wenn ich das Cottage nicht verlasse, werde ich Paddys Mörder niemals finden.

»Schau mal, wir könnten doch zumindest schon einmal herausfinden, wo dieser Typ wohnt. Und dann sehen wir weiter«, sagt Betty. »Was soll dabei schon schiefgehen?«

Ich nicke.

KAPITEL 8

Ich stelle mich mit den Vorderpfoten auf das schmale Flurtischchen. Darauf befinden sich ein Telefon, ein Notizbuch, ein Becher voller Stifte und – verstaubt und unbenutzt – ein schweres Telefonbuch. Ich schiebe es mit meiner Nase so weit vor, bis eine Ecke über die Tischkante hinausragt. Staubflöckchen rieseln auf Betty hinab, und sie muss mehrmals niesen. Dann nehme ich den Wälzer vorsichtig ins Maul – mit gerade so viel Biss, dass ich ihn halten kann, aber der Umschlag nicht zerreißt. Verdammt, ist der schwer! Weil ich wie so oft sabbere, droht mir das Telefonbuch aus dem Maul zu rutschen, aber ich reiße gerade noch rechtzeitig den Kopf hoch, um es zu verhindern. Erleichtert lege ich es auf dem ausgetretenen Teppich ab.

»Wenn du erlaubst«, sagt die Ratte mit einem Blick auf den vollgesabberten Umschlag und rutscht dann mit dem Bauch darüber. Statt mit einem Tuch wischt sie mit ihrem Fell den Speichel ab. »Wer braucht schon eine Küchenrolle, wenn's auch mich gibt?«

Ihr Kichern klingt wie Regen, der auf ein Blechdach trommelt.

Ich starre auf das drei Jahre alte, zernagte Telefonbuch hinab. Es fehlt nicht bloß die obere rechte Ecke.

»Hast du nicht gesagt, du hast nur die Ecke angeknabbert?«

»Na ja, gut, vielleicht ein bisschen mehr.«

Ich schubse das Buch mit der Schnauze an, und es klappt beim Buchstaben E auf.

»Kannst du vielleicht umblättern? Meine Pfoten sind zu groß …«

»Kein Problem, Boss.«

Sie stellt sich mit den Vorderpfoten auf den Teppich, flitzt mit den Hinterläufen über die Seiten und blättert sie in einem Affenzahn um.

»Sag Bescheid, wenn ich aufhören muss. Ich kann nicht lesen …«

»Langsamer«, sage ich.

»Wie kommt's überhaupt, dass du lesen kannst? Hat dir das der Professor beigebracht?«

»Ja, aber das darfst du niemandem erzählen, Betty. Weißt du, was mit Tieren passiert, die etwas Außergewöhnliches können? Sie landen in einem Käfig, und dann wird herumexperimentiert. Du musst mir versprechen, dass du das hier für dich behältst!«

»Ehrenwort, beim Leben meiner Jungen.« Betty klingt ein bisschen außer Atem. »Das hier ist ein verdammtes Fitnesstraining …«

Sie hat das L schon überblättert.

»Paddy hat sich immer sehr dafür interessiert, wie Tiere sich verständigen – besonders Bienen. Er war sozusagen ein Bienenprofessor.«

»Wusste gar nicht, dass es so was gibt.« Sie wird immer langsamer.

»Er hat erkannt, dass ich eine schnelle Auffassungsgabe habe, und daraufhin versucht, mir seine Sprache beizubringen.

Natürlich nicht die Aussprache oder einzelne Wörter – aber die Buchstaben des Alphabets.«

Betty hört auf, die Seiten umzuwirbeln, und starrt mich mit offenem Maul an. Ich kann ihre winzigen scharfen Zähnchen sehen. Wenn sie damit zubeißt – dann gute Nacht!

»Heilige Scheiße, ist das wahr?«

»Ich hatte einfach Glück. Und einen guten Lehrer. Aber ich komme immer durcheinander, wenn ich zu viele Wörter vor der Nase habe. Und Mr. Google überfordert mich total.«

»Wer ist Mr. Google?«

»Ein sehr kluger Mensch, der in einem Computer lebt«, erkläre ich ihr. »Hältst du noch durch, Betty? Wir sind gleich so weit.«

Sie dreht sich wieder um und strampelt die Seiten weiter, bis sie das N erreicht.

»Stopp!«

Ich sehe mir die Spalte mit den Namen, Anschriften und Telefonnummern an:

A. Nice

Benjamin Nice

Mrs. C. E. Nice

Und das war's auch schon. Nur noch Nagespuren und ein rundes Loch.

»Ups«, sagt sie, »hab ich Larry Nice gefressen?«

»Leider …«

»Ich hätte nie gedacht, dass ich es irgendwann mal brauchen würde.«

Betty schaut belämmert drein – sofern es für eine Ratte möglich ist, belämmert dreinzuschauen.

Ich sitze eine Weile da und denke nach. »Ich glaube, dann

müssen wir wohl doch Roses Laptop nehmen. Allerdings bin ich eine Katastrophe an der Tastatur. Dabei brauche ich Hilfe.«

»Guck mich nicht an«, sagt Betty sofort. »Ich kann weder buchstabieren, noch würde ich ein Ende des Computers vom anderen unterscheiden können. In den Tunneln gab's keinen Grund, warum man lesen lernen sollte.«

»Dann brauchen wir Dante. Er ist an der Tastatur ein Ass.«

»Dante?«, ruft Betty und lacht. »Na, das muss ja ein Kauz sein, mit so einem Namen!«

»Na ja. Er ist eine Elster.«

Betty macht einen Satz zurück, als hätte sie sich an rot glühendem Metall verbrannt. »Eine Elster? Wie kannst du mit solchen Teufeln befreundet sein? Das sind verdammte Mistkerle!«

»Dante ist okay. Er kann manchmal ein bisschen schnippisch sein, und er glaubt, er wäre irgendwie intellektuell, aber er hat mir schon ein paarmal einen Gefallen getan.«

»Eine Elster?« Betty spuckt auf den Boden – allerdings so wenig, dass ich den Fleck kaum sehen kann. »Nee, denen trau ich keinen Meter weit! Die lügen und stehlen und versuchen am Ende auch noch, mich aufzufressen! Kannst du den Laptop nicht alleine bedienen?«

»Gib ihm eine Chance.«

»Wenn du für meine Sicherheit garantieren kannst?«

»Ich hab ein Auge auf dich. Aber erst müssen wir ihn irgendwie kontaktieren.«

»Und wie machen wir das?«

»Eine Taschenlampe würde schon reichen.«

»Und wo treiben wir jetzt eine Taschenlampe auf?«

»Paddy hatte immer eine in seinem Küchenunterschrank.«

Die Küchenschränke sind mit kleinen, kugelrunden Knöpfen versehen, und es gelingt mir zwar, sie aufzuziehen, doch nirgends eine Taschenlampe. Dafür stehen zwei Mülleimer unter der Spüle: einer für den normalen Haushaltsmüll und einer für Recyclingabfälle. Betty ist auf meine Schulter geklettert. Gemeinsam atmen wir den Duft der Essensreste ein, und ehe ich michs versehe, ist sie auch schon kopfüber in den Haushaltsmüll abgetaucht wie in einen Swimmingpool. Und auch ich kann mich nicht länger zusammenreißen, schiebe meine Schnauze hinein und suche nach Resten vom Hühnchenfleisch. Ich lecke mir über die Schnauze.

Wo waren wir gleich wieder?

Als mir klar wird, dass ich mich habe ablenken lassen, schüttle ich den Kopf. Schon wieder!

»Betty, wir müssen uns zusammenreißen. Komm da raus, ja?«

»Sagt der Richtige«, bringt sie halb von Abfall begraben hervor.

Ich muss wirklich all meine Willenskraft zusammennehmen, um mich von den Mülleimern abzuwenden, doch sobald ich mich von ihrem Bann befreit habe, übt plötzlich die Vorratskammer einen unwiderstehlichen Sog auf mich aus, und ohne zu wissen, wie mir geschieht, klebt meine Nase wie ein Magnet an der Tür. Oh, dieser herrliche Geruch von Keksen …

»Los jetzt!«, ruft Betty, die mit einem Mal wieder neben mir steht. Ihr Fell ist hier und da mit Sojasoße bekleckert. »Das Festmahl gönnen wir uns später. Jetzt suchen wir erst mal eine Taschenlampe.«

Ich trotte von Zimmer zu Zimmer, und Betty läuft neben mir her. Sie ist ziemlich flott unterwegs, um mit mir Schritt zu halten. Ich entdecke ein staubiges Esszimmer, das seit Jahren nicht mehr benutzt wurde, ein gemütliches Wohnzimmer mit einem ausgebleichten Sofa und Sesseln, ein chaotisches Arbeitszimmer mit Bücherstapeln auf dem Boden wie kleine Wolkenkratzer sowie eine Toilette unter den Treppenstufen. Von dort dringt ein Gurgeln zu uns heraus.

»Hat das so seine Richtigkeit?«, frage ich, doch Betty zuckt nur mit den Schultern.

»Ehrlich, Kumpel, keinen Schimmer.«

Ich spähe die Treppe hinauf. Dass sie knarzt, weiß ich inzwischen, aber ich habe keine Ahnung, wie man dieses Geräusch vermeiden kann. Mit gespitzten Ohren versuche ich herauszuhören, ob Rose immer noch schläft. Sie atmet langsam und regelmäßig und schnarcht hin und wieder leise. Zum Glück hat sie einen tiefen Schlaf.

»Du kommst besser nicht mit hoch, Betty. Wenn Rose hört, dass ich da bin, schickt sie mich zurück in die Küche, aber wenn sie dich entdeckt, weiß ich nicht, wie sie reagiert.«

»Dann warte ich hier«, erwidert Betty, lässt sich auf ein fadenscheiniges Stück Teppich plumpsen und fängt an, sich die Sojasoße aus dem Fell zu lecken.

Leise wie ein Mäuschen – oder wie eine Ratte, auch wenn Betty wohl die geschwätzigste Ratte ist, der ich jemals begegnet bin –, schleiche ich die Treppe hinauf und bin schon ein ordentliches Stück weit gekommen, als eine der mittleren Stufen auf einmal ein Knarzen von sich gibt. Ich ziehe die Pfote an und bleibe still stehen. Rose atmet immer noch in einem langsamen Rhythmus. Sie hat es nicht gehört. Ich gehe weiter, trete auf ein zweites loses Brett, und diesmal quietscht es ganz fürchterlich. Mit angehobener Pfote halte ich inne. Roses Atem geht immer noch unverändert regelmäßig.

Auf dem Treppenabsatz sehe ich mich um. Nur eine einzige Tür ist verschlossen: Roses Schlafzimmer. Daneben gibt es noch drei weitere Zimmer. Eines ist das Bad – ich kann die Abflussrohre riechen, Toilettenreiniger und ein fruchtiges Shampoo. Ich schleiche hinein, und vor mir stehen eine altmodische Badewanne und ein Waschbecken in ziemlich schickem Gelb, fast in der Farbe von Erbrochenem, und eine Toilette mit einer hölzernen Klobrille. Statt eines Holzgriffs hängt an der Zugkette ein Badewannenstöpsel aus Plastik. Über dem Waschtisch hängen ein beschlagener Spiegel und daneben an der Wand Regale voller Cremes. Eine Taschenlampe kann ich nirgends entdecken. Plötzlich erscheint ein silbriges Gesicht im Badezimmerfenster, und ich mache einen Satz zurück und falle beinahe über den Mülleimer. Es ist schon wieder dieses Eichhörnchen. Sein Schwanz zuckt aggressiv auf und ab. Was ist denn bitte schön das Problem? Wie um mich zusätzlich zu verwirren, höre ich – da bin ich mir ganz sicher –, wie es die Titelmelodie von *Mission: Impossible* vor sich hin summt. Die kenne ich – Paddy und ich haben den Film im Fernsehen gesehen.

Ich ziehe mich zurück und will gerade ein leeres Zimmer betreten, als ich etwas wahrnehme, was ich erst ein einziges Mal im Leben wahrgenommen habe: den Geruch einer Krankheit, die Menschen langsam dahinsiechen lässt und schließlich umbringt. Es fällt mir schwer, ihn zu beschreiben. Ein bisschen wie eine Mischung aus Sonnenbrand und Rost. Ich weiche zurück. Dort will ich unter keinen Umständen hineingehen, und ich muss mich schwer zusammenreißen, um nicht zu winseln. Der Geruch ist allerdings so schwach, dass ich mir sicher sein kann, diese Person ist nicht mehr da. Ich laufe ein paarmal im Kreis herum, zwinge mich weiterzusuchen, halte den Atem an – und trete ein.

Die Vorhänge haben das gleiche Blumenmuster wie der Bettüberwurf, der über einem Doppelbett mit einem geschnitzten Kopfteil liegt. Neben den Kissen sitzen Kleiderpuppen mit Glasaugen und langen Wimpern, und auf dem Nachttischchen steht eine Leselampe mit Kordelquasten. Daneben auf zwei Gartenbüchern liegt eine Lesebrille. Ich muss Luft holen.

Die Fotos auf der Kommode ziehen mich magisch an. Einige sind stark verblasst, ein paar sind Farbaufnahmen, andere schwarz-weiß. Je älter die Frau wird, die auf sämtlichen Fotos zu sehen ist, umso weniger Leute scharen sich um sie. Ein Bild sticht besonders hervor: Es ist das Foto zweier junger Frauen etwa in Roses Alter, die Arm in Arm dastehen. Eine von ihnen ist groß und hat lockiges Haar. Sie trägt eine ausgestellte Latzhose. Die andere ist zierlicher und hat mausbraunes Haar, das sich zu beiden Seiten ihres Mittelscheitels leicht nach außen wellt. Sie hat blassblaue Augen und trägt breite, goldfarbene Ohrringe und ein beigefarbenes Kostüm mit riesigen Schulterpolstern. Die Frau sieht Rose zum Verwechseln ähnlich, auch wenn das Foto vor einer halben Ewigkeit aufgenommen worden sein muss. Ich schnüffle kurz daran und nehme den Duft welkender Rosenblätter wahr – den Geruch der Trauer. Die Türen zum Kleiderschrank sind geschlossen, aber ich weiß intuitiv, dass die Kleidung darin einer Frau gehörte, die Zigaretten rauchte und ein ganz bestimmtes Parfüm benutzte. Wetten, das war Tante Wie-war-gleich-wieder-der-Name?

Ich lasse den Kopf und die Rute hängen. Die Melancholie, die über diesem Raum liegt, ist überwältigend. Fast hätte ich die Suche aufgegeben, als ich ein Paar flauschige Hausschuhe unter dem Bett entdecke – und eine Taschenlampe. Vielleicht hat sie die Taschenlampe dort aufbewahrt für den Fall, dass der Strom ausfiel? Ich nehme den langen Gummigriff ins Maul. Das Zimmer verlassen zu können erleichtert mich kolossal. Die Taschenlampe ist schwer und liegt mir schräg im Maul, aber ich schaffe es, sie die Treppe hinunter und bis in die Küche zu tragen.

»Und jetzt?«, fragt Betty.

Ich setze die Taschenlampe ab und sehe durchs Fenster zum Mond hinauf. »Jetzt schleichen wir uns raus und versuchen, Dante auf uns aufmerksam zu machen.«

»Die Tür ist zu, Kumpel, falls du es noch nicht bemerkt haben solltest.«

Ich kräusele die Lippen zu einem Grinsen. »Das überlass ruhig mir.«

KAPITEL 9

Die Hintertür, die einem Stalltor ähnelt, lässt sich mit einer schmiedeeisernen Klinke öffnen, die mich an einen Kauknochen mit einem Knoten am Ende erinnert. Ich springe daran hoch, stütze mich mit den Vorderpfoten an der Tür ab, nehme die Klinke zwischen die Zähne und neige den Kopf. Das einzige Problem ist, dass die Tür nach innen aufgeht. Beim ersten Versuch schaffe ich es zwar, sie zu entriegeln, aber ich drücke sie mit meinem Gewicht wieder zu. Beim zweiten Mal gelingt es mir. Diesmal benutze ich die Pfoten, um die Klinke runterzudrücken, statt sie ins Maul zu nehmen, stakse auf den Hinterbeinen rückwärts und lasse mich wieder auf alle viere fallen. Die Tür steht nur einen Spaltbreit auf, aber mehr ist nicht nötig. Ich schiebe meine Pfote dazwischen und dann den Kopf hinterher und drücke sie auf. Dann schnappe ich mir die Taschenlampe, und Betty und ich laufen hinaus in den mondbeschienenen Garten. Für mich sieht alles so aus wie am helllichten Tag, sogar die schlafenden Enten und die Handvoll aufgeschreckter Hasen, die ihre Augen so weit aufreißen, dass sie groß sind wie mein Wassernapf.

»Und jetzt?«, fragt Betty und hüpft aufgeregt auf und ab. »Und jetzt?«

Ich lasse die Taschenlampe ins Gras fallen und schiebe sie mit der Schnauze vor mir her, bis ich die Erhebung finde, mit der Paddy seine Lampe immer angeschaltet hat.

»Drück da drauf«, sage ich zu Betty.

Sie tut wie geheißen und springt zurück, als ein starkes Licht den mittleren Teil des Gartens erhellt. Die Hasen machen ein paar Salti rückwärts und verschwinden im nächstbesten Versteck, und ich nehme die Taschenlampe wieder ins Maul und richte sie so aus, dass das Licht genau auf die große Eiche fällt. Ich fühle mich, als würde ich Batman aus seiner Höhle rufen – ich drehe den Griff ein Stück zur Seite und schwenke ihn hin und her, sodass der Lichtstrahl die langen Äste trifft.

»Oh, wow!« Betty klatscht in die Pfoten.

Mit vollem Maul kann ich zwar nichts erwidern, aber ich hoffe, dass Dante irgendwo in der Gegend ist und uns sehen kann. Zu behaupten, er stünde auf helles Licht und Glitzer, wäre noch untertrieben. Er ist regelrecht besessen davon. So wie ich alles Essbare liebe, liebt er alles, was funkelt. Das hat ihn schon in die misslichsten Lagen gebracht – und damit meine ich tatsächlich Probleme mit dem Gesetz. Und zwar mit dem Gesetz der Zweibeiner.

»He! Sie! Was treiben Sie denn da?«

Vor Schreck lasse ich beinahe die Taschenlampe fallen. Ich habe keine Ahnung, woher diese näselnde Stimme kommt. Es klingt, als hätte jemand eine Wäscheklammer auf der Nase.

»Da!«, raunt Betty mir zu und zeigt auf den Stamm der Eiche.

Ich lasse die Taschenlampe ein bisschen sinken und sehe auf einmal ein Eichhörnchen, das sich kopfüber mit den Klauen in der Borke festklammert.

»Ich will ja nicht unhöflich sein, aber ein solches Verhalten ist schlicht inakzeptabel. Dies hier ist eine anständige Nachbarschaft«, fährt es fort.

Seit Hunde und Eichhörnchen existieren, spielen wir fangen. Wir jagen sie über die Erde, bis sie sich in die Bäume hinaufflüchten. Jedes Mal wieder eine Gelegenheit, um richtig schön zu kläffen – und es tut keinem weh. Aber dieses Eichhörnchen ist ganz offensichtlich nicht in der richtigen Stimmung. Ich lege die Taschenlampe ab und versuche es auf die freundliche Art.

»Hi, ich bin Monty. Das hier ist Betty. Und wer sind Sie?«

»Nigel. Ich bin hier der Ortsvorstand der Animal Neighbourhood Watch.« Er drückt die Brust raus. »Und diese wichtige Aufgabe nehme ich sehr ernst. Wenn ich hier nicht in einem fort nach dem Rechten sehen würde, wäre dieser ruhige Flecken längst im Chaos versunken.«

»Wirklich?«

»Wirklich«, antwortet Nigel und zuckt mit dem Schwanz. »Hören Sie, ich will Ihnen wirklich nicht auf die Pfoten treten, aber für solche Sachen haben wir eine Verordnung.«

Betty und ich sehen einander an.

»Für welche Sachen?«, frage ich schließlich.

»Na, für Ruhestörung. Sie können doch nicht einfach so mitten in der Nacht mit einer Taschenlampe rumwedeln! Das wird hier nicht gerne gesehen. Die Hasen haben sich schon über Kopfschmerzattacken beschwert.«

»Wir brauchen wirklich nicht lange – wir müssen bloß jemanden auf uns aufmerksam machen.«

»Und was kommt als Nächstes? Eine Rockband? Prügeleien unter Besoffenen?« Das Eichhörnchen flitzt den Stamm hinauf und bleibt auf einem Ast sitzen. »Hören Sie mir mal gut zu, junger Hund. Was Sie heute Abend hier tun, ist nur der erste Schritt in Richtung Verwüstung.«

Und mit einem letzten Schwanzzucken ist Nigel wie der Blitz im dunklen Laub verschwunden. Und wieder höre ich, wie er die Titelmelodie von *Mission: Impossible* summt.

»Was glaubt der denn, was er ist?«, schimpft Betty.

»Komm, wir machen weiter«, sage ich, nehme die Taschenlampe wieder ins Maul und schwenke sie herum.

Es dauert nicht lange, und ich höre aus der Ferne ein vertrautes Keckern. Im ersten Moment verwechsle ich eine große Fledermaus mit Dante, aber dann kann ich die Elster sehen, die schnurgerade auf den flackernden Lichtstrahl zuhält. Als sie ihn kreuzt, sind kurz die schwarzen und weißen Federn zu sehen – Batman in einem weißen Oberteil.

»Heilige Scheiße«, sagt Betty und versteckt sich unter meinem Bauch. »Der Mistkerl ist ja riesig!«

Ich lasse die Taschenlampe fallen und belle so leise, wie ich nur kann: »Dante! Ich bin's, Monty! Hier unten!«

Ich spähe kurz zu den Fenstern im ersten Stock hinauf, aber Rose ist nirgends zu sehen. Die Elster setzt mit gespreizten Klauen einen guten Meter vor uns auf dem Boden auf. Betty duckt sich weg. Im Licht der Taschenlampe ist Dantes Zeichnung deutlich zu erkennen: der schwarze Schnabel und der schwarze Kopf, das Weiß auf seinen Flügeln und auf der Brust und die langen dunklen Schwanzfedern, die pfauengrün schimmern.

»Findest du das vielleicht witzig?«, krächzt er mich an und stapft mit wütenden schwarzen Kulleraugen auf mich zu. »Ich krieg davon Kopfweh!«

»Immer mit der Ruhe, Dante. Ich brauche deine Hilfe, und

irgendwie musste ich dich ja auf mich aufmerksam machen.« Ich versuche, ganz leise zu sein, damit Rose nicht aufwacht.

Die Elster stakst ein bisschen auf und ab. »Verdammt, Monty, finde endlich jemand anderen, der diese bescheuerten Tasten für dich anklickt. Ich hab wirklich Besseres zu tun.«

»Aber das hier ist wichtig!«

»Was? Hat das Hündchen etwa seinen Knochen verlegt?«

Er hat echt miese Laune. Das ist kein guter Anfang.

»Mein Herrchen ist tot.«

Dante neigt den Kopf, als wollte er mit seinem Schnabel Wasser schöpfen, und richtet die Schwanzfedern auf. Dann nimmt er wieder seine normale Haltung ein.

»Tot? Du liebe Güte. Verstehe.« Er räuspert sich. »Das erklärt natürlich auch, warum du so weit weg bist von daheim.« Er fängt wieder an, auf- und abzuwandern. »Ich hab mich schon gewundert, was da am Freitag los war. Jede Menge glänzende Abzeichen und funkelndes Equipment.«

Ich mache einen Schritt auf Dante zu und vergesse darüber meine zappelige Freundin, die sich unter mir versteckt. Sie springt gerade noch rechtzeitig zur Seite, ehe ich auf sie drauftrete.

»Hast du gesehen, was passiert ist?« Meine Rute zuckt so unkontrolliert hin und her, dass Dantes Federn von dem Luftzug ganz zerzaust werden. »Weißt du, wohin der Mörder verschwunden ist?«

Jetzt hat Dante Betty entdeckt, und seine Augen blitzen. Dann schießt er mit weit aufgerissenem Schnabel vorwärts. Ich versperre ihm den Weg.

»Nichts da! Betty ist doch kein Mitternachtssnack!«

Ich habe die Zähne gebleckt, und Dante weicht erschrocken

zurück. Er weiß genau, dass ich ihm mit Leichtigkeit das Genick brechen könnte, wenn ich wollte.

»So behandelt man also Freunde«, meckert er.

»Betty ist ebenfalls eine Freundin. Kommt miteinander aus, ihr zwei.«

Dante lacht – das gleiche nasale, trockene Lachen, das auch die Schurken im Fernsehen von sich geben. »Oh bitte, du erwartest doch wohl nicht von mir, dass ich mich mit meiner *Beute* anfreunde?«

»Betty ist keine Beute, verstanden?«

»Das ist doch grotesk! Willst du mir erzählen, was ich fressen und was ich nicht fressen darf? Aus der Nummer bin ich raus.«

Er dreht mir den Rücken zu.

»Warte! Ich brauche dringend deine Hilfe, um den Mörder meines Herrchens zu finden.«

Doch die Elster ignoriert mich einfach und stakst davon.

»Du schuldest mir noch was, erinnerst du dich?«

Ich hab ihm zwar versprochen, es nie wieder zu erwähnen, aber ich bin verzweifelt. Es geht nicht nur darum, Larry Nices Adresse ausfindig zu machen. Dante könnte auch mein Späher sein.

Er wirbelt herum und kreischt mich an: »Diese Schuld ist längst beglichen!« Mit gespreizten Flügeln sieht er wirklich finster aus. Betty sucht Deckung hinter einem Blumentopf.

Ich mache einen Schritt nach vorne, bleibe aber mit einigem Sicherheitsabstand zu seinem scharfen Schnabel stehen. »Oh nein. Du hilfst mir, Paddys Mörder zu finden, und dann erst ist diese Schuld beglichen.«

Er legt die Flügel wieder an und neigt den schwarz schimmernden Kopf zur Seite, als würde er über mein Angebot nachdenken.

»Außerdem kriegst du meine Hundemarke. Die willst du doch schon lange haben. Also: Sie gehört dir.«

Dante starrt auf das glänzende runde Abzeichen mit dem rot-silbrigen Pfotenabdruck auf der einen Seite und meinem eingravierten Namen und der Adresse des Professors auf der Rückseite. Diese Marke ist das Einzige, was mir von meinem geliebten Herrchen geblieben ist. Sie bedeutet alles für mich – aber den Mörder zu finden ist jetzt wichtiger.

Dante nickt. »Und die Taschenlampe.«

»Nein«, entgegne ich. »Die gehört mir nicht.«

Er spreizt erneut die Flügel, und ich glaube schon, dass er gleich davonfliegt, aber dann legt er sie wieder an.

»In Ordnung. Ich helfe dir, Salts Mörder zu finden. Du hast mein Wort«, sagt Dante. »Aber die Hundemarke will ich jetzt gleich haben. Als Anzahlung sozusagen.«

»Und du tust Betty nichts – und auch keinem anderen Tier, das mir hilft?«

Er seufzt. »Ja, ja, meinetwegen. Aber trommle jetzt nicht das gesamte Tierreich zusammen, sonst muss ich verhungern.«

Über die Schulter werfe ich Betty einen Blick zu. »Alles in Ordnung, Dante ist ein Vogel, der Wort hält.«

Sie schüttelt nur den Kopf und rührt sich nicht von der Stelle. Ich wende mich wieder Dante zu.

»Der Laptop ist drinnen.«

Dante späht in die Küche. »Wonach suchst du überhaupt?«

»Nach der Adresse eines Verdächtigen.«

»Das ist alles? Herrgott noch mal, was für eine Verschwendung meines herausragenden Talents!«

Ich höre über sein Lamento hinweg. »Das ist nur der Anfang. Komm mit!«

Dante flattert hinter mir her und landet elegant auf dem Küchentisch. Dann nimmt er mich mit seinem stählernen Blick ins Visier. »Wem gehört der Laptop?«

»Meinem neuen Frauchen: Detective Constable Rose Sidebottom. Sie bearbeitet den Fall.«

»Sidebottom? Die haben ein Familienwappen. Ziemlich altehrwürdige Zweibeinerfamilie. Gibt's hier schon seit der normannischen Eroberung 1066. Berühmt für ihr Geschick im Sattel und für ihre noblen Jagdhunde.«

Er wackelt ein bisschen mit dem Kopf, als würde er darüber nachdenken, ob ich ebenfalls als nobler Jagdhund durchgehen könnte. Leider hängt mir gerade ein langer Sabberfaden aus dem Maul, und eine Lefze klemmt über dem Zahnfleisch, seit ich die Taschenlampe im Maul hatte. Dante schnaubt verächtlich. Wohl eher nicht.

»Woher weißt du das mit dem Familienwappen?«

»Ach, ich kenne mich eben ein bisschen mit Geschichte aus. Wusstest du, dass ursprünglich meine Vorfahren den Tower of London bewacht haben und nicht diese erbärmlichen Emporkömmlinge, diese Raben?«

»Wir haben's ein bisschen eilig. Könntest du vielleicht gleich anfangen?«

Er seufzt, wendet sich aber der Tastatur zu und stellt sich mit beiden Füßen auf die Kante. Dann beugt er sich vor und klickt mit dem Schnabel eine Taste an. Der Bildschirm flackert auf, und Dante ist schlagartig wie hypnotisiert – wie von allem, was ihm entgegenleuchtet.

Betty hat uns aus einiger Distanz beobachtet. Sie zupft

mich am Fell. Ich beuge mich zu ihr hinunter, um verstehen zu können, was sie sagt.

»Was schuldet er dir denn?«, wispert sie, und ich wispere zurück: »Ich hab ihm mal das Leben gerettet.«

KAPITEL 10

Roses Laptop ist passwortgesichert. Dante dreht mir seinen dunklen, seidig glänzenden Kopf zu und blinzelt.

»Na? Irgendein Vorschlag?«

Betty lehnt sich an mich, als wollte sie sich in meinem Fell verstecken. Sie hat immer noch Angst, die Elster könnte sich auf sie stürzen.

»Lass mich kurz nachdenken«, sage ich. »Sicher nicht ihr Name …«

»Natürlich nicht«, gibt Dante mit vernichtender Herablassung zurück.

Alle Elstern klingen arrogant, aber Dante mit seinem außergewöhnlichen Intellekt ist ganz besonders intolerant.

»Ihr Geburtsdatum? Irgendetwas, das ihr wichtig ist?«, schlägt er vor. »Menschen sind so sentimental.«

»Duckdown! Versuch's mit Duckdown!«, sage ich. Zuversichtlich wedele ich mit dem Schwanz.

Dante tippt es ein, und auf dem Bildschirm steht: Falsches Passwort. »Denk scharf nach, Monty«, sagt er mit einem Seufzer. »Noch zwei Versuche, und der Computer ist gesperrt.«

Ich spüre, wie Betty neben mir herumzappelt.

»Mr. Dante, warum schlagen Sie nicht etwas vor?«

»Madam, mein IQ liegt im oberen neunundneunzigsten Perzentil weltweit. Ich wäre Mitglied im Mensa-Netzwerk, wenn diese Zweibeiner Vögel zulassen würden – was sie allerdings nicht tun. Dämliche Ignoranten! Aber die Besitzerin dieses Laptops kenne ich nicht, insofern wäre Ihr Vorschlag genauso gut wie meiner.«

»Wie wär's mit ihrem Autokennzeichen?«, schlage ich vor. »Zweibeiner lieben ihre Autos.«

Die Elster nickt. »Das wäre eine Möglichkeit.«

»Warte!«

Ich renne zur Hintertür hinaus und um das Haus herum nach vorne, wo Rose ihren Wagen abgestellt hat. Betty ist mir gefolgt und murmelt etwas vor sich hin, das klingt wie: »... nicht allein lassen mit diesem Mistkerl!« Ich präge mir das Kennzeichen ein, und wir rennen zurück in die Küche.

Aber es funktioniert nicht. Falsches Passwort.

»Noch ein letzter Versuch«, verkündet Dante.

Meine Zuversicht schwindet, und ich lasse die Rute umso tiefer hängen. Allmählich wird mir klar, dass ich von meinem neuen Frauchen kaum etwas weiß. Wo kommt sie eigentlich her? Irgendwo von der Küste, aber das ist nicht gerade hilfreich. Ist sie ein Herdentier oder, wie ich vermute, eine einsame Wölfin? Ich weiß, dass sie als Detective arbeitet. Ich weiß, dass sie dieses Haus über alles liebt und zugleich traurig ist, dass der Mensch, der früher hier gewohnt hat, nicht mehr da ist. Wie hieß ihre Tante gleich wieder? Ich versuche, mir ins Gedächtnis zu rufen, wie Rose und ich vor dem verfallenen Schuppen standen. Meine Erinnerung ist ein bisschen verschwommen ... Oh, Sekunde ...

»Kay! Ihre Tante! Könnte das ihr Passwort sein?«

»Ein bisschen kurz für ein Passwort, und denk dran, es ist unsere letzte Chance.«

»Also gut, dann probier's mit Tante Kay. So hat sie sie genannt.«

Meine Nase ist ganz trocken, und ich muss darüberlecken. Ich spüre, wie Betty sich an meinem Bein festklammert. Dante tippt »TanteKay« ein, und …

Wir sind drin! Ich bin so begeistert, dass ich ein paarmal im Kreis rennen muss – bis ich mit einem Stuhl zusammenrumpele und schlitternd zum Stehen komme. Betty quietscht erfreut. Dante zeigt uns die kalte Schulter. Bunte Icons tauchen auf dem Bildschirm auf. Sie sehen aus wie leckere Bonbons in kleinen Gläschen – was mich wieder an Futter erinnert. Ich werfe einen sehnsüchtigen Blick zur Vorratskammer und kann einen Moment lang an nichts anderes mehr denken als an den Berg von Köstlichkeiten, der sich dort drinnen auftürmt. Mein Magen knurrt.

»So, jetzt bin ich auf der Telefonbuchseite. Wen soll ich suchen?«, fragt Dante, und ich gebe ihm den Namen.

Einen Augenblick später haben wir Larry Nices Adresse: Block D, Whg. 251, Truscott Estate, Greyfield Common.

Betty reibt sich die Pfoten. »Ich kann euch den Weg zeigen.«

»Wie in Gottes Namen soll eine *Ratte* den Weg dorthin finden?«, fragt Dante. »*Ich* kann zumindest Google Maps aufrufen.«

Betty geht auf seine sarkastische Bemerkung nicht weiter ein. »Ich kenne das Streckennetz der Bahn wie meinen Pfotenrücken. Ich fahre ziemlich viel mit dem Zug – ich springe einfach auf und wieder ab, wann ich will. Zufällig weiß ich, dass der Zug nach Waterloo hier in Milford hält, und zwei Bahnhöfe weiter, und zwar presto, ist man in Greyfield Common. Wenn wir den Zug nehmen, stehen wir vor Larrys Wohnung, bevor Sie Piep sagen können. Und dann, Mr. Hirnschmalz, können Sie ja übernehmen und dieses Truscott Estate finden. Sind Sie dazu in der Lage?«

Dante reißt den Kopf hoch. »Was Sie nicht zu begreifen scheinen, Madam: Ich habe Besseres zu tun. Irgendetwas in Ihrem kleinen Rattenhirn will das offenbar nicht verstehen.«

»Sie können mich mal kreuzweise, Dante«, gibt Betty zurück. Sie hat die Pfoten in die Hüfte gestemmt. »Wenigstens hab ich keinen so angeberischen Namen wie Sie.«

»Ich bin nach dem Urheber der *Göttlichen Komödie* benannt, wenn Ihnen das entgangen sein sollte. Ein meisterhaftes Gedicht.«

»Ich kenne die verdammte *Göttliche Komödie*. Hab mal ein paar Seiten daraus gefressen. Schmeckte scheiße. Sie denken doch nur, dass Sie ach so düster und bedrohlich sind, aber da kann ich Ihnen versichern: Sie sind einfach nur ein übellauniger alter Vogel.«

Dante spreizt die Flügel und krächzt: »Blödes Schrapnell!«

»Schluss jetzt! Alle beide!«, gehe ich dazwischen. »Ihr weckt noch Rose auf!«

Wir sind sofort still und lauschen für einen Moment steif wie Pappkameraden, die im Licht des Laptopbildschirms stehen, ob Rose sich bewegt. Fehlanzeige.

»Ich finde die Idee mit dem Zug gut, Betty«, sage ich leise, »aber ich bin ziemlich groß und kann nicht einfach so wie du auf- und wieder abspringen.«

»Auch wieder wahr«, antwortet Betty, »aber der erste Zug am Morgen ist meistens leer und der Schaffner zu verschlafen, als dass er bemerken würde, wer ein- oder aussteigt. Außerdem ist Milford ein kleiner Bahnhof, und überall sind Büsche. Wir verstecken uns einfach im Gebüsch, und wenn der Zug einfährt – kurz bevor die Türen wieder zugehen –, springen wir auf.«

»Und wann kommt der erste Zug?«, frage ich mit einem mulmigen Gefühl im Bauch.

»Um halb sechs.«

»Das kann ich nicht machen, Betty. Ich weiß nicht, wann Rose aufsteht, um zur Arbeit zu fahren. Das ist mir zu riskant.«

Betty steht zwischen meinen Vorderpfoten und sieht zu mir auf. Ich neige den Kopf, bis unsere Nasen sich beinahe berühren.

»Was, wenn Larry Nice wirklich der Mörder ist und damit durchkommt, nur weil du dieses Haus nicht verlassen willst? Du willst doch die Wahrheit in Erfahrung bringen, oder nicht?«

Ich marschiere auf und ab und zermartere mir das Hirn. Soll ich ungehorsam gegenüber Rose sein oder die Pfoten stillhalten und mich nutzlos fühlen? Ich muss wieder an die Corgis der Queen denken, die nachts heimlich aus Windsor Castle ausgebüxt sind. Allerdings konnten sie sich sicher sein, dass ihnen königlich vergeben werden würde. So viel Glück habe ich nun mal nicht. Ich denke an Rose, die oben liegt und die so unendlich gut zu mir war. Was würde es wohl bedeuten, wenn ich ihr Vertrauen missbrauchte? Und dann denke ich an meinen Schwur, den Mistkerl zu finden, der mir Paddy weggenommen hat.

»Also?«, fragt Betty, und ihre Kulleraugen funkeln verschmitzt.

»In Ordnung«, sage ich.

»Rose wird es überhaupt nicht bemerken«, versichert sie mir.

Berühmte letzte Worte …

Dante nickt zu meiner Hundemarke herüber. »Wir hatten einen Deal …«

Auf meiner Marke steht, dass ich Patrick Salt gehöre. Sie riecht immer noch nach ihm. Eigentlich will ich sie nicht hergeben, aber ich bin ein Hund, der Wort hält.

»Wir brauchen dich, damit du uns morgen früh zum Truscott Estate führst.«

»Meinetwegen. Die Marke!«

»Betty, kannst du die Marke vielleicht mit den Zähnen vom Halsband beißen?«

»Bist du dir sicher?«, fragt sie.

»Ganz sicher.«

Sie klettert an meinem Brustfell hoch, und ehe ich weiß, wie mir geschieht, scheppert die Marke über den Küchenboden. Dante schießt hinab, schließt seine Klauen darum und schwebt wie ein schwarzer Geist zum Küchenfenster hinaus. Mein letztes Erinnerungsstück an Paddy verschwindet in der Nacht. Doch Betty sorgt dafür, dass ich ihm nicht lange nachtrauere. Sie ist außer sich vor Begeisterung.

»Ein Abenteuer! Ein Abenteuer!«, quietscht sie und tanzt einen kleinen Twist.

»Das kann aber auch gefährlich werden. Bist du dir sicher, dass du mitkommen willst?«

»Das lasse ich mir doch nicht entgehen! Außerdem sind wir Freunde – und Freunde lasse ich nicht im Stich.«

KAPITEL 11

Es ist fünf Uhr morgens und stockdunkel draußen. Keine Ahnung, warum Zweibeiner manchmal behaupten, es würde Hunde und Katzen regnen – aber auf einen ganz bestimmten Hund prasselt es gerade wie wahnsinnig herab, während er sich durch die Hecke zwängt und einer tropfnassen Betty die Bahngleise entlang folgt.

»Halt ein bisschen Abstand«, sagt sie. »Das da ist die Stromschiene.«

Aus meiner Sicht strömt es gerade eher von oben, aber ich tue, was sie mir sagt. Hin und wieder werfe ich einen Blick über die Schulter, weil ich Angst habe, dass das große, kreischende Monster, das ich in der vergangenen Nacht gehört habe, uns von hinten angreifen könnte. Wir kommen an einer Eule vorbei, die in einem hohlen Baumstamm Unterschlupf gefunden hat und deren gelbe Augen in der Dunkelheit blitzen. Sie deklamiert Shakespeare. Das machen Eulen oft, um ihre Beute zu verwirren. Und mal ehrlich: *Hamlet* ist ja auch verwirrend. Da geht man seinem Geschäft nach, guckt kurz hoch, um zu sehen, wer da vom Tod und von irgendwelchen Träumen faselt, und dann – bamm! – drillt sich urplötzlich ein krummer Schnabel in deinen Rücken.

»Dass einer lächeln kann und immer lächeln und doch ein Trottel sein«, heult die Eule.

»Meint die uns?«, fragt Betty.

»Ich hoffe nicht«, antworte ich. Vielleicht ist unser Plan ja doch nicht so brillant.

Endlich erreichen wir den Bahnhof Milford, der im Grunde aus nicht mehr als zwei leicht erhöhten Bahnsteigen – einer rechts und einer links der beiden Gleise – und einer Fußgängerbrücke besteht. Der Fahrkartenschalter ist geschlossen. Ich hocke mich auf die nassen Bodenplatten, während Betty eine Rampe hochwieselt.

»Keine Gefahr in Sicht«, flüstert sie. »Wir verstecken uns hier, bis der Zug kommt.«

Ich folge ihr in ein wildes Gestrüpp, an dem ein paar letzte, verrottende Brombeeren hängen, und wir warten auf den Zug um halb sechs.

»Frühstück«, verkündet sie und knabbert an einer Beere. Sie hat unter einem großen Blatt Schutz vor dem Regen gefunden. »Also, dann erzähl mal: Wie hast du denn nun Dantes Leben gerettet?«

Ich blinzle mir einen Regentropfen aus dem Auge. »Ach, das war nichts. Kaum der Rede wert.«

Ich schnüffle an einer Brombeere und probiere sie. Gar nicht übel. Ein bisschen pelzig.

»Jetzt komm schon, erzähl! Wir haben ohnehin nichts Besseres zu tun, bis der Zug kommt.«

»Na meinetwegen ... Dante hat einmal eine Silberkette am Straßenrand gefunden. An der Straße nach Geldeford. Er war derart damit beschäftigt, den Anhänger aufzupicken, dass er den Tanklaster nicht bemerkte, der auf ihn zusteuerte. Ich war gerade mit Paddy spazieren und wusste intuitiv, dass dieser Vogel gleich überfahren würde. Es ist mir gerade noch gelungen, ihn im Genick zu packen und von der Straße zu ziehen.

Er dachte natürlich erst mal, ich wollte ihn umbringen, und veranstaltete einen Mordszirkus. Er hat sogar versucht, mir die Augen auszupicken! Aber als der Tanklaster dann an uns vorbeirauschte und fast uns beide erwischt hätte, kapierte er endlich, dass ich ihm das Leben gerettet hatte.«

Betty sieht mich mit ihren durchdringenden Kulleraugen an. »Aber warum? Warum sollte man für eine Elster das eigene Leben aufs Spiel setzen? Besonders für so einen elenden Schwachkopf wie Dante?«

»Keine Ahnung. Ich denke mal, ich bin einfach gerne hilfsbereit. Deshalb wollte ich ja auch Begleithund werden.«

»Versteh ich trotzdem nicht.«

Betty widmet sich wieder ihrem Frühstück. Trotz des Regens, der auf das Laub trommelt, und des Wasserplätscherns in den Abflussrinnen kann ich den Zug kommen hören, noch ehe ich ihn sehe. Als er sich dem Bahnhof nähert, fällt das Licht vom Bahnsteig auf seine bunte Flanke – gelb, rot (könnte auch grün sein, die beiden verwechsle ich immer), weiß und blau. So sieht er wirklich alles andere als einschüchternd aus, eher wie ein riesenhafter bunter Tausendfüßler mit gigantischen Augen. Abgesehen vom Lokführer, kann ich nur einen weiteren Zweibeiner in einem der Waggons erkennen. Zwei Männer mit Helmen auf dem Kopf rennen gerade noch rechtzeitig auf den Bahnsteig und klettern in den ersten Wagen. Als es an den Türen anfängt zu piepen, schubst Betty mich an, und wir springen in den hintersten Waggon.

Es riecht muffig. Der Boden ist mit schmutzigem Wasser gewischt worden – irgendwo kann ich noch einen Hauch Putzmittel wahrnehmen. Das war nicht mehr als ein Fingerhut voll. Dann der Geruch von abgestandenem Kaffee, kalten

Pommes, fettigen Haaren und zerknitterten Zeitungen. Nirgends raschelt eine Jacke oder atmet ein Mensch – wir sind mutterseelenallein, zumindest fürs Erste. Ich muss mich einmal ordentlich schütteln: Es fängt bei der Nasenspitze an – die Lefzen flattern, die Ohren schlackern auf und ab –, wandert dann mein Rückgrat entlang wie ein Korkenzieher und endet damit, dass mein Hintern wie wild wackelt und die Rute zur Krönung hin und her schlägt. Schon mal in Zeitlupe gesehen, wie ein Hund sich ausschüttelt? Echt sehenswert, ehrlich. Wie auch immer – Wasser, lose Haare und Speichel stieben in alle Richtungen und bedecken den Boden, die nächstliegenden Fenster, die Sitze – und Betty. Mann, fühlt sich das gut an!

Die inzwischen doppelt abgeduschte Betty glotzt mich nur an. »Na, vielen Dank auch.« Dann schüttelt auch sie sich – ein Witz im Gegensatz zu mir –, und ihr Fell ist wieder schön fluffig.

»Und jetzt?«, frage ich.

»Wenn wir in Greyfield Common ankommen, hüpfen wir wieder raus und nehmen den Tunnel.«

»Tunnel?«

»Ja, der unter der Straße hindurchführt. Aber bis dahin legen wir uns hier zwischen die Sitze und hoffen, dass uns kein Zweibeiner erwischt.«

Ich trotte ihr nach.

»Auf Dante ist doch hoffentlich Verlass?«, fragt sie.

Am liebsten würde ich mich gleich noch einmal schütteln – einmal ist nie genug, und meine Ohren jucken. Muss wohl Wasser im Ohr haben. Doch stattdessen schüttle ich nur den Kopf, um Betty nicht erneut nass zu machen.

»Er wird da sein.«

»Was ich bei dieser Sache nicht verstehe: Wie kannst du überhaupt mit Dante befreundet sein, wenn er so ein überheblicher Dreckskerl ist – und du so ein netter Hund?«

Unter einem der Sitze liegt eine kalte Pommes, die von den Reinigungskräften übersehen wurde. Ich strecke meine lange Zunge raus und schnappe sie mir. Ein bisschen labberig, aber schon in Ordnung.

»Ein paar Monate nach der Sache mit der Kette hat Dante in Paddys Garten ein Nest gebaut. Erst hat er mich komplett ignoriert, sodass ich ihn in Ruhe gelassen habe. Er war wirklich arrogant – wie Elstern nun mal sind. Aber dann hab ich ihn eines Tages im Schuppen auf einem gestohlenen Laptop herumtippen sehen – einem schimmernden, silbernen natürlich. Er brauchte dort ganz offensichtlich die Steckdose. Als er erfuhr, dass ich ein bisschen lesen konnte, wurde er ein wenig freundlicher und zeigte mir, wie man so einen Laptop benutzt. Er half mir sogar, einen Twitter-Account anzulegen, und er war mein erster Follower. Ehrlich gesagt, hat er mir auch ein bisschen leidgetan. Er hat nur sechs Follower auf Twitter – sieben, wenn ich mich selbst mitzähle.«

»Ein Wunder, dass er überhaupt welche hat!«

»Ich glaube, er hat keine echten Freunde. Und er versteht auch nicht, dass es seine eigene Schuld ist. Er ist wohl ziemlich einsam.«

»Geschieht ihm verdammt recht. Er sollte sich ein paar Manieren zulegen.«

Die Bremsen kreischen, und wir halten im Bahnhof Geldeford. Hier in der Nähe bin ich daheim! Na ja, zumindest war ich hier daheim. Ich kann mich nicht zurückhalten und springe auf, um aus dem Zug zu hechten und zu Paddys Haus zu rennen.

»Was machst du denn da?«, schreit Betty. »Versteck dich!«

Gerade noch rechtzeitig gehe ich wieder in Deckung. Eine Frau betritt unseren Waggon. Zum Glück setzt sie sich ans andere Ende und bemerkt uns nicht – trotz der Pfütze und der Pfotenabdrücke am Boden. Für den Rest der Reise sind wir mucksmäuschenstill. In Greyfield Common springen wir aus dem Zug – und jagen der Frau dabei einen Riesenschreck ein. Dann rennen wir in Richtung Tunnel. Im Schutz der Dunkelheit warten wir, bis der Zug den Bahnhof wieder verlassen hat, als wir auch schon ein Flügelschlagen hören und Dante neben uns landet.

»Hört genau zu«, sagt er und klingt dabei wie ein Ausbilder bei der Armee. »Zum Truscott Estate geht's dort entlang.« Er zeigt mit dem Schnabel in die Finsternis. »Am Ende des Tunnels liegen links und rechts der Gleise steile grasbewachsene Hänge. Auf einer Seite stehen ein paar Birken. Dort klettert ihr hinauf, überquert die Straße und folgt dann dem Weg am Flussufer entlang – und zwar eine gute halbe Meile weit. Dahinter stehen Häuser, es wird also nicht ganz einfach. Also dann, mir nach!«

»Yes, Sir!«, gibt Betty zurück und salutiert.

Er ignoriert ihre sarkastische Replik und flattert los.

»Los geht's«, sage ich zu ihr. »Am besten, du kletterst auf meinen Rücken. Ich weiß, dass du schnell sein kannst, aber wenn ich anfangen muss zu rennen, kannst du nicht mithalten.«

Sie klettert an meinem Hinterlauf hinauf und dann mein Rückgrat entlang, setzt sich hinter mein Halsband und klammert sich daran fest wie ein kleiner Jockey. Ich jogge los, doch sobald wir das Flussufer erreicht haben, gebe ich Gas. Es schüttet immer noch wie aus Kübeln, und ich muss den Regen wegblinzeln, um meinen Wegweiser am Himmel zu erkennen. Als wir die letzte Etappe unserer Reise erreichen, bin ich nass bis auf die Knochen. Betty ebenfalls. Wir schleichen an Vorgärten und Garagen entlang. Sobald Dante einen Zweibeiner ausspäht, krächzt er uns eine Warnung zu, und wir verstecken uns, bis die Luft wieder rein ist.

»Was für ein Getöse!«, beschwert sich Betty, als wir uns der Wohnsiedlung nähern. »Sollte ich je diesen Typen in die Krallen kriegen, der Twitter erfunden hat, dann kann er was erleben.«

Es gibt da diesen Mythos über den frühmorgendlichen Zwitscherchor, den ich gerne entlarven will. Zweibeiner glauben allen Ernstes, dass Vögel mit ihrem Gesang den neuen Tag begrüßen, und garantiert hat es auch mal so angefangen. Heutzutage ist das Gezwitscher allerdings umso lauter, weil sie Twitter für sich entdeckt haben, und Vögel können einfach nicht twittern, ohne dabei zu zwitschern – und zwar in einer Lautstärke ... Jede einzelne Meldung wird mit einem Liedchen begleitet.

Das Bedürfnis zu singen, während sie twittern, haben Zweibeiner nicht, und ich muss auch nicht kläffen. Warum also müssen Vögel so einen Lärm machen? Es will mir wirklich nicht in den Kopf.

Durch den strömenden Regen sehen wir den Truscott Estate vor uns. Verschwommene Straßenlichter, graue Wände. Auf einem Stück Gemeindeland, einer einst üppig grünen, weitläufigen Fläche, die zum Verweilen einlud, wurden irgendwann vier Häuserblocks in einer Reihe hochgezogen. Inklusive Garagen, Parkplätzen auf der Straße und Müll. Weggeworfene Elektrogeräte rosten im Regen vor sich hin. Überall auf dem Gehweg liegen verschlissene Sofas, aufgeschlitzte Matratzen, Glasscherben und leere Bierdosen. An ein paar Autos fehlen die Reifen. Treppen führen hinauf zu Laubengängen, die die einzelnen Wohnungen miteinander verbinden. Hellgrauer Betonstein, kohlegrauer Asphalt, blaugrauer Schotter, verwitterte silbrig graue Holzzäune, metallisch graue Geländer entlang der Straßen. Die ganze Siedlung scheint von trostlosem Grau überschwemmt zu sein, als hätte der Architekt den Auftrag erhalten, einen möglichst deprimierenden Häuserblock zu entwerfen, damit der Name dieser Gegend auch ja passte – Greyfield Common. Der einzige Hauch Farbe stammt von einem aggressiven Graffiti und einem Kinderkarussell, das früher einmal rot war und inzwischen nur noch rostig ist. Irgendjemand hat »Release The Wolves« über den Gehweg gesprüht, dabei kann ich, als ich die Witterung aufnehme, nur ein, zwei Hunde riechen.

Dante landet neben mir.

»Welches Haus ist es?«, frage ich ihn.

»Block D, dort drüben«, sagt er und nickt in die entsprechende Richtung. »Nummer 251. Wir sehen uns im zweiten Stock, bei den Treppen.« Und weg ist er.

Ein paar Leute laufen mit gesenkten Köpfen und Regenschirmen in der Hand zu ihren Autos oder weichen auf überdachte Gehwege aus. Ohne dass uns jemand bemerkt, gelangen wir in den zweiten Stock, aber gerade als wir um die Ecke biegen, rumpeln wir beinahe mit einem großen Mann in einem blauen Overall zusammen, der nach Motoröl und Toast riecht. Betty nimmt Reißaus.

»Verdammt noch …« Der Mann versucht, um mich herumzugehen. »Raus hier, du dreckiger Streuner!«

Er tritt nach mir, und ich sprinte die Treppe hinunter, doch er bleibt mir dicht auf den Fersen. In einer Pfütze rutsche ich aus und falle auf die Seite, rapple mich wieder auf und verstecke mich hinter ein paar großen Müllcontainern. Der Mann wirft noch einen Blick in meine Richtung, flucht und geht dann weiter. Ich warte einen Moment, bevor ich wieder zum zweiten Stock hinaufrenne.

»Du solltest uns doch warnen«, blaffe ich ganz außer Atem Dante an. »Wo ist Betty?«

»Hier.« Sie tritt aus einer dunklen Ecke. »Himmel, du bist ja fast schwarz! Was ist denn mit dir passiert?«

Da erst dämmert es mir, dass ich von der Pfütze ganz schlammig bin. Das Grau der Siedlung färbt schon auf mich ab.

Dante verteidigt sich. »Ich kann doch nicht permanent ein Auge auf euch haben! Bin ich Gott oder was?«

Dann sehe ich, dass er eine funkelnde Bierflasche in einer Klaue hält.

»Warst abgelenkt, nicht wahr?«, necke ich ihn.

Er geht nicht darauf ein, nickt aber nach rechts. »Die vierte Tür. Und er ist zu Hause. Ich hab gerade durchs Küchenfenster gesehen, wie er sich einen Tee macht. Was ist denn jetzt der Plan?«

Gute Frage. Sosehr ich Larry Nice aufspüren wollte, habe ich nicht einen einzigen Gedanken darauf verschwendet, wie ich es anstellen soll, an ihm zu schnüffeln.

Betty und ich schleichen den regennassen Laubengang entlang und bleiben vor der Tür zu Nummer 251 stehen. Die Tür ist geschlossen, sieht aber aus, als wäre sie irgendwann mal eingetreten worden: Im unteren Teil wurden Bretter ausgetauscht, und um das Schloss herum ist Holz zersplittert.

»Betty, bleib in Deckung«, sage ich, »und Dante, klopf mit dem Schnabel an. Wenn du ihn kommen hörst, flieg weg!«

Betty versteckt sich hinter einer Regenrinne, und Dante stellt sich auf die Fußmatte und klopft dreimal, aber es kommt niemand. Aus der Wohnung kann ich ein Radio hören. Der Mann von der Wettervorhersage kündigt weitere Schauer an. Das hätte ich ihm auch sagen können.

»Lauter – mach richtig Lärm!«

»Ich gebe mein Bestes«, krächzt er erbost, klopft diesmal aber lauter, und länger.

Ich kann Schritte hören, und Dante fliegt davon. Am Küchenfenster werden die schmuddeligen Spitzengardinchen ein Stück zur Seite gezogen, und dahinter kommt Larrys Gesicht zum Vorschein. Er blickt dorthin, wo ein durchschnittlich großer Erwachsener vor der Wohnungstür stehen würde, kann uns so aber nicht sehen.

»Verdammte Blagen!«, höre ich ihn schimpfen.

Dann verschwindet er wieder aus unserem Blickfeld, und Dante kommt zurück.

»Klopf noch mal!«

»Mein Schnabel ist schon ganz wund«, jammert er, tut es aber trotzdem.

Jetzt klingt Larry richtig wütend. »Ihr verdammten kleinen Scheißer, ich zeig euch, was ein gutes Versteck ist …«

Die Tür fliegt auf, und vor uns steht ein magerer Kerl mit dem Gesicht eines Windhunds und den Beinen eines Huhns in einem weinroten Polyesterbademantel. Larry Nice hat gekifft, ein beißender Geruch umwabert ihn. Anfangs rieche ich nur das – und ich erinnere mich wieder daran, dass Paddys Mörder genau der gleiche Geruch umgab. Schlammig und schmutzig grau bleibe ich reglos auf seiner nassen Fußmatte stehen.

Larry starrt auf mich hinab. »Verdammt noch …«

Ich springe an ihm hoch und presse meine Nase auf seine Haut. Er denkt, ich will ihn beißen, und schreit laut auf. Ich stoße den Hühner-Windhundmann um, sodass er mit dem Rücken auf einem bierdurchtränkten Teppich landet. Er versucht, mich wegzudrücken. Sein glatter Bademantel hat kurze Ärmel, und als wir miteinander ringen, kratzen meine Krallen zwar über seinen Arm, aber von einer Bisswunde ist dort nichts zu sehen. Er riecht nach billigem Aftershave und Kneipe, nach Rich-Tea-Keksen und Styropor, nicht aber nach diesem merkwürdig muffigen Essen und auch nicht nach der Krankheit, die mich an ein Insekt erinnert hat, das ich immer noch nicht zuordnen kann. Als ich aus dem Flur flüchte und die Treppe hinuntersprinte, bin ich mir zu hundert Prozent sicher, dass Larry Nice mein Herrchen nicht umgebracht hat.

KAPITEL 12

Rose half PC Joe Salisbury mit dem Rolltor an Larry Nices Garage im Truscott Estate. Sie trug einen unvorteilhaft geschnittenen blauen Regenmantel, in dem sie aussah wie eine Heidelbeere. Da sie zuvor schon im strömenden Regen nach Monty gesucht hatte, waren ihre Schuhe vollkommen durchnässt.

Als sie aufgewacht war, hatte sie feststellen müssen, dass der Hund verschwunden war. Dafür hatte Kays alte Taschenlampe draußen im Garten gelegen. Wie Monty durch die Tür gekommen war, blieb ihr schleierhaft – immerhin hatte sie sämtliche Türen zugemacht.

»Das wird eine Weile dauern«, riss Salisbury sie aus ihren Gedanken.

Die Garage war bis unters Dach mit Kisten vollgestellt.

Salisburys Uniform hatte mittlerweile eine Handvoll Teenager angelockt, die ihn lautstark beschimpften. »Drecksbulle!«, rief der Älteste – schätzungsweise gerade einmal achtzehn – zu ihm hinüber und warf mit einer Flasche, die Rose am Arm traf und dann zu ihren Füßen zersplitterte. Mit seiner Größe und seinen Muskelpaketen hielt Salisbury normalerweise allein durch seine Anwesenheit Unruhestifter in Schach. Jetzt marschierte er auf den Jungen zu, der sofort die Flucht ergreifen wollte, doch Rose war schneller. Sie presste ihn gegen die Mauer und legte ihm Handschellen an, noch ehe der überraschte Täter wusste, wie ihm geschah. Der Rest der Gang machte sich aus dem Staub.

»Name?«

»Ich sag nichts.«

»Halt ihn fest«, sagte Rose zu Salisbury, fing an, seine Taschen abzutasten, und fand seinen Geldbeutel mitsamt dem Führerschein. »Damien Flannery.« Rose warf dem jungen Kerl einen Blick zu. »Ich bin Detective Constable Rose Sidebottom, und du entschuldigst dich auf der Stelle dafür, dass du die Flasche nach mir geworfen hast.«

»Fick d…«

»Vorsicht!«, blaffte Salisbury ihn an.

»Wenn du dich jetzt bei mir entschuldigst«, fuhr Rose fort, »könnte ich womöglich davon absehen, dir eine Anzeige wegen Beleidigung aufzubrummen.«

Salisbury sah Rose überrascht an, doch sie ignorierte ihn.

»Ich warte.«

»Keine Chance.«

»Ich warte immer noch.« Sie hielt sich die Hand hinters Ohr.

»Das haste falsch verstanden. Die Flasche is mir ausgerutscht, ich hab sie nich geworfen.«

»Du zwingst mich dazu«, warnte sie ihn.

»Von mir aus, meinetwegen.« Flannery sah hinüber zum Parkplatz, um sicherzustellen, dass auch ja niemand in Hörweite war, und murmelte: »'tschuldigung.«

»Gut. Nimm's als Verwarnung. Und jetzt verschwinde und lass uns mit der Arbeit weitermachen. Hast du mich verstanden?«

»Ja, Detective.«

Salisbury nahm ihm die Handschellen wieder ab, und Flannery schlurfte mit den Händen in den Hosentaschen davon.

»Sicher, dass das eine gute Idee war?«, fragte Salisbury. »Nicht mal eine schriftliche Verwarnung?«

»Wir können keinen Aufruhr gebrauchen. Außerdem ist er noch jung. Ich wollte ihm noch eine Chance geben.«

Salisbury schüttelte den Kopf, verkniff sich aber einen Kommentar.

»Dann legen wir mal los«, sagte sie und riss die erste Kiste auf.

»Du hast da gerade einen ziemlich guten Eindruck gemacht.«

»Danke, Joe.«

Rose hatte Salisbury schon immer attraktiv gefunden, trotz seines knolligen Kinns, das er unter einem Bart versteckte. Auf der Polizeischule war sie sogar ein bisschen in ihn verknallt gewesen, aber nachdem es sich herumgesprochen hatte, dass er mit einer Krankenschwester aus der Gegend liiert war, hatte sie sich mit der Rolle der guten Freundin zufriedengegeben. Inzwischen war er verheiratet, hingebungsvoller Vater eines kleinen Jungen und von sämtlichen Kollegen ihr engster Vertrauter.

In den ersten Kisten steckten Flachbildfernseher, in den nächsten iPads.

»Sind unter Garantie von irgendeinem Laster gefallen«, scherzte Joe.

Rose ließ sich auf eine Kiste mit einem Dutzend Flaschen Shiraz fallen und rieb sich den Arm.

»Was ist?«, fragte Salisbury. »Hat er dich doch verletzt?«

»Nein.«

»Liegt's an der Nagelpistole?«

Rose nickte.

»Wir wissen alle, dass Leach auf dich losgegangen ist. Aber sieh's positiv: Er hat dir eine zweite Chance gegeben.«

Rose lehnte sich vor, stützte sich mit den Unterarmen auf den Oberschenkeln auf und starrte auf den Betonboden. Die Blätter einer Ulme waren von draußen in die Garage geweht und wirbelten um ihre nassen Schuhe.

»Ich war einfach ein Hornochse. Aber ich werde allen beweisen, was ich kann. Ich weiß, dass ich's draufhabe.« Wenn sie sich das nur weiter einredete, würde es vielleicht ja wahr werden. »Mein Problem ist Pearl. Er hat mir zu verstehen gegeben, dass er mich nicht im Major Crime Team haben will.«

Salisbury riss die Weinkiste neben ihr auf. »Sieht wirklich nicht so aus, als wäre er sonderlich hilfsbereit.« Früher am Morgen hatte Pearl Salisbury beiseitegenommen und ihm lautstark mit auf den Weg gegeben: »Pass auf, dass sie aus dem Einsatz nicht schon wieder ein verdammtes Fiasko macht.« Und er hatte es darauf angelegt, dass die Kollegen alles mitbekamen.

»Dabei soll er mein Mentor sein. Was soll man dazu noch sagen? Und wem glaubt der Boss wohl eher – ihm oder mir?«

Salisbury nahm sich die nächste Kiste vor. »Du musst von jetzt an eben alles richtig machen. Dave darf keinen Grund finden, dich rauszuwerfen.«

Sie schüttelte den Kopf. »Und zu allem Überfluss ist auch noch dieser Hund abgehauen, den ich aus der Tierklinik gerettet habe – du weißt schon, Monty.«

»Der Hund ist ein Kämpfer. Ich bin mir sicher, er taucht gesund und munter wieder auf.«

Sie schlug die Hände vors Gesicht. Tränen waren ihr in die Augen getreten. *Schluss jetzt, du Jammerlappen!*, ermahnte sie sich, und Salisbury drückte ihr aufmunternd die Schulter.

»Rose, vielleicht brauchst du einfach erst mal einen Tee und was zu essen. Wie ich dich kenne, hast du heute noch nicht einmal gefrühstückt. Wie wär's? Ich besorge uns was.«

Erleichtert sah Rose zu ihm auf und lächelte ihn an. Salisbury glaubte fest daran, dass ein Becher Tee fast jedes Problem löste. »Ich hätte gerne ein Sandwich mit Bacon und Ei, und ein Tee wäre toll. Danke, Joe, du bist ein echter Freund.«

Während Salisbury sich auf den Weg zu dem Café hinter der nächsten Ecke machte, fuhr Rose mit der mühsamen Aufgabe fort, jede einzelne von Larry Nices Kisten zu durchsuchen. Sie schob gerade eine weitere Weinkiste zur Seite, um zur Rückwand der Garage zu gelangen, als sie ein metallisches Scheppern vernahm. Sie ging in die Knie und entdeckte einen schwarzen Rucksack, der in dem Meer aus Pappkartons irgendwie fehl am Platz wirkte. Mit behandschuhten Händen zog sie den oberen Reißverschluss auf und fand polierte Silberteller, eine silberne Teekanne und einen Kerzenleuchter. Einen Augenblick später hatte sie Pearl am Telefon.

»Tauchen auf der Inventarliste von Salts Versicherung irgendwelche Silbergegenstände auf?«

Rose hörte, wie er quer durchs Büro Detective Sergeant Kamlesh Varma etwas zubrüllte, der auf der Stelle bestätigte, dass aus Salts Haus auch Silber verschwunden war. Der akribische Professor hatte sogar Fotos von seinen Wertgegenständen geschossen und sie an die Versicherungsgesellschaft gemailt, und diese Fotos lagen Varma vor.

»Können Sie sie mir per WhatsApp schicken, Sir?«

Innerhalb weniger Sekunden landeten sie auf ihrem Handy, und sie glich sie mit dem Inhalt des Rucksacks ab. Volltreffer.

»Ich denke mal, wir haben das verschwundene Silber gefunden«, sagte sie zu Pearl, gerade als Joe mit dem Frühstück um die Ecke bog.

»Fassen Sie nichts an«, sagte Pearl. »Ich bin schon unterwegs.«

KAPITEL 13

Später am selben Vormittag sah Rose über den Videobildschirm im Überwachungsraum Leach und Pearl dabei zu, wie sie Larry Nice befragten. Sie fühlte sich wieder wie damals mit sechzehn: als Außenseiterin, die nicht zur angesagten Clique gehörte, und wünschte sich nichts sehnlicher, als allen zu beweisen, dass auch sie einem Verdächtigen die Wahrheit entlocken konnte. Doch dieser Wunsch schien ihr mittlerweile ebenso realitätsfern zu sein wie die Möglichkeit, dass Pearl ihr Gelegenheit dazu geben würde.

Nice schüttelte in einem fort den Kopf. Er hatte beide Hände mit gespreizten Fingern vor sich auf den Tisch gelegt. Seine vor Schreck geweiteten Augen erinnerten sie an Grußkarten, auf denen die Tiere diese überproportional großen, gläsernen Augen hatten, die niemals blinzelten.

»Nie im Leben!«, rief Nice gerade. »Ich kenne diesen Salt doch gar nicht!«

Er war nicht schwer zu finden gewesen. Mit einer Tüte Chips auf dem Bauch und einem qualmenden Joint im Aschenbecher hatte er in seiner Sozialwohnung gesessen und sich die Wiederholung irgendeines Fußballspiels angesehen. Und irgendwas von einer Hundeattacke gebrabbelt. Er sei mit den Nerven immer noch völlig am Ende. Für einen flüchtigen Moment hatte Rose sich gefragt, ob es sich bei diesem Hund möglicherweise um Monty gehandelt haben könnte, doch dann war ihr die Vorstellung lächerlich vorgekommen. Trotzdem machte sie sich Sorgen um ihn.

»Und wie sind diese Silbergegenstände dann in Ihre Garage gekommen?«, fragte Leach, verschränkte die Arme vor der Brust und lehnte sich in dem Plastikstuhl zurück, der für seinen Körperbau eindeutig zu klein war. »Auf 'nem fliegenden Teppich?«

»Da will mich jemand hinhängen, so ist das«, antwortete Nice und beugte sich vor. »Ich bin noch nie bei diesem Haus gewesen, Ehrenwort, Mr. Leach.«

»Na klar, und ich bin der verdammte Prinz von Wales«, gab Leach mit einem Schnauben zurück.

Nice grinste, als hätte er sich diesen Klotz von einem Polizisten gerade als Thronfolger vorgestellt.

»Zeigen Sie mir Ihre Arme«, fuhr Leach fort.

»Was?«

»Ihre Arme. Zeigen Sie sie mir.« Er klopfte ungeduldig auf die Tischplatte.

Nice blickte ein bisschen ratlos drein, tat dann aber, worum man ihn gebeten hatte.

»Sieht aus wie Kratzspuren, Larry. Von einem großen Hund. Wie ist das passiert?«

»Wie gesagt, Mr. Leach, ich bin heute Morgen von einem Hund angefallen worden. Ich hab die Wohnungstür aufgemacht, und diese Bestie ist einfach so auf mich losgegangen. Ohne Grund. Wenn Sie mich fragen: So was muss man erschießen.«

»Ach wirklich? Kann irgendjemand diese Attacke bezeugen?«

»Was weiß ich? Vielleicht haben die Nachbarn ja was gehört.«

»Hat der Hund zugebissen?«

Nice rieb sich den Arm. »Nee, ich glaub nicht.«

»Das lassen wir im Krankenhaus untersuchen, nur zur Sicherheit.«

»Sehr freundlich von Ihnen, Mr. Leach.«

Pearl lehnte sich vor, und dabei schlug seine Armbanduhr auf die Tischfläche. Er trug die Uhr – ein protziges Teil an einem dicken Metallarmband – ein Stück zu weit, sodass sie an seinem Handgelenk schlackerte, wenn er sich bewegte.

»Larry, Sie haben für Freitagabend kein Alibi. Allein zu Hause – das reicht uns nicht.«

Der Verdächtige zuckte zwar mit den Schultern, aber auf seiner Oberlippe hatten sich bereits Schweißperlen gebildet, und die Flecken unter seinen Achseln zeugten nur allzu deutlich von Nervosität.

Es klopfte an der Tür, und ein Kollege streckte den Kopf herein, um Leach einen Zettel zuzustecken.

»Na, wenn das mal keine Überraschung ist«, sagte dieser und reichte den Zettel an Pearl weiter, der mit der Zunge schnalzte.

»Jetzt sitzen Sie ganz schön in der Scheiße.«

Nice zappelte nervös auf seinem Stuhl herum. »Wovon reden Sie?«

»Wie erklären Sie sich, dass Ihre Fingerabdrücke auf einem von Salts Weingläsern sichergestellt wurden?«, fragte Leach. »Na? Auf demselben Glas im Übrigen, aus dem er vor seinem Tod getrunken hat.«

»Das sind nicht meine Fingerabdrücke.«

»Ach, Larry, hören Sie doch auf«, ging Pearl dazwischen. »Wir wissen, dass Sie dort waren.«

Larry verschränkte die Arme. »Ich sag jetzt kein Wort mehr, bis ich von Ihnen einen Anwalt kriege.«

Leach warf Pearl einen Blick zu, der zu sagen schien: Jetzt haben wir ihn am Sack.

»Kommen Sie schon, Larry. Sie sind überführt. Warum erzählen Sie uns nicht einfach, wo Sie Salts Laptop und sein iPhone versteckt haben? Sie wissen doch genau, dass es für Sie von Vorteil ist, mit uns zusammenzuarbeiten.«

Finster starrte Nice auf seine fleckigen alten Laufschuhe.

»Sie wollten ihn bestimmt nicht töten, oder? Hat Salt Sie angegriffen? Sind Sie in Panik geraten?«

Doch Nices einzige Antwort lautete: »Anwalt.«

Leach stand vom Tisch auf, und Pearl tat es ihm gleich.

»In Ordnung, wir besorgen Ihnen einen. Aber der wird Sie auch nicht retten können, Larry. Sie machen es sich leichter, wenn Sie ein Geständnis ablegen. Denken Sie darüber nach.«

Nachdem sie den Vernehmungsraum verlassen hatten, blieb Rose noch eine Weile sitzen und betrachtete Nice auf dem Bildschirm. Sie hatte jede seiner Gesten und jedes seiner Worte konzentriert verfolgt und nicht den Hauch eines Kribbelns verspürt. Nicht einmal ein leichtes Jucken. In ihren Augen hatte Larry die Wahrheit gesagt. Allerdings waren ihre Vorgesetzten da ganz offensichtlich anderer Meinung. War sie wirklich die Einzige, die den Verdacht hatte, dass dies alles viel zu simpel und zu einfach war?

Sie schloss die Tür zum Überwachungsraum und gesellte sich auf dem Flur zu Leach und Pearl.

»Wir haben dieses kleine Arschloch«, sagte Pearl und würdigte sie keines Blickes.

»Aber er hat keine Bisswunde«, gab Leach zu bedenken.

»Zumindest keine, von der wir wüssten. Vielleicht hat er sie ja anderswo an seinem dürren Körper.«

Leach schüttelte den Kopf. »Ich brauche entweder ein Geständnis oder eine Übereinstimmung mit den DNA-Proben aus dem Hundemaul.«

»Aber Chef, das Weinglas beweist doch, dass er bei Salt zu Hause war. Und Salts Silbergeschirr lag in seiner Garage. Das war ein Einbruch, der aus dem Ruder gelaufen ist«, stellte Pearl fest.

»Nicht sicher. Irgendwie sieht mir das alles …«

»Zu einfach aus?«, warf Rose ein.

Leach zuckte mit den Achseln. »Vielleicht.«

Frustriert sah Pearl zur Decke.

Doch Rose blieb hartnäckig. »Sir, das alles fühlt sich irgendwie verkehrt an. Larry ist hier in den letzten zehn Jahren ein und aus gegangen, und dabei ist es immer nur um Diebstahl gegangen. Nicht ein einziges Mal hat er jemanden angegriffen, geschweige denn ermordet. Er hat niemals zuvor einen Raubüberfall verübt. Er mag ein Ekel sein, aber er ist nicht blöd. Warum würde er das Silber in seiner Garage liegen lassen, wenn er doch weiß, dass wir darüber Bescheid wissen? Das wäre doch wirklich zu dämlich. Für mich sieht es so aus, als wollte ihm wirklich jemand etwas unterjubeln.«

Leach trat vor sie, und seine riesige Gestalt füllte beinahe den gesamten Flur aus. Rose nahm sich vor, bei einem Feueralarm dafür zu sorgen, dass sie vor Leach auf der Treppe war. Er war bei Weitem nicht mehr so flink wie früher.

»Rose, ich bin ein altes Schlachtross, und ein guter Riecher in allen Ehren, aber es sieht für Nice nicht gut aus. Sobald wir einen Treffer bei den DNA-Proben haben, fährt er wegen Mordes ein.«

Jetzt spürte sie, das Pearl ganz nah hinter sie trat. Sie war zwischen den beiden eingequetscht wie zwischen zwei Sandwichhälften.

»Rose, es reicht einfach nicht zu *fühlen*«, äffte Pearl sie nach. »*Gefühle* können einen fehlleiten, wie Sie nur zu gut wissen. Oder haben Sie etwa gefühlt, dass Ray Summers Sie angelogen hat?«

»Schluss damit«, blaffte Leach und überraschte damit Pearl und Rose gleichermaßen. Seine Zurechtweisung war für Rose Aufforderung genug, um weiterzusprechen.

»Was, wenn es gar kein Raubüberfall war?«, fuhr sie fort. Auch wenn Pearl nicht auf sie hörte, würde ihr vielleicht ja Leach Gehör schenken. »Was, wenn es um etwas völlig anderes ging? Etwas Komplizierteres? Vielleicht hat der Professor von irgendetwas Wind bekommen? Etwas, das sich beispielsweise auf seinem Laptop befunden hat?« Ihre Stimme war vor Aufregung schrill und piepsig geworden. »Der Diebstahl der Silbergegenstände könnte doch bloß vorgeschoben gewesen sein.«

Leach verschränkte die Arme. »Reden Sie weiter.«

Sie räusperte sich. »Ich wundere mich ehrlich gesagt darüber, dass Professor Salt unser führender Apikultur-Experte war ...«

Leach sah sie ausdruckslos an.

»Bienen, Sir.«

»Dann sagen Sie das doch, verdammt«, grollte er.

Rose nickte hastig. »Er wollte herausfinden, warum die Honigbiene ausstirbt. Ist es da nicht verwunderlich, dass er ermordet wird, kurz bevor er mit seinen Forschungsergebnissen an die Öffentlichkeit gehen will?«

»Was für Ergebnisse?«, hakte Pearl nach. »An seinem Institut war von Ergebnissen keine Rede.«

»Ich habe mir die Fachliteratur genauer angesehen, um die Hintergründe zu begreifen. Salt war hoch angesehen und hatte für seine Thesen zahlreiche Unterstützer. Seine Arbeit wurde von Flay Bioscience finanziert, und deren PR-Leute machen um eine Lösung für das Bienensterben gerade ordentlich Wind. In zwei Wochen wollen sie irgendwas auf den Markt bringen.«

»Ach, kommen Sie schon«, sagte Pearl. »Sie glauben doch nicht allen Ernstes, dass irgendjemand wegen ein paar kranker Bienen einen Mord begeht?«

»Warum denn nicht? Flay Bioscience ist ein verdammt großer Fisch. Sie sind im Footsie 100 gelistet und machen Hunderte Millionen Gewinn im Jahr. Morde wurden schon für deutlich weniger begangen.«

Leach knirschte mit den Zähnen, als würde er auf Murmeln herumkauen.

»Hören Sie, Rose, wenn ich mich zwischen dieser Verschwörungstheorie und einem misslungenen Überfall entscheiden müsste – ich würde auf den Überfall setzen.« Er tippte sich mit einem Pummelfinger ans Kinn. »Wie wahrscheinlich ist es, dass ein millionenschweres Unternehmen einen Auftragskiller losschickt, um seinen besten Forscher umzulegen? Ich hab da meine Zweifel. Aber dass Larry, dieser Loser, einen Einbruch vermasselt? Das ist doch durchaus wahrscheinlich.«

»Aber, Sir …«

Leach gebot ihr mit erhobener Hand Einhalt. »Dave, hat

Flay Bioscience uns den Einblick in Salts Dateien und E-Mails zugesichert?«

»Nein, Sir. Das haben sie uns verweigert und es mit vertraulichen Daten und Patentgeschichten begründet.«

»Haben Sie es schon mit einem Gerichtsbeschluss versucht?«

»Noch nicht.«

»Dann besorgen Sie sich einen. Wir sollten uns in jede Richtung absichern.« Dann wandte sich Leach wieder an Rose. »Und Sie sprechen mit diesem Nachbarn, Francis Grace. Als ich gestern Abend mit ihm reden wollte, war er vollkommen durch den Wind. Vielleicht geht es ihm inzwischen ja besser.«

»Sir, dürfte ich vielleicht Salts Kollegen bei Flay Bioscience befragen? Ich glaube, wir sollten ein bisschen mehr über dieses neue Produkt erfahren«, sagte Rose.

»Erst der Nachbar, dann meinetwegen Salts Vorgesetzter an der Uni. So ein Typ mit einem tuntigen Namen.«

»Bomphrey, Sir.«

»Ja, richtig. Sie und Pearl nehmen sich erst mal Bomphrey vor, bevor wir bei Flay Bioscience mit den Säbeln rasseln. Dort arbeiten mehr Anwälte als hier Polizisten. Schauen Sie mal, was Sie über diese große Markteinführung herausfinden – und ob die überhaupt noch stattfindet.«

»Danke, Sir«, sagte Rose, machte auf dem Absatz kehrt und marschierte überglücklich über ihren kleinen, aber bedeutsamen Erfolg davon.

KAPITEL 14

Mein Zwinger ist einer von fünfzehn in einer Reihe mit Betonboden und ohne Tageslicht. Nur grelle Glühbirnen, die ohne Abdeckung in regelmäßigen Abständen von der Decke baumeln. Ich habe Wasser und eine muntere graue Betonsteinwand, die ich betrachten kann. Es stinkt nach Bleichmittel, Kacke und verzweifelten Urimails, die einzig und allein die Gefangenen hier lesen werden. Würde ich einen orangefarbenen Overall tragen, könnte man mich glatt für einen Häftling aus Guantanamo halten – unter Eingeweihten auch »Gitmo« genannt. Kein Wunder, dass meine Brüder und Schwestern hier in der Gefangenschaft von »Dogmo« sprechen. Keiner hat mir meine Rechte vorgelesen, als ich hier angekommen bin, und ich habe auch nicht telefonieren dürfen, und wie ich erfahren habe, durfte das auch sonst keiner der Insassen. Alles, was man hier hört, ist das unablässige Bellen meiner Gefährten, die ihre Herrchen rufen, damit sie sie aus diesem Gefängnis befreien.

Ich bin hier, weil ich Rose nicht gehorcht habe. Was wohl nur fair ist.

Allerdings macht im Zwingerblock D, in meinem Block, das Gerücht die Runde, dass ich hier wegen Mordes einsitze. Inzwischen hat hier jeder Hund von Paddys Ermordung gehört und davon, wie ich versucht habe, ihn zu retten. Auf die Urinüchteküche ist eben Verlass. Allerdings wird auch kolportiert, dass ich mich an Paddys Mörder gerächt und ihm das Bein abgebissen haben soll. Bei lebendigem Leib. Ich nehme an, dass Lola, die Chihuahua-Dame, diesen Blödsinn in die Welt gesetzt hat. Lola sitzt den ganzen Tag auf ihrem pinken Kissen und quasselt mit jedem, der ihr sein Gehör schenkt. Sie ist die Antwort der Hundewelt auf *The Sun*: sensationsgieriges Geseier ohne ein Körnchen Wahrheit. Um ehrlich zu sein, wird mir allein schon bei dem Gedanken, wie ich Hühner-Windhundmanns Bein annage, übel. Trotzdem fühle ich mich verpflichtet, die Sache richtigzustellen. Wo sind eigentlich die ganzen Anwälte, wenn man sie mal braucht?

Im Zwinger zu meiner Rechten liegt ein Staffordshire-Terrier mit gebrochenem Herzen, dessen Herrchen ihn aus einem fahrenden Wagen geworfen hat, angeblich weil er ein lausiger Wachhund war.

»Dabei gibt's dafür keinen einzigen Beweis«, hat er zu mir gesagt.

Er bewegt sich kaum und vermeidet jeden menschlichen Kontakt. Er ist schon länger hier als die meisten anderen und hat sich immer noch nicht ganz von seiner OP erholt. Weil er weder gechippt war noch ein Halsband trug, wurde er kurzerhand Ralph getauft. Er hat nur noch drei Beine, und einem der Mädchen zufolge, die hier arbeiten, ist er ein »Lebenslänglicher«: Er wird wohl kein neues Zuhause mehr finden.

Links von mir sitzt Taz, ein schwarz-weißer Mischling – ein bisschen Terrier, ein bisschen Border Collie. Er springt die ganze Zeit an seiner Zwingertür hoch, heult ununterbrochen und beschimpft die Zweibeiner aufs Übelste. Seine Nase ist schon ganz zerkratzt und blutig vom ständigen Kontakt mit den Gitterstäben. Zwischendurch nehmen die Wächter ihn mit und verarzten ihn, doch sobald er zurück ist, geht es wieder von vorne los. Er hat mir erzählt, dass er unter dem Verdacht steht, eine Terroristin unterstützt und sogar aufgehetzt zu haben. Wie sich herausgestellt hat, war diese Terroristin Molly, ein widerborstiges Schaf, das aus der Farm seines Besitzers ausbrechen wollte. Statt das Schaf schön brav wieder in den Schoß der Herde zu treiben, hat Taz angeblich sogar das Tor für Molly geöffnet, und deshalb hat sein Herrchen ihn nach Dogmo gebracht. Ich bin mir nicht sicher, wer von meinen Nachbarn mir mehr leidtut.

Aber wie in aller Welt bin ich hier gelandet? Der Motorölmann muss mir das eingebrockt haben.

Als Betty und ich am Morgen aus Larrys Wohnblock flüchteten, rannte ich die Treppen hinunter und überquerte gerade einen Spielplatz, der so aussah und so roch wie eine Müllkippe, als vor uns plötzlich mit quietschenden Reifen ein Lieferwagen der Stadt anhielt und uns den Fluchtweg versperrte. War das ein Hundefänger? Ich rutschte über ein paar nasse Fast-Food-Verpackungen und blieb stehen. Angesichts des Behörden-Kaki bestand tatsächlich kein Zweifel. In einer Hand hielt er ein Netz, in der anderen einen langen Stock mit einer Schlinge an der Spitze. Um ein Haar wäre mir das Herz stehen geblieben – mir war wieder durch den Kopf geschossen, wie meine Mutter uns Welpen damals eingebläut hatte, um unser Leben zu rennen, sobald wir einem Hundefänger begegneten. Betty nahm geistesgegenwärtig Reißaus, und ich versuchte noch, ihr zu folgen, als der Mann auch schon sein Netz nach mir auswarf und mich beinahe erwischte.

Ich flüchtete hinter eine wild besprühte Wippe. Er stand auf der anderen Seite, und im strömenden Regen beäugten wir einander. Fast wie bei einem Duell im Morgengrauen. Er oder ich. Ich wusste, dass er nicht über die Wippe klettern, sondern drum herumlaufen würde, und täuschte einen Sprung nach rechts an. Er schien mir entgegenlaufen zu wollen, und ich schlug die entgegengesetzte Richtung ein. Er ebenfalls. Eine ganze Weile ging es so weiter. Doch dann zog er eine Tüte Leberleckerlis aus seiner Tasche. Das ging wirklich unter die Gürtellinie. Er machte die Tüte auf, wedelte damit in meine Richtung und rief nach mir.

»Komm schon, Junge. Guter Hund!«

Glaubte er etwa, ich wäre bescheuert? Okay, zugegeben, ich sabberte wie blöd. Die Leberleckerlis rochen verdammt gut – aber auf so etwas fiel ich nicht rein.

Ich machte kehrt und rannte wieder auf die Wohnblocks zu – nur um mit einem Mal einem weiteren Hundefänger gegenüberzustehen. Einer Frau. Ich saß in der Falle. Schleunigst sah ich mich nach einem Ausweg um. Eine Mutter mit drei Kindern, allesamt in Regenjacken, kam auf mich zu. Wenn ich zwischen ihnen hindurchschlüpfen könnte … Die Hundefängerin würde doch sicher nicht ihr Netz oder die Schlinge in deren Richtung werfen? Ich war drauf und dran loszusprinten, als meine Verfolgerin eine Plastikbox öffnete und daraus … Oh nein.

»Schau mal, was ich hier für dich habe. Käse!«, rief sie.

Da war's um mich geschehen. Jeder, der sich ein bisschen mit Hunden auskennt, weiß, dass Käse für Hunde wie Kokain ist. Einmal probiert, und du bist süchtig. Es hatte ganz unschuldig angefangen. Melissa, die fünfjährige Tochter von John Collum, der mich im Welpenalter bei sich aufgenommen hatte, war eines Tages auf die lustige Idee gekommen, Käsescheiben zu zerzupfen und mich damit zu füttern. Und jetzt hielt die Hundefängerin mir Käse hin. Trotz des Regens bestand kein Zweifel: Er würde himmlisch cremig sein. Mein Hirn befahl mir wegzulaufen, aber mein Magen flüsterte nur: Scheiß drauf, geh und schnapp ihn dir. Und plötzlich bewegten sich meine Beine wie von selbst. Ich sabberte und war schon kurz davor, mir die Scheibe Käse einzuverleiben, als sich mir die Schlinge um den Hals legte.

Dann wurde ich in einen Lieferwagen geworfen und nach Dogmo gebracht. Nicht dass die Leute hier unfreundlich wären. Gina beispielsweise ist wirklich nett: eine untersetzte Frau mit roten Wangen, die mich an einen Apfel erinnert und nach Katzen riecht. (Sie verbringt viel Zeit im Zwingerblock C, dem Katzentrakt, was ich ihr aber nicht zum Vorwurf mache.)

»Na, du hast aber eine ordentliche Schlacht geschlagen«, hat sie bei meiner Ankunft zu mir gesagt. »Siebzehn Stiche – und guck nur, wie du aussiehst!«

In dem Versuch, mich aus der Schlinge zu befreien, war ich auf einem aufgeplatzten Müllbeutel gelandet. Ich war inzwischen also nicht mehr nur mit Schlamm bespritzt, sondern in meinem verfilzten Fell klebten auch noch Kartoffelschalen, Bonbonpapierchen, Reste eines Lammeintopfs und eines Shepherd's Pie, benutzte Teebeutel, Papierfetzen, der Inhalt eines Staubsaugerbeutels und – mein absoluter Favorit – ein Kaugummi. Kaugummi kann man nur entfernen, indem man das verklebte Stück Fell herausschneidet, und so habe ich nun auch noch eine besonders unattraktive kahle Stelle an meiner Kehrseite. Aber zumindest konnte ich mir so den ansonsten traurigen Weg ins Tierheim mit ein paar leckeren Essensresten versüßen. Als ich dort ankam, musste ich eine Untersuchung von Gina und einer anderen Frau über mich ergehen lassen, die mich anschließend abduschten. Was für eine Demütigung!

Warum wir uns nicht gerne abduschen lassen?

Weil es zum einen peinlich ist. Ich meine, wer mag sich schon von einem komplett Fremden unter die Dusche zerren lassen? Zum anderen sind wir durchaus in der Lage, uns selbst sauber zu machen. Herzlichen Dank auch. Drittens: Die Dusche beraubt uns unseres Geruchs. Und somit unserer Identität. Ohne Geruch existieren wir praktisch nicht. Und last but not least hatte ich in diesem Fall eigentlich noch ein paar Snacks eingeplant, die ich unter den wohlriechenden Resten in meinem Fell ausgemacht hatte.

Dass ich Dante meine Hundemarke überlassen hatte, erwies sich jetzt als Fehler. Wahrscheinlich war das genauso dumm wie damals, als ich versucht hatte, das Frühstück eines königlichen Dorgi zu stibitzen – ja, Dorgi, eine Mischung aus Dackel und Corgi. Die Queen hat zwei davon, und der größere hört auf den Namen Vulcan. Her Majesty ist insgeheim ein *Star-Trek*-Fan.

»Sein Kopf soll rollen!«, rief Vulcan, als er mich auf frischer Tat ertappte. Und ich glaubte wirklich, mein letztes Stündlein hätte geschlagen. Er machte einen solchen Aufruhr, dass ein Sicherheitsmann herbeigelaufen kam und seine Waffe auf mich richtete. Es war mir eine Lehre, ehrlich: Denk nie, dass ein Hund schon fertig gegessen hätte. Das dicke Ende kommt bestimmt – besonders wenn dieser Hund die Macht hat, dich enthaupten zu lassen. Aber zurück zu meiner Hundemarke. Ich bin mir sicher, dass diese Zweibeiner vom Tierheim, wenn sie nur Patrick Salts Namen auf der Marke gesehen hätten, die Polizei verständigt hätten. Immerhin war sein Tod in sämtlichen Nachrichten. Aber nachdem ich nun mal keine Marke mehr habe und mein Chip kaputt ist, haben sie keine Ahnung, dass ich dieser bestimmte Hund bin. Ich hab versucht, ihnen klarzumachen, dass ich Monty bin und jetzt bei Rose in Duckdown Cottage lebe, aber sie sagen nur, ich soll aufhören zu bellen. Allerdings höre ich auch, wie Gina erwähnt, dass sie dem hiesigen Tierarzt und der Polizei Bescheid geben will für den Fall, dass jemand mich vermisst. Ich bin ganz aufgeregt und hechle begeistert. Leider ist sie zu beschäftigt. Zumindest kann sie noch nicht angerufen haben, sonst wäre Rose doch längst hier aufgetaucht, um mich wieder abzuholen, oder nicht?

Oh nein …

Was, wenn sie mich nicht zurückhaben will? Eine schreckliche Vorstellung! Sie hat mich gebeten, nicht abzuhauen, und ich hab ihr nicht gehorcht. Wahrscheinlich ist sie sauer. Na ja, wenn ich jetzt kleinlich sein wollte, könnte ich behaupten, dass ich längst wieder auf dem Heimweg war, als sie mich geschnappt haben, aber das weiß Rose natürlich nicht. Sie wird denken, dass sie mir nicht vertrauen kann. Ich seufze laut, lege den Kopf zwischen die Vorderpfoten und denke über meine Aussichten nach. Warten und hoffen – oder einen Schlussstrich ziehen?

Als drei Zweibeiner mit Leinen in den Händen unseren Zwingerblock betreten, werde ich abrupt aus meiner Grübelei gerissen. Lola hört kurz auf, mit einem Dalmatiner-Mischling namens Bubbles zu lästern, macht dann aber sofort weiter. Sie ist keine Freundin von Outdoor-Sport. Bubbles jedoch springt auf und wedelt mit dem Schwanz. Charlie, eine wilde Kreuzung mit einem Hauch Jack Russell, rennt wie irre im Kreis und japst: »Mich! Mich! Nehmt mich!« Nelson, ein älterer Staffordshire-Mischling, schleppt sich arthritisch bis zur Zwingertür. Ich liege einfach nur still da und schweige, genau wie Ralph. Ich will nirgends hingehen, immerhin könnte Rose hier auftauchen. Ein schlaksiger, großer Teenager mit einem Kaugummi im Mund – bitte, spuck ihn nicht aus, ich weiß genau, dass er in meinem Fell landen wird! – schlendert bis zu Taz' Zwinger. Er hat genug Metall in Ohren, Lippen, Augenbrauen und an den Fingern, um einen Metalldetektor um den Verstand zu bringen. Dante fände diese funkelnden Dinger großartig, doch Taz knurrt nur und schmeißt sich mit hochgezogenen Lefzen gegen die Zwingertür.

»Lass mich hier raus, du Hurensohn!«

Erschrocken weicht der Teenager zurück. Ich kann seine Angst riechen, sie ist sauer wie Essig. Er wirft einen Blick auf mein Datenblatt, das außen am Zwinger hängt, dann auf mich, der ich ruhig in der Ecke liege und warte, und dann ruft er: »Ich nehm stattdessen einfach die hier. Goldie.«

Goldie? War das wirklich der beste Name, der ihnen eingefallen ist? Und mal ehrlich, Kumpel – sehe ich vielleicht aus wie ein Weibchen?

»Er ist gerade erst angekommen«, sagt Gina, die Apfel-Katzenfrau. »Er muss noch nicht so dringend raus.«

»Egal, den anderen nehm ich jedenfalls nicht. Der ist mir zu aggressiv.«

Taz knurrt noch einmal, und Gina seufzt.

»In Ordnung, Mike. Nimm Goldie. Carol, ist Nelson für dich okay?«

Carol, eine große Frau in Gummistiefeln, die nach Kuhdung riechen, nickt.

Als Mike meine Tür aufmacht, versuche ich, an seinen dürren Beinen vorbeizuschlüpfen, aber er ist zu schnell für mich. Er schnappt mich am Halsband, klickt die Leine ein, zieht einmal heftig daran, und ich muss würgen, aber das scheint ihm egal zu sein. Er zerrt mich zu sich hinüber, sodass ich ganz dicht neben ihm hergehen muss, fast schon auf Zehenspitzen. Hintereinanderweg verlassen wir das Tierheim durch den Seiteneingang und biegen dann erst nach rechts auf einen Weg durch ein Industriegelände und anschließend nach links auf einen Forstweg ein. Ich versuche die ganze Zeit, irgendeinen bekannten Geruch zu wittern – vergebens. Allmählich wird der Verkehrslärm immer leiser. Die Piste, auf der wir unterwegs sind, ist ungeteert, und zu beiden Seiten stehen hohe Hecken und dahinter Birken. Wir laufen entgegen der Fahrtrichtung – nicht dass hier viel Gegenverkehr wäre. Inzwischen hat es aufgehört zu regnen, und soweit ich es durch das Blätterdach erkennen kann, hat der Himmel zu einem blassen Blau aufgeklart. Ich frage mich, wohin wir unterwegs sind, komme aber mit meinen Überlegungen nicht weit.

Denn plötzlich höre ich, wie eine Tür zuschlägt. Ein Knirschen – Metall über Metall. Dann wird ein Motor angelassen. Er hustet, und dann steigt ein vertrauter Dieselgeruch auf. Ich lege die Ohren an, stelle die Rute auf, und mir sträubt sich das Fell. Das ist er! Das ist der Wagen des Mörders!

»Hoho, Junge!«, ruft Mike. Ein Hauch von Panik liegt in seiner Stimme.

Ich zerre an der Leine und ducke mich, als würde ich mich an ein Beutetier anschleichen. Meine Nase pulsiert, weil ich verzweifelt die Witterung des Mörders aufnehmen will. Ich höre ein Klappern, das nur allzu bekannt klingt. Das Auto hat irgendeinen Schaden. Und es kommt auf uns zu. Ich knurre und mache einen Satz nach vorne, um von der Leine loszukommen – jetzt kann ich es sogar schon sehen! Es ist ein weißer Lieferwagen, wie ihn Handwerker fahren, mit zwei Vordersitzen und hinten Platz für das Werkzeug. Ich stürze nach vorne und muss würgen, als das Halsband tief in meinen Hals schneidet.

»Hör auf damit!«, schreit Mike. »Schluss jetzt!«

Ich schere auf die Mitte des Weges aus und setze all meine Kraft ein, um den Jungen hinter mir herzuziehen. Die Lefzen habe ich zu einem mörderischen Knurren hochgezogen.

Mittlerweile ist der Lieferwagen so nah bei uns, dass ich den Mann am Steuer sehen kann – aber er sieht nicht aus, wie ich es erwartet habe. Er hat weißes Haar und ist vielleicht Ende fünfzig. Er hat die Scheibe runtergekurbelt und den kräftigen Arm ins Fenster gelegt – nirgends ein Tattoo. Das ist nicht derselbe muskulöse, schwarz gekleidete Mann, der Paddy auf dem Gewissen hat. Der Lieferwagen macht einen kleinen Schlenker um uns herum. Der Fahrer wirft uns einen kurzen, irritierten Blick zu, fährt dann aber einfach weiter. Ich gebe schlagartig Ruhe, starre der sich entfernenden Stoßstange nach und blinzle verwirrt. Ich schwöre, es war derselbe Wagen, in dem Paddys Mörder vorgefahren ist, aber der Fahrer war jemand anderes. Ich merke gar nicht, dass ich immer noch mitten auf dem Weg stehe, bis Mike mich an den Straßenrand zerrt.

»Du verdammter Psycho!«, schreit er mich an. Dann ruft er den anderen Gassigehern zu: »Habt ihr das gesehen? Der spinnt doch total!«

»Der wird's nicht lange machen«, ruft Carol zurück. »Zu aggressiv.«

Wie, nicht lange machen?

»Bring ihn zurück, Mike. Aus so aggressiven Hunden können wir keine Schoßhündchen machen. Wenn der Besitzer sich nicht meldet, müssen wir ihn einschläfern lassen. Schade, er hat so einen braven Eindruck gemacht.«

Wie bitte? Himmel, hilf! Ich weiß genau, was das bedeutet. Die anderen Hunde haben mir das damals in der Führhundeschule beigebracht. Wir kannten alle die Geschichte der Schäferhündin, die ihren Trainer angegriffen hatte und dann eingeschläfert werden sollte. Sie ist nie wieder zurückgekommen. Ich bin noch zu jung, um zu sterben – und außerdem muss ich noch Paddys Mörder finden!

Ich weiß jetzt, was ich tun muss. Ich kann nicht warten, bis Rose mich hier findet. Ich muss aus diesem Tierheim ausbrechen.

KAPITEL 15

Patrick Salts Rasenkante war picobello, genau wie die sachkundig zurückgeschnittenen Rosen, der präzise in Reihen gepflanzte Wintersalat, der Weißkohl, die Rauke und die Frühlingszwiebeln im Gemüsebeet. Ein Pedant, schoss es Rose durch den Kopf, als sie den Garten nach Monty absuchte.

Auf dem Weg zu Salts Nachbar war ihr eingefallen, dass Monty womöglich versucht haben könnte, zu seinem alten Zuhause zurückzukehren. Da das Haus verschlossen war, lief Salisbury den Uferweg entlang, während Rose selbst den Garten inspizierte.

»Monty!«

Von nebenan kam ein Poltern, und sie sah sich um und stolperte dabei fast über einen leeren Keramik-Wassernapf mit aufgemalten Pfotenabdrücken. Der Nachbar Francis Grace beobachtete sie durch ein Fenster im ersten Stock. Sie hielt ihren Dienstausweis in die Höhe und formte mit den Lippen das Wort »Polizei«, woraufhin der Alte wieder verschwand. Rose hob den Napf auf und füllte ihn mit Wasser für den Fall, dass Monty sich hier irgendwo versteckte und durstig war. Dann stellte sie ihn wieder genau dorthin zurück, wo sie ihn gefunden hatte.

»Wo steckst du denn?«, rief sie und sah nach, ob die Hintertür auch wirklich verriegelt war.

Durch die kleinen Fensterquadrate spähte sie ins Wohnzimmer, wo die Spurensicherung gewütet hatte: Möbel waren verrückt worden, Schubladen standen offen. Das hätte dem guten alten Salt ganz sicher nicht gefallen. Auf der Suche nach Fingerabdrücken hatten sie auf diversen Oberflächen ein weißes Pulver hinterlassen, unter anderem auch auf dem Schlüssel und dem Schloss der alten Vitrine aus Walnussholz, die ihres silbernen Inhalts beraubt worden war.

Rose zog ihr Handy aus der Tasche und rief den Tierarzt an, der Monty behandelt hatte. Die Frau am Empfang stellte sie umgehend durch. Als er das Telefonat entgegennahm, konnte sie im Hintergrund einen Hund japsen hören.

»Malcolm, bitte entschuldigen Sie, dass ich Sie störe. Hier ist Detective Constable Rose Sidebottom.«

»Sie stören doch nicht! Schön, dass Sie anrufen. Wie kann ich Ihnen behilflich sein?«

»Monty ist abgehauen, und ich kann ihn nirgends finden. Er ist nicht zufällig …«

Ein kleinerer Hund fiepte erst und gab dann ein fieses hohes Knurren von sich, und Malcolm ließ mit einem lauten Scheppern den Telefonhörer fallen.

»Malcolm? Hallo?«

Er nahm den Hörer wieder in die Hand. »Ich ruf Sie gleich zurück.«

Salisbury stieg über das Gartentor, als wäre es irgendein Kinderspielzeug, und kam über den Rasen auf sie zu.

»Leider keine Spur von ihm«, verkündete er. »Ich hab ein paar Leute gefragt, die dort Gassi gingen, aber niemand hat ihn gesehen. Na ja, immerhin haben wir es versucht.«

»Ich ruf im Tierheim an.«

Salisbury warf einen Blick über den Holzzaun und entdeckte den alten Mann, der sie wieder durch das Fenster im Obergeschoss beobachtete.

»Rose.« Er nickte in Graces Richtung. »Komm, gehen wir endlich zu ihm. Wenn Dave herausfindet, dass wir einen Hund gesucht haben, statt einen potenziellen Zeugen zu befragen, stecken wir beide in der Tinte.«

Natürlich – wie konnte sie Pearl vergessen, der sie Salisbury an die Seite gestellt hatte, damit er sich nicht alleine mit dem »verrückten alten Kauz« herumschlagen musste?

»Du hast recht. Ich ruf einfach jetzt gleich an, während wir rübergehen.«

Sie marschierten über den Gartenweg am Haus vorbei zurück, und als sie gerade die Nummer eingeben wollte, rief Malcolm zurück.

»Sorry, dieser Yorkie mochte seine Spritze nicht ... Monty ist also ausgebüxt?«

»Ja, irgendwann gestern Nacht. Es hat ihn nicht zufällig jemand bei Ihnen vorbeigebracht?«

»Nein, hier ist er nicht. Versuchen Sie es mal im Tierheim, und ich melde mich, falls ich irgendwas höre. Oder auch wenn ich nichts höre. Also, wenn Sie vielleicht ...«

Mittlerweile waren sie bei Francis Graces Törchen angekommen.

»Malcolm, ich muss auflegen. Und danke!«

Rose steckte das Handy wieder ein und klingelte. Ihre Hand zitterte.

Sie war nervös – nicht weil sie derartige Befragungen nicht schon diverse Male durchgeführt hätte, sondern weil sie wusste, dass sie es sich nicht leisten konnte, dass dabei irgendetwas schiefging.

»Mach dir mal keine Sorgen. Du wirst die Probezeit schon überstehen. Ich kenne dich doch, du bist eine Kämpfernatur.« Salisbury lächelte sie aufmunternd an.

Sie lächelte schief zurück. »Ich weiß, aber genau deshalb muss ich in diesem Fall besonders gut sein. Das heißt, sofern mir der Sonnenbademeister nicht in die Suppe spuckt.«

Salisbury lachte. Ihm war klar, dass sie damit Pearl gemeint hatte, der gerade erst aus Ibiza zurückgekehrt war, wo er eine Woche Urlaub gemacht hatte. »Warum ist er dir gegenüber überhaupt so bissig?«

»Er hat mich mal gefragt, ob ich mit ihm ausgehen würde, und ich hab Nein gesagt. Eine Todsünde, zumindest wenn's nach ihm geht.«

Salisbury sah sie von der Seite an. »Da muss doch noch mehr dahinterstecken.«

»Vielleicht glaubt er auch, dass ich zu schnell aufgestiegen bin. Er musste immerhin fünf Jahre Streife fahren, ehe er zum DC befördert wurde. Ich hab nur zwei gebraucht.«

Eine arthritische Hand schob ein Spitzengardinchen beiseite, und ein Mann etwa Mitte siebzig, der aussah, als bestünde er nur noch aus Haut und Knochen, öffnete die Haustür. »Ja bitte?«

Rose hielt ihm ihren Dienstausweis hin. »Detective Constable Rose Sidebottom – und das hier ist mein Kollege, Police Constable Joe Salisbury. Wir würden Ihnen gerne ein paar Fragen über Patrick Salt stellen.«

»Schreckliche Sache«, murmelte der Alte. »In was für einer Welt leben wir nur ...«

Als Salisbury und Rose den Flur entlang in Richtung Wohnzimmer gingen, kam sie nicht umhin zu bemerken, dass es in dem Haus nicht nur sehr warm, sondern auch penibel sauber war. Überall standen asiatische Möbel und Vasen und Kunstgegenstände. Von außen hatte es ausgesehen wie der Zwilling von Salts Haus, also eher das eines englischen Gentleman. Doch das Interieur hätte unterschiedlicher nicht sein können.

Dunkelrote Tapeten mit goldfarbenen Vögeln – Kraniche, tippte Rose – zierten die Wände. Dann fiel ihr Blick auf eine weiße Porzellanvase mit einem langen, schmalen Hals – darauf waren farbenfrohe Vögel abgebildet, die sie nicht kannte.

»Die gefällt Ihnen, nicht wahr?«, fragte Grace. »Sie stammt aus der Qing-Dynastie unter Kaiser Qianlong.«

Rose hatte keinen Schimmer, was das bedeutete, vermutete aber, dass dieser Kaiser schon vor einer ganzen Weile gelebt haben musste. Zu beiden Seiten der Vase standen auf kleinen Ständern blau-weiße Porzellanteller mit einem blauen Drachen.

»Und die da?«, fragte sie.

»Ming.«

War das sein Ernst? Die mussten doch ein Vermögen wert sein!

An der Wand hing hinter Glas ein kunstvoll besticktes gelbes Seidengewand mit Flugdrachen, das aussah, als hätte es einst einem Kaiser gehört.

»Ebenfalls Qing-Dynastie, achtzehntes Jahrhundert«, erklärte Grace unaufgefordert.

»Es ist wunderschön«, erwiderte Rose.

Sie strich beiläufig mit der Hand über den Heizkörper, der auf Hochtouren lief, obwohl es draußen alles andere als kühl war. Die Fenster waren fest verschlossen. Der alte Mann setzte sich auf einen elektrisch verstellbaren Sessel mit ein paar Kissen und bedeutete ihnen, auf einer Bank aus Rosenholz Platz zu nehmen, die mit aufwendigen Schnitzereien verziert war. Die Armlehnen hatten die Form von Drachenköpfen. Die Bank sah beeindruckend aus – war aber schrecklich unbequem. Salisbury zückte sein Notizbuch.

»Mr. Grace«, hob Rose an, »Sie haben am Freitagabend um neunzehn Uhr sieben den Notarzt alarmiert. Erzählen Sie mir, wie Sie Patrick Salt gefunden haben.«

»Die Frage hat mir noch am selben Abend schon mal einer von Ihnen gestellt«, sagte er und nickte auf Salisburys Uniform hinab.

»Das Ganze hat Sie bestimmt sehr mitgenommen, und ich bin sicher, dass es Sie belastet haben muss, Ihren Nachbarn zu identifizieren. Aber inzwischen ist ein bisschen Zeit verstrichen, und vielleicht erinnern Sie sich jetzt ja noch an ein paar weitere Details. Wie konnten Sie wissen, dass Professor Salt in Gefahr war?«

Mr. Grace verzog sein hageres Gesicht zu einem schiefen Grinsen und zeigte seine dritten Zähne, die unverhältnismäßig groß aussahen. Rose rechnete schon fast damit, dass sein Gebiss gleich nach vorne schnellen und sie beißen könnte.

»Der Hund hat seltsame Geräusche von sich gegeben. Das hatte ich noch nie von ihm gehört. Hin und wieder hat er vielleicht einmal gekläfft, aber wenn ein Tier Schmerzen hat, dann ist das nicht zu überhören.«

»Und deshalb haben Sie nachgesehen.«

»Ich habe über den Zaun geschaut, und da lagen sie beide. All das Blut – schrecklich!« Mr. Grace schüttelte den Kopf.

»Haben Sie den Mörder gesehen?«

»Um Himmels willen, nein!«

Sein Blick flackerte hinüber zu einem Punkt neben Roses Schulter, und sie verspürte ein Kribbeln, das sich von ihren Händen und Füßen bis zur Wirbelsäule ausbreitete. Wie eingeschlafene Gliedmaßen. Sie erschauderte.

»Sind Sie sich da sicher? Vielleicht haben Sie ja gesehen, wie jemand das Haus verlassen hat.«

Mit einem Mal war das Grinsen von Graces Totenschädelgesicht wie weggefegt. »Unterstellen Sie mir etwa, dass ich lüge, Detective Bottomly?«

Er sprach zu laut und versuchte ganz offensichtlich, über die Tatsache hinwegzupoltern, dass er die Unwahrheit gesagt hatte.

»Nein, Sir. Und bitte, Sidebottom.«

»Wirklich? Sidebottom? Du liebes bisschen ...« Unvermittelt brach er in Gelächter aus, und seine Augen verschwanden unter seinen runzligen Lidern.

Wieder einmal bereute Rose, dass sie ihren Namen nie in etwas Nettes, Unauffälliges geändert hatte – in Smith oder Jones oder so.

»Haben Sie vielleicht in der Umgebung jemanden gesehen, der Ihnen verdächtig vorgekommen ist, bevor Sie den Hund winseln hörten?«

»Wer hat behauptet, dass er gewinselt hätte? Nein, es war eher ein schmerzvolles Japsen, gefolgt von einem verzweifelten Jaulen.«

Salisbury warf ihr einen Blick zu, der zu sagen schien: Der ist aber auch ein harter Knochen. Doch Rose wusste, dass sie es hier nicht mit einem Idioten zu tun hatten.

»Danke für die Erklärung, Mr. Grace. Aber haben Sie denn nun irgendetwas Auffälliges in der Gegend gesehen oder gehört, bevor der Hund verzweifelt jaulte?«

»Ich meine, ich hätte Patrick rufen hören, aber was er rief, konnte ich nicht verstehen. Mein Gehör ist nicht mehr ganz so gut, wie es mal war.«

»Irgendein einzelnes Wort vielleicht?«

Grace runzelte die schütteren Augenbrauen und kniff sich in den Nasenrücken, als er über die Frage nachdachte. »Nein, tut mir leid.«

»Haben Sie noch andere Stimmen gehört?«

»Ich denke nicht.«

»Erkennen Sie diesen Mann hier wieder?«, fragte sie dann und reichte ihm ein Foto von Larry Nice.

Er rückte seine Gleitsichtbrille zurecht und starrte dann aus so kurzer Entfernung auf das Foto, dass Rose davon überzeugt war, er müsse gleich anfangen zu schielen.

»Nein«, antwortete er schließlich und gab das Foto zurück.

»Sind Sie zu irgendeinem Zeitpunkt rübergelaufen, um nachzusehen, ob Patrick noch am Leben war?«

Grace schüttelte energisch den Kopf. »Oh nein, dafür hatte ich viel zu viel Angst. Ich konnte ja sehen, dass er tot war. Ich meine, auf seinem Hemd war ein riesiger Blutfleck, und er starrte in den Himmel. Ich bin sofort zurück ins Haus gerannt und habe den Notruf gewählt.«

»Können Sie mir sagen, was Patrick für gewöhnlich an einem Montag getan hat?«

Francis Grace lehnte sich ein Stück vor. »Wissen Sie, ich habe ihm ja nicht nachspioniert. Aber er war ein Mann der Gewohnheit. Ein präziser Wissenschaftler – absolut brillant natürlich. Sein Tod ist ein großer Verlust.« Er ließ sich wieder in die Kissen sinken und verfiel in Schweigen.

»Sein gewohnter Tagesablauf?«, hakte Rose nach.

»Oh, natürlich. Also, werktags war er an der Universität, obwohl ich glaube, dass er auch geraume Zeit bei dieser großen Biotechnologiefirma verbracht hat. Wie war gleich wieder der Name?«

»Flay Bioscience?«

»Richtig, ja. Patrick hat jeden Tag um acht das Haus verlassen und war abends um sechs wieder zurück. Vor und nach der Arbeit ist er mit dem Hund am Flussufer spazieren gegangen. Und dann war er auch hin und wieder auf einer Apikultur-Konferenz ...« Er sah zu Rose hinüber. »Da geht's um Bienen.«

Dass er sie offensichtlich für zu blöd hielt, um zu wissen, was hinter dem Begriff Apikultur steckte, überging sie geflissentlich.

»Er war viel unterwegs«, fuhr Grace fort. »Ach, und jeden Sonntag ging er angeln. Auch wenn es regnete. Den Hund nahm er natürlich mit.« Er sah ihr in die Augen. »Ein Hund wie ein Bär, ich sag's Ihnen. Stand stundenlang im Fluss und lauerte auf Fische, und dann ist er mit weit aufgerissenem Maul auf sie losgegangen – wie diese Bären in Alaska, wenn sie Lachse fangen.« Er schüttelte den Kopf. »Der Hund muss ihn fürchterlich vermissen. Sie waren ein tolles Team und hatten wirklich eine ganz besondere Beziehung, wissen Sie?«

»Wie meinen Sie das?« Sie hatte eine gewisse Ahnung, wollte sich aber sicher sein.

Als Kind war es Rose immer leichtergefallen, zu Tieren eine Beziehung aufzubauen als zu Menschen. Die Yorkshire-Terrier ihrer Mutter – Mo und Jo – hatten den Eltern nie gehorcht, aber Rose hatte sie lediglich ansehen müssen, und die beiden wussten augenblicklich, was Sache war. Und sie hörten aufs Wort. Rose konnte auch immer erkennen, wenn sie gerade etwas ausheckten. Ihre Eltern besaßen einen Gasthof, und sie hatte eine Menge Touristen davor bewahrt, in den Knöchel gebissen zu werden, indem sie vorausahnte, wann diese hinterlistigen Biester eine Attacke planten.

»Hören Sie, ich will nicht, dass Sie glauben, Patrick wäre verrückt gewesen oder so«, fuhr Grace fort. »Ein bisschen exzentrisch vielleicht, aber er war wahrscheinlich einer unserer besten Wissenschaftler. Er hat sich mit dem dramatischen Rückgang der Honigbienenpopulation beschäftigt. Und bevor Sie das jetzt vielleicht lächerlich finden« – Grace wedelte mit einem knochigen Zeigefinger in Richtung der beiden Polizisten –, »das ist ein riesiges Problem! Je weniger Bienen, desto weniger Pflanzen, die von ihnen bestäubt werden. Ergo: desto weniger Nahrung.«

Wieder verfiel er in Schweigen, auch wenn ihn die bevorstehende Apokalypse erstaunlich kaltzulassen schien.

»Sie haben sein außergewöhnliches Verhältnis zu Monty erwähnt«, rief Rose ihm in Erinnerung.

»Monty? Natürlich. Patrick sprach mit ihm wie mit einem Menschen. Ich meine, er führte ausgedehnte Gespräche mit ihm, und der Hund antwortete.«

Salisbury hielt mit dem Stift in der Hand inne und starrte Grace mit offenem Mund an. Dann machte er verlegen den Mund wieder zu und starrte auf seine Stiefel hinab, damit der alte Mann ihm nicht ansah, dass er ihm kein Wort glaubte.

»Durch die Mauer zwischen unseren Häusern habe ich sie

oft hören können – oder wenn sie im Garten waren. Dieser Hund kann mehr als nur dasitzen und apportieren, das sage ich Ihnen. Er macht die Haustür auf und kann mit der Schnauze sogar den Wasserkocher anstellen. Ich schwöre Ihnen, er hat verstanden, was Patrick zu ihm sagte.«

Salisburys Kugelschreiber hing immer noch reglos in der Luft, und diesmal konnte er nicht anders, als Grace unverhohlen anzustarren. Rose wusste indes, dass Begleithunde mitunter unglaubliche Dinge lernten. Einen Geldautomaten bedienen. Jemanden in die stabile Seitenlage schubsen. Den Telefonhörer abheben. Wenn Monty Türen aufmachen konnte, würde das erklären, wie er in der vergangenen Nacht ausgebüxt war.

»Es scheint, als hätte der Hund versucht, Professor Salt zu verteidigen«, sagte sie. »Könnten Sie sich vorstellen, dass er den Mörder wiedererkennen würde?«

»Ohne Zweifel«, antwortete Grace und klatschte mit den Händen auf die Armlehnen.

Jetzt starrte Salisbury sie an, als hätte auch sie nicht mehr alle Tassen im Schrank, doch das war ihr egal.

»Wissen Sie, ob Professor Salt irgendwelche Feinde hatte?«

»Das glaube ich nicht. Ich meine, die akademische Welt kann sicher garstig sein. Da ist der eine auf den anderen neidisch und so weiter. Aber er hat nie jemanden erwähnt, der ihm ans Leder gewollt hätte.«

Rose reichte ihm eine Visitenkarte mit ihren Kontaktdaten. »Danke, dass Sie sich die Zeit genommen haben. Rufen Sie mich an, wenn Ihnen noch etwas einfällt.«

Er nickte und nahm die Karte entgegen. Dann deutete er mit seinem knochigen Finger auf ihre Stirn.

»Wissen Sie eigentlich, dass Sie die ganze Zeit die Augenbrauen runzeln, wenn Sie sich konzentrieren?«

»Äh, nein, Sir.«

»Wirklich bedauerlich. So sieht Ihr hübsches Gesicht ganz grimmig aus.«

Rose lief dunkelrot an und stand auf. Aber eine letzte Frage hatte sie noch. »Ihre Möbel und die Kunstwerke sind wirklich fantastisch. Sind Sie Kunstsammler?«

Grace drückte einen Knopf an seinem elektrischen Sessel, der langsam nach vorne kippte, sodass er leichter aufstehen konnte. Unwillkürlich musste Rose an Wallace denken, der aus seinem Bett gekippt wird und dann direkt in die Küche rutscht, wo der arme Gromit ihm das Frühstück vorsetzt.

»Ich habe viele Jahre in Hongkong in der Bankenbranche gearbeitet. Damals in den goldenen Zeiten, bevor wir die Kolonie aufgegeben haben, was nie hätte passieren dürfen, wenn Sie mich fragen. Aber ja, dort wurde ich zum Sammler. Chinesische Geschichte und Kunst sind meine Leidenschaft. Da kenne ich mich halbwegs ordentlich aus. Besser jedenfalls als diese Hornochsen aus *Kunst & Krempel.*« Er warf einen Seitenblick auf seinen Fernseher, als wäre es dessen Schuld. »Als ich in Rente ging, bin ich wieder nach England zurückgekehrt und habe meine Sachen mitgebracht. Erinnern mich an die gute alte Zeit, als das Leben noch Spaß machte«, sagte er und zog dabei ein tieftrauriges Gesicht.

Sobald sie wieder draußen und außer Hörweite waren, wandte sich Rose an Salisbury. »Ich bin mir sicher, er weiß mehr, als er sagt.«

»Ich hab's befürchtet«, erwiderte Salisbury und schüttelte den Kopf.

Sie sah ihn von der Seite an. »Normalerweise traue ich meinem Bauchgefühl … aber seit dieser Sache mit Ray Summers bin ich mir nicht mehr sicher. Ich meine, wie konnte ich so blind sein und nicht merken, dass diese Schleimbacke mich an der Nase herumgeführt hat?«

»Vielleicht hat Summers ja gar nicht gelogen. Vielleicht mochte er dich ja wirklich. Oder aber du hattest einen im Tee. Wer weiß? Aber warum sollte Grace deiner Meinung nach lügen?«

»Aus Angst.«

KAPITEL 16

Auf dem Rückweg bekam Rose einen Anruf von Pearl, der sie ans Institut für Biowissenschaften beorderte, während Salisbury aufs Revier zurückkehren sollte.

Sich auf dem riesigen Uni-Campus zurechtzufinden war gar nicht so einfach. Nachdem Besucher und neue Studenten dort immer wieder verschwunden und erst Stunden später völlig verwirrt wiederaufgefunden worden waren, hatte man ihm den Spitznamen »Geldeforddreieck« verpasst. Nicht mal ein Navi war hilfreich, weil es statt Straßennamen bloß Nummern gab, und zu allem Überfluss hatten ein paar Studenten zum Spaß auch noch ein paar irreführende Hinweisschilder aufgestellt. Pearl hatte Rose die Nummer des Gebäudes gegeben – ein lapidares D542SLS. Nach zwanzig Minuten stellte sie endlich ihr Zivilfahrzeug neben Pearls Wagen ab. Natürlich hatte er nicht auf sie gewartet, sondern war bereits in dem Gebäude verschwunden, das von vorne dem weißen Bug eines Eisbrechers mit Bullaugen statt Fenstern ähnelte. Der vier Stockwerke hohe Glas-Stahl-Bau glitzerte in der Sonne. Die Außenbeschilderung mit dem großen Flay-Bioscience-Logo verriet, dass das Flay Building erst 2014 eröffnet worden war. Der Liste aller hier untergebrachten Fakultäten konnte Rose entnehmen, dass die Biotechnologie bei Weitem die größte war und der Lehrstuhl für Evolutions-, Umwelt- und Verhaltensforschung, dem Salt angehört hatte, der kleinste.

Als sie durch die Schiebetür in den klimatisierten Eingangsbereich trat, kam Pearl ihr schon entgegen.

»Das hat ja eine Ewigkeit gedauert.«

Noch ehe sie etwas erwidern konnte, steuerte ein schlanker Mann, der aussah wie Mitte zwanzig, aber in Wahrheit vierunddreißig war, in Jeans und einem malvenfarbenen Pullover mit V-Ausschnitt in schwarzen Zehenschuhen auf sie zu. Mit den getrennten Zehen sahen seine Füße aus wie die einer Gans. Nach dem perfekt getrimmten Bärtchen zu urteilen, hatte dieser Mann einfach zu viel Zeit.

»Dr. Deakin Bomphrey«, stellte er sich vor und schüttelte eifrig erst Pearls, dann Roses Hand. Seine Finger waren warm und feucht, und Rose wischte sich seinen Handschweiß an ihrer Hose ab. Dann wurden sie in ein Arbeitszimmer mit einem riesigen viktorianischen Eichenschreibtisch mit zwei Schubladenunterschränken und einer Lederauflage geführt, der einen merkwürdigen Kontrast zu den restlichen Einrichtungsgegenständen bildete: helles, leichtes Kiefernmobiliar, das von Ikea hätte stammen können, sowie Möbel aus pulverbeschichtetem Metall. Bomphrey ließ sich hinter dem gigantischen Schreibtisch nieder, wodurch er noch kleiner aussah als seine eins siebzig. Rose und Pearl setzten sich auf zwei Chrom-Ledersessel, die so weit zurückschwenkten, dass die beiden beinahe waagerecht dalagen. Um gerade zu sitzen, mussten sie nach vorne auf die Metallschiene entlang der Stuhlkante rutschen. *Design 1 – Funktionalität 0*, schoss es Rose durch den Kopf.

»Ich kann es immer noch nicht glauben. Patrick war nicht nur ein Kollege, sondern auch ein Freund. Wir sind alle schockiert und am Boden zerstört.«

Pearl strich sich eine blonde Locke aus dem Gesicht. *Schmachtlocke*, dachte Rose unwillkürlich. Sie wusste genau, was hinter dieser Geste steckte. Pearl hatte die Angewohnheit, sich vor jeder Befragung die Haare zurechtzulegen. Offenbar glaubte er, dass er sein Gegenüber mit seinem guten Aussehen um den Finger wickeln konnte. Doch dann erinnerte sie sich schlagartig wieder an ihre eigene Marotte. Sie hatte schon wieder die Augenbrauen gerunzelt und versuchte, sich wieder zu entspannen.

»Danke, Dr. Bomphrey, dass Sie sich Zeit für uns nehmen. Und wir möchten Ihnen unser Beileid aussprechen«, sagte Pearl. »Dennoch müssen wir Ihnen ein paar Fragen stellen.«

Bomphreys jungenhaftes Gesicht hatte einen ernsten Ausdruck angenommen, und er nickte. »Bitte, was immer ich für Sie tun kann. Wenn ich es richtig verstanden habe, wurde er von einem Einbrecher angegriffen?«

Pearl ging nicht auf seine Frage ein. »Dr. Bomphrey, erzählen Sie uns ein bisschen von Professor Salt. Wenn wir richtig informiert sind, hatte er außer einer Tochter in Australien keine weiteren Angehörigen.«

»Ja, das ist korrekt, glaube ich. Er hat sein Leben ganz und gar der Arbeit gewidmet – na ja, und dem Hund natürlich.«

»Hatte er Freunde?«

»Abgesehen von seinen engeren Kollegen, bin ich mir nicht so sicher. Wenn meine Frau und ich ihn eingeladen haben, ist er immer alleine gekommen. Ich wüsste weder von einer Freundin noch von einem Freund.«

Pearls Mund zuckte verächtlich. »Wollen Sie damit andeuten, dass er schwul war?«

»Nein, natürlich nicht. Nein, nein. Er war wohl mal verheiratet. Wahrscheinlich hat er sich irgendwann scheiden lassen. Nein, das war nur so dahingesagt.«

»Wie sieht es aus mit Feinden?«

»Er war nicht der Typ, der sich Feinde gemacht hätte. Ruhig, zurückgezogen, immer zuvorkommend.«

»Welche Funktion hatte er hier an der Universität?«

»Forschung und Lehre. Auf seinem Gebiet war er eine Koryphäe. Hat überall auf der Welt Vorträge gehalten. Insgesamt hat er achtzehn Bücher und dreißig Artikel geschrieben, die von den Experten hochgeschätzt werden.«

»Allesamt über Bienen?«

»Ja.«

Wieder zuckte Pearls Mundwinkel, doch Bomphrey schien es nicht zu bemerken.

»Wie Sie vielleicht wissen, geht die Population der Honigbiene dramatisch zurück. Ganze Bienenvölker sterben – einfach so.« Bomphrey schnipste mit den Fingern. »Patrick hat versucht, den Ursachen auf den Grund zu kommen, und zusammen mit Dr. Martinez von Flay Bioscience an einer Lösung gearbeitet.«

Pearls Blick war glasig geworden, und Rose sah ihre Chance gekommen einzuhaken. »Warum sollte ein Professor der Apikultur mit einem Biotechnologen zusammenarbeiten? Ist das nicht sehr ungewöhnlich?«

Bomphrey tippte sich an den Nasenflügel. »Gar nicht übel für jemanden wie Sie! Haben sie die Zugangsvoraussetzungen für den Polizeidienst hochgesetzt?« Er musste über seinen eigenen Witz lachen.

Was für ein Arschloch!, dachte Rose, und sogar Pearl schien sich darüber zu ärgern, doch Bomphrey fuhr ungerührt fort.

»Es war ein Kooperationsprojekt, das die Expertise beider Seiten und ihre Zusammenarbeit erforderte.«

Ehe Rose eine weitere Frage stellen konnte, ging Pearl dazwischen.

»Haben Sie den Professor je mit diesem Mann hier gesehen?« Er legte ihm ein Foto von Larry Nice vor.

»Ist das der Mann, der …«

»Nur eine von vielen Richtungen in der Ermittlung.«

Bomphrey schüttelte den Kopf, und Rose sah, wie sich Enttäuschung auf Pearls Gesicht breitmachte.

»Ich würde jetzt gerne sein Arbeitszimmer sehen.«

»Natürlich«, sagte Bomphrey. »Kommen Sie bitte mit.«

Er wies ihnen den Weg hinauf in die Biotechnologie und durch ein Labor. Dann schloss er die Tür zu einem verglasten kleinen Büroraum auf. An einer Wand hingen unzählige Urkunden und Zertifikate. Patrick Salt war Ehrenmitglied der Zoological Society of London, Frink-Medal- und Goodman-Award-Preisträger für seine Verdienste auf dem Gebiet der Insektenforschung gewesen. Eine weitere Wand war gesäumt von Bücherregalen, in denen sich Bücher und Dokumentenordner stapelten. In der Ecke stand ein weiß lackierter hoher Aktenschrank, dessen oberste Schublade ein paar Zentimeter offen stand, und mitten hinein in die klaustrophobische Enge war ein weißer Melaminschreibtisch geschoben worden, auf dem ein Computermonitor und ein Telefon standen. Hinter einem Mousepad verliefen diverse Kabel. Der Rest des Schreibtischs war leer.

»Ist diese Tür immer verschlossen?«, fragte Rose.

Pearl sah sie überrascht an.

»Ja, immerhin war seine Arbeit Verschlusssache. Er hat sein

Büro und auch das Labor immer abgeschlossen, wenn er das Institut verlassen hat. In Sachen Sicherheit war er sehr zuverlässig.«

»Und wer hat einen Schlüssel zu diesem Büro?«, fragte sie.

»Ähm … Patrick natürlich, die Putzhilfe, der Sicherheitsdienst – und ich.«

Pearl trat einen Schritt vor und versperrte Rose damit die Sicht. »Dr. Bomphrey, würden Sie sich bitte einmal umsehen und mir sagen, ob irgendetwas fehlt?«

»Warum sollte irgendetwas fehlen?«

»Bitte, Sir, sehen Sie sich um.«

Der Institutsleiter ließ seinen Blick durch das Büro schweifen und zupfte nachdenklich an seinem Designerbärtchen. »Sieht nicht so aus.«

Die zierliche Rose schob sich zwischen Pearl und der Bürowand hindurch, sodass sie Bomphrey wieder im Blick hatte.

»Hatte er hier einen Bürocomputer, und wenn ja: Wo ist er jetzt?«, fragte sie und sah auf den Monitor und die losen Kabelenden hinab.

»Er hat seinen Laptop jeden Abend mit nach Hause genommen, damit er noch ein bisschen weiterarbeiten konnte. Das war hier zwar nicht gern gesehen, aber wir konnten es ihm schließlich nicht verbieten.«

»Also war der Laptop, der bei ihm daheim gestohlen wurde, der einzige, den er besaß?«

»Das kann ich Ihnen nicht sagen.«

»Würden Sie sich den Aktenschrank einmal genauer ansehen und uns sagen, ob irgendwelche Unterlagen oder Speichermedien fehlen?«, forderte sie ihn auf, ehe Pearl sie wieder auf die Plätze verweisen konnte.

»Das kann ich gerne machen, aber nicht jetzt gleich«, entgegnete er. »Ich muss zu einer Besprechung.«

Wieder dieses Kribbeln. Und diesmal ziemlich heftig.

»Wo liegen denn die Back-ups seiner Dateien?«, fuhr sie ungerührt fort.

»Der Server wird von einer Firma in Birmingham betrieben. An seine Back-ups hat Patrick immer gewissenhaft gedacht. Er hat täglich seine Daten gesichert, sodass zum Glück nicht all seine Ergebnisse verloren sind.«

»Diese Daten würden wir sehr gerne einsehen«, sagte Rose. Einen Versuch war es zumindest wert. Vielleicht würden sie ja gar nicht vor Gericht gehen müssen, um einen Durchsuchungsbeschluss zu erwirken.

»Ich fürchte, das ist unmöglich«, antwortete Bomphrey. »Wie schon gesagt, seine Arbeit war geheim. Wir können es nicht riskieren, dass eine derartige Pionierarbeit an die Öffentlichkeit gelangt. Da hätte unser Geldgeber definitiv etwas dagegen.«

»Flay Bioscience?«, hakte Rose nach. »Aber wenn ich Sie richtig verstanden habe, hat Professor Salt doch für die Universität gearbeitet? Wenn Sie uns die Erlaubnis erteilen, dürfte es doch keine Probleme geben.«

Bomphrey hatte an der Tischkante gelehnt und an seinem Bärtchen herumgespielt. Jetzt stand er abrupt auf.

»So einfach ist das nicht. Sie müssen wissen: Ohne die großzügigen Zuschüsse von Flay hätten wir dieses wunderbare Gebäude nicht.« Er zeigte in Richtung des Labors. »Und wir hätten auch nicht die Mittel, an unserem Honigbienenproblem zu arbeiten. Ich darf unserem Geldgeber da wirklich nicht in den Rücken fallen.«

Doch Rose blieb hartnäckig. »Sir, Ihre Vertraulichkeitsbestimmungen in allen Ehren, aber wir ermitteln hier in einem Mordfall, und wir müssen in Erfahrung bringen, was auf dem gestohlenen Laptop gespeichert war.«

»In einem Mordfall?«, japste Bomphrey.

»Ja, Sir«, antwortete Pearl.

»Aber wofür brauchen Sie dazu Einblick in Patricks Arbeit?« Mittlerweile klang er alles andere als entgegenkommend. »Ging es nicht ursprünglich um Diebstahl? Um ein paar Wertgegenstände?«

»Das ist nur eine Möglichkeit, Sir. Allerdings ...«

»Dann besorgen Sie sich einen Durchsuchungsbeschluss«, fiel Bomphrey ihm ins Wort. »Sofern Sie das wirklich durchkriegen. Die Patente an Patricks und Marias Arbeit sind Eigentum von Flay, und ich bin mir ziemlich sicher, dass die ihren Besitz verteidigen werden. Wenn Sie mich jetzt entschuldigen würden, ich muss zu meiner Besprechung.«

»Maria?«, fragte Pearl.

»Dr. Maria Martinez. Ich möchte Sie jetzt wirklich bitten zu gehen.«

Und mit diesen Worten schob Bomphrey sie zur Tür hinaus. Rose konnte gerade noch einen Blick auf ein Foto von Salt in Abendgarderobe erhaschen, auf dem er einen Preis in Händen hielt – die Frink Medal. Neben ihm stand eine attraktive Frau in einem roten Kleid. Sie hatte einen südländischen Teint, dunkle Augen, dunkles Haar. Und sie hatte die Lippen zusammengepresst. Wut flackerte in ihren Augen. War das diese Dr. Martinez? Rose nahm sich fest vor, mit ihr zu sprechen.

Sie warf einen letzten Blick auf den offenen Aktenschrank

und fragte sich, warum ein derart ordentlicher Mensch wie Salt eine Schublade offen stehen lassen würde. Und wo war überhaupt der Schlüssel? Weder steckte er im Schloss, noch hatte er am Schlüsselbund gehangen, den sie bei Salt daheim gefunden hatten. Und Bomphrey, der gerade erst seinen renommiertesten Professor und einen Laptop voll vertraulicher Daten verloren hatte, schien weder von dem einen noch von dem anderen auch nur im Geringsten beunruhigt zu sein.

Als sie aus dem Gebäude traten, wandte Pearl sich zu ihr um.

»Beim nächsten Mal halten Sie die Klappe, ist das klar?«

KAPITEL 17

Nachdem Rose ihren Bericht fertig getippt hatte, packte sie ihre Sachen zusammen und rief einen kurzen Gruß in die Runde. Lediglich Sergeant Kamlesh Varma sah von seiner Arbeit auf und wünschte ihr in perfekter Privatschulmanier ebenfalls einen schönen Abend. Die anderen zeigten ihr die kalte Schulter.

Varma war für seine guten Manieren bekannt und behielt sie selbst dann bei, wenn er bei einer Festnahme angefeindet oder angespuckt wurde. Ein »dreckiger Paki« hielt ihn nicht davon ab, weiterhin »Bitte«, »Danke«, »Sir« oder »Madam« zu sagen, und es wäre ihm auch niemals eingefallen, seinen Angreifer zu korrigieren, auch wenn er nicht pakistanischer, sondern indischer Herkunft war. Er war über eins achtzig groß, hatte ein markantes Gesicht und trug stets tadellose Anzüge, die ihm sein Schwager, ein Schneider von der Savile Road, zum Freundschaftspreis maßschneiderte. Er erinnerte Rose an Roger Moore in seiner Rolle als James Bond, nur dass er eben ein milchkaffeebrauner James Bond war, worauf Varma sie auch mit einem Lächeln hingewiesen hatte. Wenigstens er hatte ihr die verpatzte Operation Nagelpistole verziehen.

Pearl saß mit dem Rücken zu Rose, hatte die Füße auf den Schreibtisch gelegt und erzählte einem Kollegen irgendeine zotige Geschichte. Er wartete, bis sie fast das Büro verlassen hatte, dann rief er ihr nach: »Ihr Köter ist im Tierheim gelandet, wie man hört.«

Rose hatte sich den ganzen Tag Sorgen um Monty gemacht. Sie hatte bei der örtlichen Dienststelle angerufen, aber auch dort hatten sie nichts von einem herumstreunenden Golden Retriever gehört, und als sie sich beim Tierheim hatte erkundigen wollen, hatte man sie in die Warteschleife geschoben und dort so lange warten lassen, dass Pearl sich irgendwann beschwert und sie schleunigst den Hörer aufgelegt hatte.

»Gott sei Dank!«, sagte sie mit einem breiten Lächeln. »Haben Sie vielleicht die Adresse?«

»Klar«, sagte er und schwenkte einen gelben Post-it-Zettel hin und her, den sie sich erst aus der Luft schnappen musste.

Im Truscott Estate war am Morgen ein nicht registrierter Golden Retriever eingefangen worden. Sie runzelte die Stirn. Wenn es sich dabei tatsächlich um Monty handelte, wie in aller Welt war er dorthin gelangt? Und war es möglich, dass er Larry Nice kannte? Larry hatte behauptet, dass ein Hund ihn attackiert hätte. Sollte das tatsächlich wahr gewesen sein? Und bedeutete das vielleicht sogar, dass Larry doch der Mörder war? Sie war schon kurz davor, nach ihrem Telefon zu greifen, als sie entdeckte, dass neben der Nachricht auch eine Uhrzeit geschrieben stand.

»Fünf vor drei? Warum haben Sie mir denn nicht schon vor Stunden Bescheid gesagt?«

Pearl zuckte mit den Schultern. »Weil wir hier einen Mord aufklären müssen und nicht nach irgendwelchen verdammten Hunden fahnden.«

Rose ahnte, dass sie vor Zorn ganz rot im Gesicht war. »Sie hätten mir ruhig Bescheid geben können.«

»Hab ich doch jetzt.«

Er drehte ihr wieder den Rücken zu und fuhr mit seiner Bordell-Razzia-Geschichte fort, die sie schon dutzendfach gehört hatte. Sie musste sich beherrschen, um ihm nicht eins überzuziehen. Ihre Hände zitterten, als sie die Nummer des Peasemarsh-Tierheims wählte und vor Wut beinahe überkochte, als ihr die Bandansage mitteilte, dass dort bereits geschlossen sei und das Tierheim erst wieder am nächsten Tag um neun Uhr öffnen würde. Jetzt würde der arme Monty dort auch noch die Nacht verbringen müssen. Trotzdem hinterließ Rose eine Nachricht und bat darum, so bald wie möglich zurückgerufen zu werden.

Dann steuerte sie den Ausgang an.

»Hey!«, brüllte Pearl ihr nach. »Haben Sie sich schon bei DI Morgan entschuldigt?«

Schlagartig waren alle Augen auf sie gerichtet.

»Noch nicht, Sir. Bin jetzt unterwegs.« Sie hatte versucht, es so lange wie möglich hinauszuzögern.

»Dann mal los, die Bahre steht schon bereit.«

Als sie die zwei Etagen bis zum vierten Stock hinauflief, rechnete sie bereits mit dem Schlimmsten. Aber die Drogenfahndung war verwaist. Erleichtert eilte sie hinaus zum Parkplatz auf der Rückseite des Gebäudes, wo sie ihren uralten, verbeulten silberfarbenen Honda Jazz abgestellt hatte.

»Sidebottom!«

Ein untersetzter Mann mit Bürstenhaarschnitt und in einer abgewetzten Lederjacke stieg von seinem Motorrad und marschierte auf sie zu. Verdammt. Andy Morgan. Er hatte mehr Tattoos als die meisten Motorradgang-Mitglieder, die er im Lauf der Jahre verhaftet hatte, unter anderem ein Spinnennetz mit einer Schwarzen Witwe im Nacken. Sie hatte sich schon oft über dieses Tattoo gewundert, weil es unter Gefängnisinsassen als Zeichen für Drogenabhängigkeit galt.

»Gehen Sie mit Craig ins Bett oder was?«

Er baute sich so nah wie möglich vor ihr auf, um sie einzuschüchtern. Hatte er ihr aufgelauert?

Rose errötete. »Sir, Sie wissen gar nicht, wie leid es mir tut, dass ich die Nagelpistole vermasselt habe – aber dass ich mit meinem Vorgesetzten ein Verhältnis haben soll, lasse ich mir trotzdem nicht sagen!«

»Und warum sonst sind Sie immer noch bei der Major Crime?«

Sein Gesicht war wutverzerrt, sein Körper angespannt. Rose streckte die Hand aus und schob ihn ein Stück von sich weg.

»Treten Sie zurück. Sofort«, sagte sie und versuchte, ganz ruhig zu klingen. Die andere Hand lag bereits auf dem Pfefferspray an ihrem Einsatzgürtel.

Er schielte auf ihren ausgestreckten Arm hinunter und dann auf die Hand, die auf dem Gürtel ruhte. Und machte ein paar Schritte zurück.

»Bitte«, sagte er und schüttelte den Kopf. »Das war unangemessen. Sorry.«

Doch Rose blieb standhaft. »Ich hätte bemerken müssen, dass dort irgendetwas faul war. Das passiert mir nicht noch mal. Wenn ich irgendetwas tun kann, um es wiedergutzumachen, Sir, dann lassen Sie es mich wissen.«

Morgan tippte mit der Fußspitze auf den Asphalt. »Irgendeine Idee, wohin Summers verschwunden sein könnte?«

Rose versuchte, sich an Einzelheiten aus ihrem Gespräch zu

erinnern. »Ich weiß nicht … Wir haben über die Küste gesprochen. Wie es ist, am Meer zu leben.«

Morgan starrte sie unbewegt an.

»Brighton. Er hat Brighton erwähnt. Klang so, als hätte er dort ziemlich viel Zeit verbracht.«

»Wie – in letzter Zeit?«

»Kann ich Ihnen nicht sagen.«

»Hat er Kumpels erwähnt?«

»Nein.«

Morgan schüttelte den Kopf. »Trotzdem wären Sie bei der Streife besser aufgehoben.«

Er lief zurück zu seinem Motorrad, setzte sich den Helm auf, drehte den Zündschlüssel um und gab Gas.

Zitternd rutschte Rose auf den Fahrersitz ihres Autos und fuhr vom Parkplatz. Nicht dass sie Angst vor Morgan gehabt hätte – sie war wütend auf ihn. Er hatte sie beleidigt. Sie kurbelte die Fenster runter, um die Abendluft hereinzulassen, und atmete tief durch. Je mehr die Wut verrauchte, umso nagender wurden ihre Selbstzweifel. Vielleicht hatten Pearl und Morgan ja recht? Vielleicht war sie wirklich nicht für diesen Job geschaffen? Wenn doch nur Tante Kay noch da wäre und ihr einen Rat geben könnte!

Vor der nächsten roten Ampel legte Rose für einen Moment die Stirn aufs Lenkrad und dachte an einen ihrer Sommerurlaube in Duckdown Cottage zurück. Damals war sie dreizehn gewesen, und zu ihren Füßen hatte Legless, der Dackel, nach Fliegen geschnappt, die gar nicht existierten. Sie hatte Erbsen aus dem Garten aus den Hülsen gelöst und in ein Sieb geworfen, während Kay in einem großen Topf die Zutaten für ein Chutney verrührt hatte.

Irgendwann sagte Rose: »Ich hab Mum erzählt, dass ich auch zur Polizei gehen will, genau wie du.«

Kay sah zu ihr rüber. »Und was hat Liz gesagt?«

»Nur über meine Leiche.«

»Aha. Dacht ich's mir doch, dass sie die Idee nicht toll findet.«

»Sie will, dass ich eine Ausbildung zur Hotelfachfrau mache und dann den Gasthof übernehme, aber ich kann mir echt nichts Schlimmeres vorstellen.«

Kay drehte das Gas ab und setzte sich neben sie. »Liz und ich haben ziemlich unterschiedliche Ansichten von dieser Welt ...«

»Habt ihr euch deshalb zerstritten?«

»Nein. Der Grund warst du. Damals in Glastonbury – da warst du gerade mal sechs.«

Roses Eltern hatten ihre Tochter während des größten Musikfestivals Europas die ganze Nacht über allein gelassen, und Rose war auf der Suche nach ihrer Mama irgendwann losmarschiert. Kay, die während des Festivals im Dienst gewesen war, hatte Rose gefunden – orientierungslos, in Tränen aufgelöst, das Kleid durchnässt, die Füße schlammig. Liz hatte ihre Tochter erst am nächsten Morgen als vermisst gemeldet, und das hatte zu einem erbitterten Streit geführt.

»Ich kann dir nur raten: Tu, was immer dich glücklich macht. Bleib dir treu. Versuch nicht, jemand anderes zu sein, der du gar nicht bist, erst recht nicht, um andere zufriedenzustellen.«

»Wie meinst du das?«

»Na ja, es hat lange so ausgesehen, als würde ich es niemals schaffen. Als Frau hatte ich es doppelt schwer, und ich habe versucht, durch Übereifer alles wettzumachen. Ich wollte wie die Jungs sein – nein, noch tougher und härter als die männlichen Kollegen. Aber erst als ich aufgehört habe, mich zu verstellen, und endlich meinen Kopf eingeschaltet habe, haben sie mich zum Detective befördert.«

Eine Hupe riss Rose aus ihren Gedanken. Die Ampel stand auf Grün, Rose trat aufs Gas und fuhr in Richtung Zuhause.

Als sie hinter Farley Green auf den Kiesweg nach Duckdown Cottage einbog, dämmerte es bereits. Immer noch ein wenig zittrig, stieg sie aus und lehnte sich ans Auto. Sie sah zu den Fenstern hinüber – zwei oben, zwei unten. Das einzig halbwegs Rechtwinklige an diesem Haus. Alles andere war krumm und schief, allen voran die kaputte Regenrinne, der unebene Fußboden, die windschiefen Schuppen. Von der Eingangstür, früher einmal dunkelblau, war der Lack abgeplatzt und offenbarte das blanke Holz darunter, das von der Feuchtigkeit so aufgeschwemmt war, dass die Tür im Rahmen festklemmte. Ein vereinzeltes Sonnenpaneel – ein Anflug von Moderne – war auf das undichte Schindeldach montiert worden. Sie hoffte nur, dass die Eimer, die sie drinnen aufgestellt hatte, während des Wolkenbruchs am Morgen den größten Teil des Regenwassers aufgefangen hatten. Sie konnte es sich im Augenblick einfach nicht leisten, sich um das Dach zu kümmern.

Rose betrachtete die wild wuchernden Rosenbüsche entlang der Fassade. Krumm, aber nichtsdestoweniger stolz standen sie da wie Veteranen am Volkstrauertag. Ihre Tante wäre zutiefst betrübt gewesen, wenn sie gewusst hätte, dass ihr Garten derart verwilderte. Allerdings wäre sie umso wütender gewesen, wenn sie erfahren hätte, wie Pearl und Morgan Rose behandelt hatten. Rose wusste längst, dass es keinen Sinn hatte, eine Beschwerde einzureichen – ihr Wort würde gegen das zweier erfahrener, respektierter Kollegen stehen. Nein, sie würde einfach den Kopf einziehen und den Mistkerlen beweisen, dass sie falschlagen.

»Ich brauche zur Abwechslung einfach nur mal etwas, das gut läuft«, sagte sie laut zu sich selbst.

Seit ihrem Einzug hier war alles so furchtbar kompliziert geworden. Rose hatte gerade die Polizeischule abgeschlossen, als ihre Tante an Kehlkopfkrebs gestorben war und Rose das Cottage vererbt hatte. Rose hatte sich im Revier Geldeford beworben und war angenommen worden. Doch dann war irgendwie alles den Bach runtergegangen: Ihre Eltern waren wütend auf sie, seit sie dem »Bullenverein« beigetreten war, denn das verstieß eindeutig gegen ihre Hippie-Prinzipien. Und als Rose vor dem Cottage aus dem Wagen gestiegen war, hatte sie entsetzt feststellen müssen, in welch schlechtem Zustand das Haus sich befand. Sie schlich durch die Zimmer wie ein Einbrecher, strich mit der Hand über den Lieblingsledersessel ihrer Tante, über die Tasse mit Kays Namen, die Rose während eines Töpferkurses selbst getöpfert hatte, und berührte Kays Kleider, die immer noch im Kleiderschrank hingen. Viel Zeit zu trauern war ihr allerdings nicht geblieben, da sie tags darauf ihre neue Stelle antreten sollte. Telefon und Strom waren abgestellt worden, und im Dach hatte ein Loch geklafft, durch das sie den Himmel sehen konnte. Das war jetzt zwei Jahre her, und Rose kämpfte immer noch darum, dass das Haus nicht in sich zusammenfiel.

Sie machte sich nicht die Mühe, das Auto abzuschließen. Kein Mensch würde auf die Idee kommen, es zu stehlen. Auf der Küchenanrichte fand sie die Nachricht des Klempners, der tagsüber hier gewesen war: »Habe die Abflüsse gründlich durchgespült, aber eine Birkenwurzel hat sich in das Abflussrohr gebohrt. Kostenvoranschlag kommt per Mail. Bagger nötig. Garry Smithson.«

Rose versuchte, sich nicht allzu viele Gedanken zu machen. Stattdessen leerte sie die Eimer mit dem Regenwasser, machte sich eine Flasche billigen Rotwein auf, kochte sich Spaghetti Bolognese und aß im Garten zu Abend. Ein Zug rumpelte in den nahe gelegenen Bahnhof und hielt mit quietschenden Bremsen an, aber Rose hatte sich bereits an das Geräusch gewöhnt und fand die Regelmäßigkeit, in der die Züge vorbeiratterten, regelrecht tröstlich. Ein paar Enten watschelten zu ihr herauf und pickten in der Hoffnung auf Krümel auf den zerbrochenen Steinplatten herum. Abgesehen von ihrem gelegentlichen Quaken, war es einfach zu ruhig – kein Hundegebell, kein Trappeln von Pfoten, kein weicher, warmer Kopf, der sich gegen ihr Bein drückte. Sie hoffte inständig, dass es Monty im Tierheim nicht allzu schlecht erging.

»Was mache ich nur mit dir?«

Sie würde den Hund nicht mit zur Arbeit nehmen können, und im Zaun waren einfach zu viele Löcher, um ihn tagsüber draußen im Garten zu lassen. Das Holztor an der Auffahrt konnte sie zwar schließen – immerhin eine Sache, die noch nicht in sich zusammengefallen war –, aber sie würde die gesamte Grundstücksgrenze absichern müssen. Sie klappte ihren Laptop auf, schaltete ihn ein und warf einen Blick auf ihren Kontostand. Unerfreulich. Siebenundfünfzig Pfund zehn bis zum nächsten Zahltag. Sie kramte Kays altes Adressbuch hervor und rief den Handwerker an, den ihre Tante immer beauftragt hatte.

»Ja?«, bellte er ins Telefon.

Ed war schon deutlich über siebzig und ein bisschen schwerhörig, weigerte sich aber, ein Hörgerät zu tragen. Rose erinnerte sich noch, dass ein Pferd ihm mal einen Finger abgebissen hatte.

»Ed, hier ist Kays Nichte. Duckdown Cottage.«

»Bisschen spät für'n Anruf, was?«, erwiderte er. Es war 20.42 Uhr. »Ich bin schon im Bett.«

»Entschuldigen Sie bitte die späte Störung, aber ich wollte mich erkundigen, ob Sie mir vielleicht helfen könnten? Der Zaun müsste geflickt werden, damit mein Hund nicht durch die Hecke entwischt. Ich weiß, dass Kay immer viel von Ihnen gehalten hat.«

»Kay? Ach ja, Kay. Tolle Frau. Ja, wirklich. Wer waren Sie gleich wieder?«

»Rose, Kays Nichte. Ich wohne jetzt in Duckdown.«

»Ach ja, ich kann mich an Sie erinnern, da waren Sie noch ein kleines Mädchen. Ein kleines Mäuschen mit Piepsstimme.«

Rose war drauf und dran, ihm mitzuteilen, dass sie inzwischen knapp eins vierundsechzig groß war.

»Ich habe einen Hund, und ich muss sicherstellen, dass er nicht von hier abhaut. Könnten Sie vielleicht den Zaun für mich absichern?«

»Den Zaun, sagten Sie?«

»Ja. Ich glaube, im Schuppen liegen noch ein paar Rollen Maschendraht, vielleicht kann man den benutzen?«

»Und einen Hund, sagten Sie? Was denn für einen Hund?«

Diese Unterhaltung erwies sich als langwieriger und schwieriger, als sie gehofft hatte. Sie atmete tief durch.

»Einen Retriever.«

»Ach, dann ist es ja in Ordnung. Es sind diese kleinen Hunde, die beißen. Kays Dackel war ein echter Fiesling. Hat mich nicht nur einmal ins Bein gezwickt und meinen Spargel ausgebuddelt.«

Rose atmete hörbar aus. »Heißt das, dass Sie immer noch als Handwerker tätig sind?«

Sie hatte ihn nicht mehr gesehen, seit sie ein Teenager gewesen war, und schon damals hatte er uralt ausgesehen. Seine Hosen hatten um seine Beine geschlackert, und er hatte sie permanent hochziehen müssen – trotz der Kordel, die er um den Hosenbund geschlungen hatte.

»Bitte? Aber sicher doch! Bei meiner Rente? Da hab ich doch keine andere Wahl. Diese Mistkerle …«

»Wär's denn möglich, dass Sie gleich morgen früh vorbeikommen könnten? Entschuldigen Sie, dass das so kurzfristig ist, aber mein Hund ist heute abgehauen.«

»Der Hund ist abgehauen, ja?«

»Ja!« Inzwischen schrie Rose beinahe ins Telefon.

»Wahrscheinlich durch den kaputten Zaun geschlüpft«, brummelte Ed. »Das sollten Sie mal reparieren lassen.«

Frustriert zupfte Rose an der Spitze ihres Pferdeschwanzes. »Deshalb wäre es großartig, wenn Sie gleich morgen früh vorbeikommen könnten. Um den Zaun zu reparieren.«

»Da haben Sie recht. Ich bin beim ersten Spatzenfurz bei Ihnen.«

Plötzlich verlief ihre Unterhaltung wieder in normalen Bahnen. Jetzt musste sie nur noch herausfinden, wann Spatzen anfingen zu furzen. »Und wann ist das?«

»Sechs Uhr in Ordnung?«

»Spitze! Ich muss Ihnen nur noch sagen, dass ich Sie nicht

sofort komplett bezahlen kann. Ich hab noch fünfzig Pfund, aber das ist auch schon alles, bis mein nächstes Gehalt eintrifft. Wenn Sie danach noch mehr …«

»Das reicht fürs Erste«, antwortete er und legte auf.

Rose kippte den letzten Schluck Wein hinunter und füllte das Glas von Neuem. Ihre Gedanken wanderten zu Patrick Salt. Sie wollte einfach nicht glauben, dass Larry Nice ein Mörder war. War es wirklich ein Einbruch gewesen, der schiefgegangen war? Oder hatte irgendjemand Salt aus dem Weg schaffen wollen? Aus Rache? Neid? Oder vielleicht Habgier?

Sie loggte sich in ihren Laptop ein. Hier hatte sie ihre Notizen zum Salt-Fall abgespeichert. Ihre privaten Notizen. Oder vielmehr Fragen und Vermutungen, Ideen, die ihre Kollegen besser nicht zu sehen bekamen. Sie klickte auf das Bild der Mordwaffe. Keine Fingerabdrücke. Ein Klappmesser – allerdings nichts so Kompaktes wie ein Schweizer Messer. Die Klinge war wie eine Träne geformt und lief in einer scharfen Spitze zu. Der Stahl sah aus, als wären Wellen hineingeritzt worden. Der Griff war schwarz, vermutlich aus irgendeinem Harz, und erinnerte Rose an eine schlanke Aubergine. Auf dem Griff befanden sich chinesische Schriftzeichen, die sie hatte übersetzen lassen. Woher in aller Welt hatte dieser Kleinganove und Loser Larry Nice ein derart wertvolles Messer?

Im Internet durchsuchte sie die Sortimente von Spezial- und Jagdmesseranbietern, konnte aber in ganz Großbritannien nichts auch nur annähernd Vergleichbares finden. Dann klickte sie sich durch die Seiten chinesischer Messerhersteller und hatte gerade beschlossen, sich wieder auszuloggen, als ein Foto ihre Aufmerksamkeit erregte: ein Shilin-Messer. Ein traditionelles Messer, das nur von einer einzigen Familie in

Taiwan hergestellt wurde. Es war Sammlern eine Menge Geld wert und im Ausland nur schwer zu beschaffen. Der Griff bestand zwar nicht aus Harz, sondern aus Büffelhorn, aber die Klinge war aus Damaszenerstahl, der in der Herstellung mehrmals gefaltet und übereinandergeschlagen wurde, womit das Metall besonders hart war. Dabei entstand eine feine, wellenförmige Zeichnung auf der Oberfläche. Nachdem Nice nicht einmal einen Reisepass besaß, konnte er dieses Messer nur geschenkt bekommen oder aber gestohlen haben. Eine derart außergewöhnliche Mordwaffe musste sie doch einen Schritt weiterbringen? Sie beschloss, mehr über das Messer herauszufinden, und wusste auch schon, wen sie fragen konnte.

Francis Grace.

KAPITEL 18

Zum Glück werden Hunde von den meisten Leuten unterschätzt. Und das soll auch so bleiben. Die Gebote geben uns ganz genau vor, was wir den Zweibeinern zeigen dürfen und was nicht. Das dient dem friedlichen, harmonischen Zusammenleben unserer beiden Spezies. Gebot Nummer sechs beispielsweise besagt, dass wir unter keinen Umständen verraten dürfen, dass wir die Sprache der Zweibeiner verstehen. Aber dank dieser Fähigkeit weiß ich, dass es mir jetzt an den Kragen geht. Ich bin als »aggressiv« eingestuft worden, und nachdem Rose mich immer noch nicht abgeholt hat, muss ich mein Leben wohl oder übel in die eigenen Pfoten nehmen und von hier ausbrechen.

Der letzte Zweibeiner hat Feierabend gemacht. Ich warte und lausche – und ich habe einen Ohrwurm. Wer kennt das nicht: immer wieder dieselbe Melodie, die einfach nicht verstummen will. Ein großes Dankeschön an dieses summende Eichhörnchen von gestern Nacht. Jetzt läuft die Titelmelodie aus *Mission: Impossible* bei mir in Dauerschleife. Ich werde noch verrückt davon.

Meine Mitinsassen schlafen. Ralph, der einen gebrochenen Kiefer hatte, schnarcht. Andere winseln im Schlaf, wieder andere zucken mit den Pfoten, kläffen mit geschlossenen Schnauzen und träumen von der großen Freiheit. Sogar Lola, die Chihuahua-Dame, hat mit ihrem Dauerjapsen aufgehört und sich auf ihrem Kissen zusammengerollt. Die Lichter sind aus, und da unser Zwingerblock keine Fenster hat, ist es stockfinster. Perfekt. Zeit für ein bisschen Action.

Ich stelle mich auf die Hinterbeine und versuche, die rechte Vorderpfote durch das Metallgitter zu schieben. Sie ist zu groß, um ganz hindurchzupassen, aber mit den Zehenspitzen kann ich den Riegel zu dem Schnappverschluss ertasten. Meine Wundnaht ziept ein bisschen, aber das ist mir egal. Ich konzentriere mich und hebe die Pfote ganz leicht an, der Riegel rutscht nach oben und aus der Metallschlinge heraus. Die Tür öffnet sich einen Spaltbreit, und mit dem Kopf drücke ich sie sperrangelweit auf.

»Wie zum Flugfrettchen hast du das hingekriegt?«, fragt Taz im Nachbarzwinger. Eben hat er noch tief geschlafen, aber binnen Sekunden ist er hellwach.

»Ich hab mir bei den Corgis der Queen ein bisschen was abgeguckt.«

»O mein Gott!«, japst Lola und reißt den Kopf hoch. »Ich werd verrückt! Du kennst die Royals?«

»Ist 'ne lange Geschichte.«

Als ich aus meinem Zwinger trete, schüttle ich mich erst mal ordentlich aus, und zwar von der Nase bis zur Schwanzspitze. Alles an mir gerät in Bewegung und schlackert hin und her. Das ist das beste Gefühl überhaupt. So wird man Stress los.

Inzwischen sind die meisten meiner Mitinsassen wach und stehen hinter ihren Zwingertüren, als würden gleich die Aufseher die Runde machen.

»Irgendjemand hier, der mitwill? Ich kann euch rauslassen, aber dann seid ihr auf euch allein gestellt. Ich will zurück zu meinem neuen Frauchen, da kann ich nicht mit einem ganzen Rudel anrücken.«

Alle kläffen wild durcheinander.

»Ruhe«, rufe ich, »sonst hören die Zweibeiner uns noch. Jetzt seid doch mal still!«

Schweigen – mal abgesehen von einem Winseln aus Zwinger fünfzehn.

»Ich haue jetzt ab. Bleibt an euren Zwingertüren stehen, wenn ich euch rauslassen soll. Wenn nicht, dann geht ein paar Schritte zurück.«

Lola bleibt auf ihrem pinken Kissen liegen. »Nein danke. Ich brauche eine gewisse Grundversorgung. So ein Streunerleben ist nichts für mich.«

Taz hingegen hat den Kopf so fest gegen die Tür gepresst, dass die Metallstreben tief in sein Fell drücken. »Ich bin dabei! Ich bin dabei – und wie ich dabei bin!«

Ich schiebe den Riegel an seiner Tür auf, und er stürzt heraus und springt auf dem Betonflur verzückt auf und ab.

»Was ist mit dir, Ralph?«

Der Staffie hat sich nicht bewegt. Er hat mir den Rücken zugedreht, sein Kopf liegt auf den Pfoten, und er lässt die Schultern hängen.

»Was sollte das bringen?«, fragt er mit einer Stimme, die rau ist wie Schmirgelpapier.

»Du wirst hier sonst nie rauskommen.«

»Morgen ist doch sowieso alles vorbei.« Er seufzt.

Ich werfe einen Blick auf sein Datenblatt. Morgen um zehn soll er eingeschläfert werden.

»Ralph, alter Kumpel, da musst du doch was tun! Komm mit!«

Ralph zuckt mit den Schultern. Er hat seinen Lebenswillen verloren. Ich habe keine Zeit mehr, um mit ihm zu diskutieren, also schiebe ich den Riegel an seiner Zwingertür auf, nur für den Fall, dass er seine Meinung ändert. Andere Hunde bellen mir zu, dass ich sie freilassen soll, und ich mache ihre Türen auf. Mit Charlie und dem alten Nelson sind wir zu elft. Außer Lola und Ralph will nur Bubbles, der Dalmatiner-Mischling, hierbleiben und weiter auf eine Adoption hoffen.

Professor Salt hat mir einmal erzählt, dass Menschen nicht genau wissen, ob Hunde miteinander kommunizieren oder ob das Bellen lediglich ihre Methode ist, um Aufmerksamkeit zu erregen oder jemanden zu warnen. Dieses Rätsel dürfte hiermit wohl geklärt sein. Die lautliche Kommunikation halten wir allerdings recht simpel. Ausschweifende Gespräche sind nicht unser Ding. Lola ist da eher die Ausnahme. Einige meiner Artgenossen verstehen sogar bis zu einem gewissen Grad die Sprache anderer Spezies. Ich nehme mal an, da hab ich Glück gehabt: Fremdsprachen fliegen mir regelrecht zu. Ich spreche die Sprachen der Eichhörnchen, Mäuse, Ratten, Kaninchen, Elstern und kleinerer Vögel, diverser Insekten und natürlich der Katzen, auch wenn eine Unterhaltung mit einer Katze für gewöhnlich kurz ausfällt, hauptsächlich aus Kraftausdrücken besteht und in einem Kampf endet.

Wenn sich je irgendwer gefragt hat, was ein Hund zu einer Katze sagt, wenn er sie ankläfft – normalerweise geht es los mit: »Weiche, Dämon!« Und so weiter. Ein bisschen altmodisch in der Wortwahl, zugegeben, aber die Katzensprache ist eine der wenigen, die jede Hundemutter ihren Welpen in Grundzügen beibringt, und so werden derlei altertümliche Phrasen eben über die Jahrhunderte von Generation zu Generation weitergegeben. Ich nehme mal an, dass das Verhältnis zwischen Katzen und Hunden ein bisschen dem der Engländer und Franzosen ähnelt: eine Hassliebe, die auf einem tief verwurzelten Misstrauen basiert, das seine Ursprünge 1066 in der Schlacht bei Hastings hat.

Der Legende nach wurde Harold II. durch einen Pfeil ins Auge getötet. Aber das stimmt nicht. Den *Hundechroniken* zufolge – unserer mündlich überlieferten Geschichte – hat Harolds treuer Jagdhund sich in die Schussbahn des Pfeils geworfen, sodass sein Herrchen überlebte. Von dem Bogenschützen, der den Pfeil abgefeuert hatte, heißt es, er soll als Glücksbringer immer eine Katze auf der Schulter gehabt haben. Harold ist später in der Schlacht gefallen, insofern ist sein Hund umsonst gestorben. Aber die Kunde von der Heldentat und von der Loyalität des Jagdhunds verbreitete sich über ganz England – und auch dass die Katze dem Bogenschützen eingeflüstert hat, er solle auf den Hund zielen. Das ist der Ursprung unserer Feindschaft.

»Wie kommen wir denn durch die Tür?«, fragt Taz und stupst sie mehrfach mit der Schnauze an.

Die Klinke ist ein längliches Edelstahlgebilde, das man nur runterdrücken muss, damit die Tür aufgeht. Ich schiebe Taz beiseite, reiße die Vorderpfoten hoch und stelle mich an die Tür. Dann lege ich mein Kinn auf die Klinke, und *klick*, sie öffnet sich nach außen. Ich plumpse in den dunklen Flur. Als ich mit einem dumpfen Geräusch auf dem rutschigen Boden aufkomme, jaule ich kurz auf. Die Wunde in meiner Brust fühlt sich an, als würde sie aufreißen, aber ein kurzer Blick sagt mir, dass die Naht immer noch genauso aussieht, wie Malcolm sie gesetzt hat. Ich bleibe für einen Moment still stehen und atme tief ein und wieder aus, damit der Schmerz aufhört. Die anderen drehen schier durch und jagen an mir vorbei, und dann sammelt sich ein Pulk pelziger Kehrseiten und wedelnder Schwänze am anderen Ende des Flurs, wo sich eine weitere geschlossene Tür befindet. Ich trotte los und mache sie auf.

Ein Hunde-Tsunami walzt mit verheerender Kraft in den Eingangsbereich. Taz kracht gegen den Empfangstresen, wirbelt herum, springt gegen die Wand, wiederholt das Ganze und genießt jeden Augenblick. Nelson, der auf seinen alten Beinen ein wenig wacklig unterwegs ist, donnert gegen einen Stuhl mit Rädern, der prompt gegen ein Regal mit Medikamenten kracht. Medizinschachteln regnen auf ihn herab. Charlie stürzt sich auf ein Regal mit Hundefutter, Tüten voller Leckerlis, Näpfen, Halsbändern, Leinen und Maulkörben und macht sich über die Pakete mit dem Trockenfutter her. Ein paar donnern sogar gegen die Eingangstür, die aussieht, als wäre sie aus Stahl mit einer vergitterten Glasscheibe. Ich versuche, ruhig zu bleiben, und sehe mich erst mal um. Auf dem Empfangstresen stehen Computer und Telefone, und daneben liegen Notizbücher und Stifte. An der Wand sind Stühle für Besucher aufgereiht, und dann gibt es noch eine große Waage. Meine Mitinsassen haben inzwischen den berauschenden Geruch des Trockenfutters gewittert und sich darauf gestürzt. Sie haben vollkommen vergessen, dass wir ausbrechen wollen.

Ich schlendere zum Eingang hinüber. Hinter der Glasscheibe befindet sich ein kleiner Parkplatz, der jetzt leer ist. Ich setze mich, neige den Kopf zur Seite und studiere die stabile Flügeltür, die uns jetzt noch von der Freiheit trennt.

In meinen einundzwanzig Jahren – oder drei in der Rechenweise der Zweibeiner – war ich schon mit vielen unterschiedlichen Türen konfrontiert: Holz, Glas, Schiebetüren, Stahltüren, Rolltore, Falttüren – was auch immer. Und fast alle hatten ein Schloss. Was ist nur mit diesen Zweibeinern los? Warum muss immer alles verschlossen, verbarrikadiert und eingezäunt sein?

Für die meisten Schlösser gibt es Schlüssel, manche haben auch einen Bolzen oder kleine Knäufe, die man in irgendeine Richtung drehen muss, andere eine Tastatur mit Ziffern. Die Tür, die ich gerade anstarre, wird mit einem Schlüssel zugesperrt. Nur dass der Schlüssel nirgends zu sehen ist. Hmpf. Gar nicht gut. Ich höre, wie ein getrocknetes Schweineohr zerbricht, und atme den köstlich fettigen Geruch ein. Ich kann nicht länger widerstehen. Ein kleiner Snack wird mir jetzt guttun. Und meine Hirnzellen mit Nährstoffen versorgen. Zumindest rede ich mir das ein. Während ich mich durch ein paar dieser schweinischen Dreiecke knuspere, denke ich über unser Problem nach. Mein Herrchen hatte unter einem Blumentopf im Garten einen Zweitschlüssel versteckt. Er war in eine Plastiktüte eingewickelt, damit er nicht rostete. Das ist es! Ich muss den Zweitschlüssel finden!

Taz zerlegt ein paar Schachteln mit einem Mittel gegen Flöhe und spuckt den bitteren Inhalt angewidert aus. Hinter dem Empfangstresen finde ich eine Menge Kabel (wenn ich Zeit hätte, würde ich liebend gerne ein bisschen darauf herumkauen), einen Papierkorb – leider ohne Leckerbissen –, einen Aktenschrank, aber keinen Schlüssel. Ich sehe mich weiter um, schnüffle durch Medikamentenschachteln, Papierkram, auf dem überall »Rechnung beglichen« aufgestempelt ist, und finde sogar einen Hundekeks in der Tasche einer Jacke, die über einer Stuhllehne hängt. Doch nirgends einen Schlüssel.

Allmählich werde ich nervös, und ich kaue auf meiner Schwanzspitze herum. Irgendwie muss man doch hier rauskommen? Dann sehe ich, dass die Tür zu einem Behandlungsraum offen steht. Ich lasse meinen Schwanz in Frieden und gehe nachsehen, und mit einem erleichterten Heulen entdecke ich, dass dort ein Fenster über dem Behandlungstisch angelehnt ist. Plötzlich spüre ich eine leichte Brise in meinem Rücken. Angriffsbereit schnelle ich herum – doch es ist nur meine Rute, die aufgeregt hin und her wedelt.

»Hierher!«, rufe ich, und das Rudel prescht mir nach. Der Behandlungsraum verwandelt sich in ein Meer aufgeregter Streuner. Jetzt müssen wir nur noch auf den Behandlungstisch springen.

»Könnt ihr alle mal einen Schritt zurück machen?«

Die Hunde machen Platz, wobei einige wieder in den Empfangsbereich zurückgedrängt werden. Ich höre ihr Knurren, aber darauf kann ich jetzt keine Rücksicht nehmen. Unter normalen Umständen hätte ich kein Problem damit, auf einen Behandlungstisch von dieser Höhe zu springen, aber meine Wunde tut immer noch weh. Ich drehe mich einmal im Kreis und konzentriere mich, und mit einem Satz lande ich auf dem langen, rutschigen Tisch. Mit der Pfote öffne ich die Sperre an dem angelehnten Fenster, schiebe beide Flügel weit auf und spähe hinaus. Entlang der Außenwand verlaufen eine niedrige, federnde Buchsbaumhecke und ein schlammiges Blumenbeet, das an den Asphalt des Parkplatzes grenzt. Nichts, womit wir nicht umgehen könnten.

»Okay, wir machen's so: Einer nach dem anderen springt auf den Tisch und dann raus aus dem Fenster. Dort draußen sind ein Gebüsch und dann der leere Parkplatz. Dahinter verläuft eine viel befahrene Straße. Passt also auf den Verkehr auf!«

Als wäre ich ihre Mutter.

Taz ist der Erste. Er springt durchs Fenster, rast die Straße entlang und johlt: »Junge, Junge, Junge!« Die anderen Hunde folgen ihm – bis auf Charlie. Seine Jack-Russell-Beine sind zu kurz, um so hoch zu springen. Er scheitert mehrmals.

»Jetzt hab ich ein Problem«, sagt er und lässt den Kopf hängen.

Ich springe vom Tisch.

»Schaffst du's auf meinen Rücken und von dort aus auf den Behandlungstisch?«, frage ich ihn, und sofort fängt sein kleiner Schwanz so wild zu wedeln an, dass er mir vor den Augen regelrecht verschwimmt.

Er zieht die buschigen Augenbrauen hoch. »Und wie!«

Ich stelle mich so nah wie möglich neben den Behandlungstisch, er springt auf meinen Rücken – und fällt auf der anderen Seite wieder runter.

»Verflixt und zugenäht!«

Beim vierten Versuch klappt es endlich. Er springt aus dem Fenster und wird aus dem federnden Gebüsch bis auf den Parkplatz katapultiert.

»Danke, Kumpel!«, japst er. »Ich stehe in deiner Schuld.« Dann jagt er davon.

Schließlich bin ich an der Reihe, und ich springe aus dem offenen Fenster.

Zwar stehen auf dem Parkplatz des Tierheims nirgends

Straßenlaternen, aber von der Straße fällt Licht herüber und überzieht alles mit einem jodorangefarbenen Schimmer. Am klaren Himmel stehen Sterne. Der Verkehr rauscht auf der Straße vorüber, und ich schnüffle und versuche, mich zu orientieren. Doch die Gerüche sind mir fremd: Benzin und Diesel, Bier, Wein – und der verführerische Duft von Pizza.

»Warte!«

Im offenen Fenster taucht Ralphs breiter, vernarbter Schädel auf, und obwohl er nur noch einen Hinterlauf hat, stürzt er sich todesmutig in die Buchsbaumhecke, kullert hinunter und kommt sofort wieder auf die Beine. In der Hecke hat er eine tiefe Kuhle hinterlassen. Sekundenlang steht er mir reglos gegenüber und starrt mich mit unbewegter Miene an.

»Wenn du je Hilfe brauchen solltest, hinterlass mir eine Urimail. Ich finde dich. Heiße übrigens Jake, nicht Ralph.«

Und dann sucht er für einen Dreibeiner erstaunlich schnell das Weite. Ich stecke meinen Kopf durch ein Loch in der vorderen Begrenzungshecke. Ja, gegenüber liegt ein Pub und daneben ein Café, das allerdings geschlossen hat. Ein Stück weiter die Straße entlang befindet sich eine Pizzeria, und davor steht ein kleines Liefermoped. Marcos Pizza, steht auf dem Schild. Oh, Mozzarella, Bacon, Schinken, Peperoni … Für einen Augenblick schwelge ich in den Düften, doch dann reiße ich mich zusammen. Ich kenne diesen hypnotischen Geruch! Und ich kenne den Namen der Pizzeria von Pizzakartons! Paddy hat dort manchmal Pizza bestellt, ich kann also nicht weit von seinem Haus entfernt sein.

Eigentlich wollte ich zurück nach Duckdown Cottage laufen und Rose um Verzeihung bitten, aber ich habe keine Ahnung, wo die Gleise sind, geschweige denn in welche Richtung ich gehen muss. Aber Paddys Haus, das kann ich finden. Ich sehne mich nach dem tröstlichen Geruch seiner alten Strickjacke. Ich will all meine wunderbaren Erinnerungen im Geruch meiner Hundedecke wieder aufleben lassen. Ich lechze nach meiner vertrauten Welt.

Als sich eine Lücke im Verkehr auftut, sprinte ich über die Straße und verschwinde in einer schmalen Seitengasse. Die Hintertür zu Marcos Pizza steht einen Spaltbreit offen, und ich lege mich daneben und lausche den Gesprächen des Küchenpersonals. Meine Nase pulsiert, während der Pizzaduft zu mir herüberweht, und ich sabbere wie blöd – aber wer könnte es mir verübeln? Ich muss mich ohnehin schon schwer zusammenreißen, um nicht in die Küche zu stürmen und mir diese himmlischen Teigfladen zu schnappen. Verträumt atme ich den Geruch einer Pizza mit Ei und Bacon ein, die gerade aus dem Ofen kommt (eine meiner Favoriten!), als ich höre, wie jemand die Christchurch Road erwähnt. Die Pepperbox Lane, Paddys Straße, ist gleich dort um die Ecke! Ich setze mich auf, spähe am Türrahmen vorbei und sehe, wie ein Teenager dampfend heiße Pizzas in eine rote Isolierbox legt.

»Die beiden gehen in die Christchurch Road 61, und die Peperoni XL geht in den Ash Hill Drive 33, okay?«

Der Junge nickt, setzt sich lustige weiße Stecker an Kabeln in die Ohren und verschwindet aus meinem Blickfeld. Ich laufe zum Ende der Gasse und folge ihm hinaus auf die Hauptstraße. Mit seiner lauten Musik auf den Ohren ist er von der Außenwelt regelrecht abgeschnitten und bemerkt mich nicht einmal. Das Moped von vorhin ist verschwunden, und er zieht die Beifahrertür zu einem Fahrzeug auf, das eher aussieht wie ein Rollschuh als wie ein Auto. Er schiebt die

Pizzabox auf den Beifahrersitz, geht um das Fahrzeug herum und macht die Fahrertür auf. Sein Handy klingelt – dass er es über die Musik überhaupt hören kann! –, und er schlendert ein Stück vom Auto weg und unterhält sich. Ohne dass er mich bemerkt hätte, springe ich auf den Fahrersitz, quetsche mich von dort aus auf die Rückbank und lege mich im Fußraum ganz flach hin. Dann steigt der Teenager wieder ein und gibt Gas. Ich ertappe mich dabei, wie ich durch die Lücke zwischen den Vordersitzen die Ecke der Pizzabox ablecke, und ziehe schnell wieder den Kopf zurück. Nach einer Weile hält er an, schiebt die Tür auf und steigt aus, und ich springe hinterher. Er flucht und lässt die Pizzas fallen.

Ich mache mich vom Acker. Hier kenne ich mich aus. Ich kann bereits das Flusswasser riechen, den Schlamm und das hohe Gras. Der Fluss liegt in dieser Richtung – und da ist auch mein altes Zuhause.

KAPITEL 19

Keine Ahnung, warum ich überrascht bin, dass hinter keinem der Fenster Licht brennt. Rose hat mir schließlich erzählt, dass mein geliebtes Herrchen tot ist, und ich weiß selbst, dass sein Herz aufgehört hat zu schlagen, während ich neben ihm lag. Als ich die Pepperbox Lane hinabtrotte und endlich unser Haus sehe, macht mein Herz trotzdem einen Sprung. Ich erwarte fast schon, dass Paddy die Tür aufmacht und sagt: »Da bist du ja! Ich habe mich schon gefragt, wo du dich rumgetrieben hast.«

Aber die Tür bleibt zu.

Vor unserem Gartentor bleibe ich stehen, weil davor und quer über die Einfahrt ein gelbes Plastikband hängt. Dahinter steht Paddys Volvo Cross Country Estate. Ich springe über das flache Törchen und schnüffle an den Reifen. Aaah, herrliche Erinnerungen an unsere gemeinsamen Abenteuer: Wälder, Strände und Geschäfte für Haustierbedarf, die wir besucht haben. Ich nehme sogar den schwachen Hauch seines Parkplatzes an der Uni wahr, die schokoladigen Düfte der Blumenbeete, die den Parkplatz umgeben und die mit Kokosmulch bedeckt sind.

Während ich den dunklen Gartenweg am Haus entlangschleiche, frage ich mich unwillkürlich, was mich wohl hinter der nächsten Ecke erwartet. Ich bleibe stehen, nehme die Witterung auf. Der Geruch von Blut auf Ziegelplatten, das in der

Sonne angetrocknet ist, schlägt mir entgegen wie ein Hieb mit der Zeitung auf die Schnauze. Ich erstarre, gebe mir dann aber einen Ruck, schleiche um die Ecke und stehe im Garten.

Noch mehr gelbes Plastikband. Der Stuhl liegt immer noch dort, wo er umgekippt ist, als der Mörder Paddy überrascht hat. Aber sein Weinglas ist weg. Ich laufe mit zögerlichen Schritten über die Terrasse und betrachte die Stelle, wo er gestorben ist, nehme den Geruch von Paddys Blut wahr, das sich mit meinem eigenen vermischt hat. Ich winsele, und mir schnürt sich die Kehle zu. Ich sehne mich danach, wieder bei ihm zu sein, und will am liebsten heulen, aber ich traue mich nicht. Es könnte mich ja jemand hören. Stattdessen hechele ich hektisch.

Mein Wassernapf steht immer noch dort, wo Paddy ihn hingestellt hat: zwischen der Stufe zur Hintertür und der Stiefelbürste, die aussieht wie ein Igel. Der Ausbruch hat mich durstig gemacht, ich stürze mich auf das Wasser – und bin überrascht, dass Roses Geruch an dem Napf klebt. Wahrscheinlich hat sie dem Tatort noch mal einen kurzen Besuch abgestattet. Als ich meinen Durst gestillt habe, stelle ich die Vorderpfoten gegen die Hintertür. Ich will ins Haus, wo Paddys Geruch am stärksten ist. Ich weiß genau, wie man den Knauf umdrehen muss – aber er dreht sich nicht. Irgendjemand hat die Tür abgeschlossen. Ich winsele. Ich will zu Paddys Sachen! Ich stupse einen umgedrehten Blumentopf um, unter dem er seinen Zweitschlüssel versteckt hat, aber er ist weg. Als ich das Haus umrunde, stelle ich fest, dass sämtliche Fenster und die Eingangstür fest verschlossen sind. Enttäuscht lasse ich mich dort nieder, wo ich Paddy am nächsten bin – neben seinem Blut. Ein leichter Hauch von alten

Büchern und seiner Strickjacke steigt von den Bodenplatten auf, und ich kann riechen, wo er mit dem Kopf aufgeschlagen ist. Sein Hafershampoo. Ich atme den Geruch tief ein und schließe die Augen.

Plötzlich höre ich ein Tapsen auf den Bodenplatten. Ich schnüffle und öffne ein Auge ein Stück weit.

»Dante?«

Er steht direkt vor mir und sieht mich finster an. »Also hast du es endlich heil nach Hause geschafft. Schönen Dank auch, dass du mir Bescheid gegeben hast.«

Ich schlage auch das zweite Auge auf.

»Wusste nicht, dass es dir wichtig gewesen wäre«, gebe ich spitz zurück, doch insgeheim bin ich gerührt, dass er sich die Mühe gemacht hat, nach mir zu sehen.

»Sei nicht albern.« Dante schüttelt sich bei dem Gedanken. »Wo hast du denn gesteckt?«

»Sie haben mich nach Dogmo gebracht, aber ich konnte entkommen.«

»Ach, du warst das? Die ganze Nacht kläffen deine Artgenossen schon von den ›gesprengten Ketten‹. Überaus anstrengend.« Er streckt den Kopf nach vorne. »Weiß Rose Bescheid?«

»Ich glaube nicht.«

»Na ja, die Menschen sind ja immer die Letzten, die etwas erfahren«, sagt er und seufzt. Seiner Meinung nach ist das nur eine der zahlreichen Schwächen, die die Zweibeiner so haben.

»Kannst du mir morgen helfen, Roses Haus zu finden?«

»Vielleicht.« Dante legt den Kopf schief. »Wärst du so nett und würdest den Schuppen für mich aufmachen?«

Kurz flackert Wut in mir auf. »Dann bist du also in Wahrheit hier, weil du Strom für deinen Laptop brauchst?«

Dante wackelt mit dem Kopf, als wollte er mit seinem Schnabel Wasser schöpfen. Er fühlt sich offenbar ertappt. »Und natürlich, um nach dir zu sehen.«

Mühsam rappele ich mich auf. »Das fühlt sich irgendwie nicht richtig an. Es ist respektlos gegenüber Paddy.«

»Wieso? Ich hab seinen Stromanschluss doch auch benutzt, als er noch lebte. Warum sollte ich das jetzt nicht mehr tun?«

Dante hat nie auch nur ein winziges bisschen Mitgefühl gezeigt und auf diese Weise eine Menge anderer Tiere vor den Kopf gestoßen, die seine Freunde hätten werden können. Aber ich bin zu erschöpft, um mit ihm zu streiten. Ich will nur noch schlafen.

Also trabe ich auf den Schuppen zu, drehe den runden Türknauf um, und die Tür schwingt in ihren gut geölten Scharnieren auf. Ich habe einen Kloß im Hals und muss schwer schlucken. Auf drei Regalen liegt Paddys Werkzeug, und der Korpus des Rasenmähers funkelt, so makellos sauber ist er. Paddys lederne Gartenhandschuhe und sein Strohhut liegen im mittleren Regal. Ich schnuppere daran und winsele. Sie erinnern mich an glückliche Tage: Paddy beim Unkrautjäten, während ich durchs Gras kullere und mir den Rücken schubbere. Paddy beim Rasenmähen, während ich den Rasenmäher ankläffe. Paddy in seinem Liegestuhl, wie er sein Werk betrachtet, während ich nach Fliegen schnappe.

Schweigend sieht Dante zu, wie ich einen der Handschuhe ins Maul nehme und ihn zu der Stelle zurücktrage, wo ich gelegen habe. Ich lasse mich auf den Boden fallen, lege den Kopf auf den Handschuh und schließe die Augen.

Schlagartig bin ich wieder wach. Die Sonne ist bereits aufgegangen, und nach ihrem Stand zu urteilen, ist es jetzt früh am Morgen. Vor dem Haus ist eine Autotür zugeschlagen worden. Ich blinzle und springe auf, und mein Herz rast wie verrückt. Ist der Mörder zurückgekehrt? Diesmal kommt er mir nicht davon! Ich verstecke mich hinter dem Rhododendron neben der Terrasse und warte mit gespitzten Ohren und gesträubtem Nackenfell, und dann kann ich Schritte hören, die sich über den Gartenweg nähern. Ich mache mich zum Sprung bereit – als Rose um die Ecke biegt und nach mir ruft. Ihr offenes Haar ist nass, als wäre sie gerade erst aus der Dusche getreten, und sofort fällt ihr Blick auf die blutbefleckten Bodenplatten. Sie entdeckt den Handschuh, runzelt die Stirn und sieht sich dann im Garten um.

»Monty, wo steckst du, Junge? Schon gut, du bist in Sicherheit. Monty?«

Ich bleibe, wo ich bin. Eigentlich hätte ich gedacht, dass ich mit wedelndem Schwanz auf sie zustürmen würde, aber die Angst hat mich so fest im Griff wie die Schlinge des Hundefängers. Ich war ungehorsam. Was, wenn sie mich nicht mehr haben will und mich stattdessen zurück nach Dogmo bringt? Ich kann nicht wieder dorthin zurück! Jetzt marschiert sie quer über den Rasen bis zum rückwärtigen Gartentor und blickt das Flussufer entlang.

»Monty!«

Ich kann mich kaum mehr zurückhalten. Sie schlendert den Hang herauf, sieht, dass die Tür zum Schuppen angelehnt ist, wirft einen Blick hinein, schiebt dann die Tür zu und zieht die Augenbrauen kraus. Aus ihrer Tasche holt sie ein brandneues Päckchen Leberleckerlis. Frisch und lecker. Sie streut ein paar davon auf den Boden.

»Monty! Schau mal, was ich hier für dich habe!«

Verdammt, die mag ich am liebsten. Na ja, ich mag vieles am liebsten. Ich sabbere – erst recht, weil ich noch nicht gefrühstückt habe. Rose wartet einen Augenblick, dann läuft sie wieder zurück zur Straße. Sie will wieder gehen. Jetzt kann ich mich nicht länger beherrschen. Ich schleiche aus meinem Versteck und schlinge die leckeren Happen hinunter. Ich bin derart in mein Festmahl vertieft, dass ich nicht höre, wie sie wieder zurückkommt und mich am Halsband packt. Sofort versuche ich, mich loszureißen, strecke die Vorderbeine aus und presse mich mit Kopf und Oberkörper auf die Erde, krieche rückwärts und hoffe nur, dass mein Gewicht und meine Kraft zu viel für die zierliche Rose sind. Pustekuchen!

»Monty, hör auf zu ziehen! Ich nehm dich wieder mit nach Hause. Oder willst du gar nicht bei mir bleiben?«

Auf der Stelle halte ich still, lasse die Zunge aus dem Maul hängen und klopfe mit der Rute auf den Boden. Sie will mich wiederhaben! Ich bin so froh!

Rose leint mich an und geht vor mir in die Hocke, sodass wir auf Augenhöhe sind. Ziemlich mutig, wenn man einen Hund nicht gut kennt. Aber sie krault mich nur ausgiebig hinterm Ohr.

»Du bist ein echter Ausbrecherkönig, was?«

Na ja, verglichen mit diesen cleveren Kläffern aus Windsor bin ich ein Blender.

»Gina vom Tierheim hat mich angerufen. Sie war ganz außer sich – hat in einer Tour von einem Einbruch gesprochen. Aber das war kein Einbruch, oder Monty? Also, für mich klingt das Ganze eher nach einem Ausbruch.«

Als Rose lacht, klingt es, als würde Wasser über Felsen plätschern, und sie krault mich unterm Kinn.

»Wie hast du das nur angestellt?«

Ich schließe die Augen. In ihren Händen zerschmelze ich wie Butter.

»Es muss fürchterlich dort gewesen sein. Armer Junge!«

Ich lecke ihr über den nackten Unterarm. Er schmeckt nach Enten, Gras und Duschgel.

»Sollen wir wieder nach Hause fahren?«

Ich laufe zur Hintertür und belle sie an. Ich will meine Hundedecke mitnehmen, meine Plüschente und irgendeinen Gegenstand von Paddy. Unbewegt starre ich die Tür an, und Rose sieht auf die Uhr.

»Jetzt nicht, Monty. Ich bin schon spät dran. Ich fahr dich jetzt schnell nach Hause und muss um halb neun bei der Arbeit … Oh je, wohl kaum«, sagt sie und seufzt.

Widerwillig gebe ich nach und folge ihr zum Auto.

»Hoffentlich hat Leach nicht mitbekommen, dass ich noch nicht da bin.«

Ich nehme mal an, das ist ihr Chef. Klingt irgendwie schmierig, dieser Typ. Die Vorstellung, ihn abzulecken, behagt mir ganz und gar nicht. Heißt *leach* nicht Blutegel? Bäh, genauso eklig wie Schnecken.

Ich hinterlasse noch schnell eine Nachricht am Gartentor. Dann springe ich auf die Rückbank von Roses Wagen, die somit voll besetzt wäre. Vage nehme ich den Geruch eines Eichhörnchens wahr, was mich jedes Mal wieder aufheitert. Das sind schon verspielte Kerlchen! Immer zu Schabernack bereit, auch wenn Nigel vergessen zu haben scheint, wie man Spaß hat. Schon mal ein Eichhörnchen Tau-Skaten gesehen? Das machen sie auf nassen Wagendächern und Kühlerhauben. Vereist funktioniert das noch besser. Dann benutzen die Eichhörnchen ihre Klauen wie Schlittschuhe und schlittern in einem fort im Kreis herum.

Rose kurbelt das Rückfenster runter, und als wir uns auf den Heimweg nach Duckdown Cottage machen, halte ich die Nase in den Wind. Meine Ohren wehen, meine Lefzen schlackern, und meine Nase pulsiert, als ich die ganzen Frühstücksgerüche und den Duft von Pausenbroten einatme, die Abgase der Autos, Busse, Taxis, den Geruch der Passanten und der Cafés, in denen gekocht wird. Ich kläffe einem Cockerspaniel bei seiner Morgenrunde ein Hallo zu und jaule das große McDonald's-Schild an.

»Hungrig?«, fragt Rose.

Ich belle.

»Ich auch.«

Sie biegt zum Drive-in ab und bestellt zwei McMuffins mit Speck und Ei und einen Kaffee. Dann wickelt sie einen McMuffin aus, pustet kurz darüber und reicht ihn mir. Ich schlinge die salzige, süße, klebrige Leckerei hinunter und verbringe den Rest der Fahrt damit, mir über die Schnauze zu lecken.

Das Leben kann so schön sein!

KAPITEL 20

Mit zehn Minuten Verspätung kam Rose in der Polizeihauptwache an. Leach, der mit der Morgenbesprechung bereits angefangen hatte, warf ihr einen finsteren Blick zu, als sie durch die Tür schlüpfte.

»Wie schön, dass Sie uns auch die Ehre geben.«

Schlagartig drehten sich alle zu Rose um. Sie wurde knallrot im Gesicht und schlich zum hinteren Ende des Besprechungsraums.

»Wir haben immer noch nicht gehört, ob die Rechtsmedizin aus dem Kratzer auf Nices Arm irgendwelche Schlüsse ziehen konnte, aber sicher ist: Er wurde nicht gebissen, was nur bedeuten kann, dass er nicht unser Täter ist. Oder dass er mit jemandem zusammengearbeitet hat. Dave, überprüfen Sie Nices übliche Komplizen, und finden Sie heraus, ob die ein Alibi haben. Vielleicht haben wir ja ihre Fingerabdrücke in der Kartei.«

»Wird gemacht, Boss.«

»Varma, hat irgendwer bestätigen können, dass Nice allein zu Hause war?«

»Seine Nachbarn behaupten, sie hätten ihn den ganzen Tag über nicht gesehen und auch sonst nichts Auffälliges bemerkt. Also kein Alibi.«

»Joe, irgendwas Neues zu der zerrissenen Jacke?«

»Wir haben seine Wohnung durchsucht und die gesamte

Siedlung samt Müllcontainer und Garage und sogar Salts Haus. Nichts, Sir.«

»Suchen Sie weiter. Durchforsten Sie auch den Uferweg und die Straßen rund um Salts Haus. Rose, irgendwas Neues von diesem Alten, Grace?«

»Er behauptet, er hätte den Täter nicht gesehen, und auf dem Foto hat er Nice nicht wiedererkannt.«

Pearl schnaubte abfällig. Sie hätte gerne noch hinzugefügt, dass sie das Gefühl hatte, der Alte hätte irgendetwas zurückgehalten, wusste aber, dass sie dafür nur wieder ausgelacht werden würde.

»Grace meinte, der Professor hätte seine festen Routinen gehabt«, fuhr sie fort. »Er ist immer morgens um acht aus dem Haus gegangen und abends um sechs wieder heimgekommen. Vor und nach der Arbeit ist er mit dem Hund rausgegangen. Ich wette, der Mörder wusste, dass Salt um sieben wieder zu Hause sein würde. Er war nicht überrascht, ihn dort anzutreffen – ich denke, er hat ihm aufgelauert.«

Als sie Pearl einen Seitenblick zuwarf, gab der erneut ein Schnauben von sich. Das passte so gar nicht in seine Theorie vom Einbruch, der aus dem Ruder gelaufen war.

»Gut«, sagte Leach. »Dehnen Sie den Kreis ein wenig aus. Ich will die Fingerabdrücke von sämtlichen Nachbarn, Freunden und Kollegen des Opfers. Erzählen Sie ihnen, das wäre reine Routine. So könnten wir sie von der Liste streichen. Und ich will wissen, ob irgendjemand von ihnen einen Grund gehabt haben könnte, Salt umzubringen. Verstanden?« Er ließ den Blick durch den muffigen Besprechungsraum schweifen. »Varma, Sie leiten die Sache.«

»Ja, Boss.«

»Hat jemand noch was?«

»Ja, Sir«, meldete Rose sich zu Wort. »Ich glaube, die Tatwaffe war ein taiwanesisches Shilin-Messer.«

Überraschtes Raunen schlug ihr entgegen, und sie führte aus, was sie herausgefunden hatte.

»Das hat dieser Schrumpfkopf sicher irgendwo mitgehen lassen«, sagte Pearl, »wie auch alles andere, das in seiner Garage lag.«

»Shilin-Messer werden nur in einer einzigen taiwanesischen Firma hergestellt. Sie sind sehr selten und entsprechend teuer. Ich glaube kaum, dass jemand wie Nice mit solchen Sachen in Berührung kommt.«

»Und wem sollte es sonst gehören?«, fragte Pearl und verschränkte die Arme.

»Womöglich jemandem, der mal in Taiwan oder zumindest in der Gegend war. Grace sammelt fernöstliche Artefakte. Scheint fast, als würde er sich auf diesem Gebiet halbwegs gut auskennen. Es wäre einen Versuch wert, von ihm ein bisschen mehr über das Messer zu erfahren.«

»In Ordnung, Rose«, kam es widerwillig von Leach, der immer noch verärgert über ihr spätes Erscheinen war.

Nach der Morgenbesprechung sollte Rose zunächst Salts Telefonverbindungen und Kontobewegungen überprüfen, was sie den ganzen Vormittag lang an den Schreibtisch fesseln würde.

»Versuchen Sie, über den Anwalt an Salts Testament zu kommen«, bat Varma sie im Vorbeigehen und machte sich auf den Weg, um bei Gericht den Einblick sowohl in das Testament als auch in Salts Arbeitsunterlagen zu erwirken. »Das könnte uns eine Menge Arbeit ersparen.«

Pearl nahm einen anderen Detective mit, um ein paar von Nices alten Kumpels aufzuschrecken und so vielleicht einen potenziellen Komplizen aufzuspüren, während Salisbury und ein zweiter Kollege in Uniform sich wieder auf die Suche nach der zerrissenen Jacke des Mörders machten.

Rose wandte sich indes Salts Telefon- und Kontodaten zu. Langweilige Routine. Dann suchte sie den Namen seines Anwalts heraus – und erkannte ihn sofort wieder: Sylvia Bright. Sie war auch Kays Anwältin gewesen.

»Rose, meine Liebe, wie geht es Ihnen?«, zwitscherte Sylvia in den Hörer, sowie Rose sie an der Strippe hatte. »Immer noch in Duckdown?«

Rose konnte sich noch gut an das krause rote Haar und die ungewöhnlich grünen Augen der Anwältin erinnern. Ihren üppigen Körper hüllte sie in grellbunte Kaftane, und genauso alternativ war auch die kleine Kanzlei, die sie von zu Hause aus betrieb.

»Ja, und das Cottage steht noch – aber wer weiß, wie lange«, gab sie zurück.

»Schön zu hören! Und wie ich auch gehört habe, sind Sie inzwischen Detective. Glückwunsch, meine Liebe! Ich habe immer gewusst, dass Sie mal in Kays Fußstapfen treten würden. Und wie gut, dass es immer mehr Frauen bei der Truppe gibt.«

»Danke, Sylvia. Ich rufe leider aus einem beruflichen Grund an. Sie haben Patrick Salts Testament erstellt, ist das korrekt?«

Es entstand eine kurze Pause. »Ja, das stimmt. Und jetzt wollen Sie wissen, wer darin bedacht ist?«

»Ja. Wir gehen von Mord aus.«

»Das habe ich gehört, ja. Der arme Patrick – er war so ein netter Mensch. Aber Sie wissen, dass ich Ihnen ohne einen Gerichtsbeschluss darüber keine Auskunft geben kann?«

»Ist quasi schon beantragt, Sylvia, aber uns rennt die Zeit davon. Vielleicht könnten Sie eine kleine Ausnahme machen? Wenn ich wetten müsste, würde ich auf Rebecca Salt setzen. Würde ich damit richtigliegen?«

»So könnte man es sagen, ja, aber bestätigen kann ich Ihnen das natürlich nicht.«

»Danke, Sylvia.«

»Sie lebt in Australien, müssen Sie wissen. Sie kann mit Patricks Tod nichts zu tun haben, sofern Sie das vermuten sollten.«

»Tja, bestätigen kann ich das natürlich nicht.«

»Touché!«, gab Sylvia amüsiert zurück.

Auf dem Weg nach draußen klopfte Rose an Leachs Tür, und er sah von seinem Bildschirm auf. »Ja?«

»Sieht so aus, als wäre die Tochter Alleinerbin.«

»Gut gemacht. Finden Sie heraus, wann sie einreist, okay? Und fahren Sie noch mal bei Grace vorbei und finden Sie heraus, ob der Alte irgendetwas über Shilin-Messer weiß.«

Als Rose ihren Wagen vor Graces Haus abstellte, stand in Salts Einfahrt ein weißer Corsa hinter dem Volvo des Verstorbenen. Irgendjemand war einfach über das gelbe Absperrband gefahren und hatte es zerrissen. Im Fenster des Wagens klebte der Aufkleber einer Mietwagenfirma, und der Fahrer hatte den Wagen scheinbar gerade erst entgegengenommen: Innenraum und Karosserie waren blitzsauber, nur an den Reifen klebte ein wenig Schlamm. War Rebecca bereits angekommen? Hinter dem Esszimmerfenster nahm Rose eine Bewegung wahr, aber sie konnte nicht erkennen, ob es sich um einen Mann oder um eine Frau handelte. Sie griff zu ihrem Funkgerät und erstattete Meldung, forderte Verstärkung an und nahm dann den Schlagstock in die Hand für den Fall, dass der Mörder an den Tatort zurückgekehrt war. Dann hörte sie, wie die Hintertür aufgeschoben wurde. Lautlos schlich sie den Gartenweg entlang und spähte um die Ecke. Eine blonde Amazone mit gesunder Gesichtsfarbe kam aus der Hintertür, und Rose trat einen Schritt nach vorne.

»Polizei! Bleiben Sie stehen!«, rief sie und zückte ihren Dienstausweis.

Die Frau zuckte sichtlich zusammen. »Himmel, haben Sie mich erschreckt! Was machen Sie hier?«

Ihr Akzent war unverkennbar. Rose wusste augenblicklich, wen sie vor sich hatte.

»Detective Constable Rose Sidebottom.« *Scheiß auf Detective in Ausbildung*, dachte sie sich. »Sind Sie Rebecca Salt?«

»Wer soll ich denn sonst sein?«

Die Frau in den eng anliegenden Jeans war nur mehr einen Schritt davon entfernt, mit ihren hochhackigen Stiefeln die blutbefleckten Bodenplatten zu kontaminieren.

»Würden Sie bitte vom Absperrband zurücktreten?«

»Schon gut, schon gut, nur die Ruhe.«

Rebecca machte einen Schritt zurück und schob sich die riesige Calvin-Klein-Sonnenbrille auf die Stirn. Dahinter kamen braune, rot geäderte Augen zum Vorschein. Sie betrachtete Rose von Kopf bis Fuß, registrierte den billigen Schnitt ihres Hosenanzugs und den Sabberstreifen an ihrem Hosenbein. Genauso hatten die It-Girls an Roses Schule auf sie herabgesehen und über ihre No-Name-Jeans, T-Shirts und Sneakers gespottet. Selbst jetzt, Jahre später, versetzte es Rose einen Stich, wie diese Frau sie ohne ein einziges Wort herabwürdigte.

»Kann ich bitte Ihren Ausweis sehen?«

»Du liebe Güte, ist das Ihr Ernst?«

Rose antwortete nicht, und Rebecca gab einen tiefen Seufzer von sich.

»Der Pass ist hier in der Handtasche. Sehen Sie selber nach.«

Und mit diesen Worten drückte sie Rose die Tasche in die Arme. Sie hatte zwei Ausweispapiere: einen britischen und einen australischen Pass. Beide bestätigten ihre Identität.

»Danke«, sagte Rose und hielt Rebecca die Tasche wieder hin, die diese ihr umgehend aus der Hand riss. »Wir wussten nicht, wann Sie hier ankommen würden.«

»Und?«

»Mein aufrichtiges Beileid, Ms. Salt. Aber hier können Sie nicht bleiben. Der Tatort ist immer noch nicht freigegeben.«

»Hören Sie, Rose Wie-auch-immer-Sie-heißen. Ich habe einen langen Flug hinter mir, ich muss unter die Dusche und brauche etwas zu essen, und ehrlich gesagt, müssen Sie mir nicht erzählen, was ich hier tun und lassen soll. Das hier ist das Haus meines Vaters. Ich bleibe hier.«

In einiger Entfernung näherte sich eine Polizeisirene. Rebecca verdrehte die Augen.

»Na großartig. Und jetzt? Wollen Sie mich festnehmen, weil ich mich in meinem eigenen Haus aufhalte? Ich habe einen Schlüssel, wissen Sie?« Rebecca streckte die Hand aus und klimperte mit einem Schlüsselbund, als würde sie ein Glöckchen läuten. »Sehen Sie das?«

»Ms. Salt, ich bin mir nicht sicher, was Sie über die Umstände des Todes Ihres Vaters wissen …«

»Davon will ich im Augenblick nichts hören.«

Ein Streifenwagen hielt mit heulender Sirene vor dem Haus.

»Wirklich wunderbar. Willkommen in der Heimat«, blaffte Rebecca.

Im selben Moment tauchten Salisbury und ein weiterer Kollege auf.

»Alles in Ordnung?«, fragte Salisbury.

Rose stellte sie einander vor und wandte sich dann wieder an Rebecca Salt. »Es tut mir wirklich leid, aber bis der DCI den Tatort freigegeben hat, müssen Sie woanders unterschlüpfen. Gibt es irgendjemanden, den Sie anrufen könnten? Einen Freund? Einen Verwandten?«

Rebecca war drauf und dran zu protestieren, doch Salisbury fiel ihr ins Wort.

»Mein Beileid, Miss. Es muss für Sie ganz furchtbar sein, aber Sie können wirklich nicht hierbleiben. Ich kann Sie in ein nahe gelegenes Hotel fahren, wenn Sie möchten.«

Schlagartig veränderte sich ihr Verhalten. Sie schenkte ihm ein blendend weißes, vermutlich ziemlich teures Lächeln.

»Sie dürfen mich überall hinbringen, Officer.«

Verlegen sah Salisbury zu Boden und trat von einem Bein aufs andere. Kein wütender Mob konnte ihn aus der Ruhe bringen, aber eine Frau, die mit ihm flirtete, brachte ihn jedes Mal wieder aus dem Gleichgewicht.

»Kleiner Scherz«, fuhr Rebecca fort. »Ich fahre selber.«

Rose, der die klobigen Verlobungs- und Eheringe an Rebeccas Finger nicht entgangen waren, fragte: »Ist Ihr Ehemann mitgekommen?«

Rebecca runzelte die Stirn. »Er ist gerade ohnehin beruflich hier. London und Southampton. Er will am Wochenende kommen.«

»Und sein Name ist …«

»Troy. Troy Fratting.«

»Haben Sie nicht seinen Namen angenommen?«

»Nein, warum sollte ich? Ich habe mir mit meinem Unternehmen einen Namen gemacht: Salt Executive Search.«

»Geben Sie uns Bescheid, wo Sie unterkommen. Hier ist meine Karte«, sagte Rose. »Und hätten Sie vielleicht auch eine englische Telefonnummer, unter der wir Sie erreichen können?«

Von einem weiteren Seufzer begleitet, nannte Rebecca ihr die Nummer. »Darf ich jetzt gehen?«

»Danke. Wir bleiben in Verbindung.«

Sie winkte Salisbury kokett zu und machte auf dem Absatz kehrt. Dann blieb sie stehen, als hätte sie etwas vergessen.

»Wann kann ich ihn beerdigen?«, fragte sie, als würde sie sich nach dem Busfahrplan erkundigen.

»Die Rechtsmedizin hat ihn noch nicht freigegeben, tut mir leid. Wir sagen Ihnen Bescheid, wann es so weit ist.«

»Ich kann nur eine Woche bleiben. Ich muss wieder zurück an die Arbeit, die Firma braucht mich. Können Sie das Ganze eventuell beschleunigen?«

»Definitiv zutiefst betrübt«, stellte Salisbury fest, als Rebecca davonfuhr.

»Ja, und ich frage mich, wie lange ihr Ehemann wohl schon im Land ist. Interessant, dass sie nicht erwähnt hat, dass er längst hier ist, als wir sie vom Tod ihres Vaters unterrichtet haben. Man sollte meinen, er hätte sich in ihrem Auftrag mit uns in Verbindung gesetzt.«

»Ich nehme an, sie ist nicht sonderlich gut mit ihrem Vater ausgekommen«, sagte Salisbury.

»Oder er mit ihr.«

KAPITEL 21

Francis Grace empfing Rose mit seinem typischen Totenschädelgrinsen und winkte sie in sein überheiztes Wohnzimmer. Ohne ihn auch nur für eine Sekunde aus den Augen zu lassen, überreichte sie ihm ein vergrößertes Foto der Tatwaffe. Zuerst blinzelte er nur, aber als er seine Lesebrille aufgesetzt hatte, riss er die Augen auf. Für gewöhnlich war seine Haut blass, aber Rose war sich sicher, dass er soeben einen Hauch grauer im Gesicht geworden war.

»Mein Gott!«, rief er schließlich und griff sich ans Herz.

Rose beugte sich ein Stückchen vor. »Mr. Grace, ist alles in Ordnung?«

Er nickte.

»Kennen Sie dieses Messer?«

Er sah von dem Foto zu Roses besorgtem Gesicht auf und wieder hinab. »Ist … Ist das … Damit wurde Patrick ermordet?«

»Davon gehen wir aus. Was können Sie mir über dieses Messer sagen?«

»Es … also … Es ist meines.«

Das hatte sie nicht erwartet.

»Ihres?«

»Es ist von unschätzbarem Wert, mehr als ein Jahrhundert alt … Ich habe es in Taiwan gekauft.«

»Sind Sie sich sicher, dass es Ihnen gehört?«

Grace tippte auf die chinesischen Symbole entlang des Büffelhorngriffs. »Hier, das ist die Signatur des Herstellers – die Chiu-Familie. Und es ist nummeriert. Mein Messer trägt sogar die Glückszahl acht – es ist die Nummer 85.«

»Wie kann der Mörder an Ihr Messer gekommen sein?«

Er setzte seine Brille ab. »Vor ein paar Wochen wurde es gestohlen. Ich hatte leider noch nicht die Zeit, den Diebstahl zur Anzeige zu bringen. Allein der Gedanke daran, mich mit Polizeiprotokollen und der Versicherung herumschlagen zu müssen… war mir zu anstrengend. In meinem Alter ist all dieses Palaver kaum mehr zu ertragen.«

»Können Sie sich noch an das genaue Datum des Diebstahls erinnern?«

Er sah abrupt zu ihr auf. »Wie sollte ich mich denn daran erinnern? In einer Minute war es noch da – und in der nächsten eben nicht mehr.«

Rose holte tief Luft. Sie kam sich vor, als würde sie ihm sämtliche Zähne einzeln ziehen müssen. »Wann haben Sie denn entdeckt, dass das Messer weg war?«

Grace rang die arthritischen Hände. »Lassen Sie mich nachdenken …« Dann schien er eine Ewigkeit auf seine Hausschuhe hinabzustarren. »Am Morgen dieses vermaledeiten Feiertags. Ja, da war es. Ich weiß noch, dass ich diese fürchterliche Festivalmusik mit anhören musste. Was für ein Lärm! Überall wanderten diese Gammler und Schlägertypen herum – die lauerten doch nur auf eine günstige Gelegenheit! Würde mich nicht wundern, wenn einer von denen es gewesen wäre. Diese ganze Sache sollte verboten werden.«

»Sie meinen das lange Wochenende Ende August?«

»Ja, ja, sicher, ich weiß, das ist schon eine Weile her, aber manchmal fühle ich mich so erschöpft, dann macht so eine Anzeige ganz einfach zu viel Mühe.«

»Um wie viel Uhr haben Sie den Diebstahl bemerkt?«

»Ach, das weiß ich doch nicht mehr ...«

»Schätzen Sie mal.«

»In meinem Alter brauche ich inzwischen etwas länger in der Früh, insofern dürfte es in etwa zehn Uhr gewesen sein, als ich hier reinkam und gesehen habe, dass das Messer nicht mehr in der Schatulle war. Ich kann Wochenenden und Feiertage nicht leiden, wissen Sie? Da gibt es nichts für mich zu tun. Für junge Leute wie Sie ist das anders. Sie haben jemanden, mit dem Sie Ihre Zeit verbringen können. Aber wir Alten, wir bleiben allein.«

Er hatte recht. Rose hatte das lange Augustwochenende tatsächlich in Gesellschaft verbracht – in Gesellschaft einer Leiche. In einem alten Lagerhaus war eine Frau totgeschlagen worden.

»Warum haben Sie uns nicht von dem Diebstahl erzählt, als wir bei Ihnen waren?«

»Nicht in diesem Ton, junge Dame«, fauchte er. »Wie hätte ich denn ahnen sollen, dass er mit meinem Messer umgebracht wurde?«

Allmählich drohte Rose der Geduldsfaden zu reißen.

»Mr. Grace, Sie müssen eine Aussage machen. Ich nehme Sie jetzt mit aufs Revier.«

»Muss das sein? Können wir das nicht gleich hier erledigen? Ich gehe nur ungern aus dem Haus.«

»Tut mir leid, Sir, aber wir müssen uns an die Vorschriften halten. Ich passe schon auf Sie auf, da machen Sie sich mal keine Gedanken. Ich rufe auf dem Revier an und gebe Bescheid, damit sie dort mit uns rechnen. Dann können wir auch Ihre Fingerabdrücke nehmen, damit wir Sie von der Liste der Verdächtigen streichen können.«

Vom Flur aus rief sie Pearl an. Als sie wieder ins Wohnzimmer zurückkehrte, starrte Grace aus dem Fenster, als würde er vor dem Haus nach jemandem Ausschau halten.

»Erwarten Sie Besuch?«, fragte sie, und er drehte sich so schnell wieder zu ihr um, dass er stolperte, hielt sich dann aber an der Kante eines schwarzen chinesischen Lacktisches mit Perlmutteinsätzen fest.

»Sie können sich doch nicht einfach so anschleichen! Ich hätte fast einen Herzinfarkt bekommen!«

»Wo haben Sie das Shilin-Messer aufbewahrt, Mr. Grace?«

Er nickte auf den Tisch hinab, an dem er sich immer noch festklammerte. Darauf stand eine Art schwarz lackiertes Tablett mit einem Glasdeckel. Das Ganze erinnerte entfernt an eine Butterdose.

»Da drin.«

Die Verschlüsse, bemerkte Rose, waren nicht vorgelegt.

»Die muss ich leider mitnehmen.« Sie schob sowohl Tablett als auch Deckel in Asservatenbeutel. »Dann machen wir uns besser mal auf den Weg. Kommen Sie, ich helfe Ihnen.«

Als Rose ihn am Arm fassen wollte, schüttelte er sie mürrisch ab und schlurfte davon, um seinen dicken Wollmantel zu holen, obwohl es draußen immer noch verhältnismäßig warm war.

»Wo sind denn jetzt die Schlüssel«, murmelte er.

Nach einigen Minuten fand er sie in seiner Manteltasche. Weitere fünf Minuten dauerte es, bis er seine Brieftasche ausfindig machte. Rose hatte ihn schon fast zum Auto gebracht, als er sich plötzlich wieder an seinen Gehstock erinnerte.

»Ohne den kann ich nun wirklich nirgendwo hingehen. Der Arzt meint, ich könnte jederzeit wieder stürzen, und da brauche ich meinen Stock.«

Es war nur allzu offensichtlich, dass ihm alles jenseits seiner täglichen Routine Kopfzerbrechen bereitete. Rose war tatsächlich drauf und dran zu glauben, dass es ihm schlicht und einfach zu viel Mühe gekostet hätte, den Diebstahl zur Anzeige zu bringen.

»Haben Sie irgendeinen Verdacht, wer Ihr Messer gestohlen haben könnte – mal abgesehen von den Festivalbesuchern?«, fragte sie, als sie losfuhren.

»Nein.«

Roses Fingerspitzen kribbelten, und Grace sah nervös durchs Fenster.

»Machen Sie sich wegen irgendetwas Sorgen?«, fragte sie.

»Seien Sie doch nicht albern!«, fauchte er zurück.

Rose war sich sicher, dass Francis Grace irgendetwas wusste, aber zu viel Angst hatte, es zu erzählen.

KAPITEL 22

Grace sollte von Pearl befragt werden, während Rose sich das Prozedere wieder mal nur aus der Ferne ansehen durfte. Sie hatte zwar gefragt, ob sie dabei sein dürfte, aber Pearl hatte ihr eine Absage erteilt und stattdessen Varma dazugerufen. Dass der alte Mann Pearl von der ersten Sekunde an ganz offensichtlich nicht leiden konnte, freute sie diebisch. Es war, wie eine alte, ausgetrocknete Pfütze und einen Ölfleck in Interaktion zu beobachten: Die beiden fanden einfach nicht zueinander. Grace beharrte weiterhin darauf, dass er den Mörder nicht gesehen habe und auch nicht wisse, wer das Messer gestohlen habe, und als überzeugender Lügner führte er Pearl auch prompt an der Nase herum. Im Gegensatz zu Rose. Grace wusste irgendetwas, etwas Wichtiges, das er allerdings nicht verraten wollte. Und warum hatte der Alte plötzlich solche Angst, wenn doch der Diebstahl selbst ihn nicht besonders aufgeregt hatte?

Sie war gerade dabei, sich über Troy Fratting schlauzumachen, als Leach das Team zusammenrief. Wie üblich ließ Rose sich hinten im Besprechungsraum nieder.

»Alle mal herhören. Die Ergebnisse von diesem Stofffetzen aus dem Hundemaul sind da. Die DNA stimmt nicht mit der unseres Hauptverdächtigen überein.«

Ein enttäuschtes Raunen ging durch die Reihen.

»Und Salts Mörder taucht nicht in unserem Register auf«, fuhr Leach fort.

Seufzen.

»Aber ein paar Erkenntnisse gibt es zumindest. Männlich, Blutgruppe A, Rhesus negativ. Und außerdem …« Er hielt kurz inne, bis er die gesamte Aufmerksamkeit hatte. »Außerdem konnten wir genug Blut am Tatort sicherstellen, um nachzuweisen, dass er an Malaria erkrankt ist.«

Anerkennendes Gemurmel.

»Er muss folglich in den Tropen gearbeitet haben oder mal dort unterwegs gewesen sein«, kommentierte Varma. »Asien, Afrika, Südamerika. Indien. Irgendwo in Äquatornähe.«

Wie Grace, schoss es Rose durch den Kopf, aber sie war klug genug, diesen Gedanken für sich zu behalten. Dass dieser gebrechliche Mann Salt und den Hund angegriffen haben sollte, erschien ihr mehr als unwahrscheinlich. Es sei denn, er hatte einen Komplizen.

Rose räusperte sich und wollte sich gerade zu Wort melden, als Pearl dazwischenging.

»Boss, das heißt trotzdem nicht, dass Nice unschuldig ist«, sagte er. »Immerhin könnten sie zu zweit gewesen sein. Er hat geklaut, während der andere Salt niedergestochen hat. Ich meine, jetzt mal ehrlich: Truscott Estate ist voller Gesindel, das der eigenen Oma die Kommode klauen würde, wenn dafür noch was zu holen wäre.«

»Vorsicht, Dave«, entgegnete Leach.

»Ist doch wahr, Sir. Den meisten von denen hab ich irgendwann schon mal Handschellen angelegt.«

»Und weil Sie den Estate so gut zu kennen scheinen, hören Sie sich mal um, ob irgendeiner von Nices Kumpels je Malaria hatte. Und besorgen Sie uns eine Blutprobe von Nice, verstanden?«

»Schon dabei, Chef.«

»Irgendwas Neues zu der Jacke?«

»Noch nichts«, antwortete Salisbury. »Nice behauptet, er hätte sie vor ein paar Wochen im *Hog and Hare* angehabt, wäre dann aber so besoffen gewesen, dass er sie dort liegen gelassen hätte. Der Wirt kann sich allerdings nicht mehr daran erinnern.«

»Ich schwöre euch, dieser kleine Penner hat damit zu tun«, sagte Pearl. »Er hat die Jacke verbrannt oder sie irgendwo versteckt, wo wir sie nicht finden.«

Ein paar Kollegen nickten zustimmend.

Rose wollte sich das nicht länger mit anhören. Sie hob an zu reden, aber heraus kam nur ein leises Krächzen.

»Lauter, Rose«, forderte Leach sie auf.

Sie räusperte sich erneut. »Sir, ich würde eher auf diese ostasiatische Verbindung setzen. Unser Verdächtiger hat Malaria und benutzte ein taiwanesisches Messer.«

Als einige Kollegen nickten, sprach sie weiter.

»Warum hat er ausgerechnet Graces Messer benutzt? Immerhin ist es einzigartig. Warum nicht einfach irgendein altes Küchenmesser? Gibt es vielleicht doch eine Verbindung zu Grace?«

Jetzt nickte auch Leach. »Guter Gedanke, Rose.«

»Sir?«, warf Varma ein. »Grace ist nicht der Einzige, der beruflich in den Tropen unterwegs gewesen ist. Rebecca Salts Ehemann, Troy Fratting, verkauft millionenschwere Jachten, und zwar hauptsächlich in Südostasien. Wir sollten ihm einen Besuch abstatten und uns auch von ihm eine Blutprobe geben lassen.«

»Rose, wo steckt Troy gerade?«

»Bei der Southampton Boat Show. Übernachten will er im West Quay Grant. Rebecca fährt übers Wochenende zu ihm.«

»Gut. Wir wissen inzwischen, dass Fratting zwei Tage vor dem Mord in Heathrow gelandet ist. Er hätte also theoretisch die Gelegenheit gehabt – aber was wäre sein Motiv?«, fragte Leach und ließ den Blick durch den Raum schweifen wie ein Lehrer, der von seinen Schülern eine Antwort erwartete.

»Geld?«, brachte Rose hervor, aber es klang eher nach einem unterdrückten Schluckauf, sodass sich jeder nach ihr umsah. »Seine Frau ist immerhin die Haupterbin. Das Haus dürfte sicher vierhunderttausend wert sein, und außerdem hatte unser Professor gut fünfzigtausend auf der Bank. Der Sitz von Frattings Firma ist in Sydney. Was er herstellt, ist mindestens mal seine fünfzig Millionen wert. Allerdings hat die Finanzkrise auch ein paar Superreiche erwischt, und seine Verkaufszahlen sehen nicht gut aus. Finanziell steckt er in ziemlichen Schwierigkeiten.«

»Interessant«, gab Leach zurück und verschränkte die kräftigen Arme.

»Wer erbt denn außerdem?«, erkundigte sich Pearl.

»Der Hund, damit seine Versorgung abgesichert ist. Aber ich kann mir kaum vorstellen, dass Monty seinem Herrchen ein Messer ins Herz gerammt und dann der Dramatik halber auch noch sich selbst verletzt haben soll, damit er seinen Anteil ausgezahlt bekommt. Diese verflixten Köter sind einfach nicht schlau genug, um einen Mord zu planen«, erwiderte sie hörbar verärgert angesichts von Pearls Versuchen, sie immer wieder auszukontern, und erntete dafür einiges Kichern, das sofort aufhörte, als Pearl sich im Raum umsah.

»Sir«, ergriff er wieder das Wort, »ich würde gern die Tochter« – er hielt einen Moment zu lange inne – »und ihren Mann befragen.«

Leach warf ihm einen vielsagenden Blick zu. »Das hat nicht zufällig mit ihren blonden Haaren und diversen anderen *Vorzügen* zu tun, Dave, oder?«

Rose musste sich zusammenreißen, um nicht laut zu stöhnen.

»Natürlich nicht, Sir«, gab Pearl mit einem Grinsen zurück.

»Kamlesh hat Fratting ins Spiel gebracht. Kamlesh, Sie fahren nach Southampton und befragen ihn. Rose, Sie fahren mit. Und holen Sie Frattings Erlaubnis für die Blutprobe ein, verstanden?«

»Verstanden«, antwortete Varma und nickte Rose aufmunternd zu.

»Dave, Sie gehen dieser Malariasache nach. Anschließend kümmern Sie sich um Rebecca. Aber versuchen Sie, nicht allzu sehr zu sabbern – das sieht einfach nicht gut aus.«

»Alles klar, Boss«, sagte Pearl, leckte sich den Finger ab und hielt ihn dann zum Zeichen seines Sieges in die Luft. Sein Fanklub johlte.

»Wieso sitzen Sie alle noch hier?«, donnerte Leach dann. »Wir müssen einen Mordfall lösen. Setzen Sie sich in Bewegung, verdammt!«

KAPITEL 23

Sie machten mit Troy Fratting einen Termin im West Quay Grand in Southampton aus und gingen dann hinüber zu dem weißen Ford Focus, der ihnen zugeteilt worden war.

»Soll ich fahren?«, fragte Rose. »Dann können Sie sich ausruhen.«

»Sie dürfen Blaulicht und Sirene noch nicht einsetzen, also fahre besser ich«, gab Varma zurück und schnappte sich die Schlüssel. Detectives in Ausbildung stand dieses Privileg nicht zu.

»Wofür sollten wir die denn brauchen?«

»Sie waren noch nie in Ihrem Leben auf einer Bootsmesse, nicht wahr?«

Er lächelte sie vielsagend an und hielt ihr dann die Beifahrertür auf. Ihre Wangen röteten sich leicht. Sein Benehmen war wirklich tadellos, was ihr wiederum die eigene Tollpatschigkeit nur umso deutlicher vor Augen führte.

»Oh, James, Sie sind ja so ein Gentleman!«, hauchte sie in bester Miss-Moneypenny-Manier.

»Sie kennen mich doch – ich habe die Lizenz zum Flöten!«, gab er keck zurück, hängte sein Jackett an einen Haken über der Hintertür, zupfte ein Haar vom Revers, beugte sich vor und ließ es auf den Asphalt segeln, damit es nur ja nicht vom Wind zurück ins Auto geweht wurde.

In Nu waren sie auf der M3 in Richtung Southampton

unterwegs. Varma ging die anstehende Befragung mit ihr durch, dann wechselte er abrupt das Thema.

»Als Frau Detective werden zu wollen scheint heutzutage immer noch nicht ganz einfach zu sein.«

»Wie kommen Sie darauf, Serge?«

Für eine Sekunde kreuzten sich ihre Blicke, dann sah er wieder auf die Straße.

»Als Cop mit indischen Wurzeln hat man es auch nicht gerade leicht. Aber es ist die Mühe wert.«

Rose warf dem DS einen langen Blick zu. Ordentlich gebügeltes Hemd, Anzughose mit akkuraten Bügelfalten, auf Hochglanz polierte schwarze Lederschuhe, frisch rasiert, eine coole Sonnenbrille, teures Aftershave, das Jackett im Fond. Er sah eher aus wie ein Schickimicki-Banker aus der City denn wie ein Polizist.

»Das sollte ich vielleicht nicht sagen, aber ich kann beim besten Willen nicht verstehen, warum Sie nicht längst DI sind«, sagte Rose. »Sie sind genauso gut wie Dave.«

»Oh, ein Kompliment – das hör ich gern.«

»Nein, ich meine es ernst. Sie bewahren einen kühlen Kopf und ziehen keine voreiligen Schlüsse.« *Wie gewisse andere Personen*, schoss es ihr unwillkürlich durch den Kopf. »Und Ihr Sinn für Details ist wirklich bemerkenswert.«

»Danke, Rose«, sagte er und grinste. »Aber Dave hat's wirklich drauf. Keiner hat so gute Informanten wie er. Sie wissen, dass er im Truscott Estate aufgewachsen ist? Erzählen Sie ihm aber bloß nicht, dass Sie das von mir haben.«

»Nein, das wusste ich nicht, aber es überrascht mich auch nicht. Das erklärt, warum er dort so viele Leute kennt.«

»Seine Schulfreunde sind irgendwann alle eingefahren, die

meisten davon sind wirklich Dreckskerle, aber sie versorgen ihn mit allem, was er wissen will. Und im Gegenzug … Na ja, das ist eine Sache zwischen ihm und denen. Aber das ist einer der Gründe, warum er im Gegensatz zu mir Inspector ist.« Er nestelte an seiner Sonnenbrille. »Hören Sie, Rose, ich weiß, dass Sie es gerade nicht besonders leicht haben, aber geben Sie nicht auf. Unter uns gesagt – ich hätte schon oft genug beinahe das Handtuch geworfen. Sie ahnen nicht, wie oft ich mich gefragt habe, wozu ich diesen armseligen Job überhaupt noch mache. Die Leute schubsen mich herum, sie bespucken und beschimpfen mich mehr als jeden anderen, und immer bin ich der Außenseiter.«

»Und warum sind Sie dabeigeblieben? Sie haben einen Abschluss in Wirtschaftswissenschaften. Warum als Detective arbeiten?«

»Das mag jetzt abgedroschen klingen, aber ich wollte etwas bewirken. Und jetzt, da ich Detective bin, will ich beweisen, dass selbst jemand wie ich es bis an die Spitze schaffen kann. Allerdings muss ich dafür härter arbeiten und schlauer sein.« Er nickte zu ihr hinüber. »Und Sie müssen das Gleiche tun. Seien Sie besser als die anderen. Aber erwarten Sie nicht, dass sie es Ihnen leicht machen werden. Das wird im Leben nicht passieren.«

»Ich weiß. Aber mein größtes Problem ist gleichzeitig der Grund, warum ich überhaupt zur Polizei gegangen bin: meine Tante Kay. Alle denken, ich wäre nur mithilfe des guten alten Vitamin B so jung bei der Major Crime gelandet.«

Sie fuhren an der Ausfahrt zur Fleet-Raststätte bei Basingstoke vorbei, die in den Neunzigern kurze Berühmtheit für das »Beste Klo des Jahres« erlangt hatte.

»Wirklich, Rose, Sie können es schaffen. Aber Sie müssen die anderen davon überzeugen, dass Sie tatsächlich das Zeug für diesen Job haben.«

»Das ist nicht gerade meine Stärke.«

»Dann fangen Sie an zu üben.«

Rose fragte sich, wie viel sie Varma anvertrauen durfte. »Im Salt-Fall gebe ich wirklich alles, Serge. Trotzdem habe ich nicht das Gefühl, dass der Boss sonderlich gut auf mich zu sprechen ist, und seit dem Nagelpistolen-Desaster hab ich außerdem den Verdacht, dass Dave mich loswerden will.«

Er warf ihr über den Rand seiner Sonnenbrille einen Blick zu. »Sie haben eine wichtige Überwachungsaktion torpediert, Rose, aber alles in allem hat Craig Sie immer noch verhältnismäßig nett behandelt. Das hätte er niemals getan, wenn er Sie nicht schätzen würde.«

»Meinen Sie wirklich?«

»Sie dürfen seine Schroffheit nicht mit Missfallen verwechseln. Das ist nun mal seine Art.«

»Und Dave?«

»Mein Rat wäre: Machen Sie sich bei ihm lieb Kind.«

Leichter gesagt als getan, dachte sie.

Als sie vom Motorway abfuhren und auf die A33 wechselten, wurde der Verkehr zähflüssig. Am Chilworth-Kreisel kam er schließlich komplett zum Erliegen. Bis hier hatten sie ein gutes Tempo vorgelegt: 42 Minuten. Für die restlichen paar Meilen würden sie allerdings sicher noch mal genauso lange brauchen.

»Zeit fürs Blaulicht«, verkündete Varma. »Hab ich's nicht gesagt?«

»Verstehe«, sagte Rose, befestigte die blaue Signallampe auf dem Dach und schaltete sie ein.

Als Varma Gas gab, wurde sie hart in den Sitz zurückgepresst. Gekonnt manövrierte er den Wagen durch den Verkehr in Richtung The Docks, bis sie schließlich den Hotelparkplatz erreichten. Das West Quay Grand war früher einmal ein beeindruckendes cremeweißes Gebäude im georgianischen Stil gewesen – mit hohen Fenstern und einer Steintreppe, die zu schimmernden Messingflügeltüren hinaufführte. Inzwischen erhob sich davor eine vierstöckige Pyramide aus Stahl und Glas, in der die Rezeption und das Foyer sowie Bar und Hotelrestaurant untergebracht waren. Rose hatte fast den Eindruck, als wäre der fehlgeleitete Architekt mit dem verzweifelten Wunsch, die Louvre-Pyramide nachzubauen, aus Paris zurückgekehrt und hätte sich ausgerechnet dieses Hotel als nächstes Projekt gewählt.

Als sie die Hotelbar betraten, sahen sie einen Mann in einem Korbstuhl mit hoher Lehne direkt neben ein paar Miniaturpalmen in Steinguttöpfen sitzen. Das musste Fratting sein. Er war etwa Mitte dreißig und hatte sein leicht gelocktes, schulterlanges graues Haar zu einem kurzen Pferdeschwanz zusammengebunden. Die oberen Knöpfe seines pinkfarbenen Hemdes standen auf, sodass man seine sonnengebräunte Brust sehen konnte. Er trug marineblaue Bermudashorts und ein Paar Crocs im gleichen Farbton. Mit seinem Bierglas in der Hand hätte er nicht entspannter aussehen können, selbst wenn er sich die größte Mühe gegeben hätte. Er winkte sie zu sich.

»Sie müssen die zwei Cops sein – ein bisschen warm für einen Anzug, oder?« Fratting streckte die Hand aus. »Setzen Sie sich doch.«

Varma stellte sie einander vor, und Rose zog ihre Jacke aus.

Varma knöpfte sein Jackett zwar auf, behielt es aber an. Trotz Hitze wollte er lieber die Form wahren.

Noch ehe sie sich niederließen, hatte sich Fratting mit seinem sonnengegerbten Gesicht auch schon nach einem Kellner umgedreht, mit den Fingern geschnipst und zwei Bier bestellt.

»Wir sind im Dienst, Sir«, sagte Varma. »Ich fürchte, das geht nicht.«

»Nur zwei Gläser Leitungswasser, bitte«, wandte sich Rose an den Kellner, der mürrisch kehrtmachte. Sie sah noch, wie er für eine Gruppe am Nachbartisch, die sich gerade lautstark durch mehrere Flaschen Moët arbeitete, seinen Charme wieder anknipste.

»Also«, hob Fratting an, »was kann ich für Sie tun?«

»Mr. Fratting«, begann Varma, »erst einmal unser aufrichtiges Beileid. Leider müssen wir Ihnen trotz der traurigen Umstände ein paar Routinefragen stellen.«

»Schießen Sie los.«

Troy nahm einen Schluck Bier, während sein Blick durch die Empfangshalle schweifte und hier und da an einer attraktiven Dame hängen blieb. Die Trauer um seinen Schwiegervater war ihm nur allzu deutlich anzumerken.

Varma schwieg, bis Fratting ihn wieder ansah.

»Worauf warten Sie?«

»Sie stellen hier in Southampton aus, wenn ich richtig informiert bin«, fuhr Varma fort.

Fratting angelte sich ein paar Erdnüsse vom Tisch und warf sie sich in den Mund, so wie ein Seehund im Zoo Fische aus der Luft auffing. »Das stimmt.«

»Erklären Sie mir kurz, was genau Sie tun.«

»Ich bin Geschäftsführer von Fratting International.« Er

tippte sich an die Brust. »Ich *bin* Fratting International. Wir designen, bauen und vertreiben individuell angefertigte Motorjachten in einer Größe von zwölf bis vierzig Metern. Im Augenblick stelle ich unser neustes Skylounge-Modell vor, die *Sassy 11* – ein echtes Prachtstück! Wollen Sie sie sehen?«

»Dürfte nicht ganz billig sein, hier auszustellen«, warf Rose ein und nickte in Richtung des Jachthafens, wo Hunderte Boote in allen Formen und Größen in der Sonne blitzten.

»Klar ist so was nicht billig, aber so mache ich nun mal Geschäfte. Bring sie an Bord, begeistere sie. Füll sie womöglich sogar ab. Es gibt kaum eine bessere Methode, um sich mit jemandem bekannt zu machen«, antwortete Troy und prostete ihnen zu. »Es geht einzig und allein darum, ihre Sympathien und ihr Vertrauen zu gewinnen.«

Da vertraue ich doch lieber einem Gebrauchtwagenhändler, dachte Rose, sagte aber: »Und – irgendwas verkauft?«

Er zwinkerte ihr zu und schnalzte mit der Zunge. »Aber hallo.«

Drei Mädchen im Teenageralter mit Shorts und Tanktops, die kichernd vorbeiliefen, lenkten Fratting für einen Moment ab.

»Sir?«, ging Varma dazwischen. »Wo waren Sie am Freitagabend?«

Schlagartig war Frattings Lächeln wie weggefegt. »Moment mal, bin ich jetzt etwa ein Verdächtiger?«

»Das ist eine Routinefrage, Sir. Um Sie aus den Ermittlungen auszuschließen.«

Langsam, um Zeit zum Nachdenken zu gewinnen, stellte Fratting sein Bier auf dem Beistelltisch ab.

»Hier natürlich. Freitag war der zweite Messetag, da waren

wir ordentlich beschäftigt. Haben auch ein paar Bestellungen aufgenommen. Und am Abend bin ich mit einer Kundin essen gegangen.«

»Der Name dieser Kundin?«

»Matilda Rutter. Sie haben vielleicht schon von ihr gehört.«

Rose hatte tatsächlich schon einmal von ihr gehört. Sie war die Chefin von Rutter Hotels and Luxury Holidays. Eine außergewöhnliche Unternehmerin und eine der reichsten Frauen Englands. Augenscheinlich unbeeindruckt machte Varma sich ein paar Notizen.

»Wann hat denn dieses Essen angefangen, und wann war es zu Ende?«

»Also, die Messe schließt erst um halb sieben, insofern schätze ich mal, dass ich sie hier gegen sieben auf einen Aperitif getroffen habe. Gegen halb neun haben wir dann im Hotelrestaurant zu Abend gegessen.«

»Und das kann sie bestätigen?«

»Warum fragen Sie sie nicht selbst?«, entgegnete Fratting und winkte einer elegant gekleideten, schlanken Frau mit schwarzem Bob zu, die aus einiger Entfernung gut und gerne als Dreißigjährige hätte durchgehen können, aus der Nähe betrachtet aber deutlich in den Fünfzigern war. Über einer goldfarbenen Seidenbluse trug sie ein weißes Leinenjackett und die dazu passende Hose. Ihre ebenfalls goldfarbene Handtasche war von Chanel, und der Diamantanhänger, der ihr an einer Kette um den Hals hing, schien groß genug, um damit das ganze Hotel zu kaufen. Vielleicht gehörte es ihr ja längst? Auf hochhackigen goldfarbenen Riemchen-Jimmy-Choos schwebte sie auf Fratting zu.

»Verzeihung, wenn ich störe«, sagte sie und hauchte ihm

ein Küsschen auf die Wange. »Von diesem hinreißenden *Aussie* hier habe ich gerade erst die *Sassy 11* gekauft.« In ihrem erbärmlichen Versuch, seinen australischen Akzent nachzuahmen, hatte der *Aussie* fast wie *Ar-sy* geklungen. Sie wedelte mit der Hand und traf Rose beinahe mit einem Saphir, der groß genug gewesen wäre, um ihr ein Auge auszumeißeln. »Sie sollten ebenfalls darüber nachdenken. Sie ist einfach göttlich!«

Ohne dazu aufgefordert worden zu sein, ließ Rutter sich auf dem leeren Stuhl an ihrem Tisch nieder und wartete darauf, dass man sie mit den anderen bekannt machte.

»Matilda«, sagte Troy, »das sind die Detectives Varma und Sidebottom. Sie ermitteln im Tod meines Schwiegervaters.«

»Tatsächlich? Da sieh einer an. Die Polizeikräfte Ihrer Majestät werden ja immer schicker. Und ich dachte schon, Sie wären ebenfalls Kunden.« Sie nahm Varma ins Visier. »Guter Schnitt. Darf ich fragen, wer Ihr Schneider ist?«

»Matilda, meine Liebe, sie wollten sich gerade versichern, dass wir am Freitagabend hier ein paar Drinks zu uns genommen und dann zu Abend gegessen haben.«

Sie blinzelte zweimal, ließ Troy dabei aber nicht aus den Augen. »Am Freitagabend? Lass mich nachdenken – ich war einfach so wahnsinnig beschäftigt … Ich bin die Schirmherrin, müssen Sie wissen.« Dann sah sie zu Varma hinüber. »Ja, wir haben hier ein paar Drinks zu uns genommen und waren anschließend zum Dinner im *Oceania* – das ist das Restaurant hier.«

Wart ihr nicht. Das Kribbeln in Roses Füßen hatte sich so schnell in ihrem Körper ausgebreitet, dass es sich anfühlte wie eine Maus, die an ihrer Wirbelsäule hinaufkletterte.

»Um wie viel Uhr haben Sie sich hier getroffen?«, fragte Varma.

»Das weiß ich nicht mehr genau. Aber Dinner war um halb neun, Troy hatte reserviert.«

Dann stand sie auf.

»Was gab es denn zu essen?«, fragte Rose.

»Was? Ach, das weiß ich nicht mehr … Oh, doch, natürlich! Lachs en croûte. Und Austern als Vorspeise. Aber jetzt muss ich wirklich los. Ich hoffe, Sie bekommen den Mörder zu fassen, Officers. Der arme Troy war völlig aufgelöst.«

Sie war schon drauf und dran davonzurauschen, als Rose sie erneut ansprach. »Einen Moment noch, Mrs. Rutter. Wie können wir Sie erreichen, wenn wir noch weitere Fragen haben sollten?«

Sie klappte ihre Handtasche auf und zückte eine Visitenkarte. »Rufen Sie meine Sekretärin Natalie an«, antwortete sie und nickte in Richtung des Ausgangs der Bar, wo eine junge Frau im Kostüm saß und sich ein iPhone ans Ohr presste.

Rutter verließ die Bar einen Hauch schneller, als sie sie betreten hatte, packte Natalie am Arm und schob sie aus dem Hotel.

»Na also, sag ich doch«, schloss Fratting und schlug sich mit beiden Händen auf die Oberschenkel. »Fragen Sie das Restaurantpersonal. Sie werden Ihnen die Reservierung gerne bestätigen.«

Vielleicht, aber kann sich das Personal denn auch an Sie erinnern?

»Haben Sie ein Auto?«, fragte sie.

»Ja, einen Leihwagen.«

»Ich bräuchte bitte Modell und Kennzeichen.«

Fratting runzelte die Stirn, zog dann aber einen Schlüssel aus der Tasche seiner Shorts und überreichte ihn ihr. Ein Avis-Schildchen mit einem aufgedruckten Kennzeichen verriet ihr, dass es sich um ein schwarzes BMW 428i Coupé handelte.

»Sir, kennen Sie schon Einzelheiten aus Mr. Salts Testament?«, fragte Varma.

»Nein, aber ich hoffe natürlich, dass meine Frau alles bekommt. Ich meine, wem hätte der alte Bock denn sonst etwas vererben sollen?«, fragte er und lachte.

»Sind Sie denn gut miteinander ausgekommen?«

»Hab ihn nicht allzu oft gesehen. War ein bisschen steif, der Alte, aber nach ein paar Drinks hat er sich dann doch einigermaßen lockergemacht.« Er hielt kurz inne. »Wir waren nicht verfeindet, falls Sie das jetzt denken sollten.«

»Wann haben Sie ihn zuletzt gesehen?«, ergriff Rose wieder das Wort.

»Muss etwa ein Jahr her sein.«

»Warum haben Sie sich nicht bei uns gemeldet, als Sie erfahren haben, dass Ihr Schwiegervater umgebracht worden war?«

»Warum hätte ich das tun sollen?«

»Na ja, vielleicht um seine Leiche zu identifizieren und uns bei den Ermittlungen zu helfen?«

Stattdessen musste das der arme Mr. Grace übernehmen.

»Ich hätte gar nicht die Zeit dazu gehabt.«

»Eine Sache noch«, unterbrach Varma. »Wir würden Ihnen gerne eine Blutprobe und die Fingerabdrücke abnehmen. Reine Routine – damit wir Sie von unserer Liste streichen können.«

»Moment, was soll das heißen, von der Liste streichen? Wie

bin ich denn überhaupt auf diese Liste draufgekommen? Ich war hier in Southampton.«

»Am Tatort wurde Blut sichergestellt«, erklärte Rose, »das nicht von Ihrem Schwiegervater stammt. Wir brauchen Ihre Gegenprobe, um Sie aus den Ermittlungen auszuschließen.«

»Auf keinen Fall.« Troy schüttelte den Kopf. »Und ohne meinen Anwalt erst recht nicht.«

Er zückte sein Smartphone und wählte eine Nummer.

»Ich sag kein Wort mehr. Dieses Treffen ist hiermit beendet.«

Sie bedankten sich bei ihm und verließen die Bar.

»Er hat gelogen, und Mrs. Rutter hat ihn gedeckt«, stellte Rose fest, sobald sie wieder im Foyer standen.

»Wie kommen Sie darauf?«

Sie zögerte kurz. »Mrs. Rutter hielt sich ziemlich vage, als es um die Drinks vor dem Dinner ging, und anschließend hat sie sich so schnell wie möglich wieder aus dem Staub gemacht. Warum sie ihm ein falsches Alibi gegeben hat, verstehe ich allerdings nicht ganz.«

»Das werden wir dann wohl herausfinden müssen. Ich kümmere mich um das Hotelpersonal. Können Sie sich schon mal mit den Überwachungskameras beschäftigen?«

»Hurra«, sagte sie. »Da stehen mir ja vergnügliche Stunden bevor!«

Die Security-Abteilung des Hotels bestand aus kaum mehr als einem muffigen, fensterlosen Kellerkabuff gleich neben der Wäscherei mit zwei Stühlen, einer Arbeitsplatte und ein paar Bildschirmen, auf denen die Aufnahmen der zahlreichen Überwachungskameras rund um das Hotel zu sehen waren.

Ein kleiner Zimmerventilator auf einem Aktenschrank arbeitete sich kraftlos daran ab, die klaustrophobisch kleine Kammer zu kühlen. Ein großer, dünner Wachmann Anfang zwanzig hatte sich bereit erklärt zu helfen und einem echten Detective bei der Arbeit zur Hand zu gehen. Er hatte sich viel zu nahe neben Rose gesetzt, die gerade die Aufzeichnungen vom Tag des Mordes durchging, und nervte sie in einem fort mit Fragen.

»Bitte, lassen Sie sich bei Ihren Aufgaben nicht stören«, ermunterte sie ihn.

»Ach was, die können warten. Das hier will ich im Leben nicht verpassen«, antwortete er und rutschte noch ein Stückchen näher an sie heran. »Zwei Kameras sind auf den Parkplatz gerichtet. Diese hier deckt den Großteil davon ab«, sagte er und zeigte auf einen der Bildschirme. »Welche Uhrzeit interessiert Sie denn?«

»Ich kümmere mich schon darum«, erwiderte sie. »Ich habe früher schon mit solchen Anlagen gearbeitet. Aber danke.«

»Es ist wirklich kein Problem, echt nicht.«

»Entschuldigen Sie, aber das hier ist leider vertraulich. Wenn ich Sie jetzt bitten dürfte, den Raum zu verlassen.«

Er sah aus, als würde er gleich losheulen. »Sind Sie sicher?«

Sie nickte. »Aber ich sag dem Hotelmanager, wie hilfsbereit Sie waren.«

Das schien ihn zu besänftigen. »Das wäre toll. So ein bisschen Lob ist immer gut.« Dann schlurfte er zur Tür hinaus. »Nehmen Sie einfach das Walkie-Talkie, wenn Sie mich brauchen«, sagte er noch und zeigte auf ein Funksprechgerät, das auf der Station steckte und lud.

»Mach ich.«

Rose wartete, bis seine Schritte sich über den schwach erleuchteten Flur entfernt hatten, dann stellte sie den Ventilator auf die höchste Stufe und widmete sich den Aufnahmen vom Parkplatz ab Freitagmittag. Die Messe war riesig, und Fratting hätte problemlos verschwinden und rechtzeitig zum Abendessen mit Rutter wieder zurück sein können, ohne dass es jemand bemerkt hätte. Sie entdeckte den schwarzen BMW ganz in der Nähe der Ausfahrtschranke und spulte ein Stück vor. Das Auto stand immer noch da, und von Fratting keine Spur. Bis 17:58 Uhr – als er in den Wagen stieg und davonfuhr.

»Hab ich dich!«, rief sie und wählte aufgeregt Varmas Nummer. Ein paar Minuten später hatte er den Weg durch die labyrinthischen Kellerflure gefunden.

»Zeigen Sie mal her«, sagte er, und sie spielte die Aufnahme erneut ab. »Wohin warst du wohl unterwegs?«, murmelte er und sah Fratting verschwinden. »Wir brauchen Außenaufnahmen aus Southampton und Geldeford.«

»Kein Problem, Serge«, antwortete sie und drückte erneut auf den Fast-Forward-Knopf. »Schauen wir doch mal, wann er zurückkommt.«

Auf dem Hotelparkplatz war an dem Abend recht viel Trubel gewesen, doch um 20:26 Uhr tauchte Frattings BMW 428i Coupé wieder auf, und nachdem alle Parkplätze besetzt waren, stellte er seinen Wagen trotz Parkverbotsschild direkt vor den Müllcontainern hinter der Hotelküche ab. Dann hatte er es sichtlich eilig, wieder ins Hotel zurückzukommen.

»Zweieinhalb Stunden, in denen er verschwunden war«, sagte Rose.

»Das reicht gerade, um nach Geldeford zu fahren, Salt zu

erstechen und trotzdem rechtzeitig zum Essen um halb neun zurück zu sein.«

»Aber warum sollte jemand wie Matilda Rutter lügen und uns erzählen, dass sie zuerst noch was getrunken hätten?«

»Keine Ahnung. Aber ich habe mich mal beim Barpersonal umgehört. Sie können sich nicht an sie erinnern, und mal ehrlich, bei all dem Glitzer ist sie doch so leicht nicht zu übersehen.«

»Was, wenn sie eine Affäre hätten, Serge?«, fragte Rose. »Sie könnten sich kurz aus dem Staub gemacht haben, um irgendwo anders einen Quickie hinzulegen. Mrs. Rutter würde garantiert nicht wollen, dass so eine Nachricht durchsickert. Vielleicht hat sie ja deshalb für ihn gelogen?«

»Sieht so aus, als würden wir uns noch ein paar mehr Aufnahmen ansehen müssen.«

KAPITEL 24

Ed und ich haben eine Abmachung getroffen. Ich pinkle nicht mehr an seine Zaunpfosten, und er pikt mich nicht mehr mit seinem Gehstock.

Als Rose mich am Morgen in Duckdown Cottage abgesetzt hat, war er bereits dabei, den Zaun mit Maschendraht zu unterlegen, beziehungsweise er hat hierhin und dorthin gezeigt, während ein Teenager in einem schwarzen T-Shirt und zerrissener Jeans die eigentliche Arbeit machte und mit der Entschlossenheit von Wölfen, die auf Aas losgehen, mit einer Hacke auf den trockenen, festen Boden einhämmerte. Nichtsdestotrotz begrüßte ich unsere Gäste mit einem Schwanzwedeln und einem Hecheln. Immerhin musste ich Rose beweisen, dass ich es wert war, behalten zu werden. Aber der alte Mann warf mir bloß einen Blick zu und sagte dann: »Sieht aus wie eine Bestie. Den halten Sie mal besser von mir fern, Miss.«

Irgendwie muss Ed mein Lächeln für ein Knurren gehalten haben. Ich machte also das Maul zu und blieb still wie ein Schmetterling bei ihnen sitzen. Dabei gab ich mir alle Mühe, so harmlos wie nur möglich auszusehen. Der Junge sah mehrmals in meine Richtung. Seine Haare und seine Augen waren schwarz wie Amselfedern. Normalerweise kann ich den Blick von Zweibeinern deuten – Paddy beispielsweise musste nur kurz zur Fernbedienung rüberschauen, und ich holte sie ihm auf der Stelle. Oder er sah mich traurig an, nachdem er mit seiner Tochter telefoniert hatte, die unendlich weit weg von hier lebt. Aber bei diesem Jungen war es anders. In seinem Blick lag – nichts. Gar nichts. Wie auf einem Fernsehbildschirm, wenn der Fernseher ausgeschaltet ist. So einen Zweibeiner hab ich noch nie getroffen.

»Das ist Finn, der Enkel meiner Nachbarin. Er hilft mir heute.«

Ich wusste sofort, dass auch Rose Finns Wut wahrgenommen hatte. Sie war wie statische Elektrizität – wenn man ihr zu nahe kam, bekam man einen Schlag. Sie hielt ein wenig Sicherheitsabstand zu dem Jungen.

»Nett, dich kennenzulernen, Finn«, sagte sie zwar, klang aber nicht sehr überzeugt.

Finn fuhr fort, die Hacke zu schwingen, als hätte sie kein Wort gesagt, und Rose sah den alten Mann ratlos an.

»Was soll ich sagen?« Ed zuckte mit den Schultern. »Teenager eben.«

»Sollte er nicht in der Schule sein?«

»Phyllis hat mich gebeten, ihn heute ein bisschen zu beschäftigen. Das ist alles, was ich weiß, Miss.«

Ich konnte die Unentschlossenheit auf Roses Gesicht ablesen. Sie sah aus, als wollte sie noch eine Frage stellen, überlegte es sich dann aber anders.

»Ich muss zur Arbeit«, sagte sie und sah auf die Uhr. »Ich bringe Monty in die Küche. Aber könnten Sie ihn bitte in den Garten rauslassen, wenn Sie fertig sind? Er kann nicht den ganzen Tag im Haus bleiben.« Rose gab Ed den Schlüssel zur Hintertür. »Werfen Sie den dann einfach durch den Briefschlitz, in Ordnung?«

Ed lupfte seine ausgefranste Tweedkappe. »Wird gemacht.«

»Oh, und hier sind die fünfzig Pfund«, sagte Rose und zog die letzte Banknote aus ihrem Portemonnaie. Das Leder sah genauso zerfurcht aus wie Eds Gesicht. »Nächste Woche ist wieder Zahltag, dann bekommen Sie mehr. Was schulde ich Ihnen denn?«

Ed rieb sich übers Kinn. »Noch mal fünfzig, und wir sind quitt.«

Rose sah erleichtert aus. Pflichtschuldig folgte ich ihr in die Küche, wo sie mich alleinließ und davonfuhr. Ich trank ein bisschen Wasser aus dem Napf und schob dann aus lauter Langeweile meine Schnauze ein Stück weit in das Loch in der Fußbodenleiste und rief nach Betty. Sie war zwar nicht daheim, aber ihre spezielle Duftkombination war immer noch stark, sie konnte also noch nicht lange weg sein. Ich döste eine Weile vor mich hin, und als ich wieder aufwachte, dachte ich kurz darüber nach, einen Eckschrank anzuknabbern, beschloss dann aber, dass dies meinen guten Vorsätzen zuwiderlaufen würde. Daher öffnete ich mir selbst die Hintertür und schlüpfte hinaus, nachdem ich mich versichert hatte, dass weder Ed noch Finn mich dabei sehen konnten. Ich wollte nicht wieder davonrennen. Ich brauchte einfach nur ein bisschen Gesellschaft.

Ed konnte nicht sehen, wie ich mich von hinten näherte. Um ihm zu zeigen, dass ich keine bösen Absichten hatte, leckte ich ihm vorsichtig über die Hand. Wahrscheinlich hat er Angst davor, gebissen zu werden – immerhin hat er schon einen Finger eingebüßt. Der Alte zuckte bei meiner Berührung heftig zusammen und riss den Gehstock in die Luft, wie um mir damit eins überzubraten, doch plötzlich machte Finn einen Satz nach vorne und hielt ihn an seinem dürren Arm fest. Keine Ahnung, wie alt Finn ist. Vielleicht fünfzehn? Aber er ist groß und stark wie ein erwachsener Mann.

»Was machst du denn? Der Hund ist gefährlich«, jaulte Ed und versuchte, sich aus Finns Griff zu befreien.

Ich hatte mich inzwischen in Sicherheit gebracht und spähte aus der Ferne zu ihnen hinüber. Finn schüttelte nur den Kopf, ließ Ed los, nahm den Spaten wieder zur Hand und grub weiter. Ich lief ein bisschen herum und hinterließ an sämtlichen Zaunpfosten, die er bereits in die Erde gedrillt hatte, die Nachricht, dass Larry Nice unschuldig war und ich ein paar neue Hinweise brauchte.

»Verdammtes Mistvieh«, rief Ed, als er mich mit erhobenem Bein ertappte. Er stolperte mir nach und versuchte, mich mit seinem Gehstock zu erwischen, aber ich war zu schnell für ihn und rannte quer über den Rasen – und da hörte ich plötzlich, wie Finn lachte. Seine Wut schien sich in Luft aufgelöst zu haben – zumindest vorübergehend. Doch gleich darauf legte sich wieder ein Schleier vor seinen Blick wie eine Rollgardine, die hinter einem Fenster zugezogen wird, und er schlug weiter mit roher Gewalt die Hacke in die Erde. Den Rest des Vormittags verbrachte ich damit, ihnen bei der Arbeit zuzusehen, und zwar aus sicherer Entfernung von Eds Gehstock, aber trotzdem nahe genug, um Finns eigenartigen Geruch nach Boxhandschuhen, Umkleidekabinenschweiß und Schafsdarm aufzunehmen. Während er den Maschendraht an kleinen Haken an die Holzpfosten hämmerte, konnte ich überdies den entfernten Geruch eines anderen Menschen wahrnehmen, der von seinen Händen aufstieg. Die Knöchel seiner Rechten waren abgeschürft und sahen ziemlich lädiert aus.

Inzwischen hat die Sonne ihren Zenit überschritten, und der Maschendraht hat sich zu einer langen Schlange entwirrt. Hin und wieder wirft Finn, der im Gras liegt, mir einen Blick zu, und ich hebe den Kopf, spitze erwartungsvoll die Ohren und klopfe mit der Rute auf die Erde, doch der Junge antwortet mir nicht. Auch zu Ed sagt er die ganze Zeit kein Wort. Mit dem Schlüssel öffnen sie die Hintertür, gehen ins Haus und machen sich zwei Becher Tee, und als die Sonne am Nachmittag noch ein bisschen wärmer wird, schlafe ich auf der Wiese ein.

Meine Barthaare zucken, als sie von den Flügeln einer winzigen Kreatur berührt werden. Ich ignoriere sie. Das sind bloß die Insekten, die im Garten ihrer Arbeit nachgehen.

Doch dann höre ich plötzlich eine helle, heisere Stimme. »Hey, großer Junge!«

Ich schlage die Augen auf, und auf einem Grashalm direkt vor meiner Nase sitzt ein Marienkäfer mit sieben Punkten. Aber es ist kein gewöhnlicher Marienkäfer. Ich blinzele träge. Träume ich? Nein, er trägt definitiv schwarze, kniehohe Stiefel an vier seiner sechs Beine und sieht mich furchtlos, fast schon provozierend an. Es ist ein Weibchen, und sie verströmt einen Geruch, der mich leicht schwindlig macht, einen männlichen Marienkäfer jedoch definitiv um den Verstand brächte.

»Ich habe Ihre Nachricht erhalten«, sagt sie. »Mein Name ist Celeste, und Sie müssen Monty sein.«

Ich nicke vorsichtig, damit ich sie nicht zerdrücke.

»Unsere Fälle hängen möglicherweise zusammen«, fährt sie fort.

»Fälle?«

»Ja. Ich bin Privatdetektivin bei der Celestial PI Agency.

Mit mir macht das I in PI wieder Sinn«, sagt sie, streckt schnell wie der Blitz die rot-schwarzen Flügeldecken aus und spreizt die darunter liegenden Flügel. Ich komme mir fast so vor, als würde mir jemand bei einem kleinen bunten Karnevalszug ein kreatives Kostüm vorführen. Sie zwinkert mir zu.

»Verstehe«, sage ich, auch wenn das gar nicht stimmt. »Und wofür steht das I?«

Mit einem kaum hörbaren Klicken fährt sie die Flügel wieder ein. »Für ›Insekten‹. Ich löse Insekten-Kriminalfälle.«

»Gibt es davon so viele?«, frage ich.

»Ob es viele gibt? Natürlich! Tod durch Ertrinken – gerade im Sommer bekomme ich immer wieder Anfragen von Wespen, deren Angehörige in einem Bierglas ertrunken sind. Ziemlich unschöne Angelegenheit. Und die sterblichen Überreste zurückzuführen ist auch nicht immer leicht. Oder Hirschkäferkämpfe – die können echt übel ausgehen, wenn sie nicht umgehend beigelegt werden. Hirschkäfer kämpfen, bis einer von ihnen tot umfällt. Was manchmal zur Folge hat, dass ich von meinem Auftraggeber nicht mehr bezahlt werde, weil er ja tot ist ... Und dann die ganzen Ameisenkriege – erst letzte Woche hab ich eine Auseinandersetzung über ein gigantisches Areal geschlichtet. Konnte sie dazu überreden, dass sie sich an die Jagdreviergrenzen halten. Oh, und dann natürlich diese Schwarzen Witwen – die sind vielleicht geschäftstüchtig ... reisen hier in Bananenkisten als blinde Passagiere ein, wissen Sie? Und ich kann Ihnen gar nicht sagen, in wie viele Ehestreitigkeiten ich hineingezogen werde: Sie will ihn fressen, er will aber nicht gefressen werden ...«

»So hab ich das noch nie gesehen.«

Ich hebe einen Hinterlauf. Ich muss mich erst mal ordentlich hinterm Ohr kratzen und mir die nächste Frage überlegen.

»Vorsicht – zerquetschen Sie mich nicht!«

Ich versuche, mich ganz behutsam zu kratzen, aber so funktioniert das nicht. Zweimal verfehle ich mein Ohr, weil ich nicht in den richtigen Rhythmus komme, und gebe wieder auf.

»Haben Sie denn auch schon mal in einem Zweibeinerfall ermittelt?«, frage ich.

»Nein, hab ich nicht, aber genau deshalb bin ich ja hier«, entgegnet sie, und ihre Stimme überschlägt sich schier vor Aufregung. »Denn was unsere Fälle gemeinsam haben, ist – Patrick Salt!«

Was dieses Topmodel unter den Insektenermittlern gerade gesagt hat, schlägt bei mir ein wie eine Bombe. Das muss ich erst mal sacken lassen.

»Celeste, wenn Sie irgendetwas über Patrick Salts Tod wissen, dann müssen Sie es mir sagen! Bitte!« Mein Hecheln ist ganz hektisch.

»Bäh – pusten Sie Ihren Hundeatem woandershin, okay? Das stinkt!«

»Sie machen Witze, oder? Weiß doch jeder, dass Marienkäfer den ekligsten …«

»So ein Quatsch!«

Celeste verschränkt die Vorderbeine vor der Brust. Ich glaube, jetzt hab ich sie beleidigt.

»Ich versuche doch schon verzweifelt, Sie nicht zu zerquetschen«, sage ich. »Was ist denn jetzt auch noch verkehrt daran, wenn ich atme?«

»Sie waren in dieser kulinarischen Jauchegrube, nicht wahr?« Sie tippt sich vielsagend an die Fühler.

»Bitte?«

»Sie wissen schon – in diesem Burgerladen an der High Street. Haben Sie eigentlich eine Ahnung, wie viele Insekten dort bereits an Lebensmittelvergiftung gestorben sind? Das Essen dort ist tödlicher als Mückenspray! Reihenweise kippen sie dort um, sogar die Fliegen! Irgendjemand hat schon eine Petition gestartet, damit der Laden endlich dichtmacht.«

Ich versuche, mich nicht allzu sehr von der Vorstellung ablenken zu lassen, wie Fliegen vor einem Fast-Food-Restaurant demonstrieren.

»Celeste, bitte, erzählen Sie mir, was Sie über Paddys Ermordung wissen.«

Sie steht von ihrem Grashalm auf und schlägt wild mit den Flügeln. »Oh nein, so nicht! Nicht so eilig. Erst brauche ich Ihr Ehrenwort, dass Sie mir nicht meine Auftraggeber abspenstig machen. Es hat sich nämlich schon herumgesprochen, müssen Sie wissen.«

»Was hat sich herumgesprochen?«

»Dass Sie eine eigene Detektei eröffnen wollen. In *meinem* Revier! Zumindest hat das diese Ratte behauptet.«

Betty, dieses Plappermaul! Natürlich! Für diese Ratte geht nichts über Gerüchte.

»Ich weiß ja nicht, was Betty Ihnen erzählt hat, aber ich habe keine eigene Detektei. Ich will doch bloß den Mörder meines Herrchens finden. Das ist schon alles.«

Celeste braust über meine Schnauze, und der Luftzug von ihren Flügeln kitzelt mich kühl im Gesicht. Sie landet auf einer Pusteblume und sieht mir tief in die braunen Augen. Ich muss mich schwer zusammenreißen, um nicht nach ihr zu schnappen. Auf diese Weise habe ich schon so einige Fliegen gefangen. Nur diese Wespe damals war ein großer Fehler. Autsch!

»Gott, Sie sind aber auch ein Schnuckelchen!«, sagt sie mit ihrer heiseren Stimme, schlägt kokett die roten Flügeldecken auf, dreht eine Pirouette in der Luft und landet auf meiner Nase. Um sie jetzt noch zu sehen, muss ich ordentlich schielen – und aus irgendeinem Grund löst das bei mir einen Niesreiz aus.

»Nur dass wir uns verstehen. Ich arbeite gerne mit Ihnen und Ihrem Team zusammen – in diesem einen Fall. Aber Vier Null Null Vier ist meine Klientin.«

Vier Null was?

»Wann kann ich sie kennenlernen?«, frage ich und versuche, nicht auszuatmen, was fast unmöglich ist, wenn man gleichzeitig sprechen muss.

»Heute Nacht. Hier, sobald Ihr neues Frauchen schläft.«

Dann rast sie gen Himmel wie eine glitzernde rot-schwarze Rakete. Ich atme endlich aus und niese gleichzeitig.

Vier Null Null Vier? Was für ein Tier hat denn eine Nummer und keinen Namen?

KAPITEL 25

Als Rose später am Abend heimkommt, entdeckt sie mich, wie ich hinter der rostigen Schubkarre hervorluge. Daneben steht eine Bank aus Holzlatten, und beides passt genau zwischen den neuen Zaun und die Hauswand. Finn hat sie dorthin gestellt, damit ich im hinteren Teil des Gartens bleibe. Ich könnte mit Leichtigkeit darüber hinwegspringen, habe mich aber dagegen entschieden.

Rose sieht abgekämpft aus. Ihre Augen sind blutunterlaufen, sie schleppt sich vorwärts und wirkt schlapp wie welker Kopfsalat.

»Der Zaun sieht gut aus«, sagt sie und blinzelt in die Dämmerung.

»Gut« würde ich es nicht gerade nennen. Erinnert mich ein bisschen an Dogmo.

Sie zieht die Schubkarre ein Stück beiseite, und ich springe auf sie zu, wedle mit dem Schwanz und lehne mich gegen sie, während sie mich erst mal anständig hinterm Ohr krault. Ah, perfekt! Himmlisch! Sie erzählt mir, dass sie in Southampton war und sich dort Aufnahmen von Troy Fratting angesehen hat, der offenbar ein »böser Junge« ist.

Woher kommt mir dieser Name nur so bekannt vor? Und hat er auf Socken herumgekaut oder Essen stibitzt?

»Er hat uns nicht nur angelogen, er hat darüber hinaus auch noch eine Affäre mit seinem Alibi. Aber so ist er zumindest ein besserer Verdächtiger als Larry Nice«, erklärt Rose, und ich kläffe zustimmend. Ich weiß schließlich, dass Larry unschuldig ist.

»Hunger?«

Na, immer doch! Aber das meinte ich nicht, als ich gekläfft habe.

Wir gehen ins Haus, und ich schlinge mein Abendessen hinunter. Rose knabbert an einer Scheibe Toast mit Marmite und lässt die halbe Kruste auf dem Teller liegen. Als sie gleich darauf aufs Sofa fällt, kann sie kaum noch die Augen offen halten, schaltet trotzdem ihren Laptop ein und macht sich im Internet über Malaria schlau – ein neues Wort für mich, und ich lese ein bisschen mit. Plötzlich zucke ich zusammen. Als wäre ich kopfüber in einem Becken Eiswasser gelandet. Wow. Die Krankheit, nach der Paddys Mörder gerochen hat – das muss Malaria gewesen sein. Sie wird durch Mücken verbreitet – das Insekt, auf das ich nicht gekommen bin! Allerdings bekommen Zweibeiner diese Krankheit nur in Ländern am sogenannten Äquator, der wie ein riesiges Halsband um den Planeten liegt. Ich tippe mit der Pfote auf den Bildschirm. Rose soll wissen, dass das wichtig ist.

»He, nicht zerkratzen!«, sagt sie und schiebt meine Pfote zurück auf den Boden.

Dann merkt sie auf einmal, wie aufgeregt ich bin.

»Was ist denn los, Monty?«

Hunde lesen nicht – ich kann nicht zulassen, dass Rose etwas anderes denkt. Ich bin zu weit gegangen. Also lecke ich ihr einfach über die Hand und lasse den Bildschirm Bildschirm sein. Sie sieht mir tief in die Augen, und ich muss mich korrigieren. Ihre Augen haben nicht die Farbe von Blu

Tack, sondern eher die von Glockenblumen, und in dem hellen Blau schimmern dunklere Flecken.

Sie runzelt die Stirn und wirft einen Blick auf das Foto der Malariamücke.

»Du magst keine Mücken, richtig?«

Ich wedle mit dem Schwanz, sodass er auf dem Teppich aufschlägt, und sie sieht mir erneut tief in die Augen, was die meisten meiner Artgenossen unangenehm finden. Aber ich halte den Blickkontakt.

»Ich wüsste zu gern, was du denkst.« Sie streichelt mir über den Kopf. »Egal. Das reicht für heute. Ich bin fix und fertig. Jetzt gehen wir schlafen, oder was meinst du, Monty?«

Sie gähnt, und ich tue es ihr gleich. Als sie das Licht ausmacht, frage ich mich, ob dieser Troy Fratting womöglich am Äquator war. Hat er Malaria? Ich schüttle mein Fell aus. Vielleicht bringt das ja mein Gehirn in Schwung. Der Name kommt mir irgendwie bekannt vor, aber ich kann ihn immer noch nicht zuordnen.

Durch das Bleiglasfenster in der Küche, das einen Spaltbreit aufsteht, betrachte ich die Wolken, die vor dem Mond vorüberjagen, und die Zweige der alten Eiche, die den Himmel kitzeln. Rose liegt bereits im Bett, während ich auf Celeste warte.

»Abend, Boss.«

Zu meinen Füßen sitzt Betty auf ihren mopsigen Hinterläufen und späht zu mir herauf.

»Was ist denn mit dir passiert?«, plappert sie weiter. »Ich hab mir verdammte Sorgen gemacht, Kumpel. Dieser sogenannte Freund von dir, Dante, war echt zu nichts nutze! Ist einfach abgehauen. Haben sie dich ins Tierheim gebracht?

Hab schon gehört, dass es dort schrecklich sein muss! Da bringen sie Hunde um und verarbeiten sie zu Futter und …«

»Betty, lass gut sein.«

Sie holt tief Luft.

»Mir geht's gut«, sage ich. »Ich war in Dogmo, ja, aber ich konnte fliehen.«

Betty umarmt mein Bein. »Gut, dass du wieder da bist! Ich hab dich echt vermisst, Kumpel.«

Ich erzähle ihr von meinem Ausbruch aus dem Gefängnis, wie Rose mich wiedergefunden hat und dass ich Celeste kennengelernt habe. Bei den beängstigenden Teilen meiner Geschichte quietscht Betty aufgeregt, und ihr Griff um mein Bein wird fester, sodass es sich beinahe wie ein Kompressionsverband anfühlt.

»Ich soll heute Abend Celestes Auftraggeberin hier treffen.« Ich werfe einen Blick zum Fenster und dann zurück auf Betty. »Und ich frage mich, ob Troy Fratting mit Paddys Tod zu tun haben könnte.«

Sie lässt mein Bein los und sieht verwirrt zu mir herauf.

»Wer in drei Teufels Namen ist Troy Farting?«

»Fratting. Er ist Roses neuer Verdächtiger. Und das Komische ist: Ich glaube, ich kenne ihn. Oder Paddy kannte ihn.«

Betty nickt, aber ich kann ihr ansehen, dass sie nicht bei der Sache ist. Ihre Schnauze zittert, und sie sieht immer wieder zum Tisch hinauf. Offenbar hat sie die Marmite-Toastreste gewittert.

»Kleiner Snack gefällig?«, fragt sie, doch noch ehe ich antworten kann, ist sie auch schon quer durch die Küche gewieselt, am Tischbein hochgeklettert und hat eine der vier Toastrinden im Maul. Eine weitere schiebt sie über die Tischkante.

»Nachdem wir ja jetzt Freunde sind …«

Ein Happs, und die Rinde ist weg. Betty sitzt mitten auf dem Teller und kaut immer noch auf ihrer Toastrinde herum.

Dann höre ich in einiger Entfernung ein leises Flügelschlagen, und Celeste flattert durchs Fenster und landet mit der Eleganz einer Balletttänzerin neben dem Teller, auf dem Betty thront.

»Nehmen Sie Ihre dreckigen Beine von meinem Fressen!«, faucht Betty sie an und zeigt die Zähne.

Celeste stemmt zwei ihrer Vorderbeine in die Hüften und starrt die Ratte mit ihren dunklen Facettenaugen an – und zwar mit allen.

»Madam, wenn Sie glauben sollten, dass ich auch nur im Entferntesten an trockener, alter Brotkruste interessiert bin, haben Sie sich bitter getäuscht. Ich bin Besseres gewöhnt.«

»Oh ja, klar, Mrs. Tu-doch-mal-vornehm.«

Kein guter Anfang. Ich gehe dazwischen.

»Celeste ist die Privatdetektivin, von der ich dir erzählt habe.«

»Bann bin ich bohl beffer ein biffchen nett fu ihr«, sagt Betty und spuckt aus Versehen ein paar Krümel aus, die sie sich umgehend zurück ins Maul stopft.

»Das ist Betty Blabble«, stelle ich sie vor und halte inne, weil ich ansonsten gar nicht allzu viel über sie weiß.

»Na dann, Betty«, hebt Celeste an, »was sind denn Ihre Stärken?«

Betty kaut auf der letzten Brotkruste herum. »Meine was?«

Celeste seufzt. »Ich meine, wie wollen Sie uns dabei unterstützen, Patrick Salts Mörder aufzuspüren?«

»Ach, warum sagen Sie das denn nicht gleich?« Betty

schluckt den letzten Krümel hinunter. »Wie wär's mit Klettern, Schwimmen, Beißen und Stehlen? Ich kann unter Wasser sogar die Luft anhalten. Wären das ausreichend Stärken?«

Himmel, das hier läuft echt nicht gut …

»Und nehmen Sie noch Französisch auf die Liste.«

»Wirklich?« Jetzt sieht Celeste beeindruckt aus. »Eurotunnel?«

»Richtig.«

»Dann sind Sie hier aber weit weg von zu Hause.« In Celestes Stimme schwingt Misstrauen mit.

»Nee, das hier ist jetzt mein Zuhause«, entgegnet Betty und kauert sich auf alle viere, als wollte sie zum Sprung ansetzen. »Nur dass das klar ist: Monty ist mein Freund, und für einen Freund tue ich alles. Ich werde ihm helfen, den Mörder seines Herrchens zu finden. Wenn er Sie dabeihaben will, dann ist das seine Sache. Aber ich lasse mich ganz sicher nicht von einem Käfer rumschubsen. Kapiert?«

Mit der verstümmelten Schwanzspitze trommelt sie nachdrücklich auf den Tisch.

»Meinetwegen«, antwortet Celeste. »Trotzdem müssen wir uns auf ein paar Grundregeln einigen. Jeder bekommt hier seine Aufgabe, sonst gibt's ein heilloses Chaos, und ich hasse Chaos.« Sie starrt auf die stecknadelkopfgroßen Brotkrumen, die um Betty herumliegen.

Betty zischt, und Celeste macht sich daran, einen ihrer schwarz glänzenden Stiefel auszuziehen. Oh nein, jetzt fängt's gleich an zu stinken!

Ja, ganz richtig: Marienkäfer haben fürchterliche Stinkefüße. Und ich spreche nicht von dem üblichen Käsefußmuffel, sondern von einer todbringend stinkenden Massenvernichtungswaffe. Einmal geschnüffelt, und alles, was kleiner ist als eine Libelle, fällt tot um. Eine Ratte wie Betty fühlt sich, als hätte ein Stinktier sein Sekret nach ihr versprüht.

»Betty«, sage ich und hoffe, Celeste noch davon abhalten zu können, ihre Chemiewaffe auf uns zu richten. »Ich denke, Celeste sollte unsere Rudelführerin sein. Immerhin kennt sie sich mit Ermittlungsarbeit aus. Ich nicht.«

»Hab beim MI5 gelernt«, fügt Celeste hinzu. »Überwachung, Befragung, Selbstverteidigung ...«

»Jetzt mal halblang. Käfer kommen nicht zum MI5«, blafft Betty.

»Korrekt – aber wir haben die Behörde unterwandert und sehen dort bei den Ausbildungseinheiten zu. Und zwar normalerweise kopfüber von der Decke«, entgegnet Celeste und nickt nachdrücklich.

»Dann sind Sie eine Agentin. Na prima. Und was nutzt Ihnen Ihr ganzes Wissen über Waffen, Terroristen und so weiter? Was wir brauchen, ist guter alter Instinkt und tierische List, und darin sind Hunde nun mal am besten.« Betty nickt in meine Richtung. »Oh, Mr. Monty, du bist doch mehr als bloß ein Hund, der Kommandos befolgt und lustige Tricks ausführt. *So* viel mehr! Du solltest dieses Rudel führen. Kumpel, du musst endlich lernen, deinem Instinkt zu vertrauen.«

»Ich bin ein Rudel*mitglied*, Betty«, werfe ich ein, »und kein Rudel*führer*. Aber mit meiner Nase und meinen Zähnen kann ich trotzdem nützlich sein.«

»Irgendjemand muss diese Ermittlung nun mal leiten«, sagt Celeste. »Und ich bin hier der einzige Profi weit und breit.«

Doch Betty würdigt sie keines Blickes. »Monty, dir wurde eingebläut, du könntest bloß Kommandos befolgen. Dabei ist das gar nicht wahr. Du hast den Weg zu Larrys Wohnung gefunden, und du hast all diesen Hunden die Freiheit geschenkt. Das ist wahre Führungsqualität!«

Ich zucke mit den Schultern. »Hatte wohl mehr Glück als Verstand.«

»Blödsinn! Und ich werde im Leben keine Befehle von diesem Insektenauge hier annehmen.«

Celeste tippt ungeduldig mit dem Stiefel auf. »Ich leite die Ermittlungen, oder ich bin gleich wieder weg. Also, wie sieht's aus?«

»Sie sind die Chefin«, sage ich. Es bringt uns schließlich kein bisschen weiter, wenn wir streiten.

Betty schüttelt missbilligend den Kopf.

»Machen wir jetzt weiter?«, fragt Celeste.

Und dann tut sie etwas, das ich noch nie erlebt habe – sie schiebt ihre Vorderbeine in den Mund und pfeift auf den Fingern.

Wie in dieser Doku über den Zweiten Weltkrieg und über deutsche Marschflugkörper nähert sich ein tiefes Dröhnen, und eine dicke, pelzige Biene mit einer winzig kleinen roten Wärmflasche in den Armen landet neben Celeste.

»Monty, Betty, das ist meine Auftraggeberin, Vier Null Null Vier.«

»Sagen Sie doch bitte Vier zu mir«, säuselt sie.

Betty sieht völlig verdattert aus, und ich bin es ebenfalls. Was für ein merkwürdiger Name. Ich will gerade sagen: »Nett, Sie kennenzulernen«, als die Biene urplötzlich in Tränen ausbricht.

»Reiß dich zusammen, Vier«, sagt Celeste. »Wie sollen wir dir denn helfen, wenn du die ganze Zeit nur heulst?«

»Oh, armes Ding«, sagt Betty, läuft zu ihr hinüber und streichelt ihr über den Bienenpelz, ganz vorsichtig, damit sie nicht den Stachel berührt. »Na, na, jetzt helfen wir Ihnen ja.«

»Entschuldigen Sie bitte«, schluchzt Vier, »es ist einfach so schrecklich …«

»Was denn?«, frage ich.

»Oh, Mr. Monty, Ihr Herrchen war ein Heiliger!« Vier schnieft. »Er hat versucht, uns zu retten, er hat es wirklich versucht, und er war unsere letzte Hoffnung.« Noch mehr Schniefen.

»Das könnte eine Weile dauern«, sagt Celeste mit einem Seufzer. »Komm schon, Vier, jetzt erzähl dem netten Hund, was du weißt. Und denk daran, auch er hat jemanden verloren, der ihm sehr nahestand.«

»Natürlich, wie egoistisch von mir. Es tut mir so unendlich leid um Professor Salt – ganz ehrlich. Wissen Sie … ich glaube, er musste unseretwegen sterben.«

Ich bin derart verblüfft, dass ich den Kopf hochreiße und dabei gegen den Tisch stoße, sodass Vier und Celeste das Gleichgewicht verlieren. Betty rührt sich keinen Millimeter: Sie hat sich in die Tischplatte gekrallt.

»Wie meinen Sie das?«, frage ich ein bisschen hitziger als beabsichtigt.

Vier zuckt zusammen, als Celeste sich zwischen uns schiebt und eine Art Kampfsportpose einnimmt, indem sie sich auf ihren vier Hinterbeinen ein Stück zurücklehnt und sich die Vorderbeine vors Gesicht hält. Sie sieht aus wie ein Ninja mit einem gepunkteten runden Rucksack.

»Machen Sie sich nichts daraus«, sagt Betty mütterlich zu der Biene. »In Wahrheit ist er ein Softie.«

Ich weiche ein Stück zurück, um Vier mehr Raum zu geben. »Ich wollte Sie nicht erschrecken, ich wollte doch bloß wissen, was Sie damit gemeint haben«, erkläre ich und versuche, ganz ruhig zu bleiben.

»Liebe Güte, wo soll ich da anfangen?« Vier hebt ab und kreiselt durch die Luft, genau in meiner Augenhöhe, sodass mir schwindlig wird.

»Beim Anfang?«, schlage ich vor. »Warum setzen Sie sich nicht hierher? Dann kann ich Sie auch hören.«

Ich nicke zur Tischkante hinauf, die mir am nächsten ist. Das laute Surren ihrer Flügel übertönt ihre Stimme.

»Ich werde Ihnen nicht wehtun, versprochen.«

Vier nimmt meinen Vorschlag an und klammert sich an ihre Wärmflasche, die offenkundig kalt und leer ist, aber ihr scheinbar Trost spendet.

»Okay, es ist folgendermaßen: Mein Bienenstock ist einer von zehn auf der Cherrywood Farm – etwa vier Meilen von hier entfernt. Allein in meinem Stock waren wir fünfzigtausend. Aber dann begann vor ungefähr einem Monat das große Sterben – im August! Gerade als es am hektischsten wurde! Die älteren Bienen sterben über den Winter, damit die jüngeren den Staat im Frühling für die Königin wieder in Schwung bringen können. Das ist nichts Neues. Aber im Spätsommer sind noch nie ganze Staaten gestorben! Es war furchterregend! Tag für Tag mussten wir mehr Leichen aus dem Stock befördern, und Tag für Tag kamen weniger von uns vom Pollensammeln heim. Und einer nach dem anderen wurde krank – außer mir. Ich bin die Letzte, die aus zehn Stöcken noch übrig ist.«

Vier bricht erneut in Tränen aus, und mir bleibt lediglich, mitfühlend zu winseln.

Betty nimmt sie in den Arm. »Armes kleines Schätzchen.«

»Sie müssen sehr einsam sein«, sage ich, und Vier nickt.

»Ich war Arbeiterin 4004. Ich hatte eine Aufgabe. Ich war glücklich. Ich hatte Freunde, einen Job und ein schönes Zuhause. Jetzt stehe ich vor dem Nichts. Allein kann ich keinen Honig machen, und wenn ich keinen Honig machen kann, dann hat mein Leben einfach keinen Sinn mehr.«

»So darfst du nicht reden, meine Liebe«, sagt Celeste. »Wir brauchen dich, Ehrenwort. Und jetzt erzähl Monty, was du über Professor Salt weißt.«

»Na gut.« Vier holt tief Luft. »Da war dieses Gerücht, dass irgendein wunderbarer Zweibeiner der Ursache auf den Grund gehen wollte, warum so viele von uns sterben mussten. Dann hörte ich – das war vor acht Sonnenaufgängen, und nur noch wenige von uns waren am Leben –, wie unser Bauer mit einem Mann sprach und ihn mit Professor Salt anredete. Ihr Herrchen meinte, der Bauer müsse augenblicklich aufhören, auf seinen Äckern Pestizide zu versprühen, und neue Bienenstöcke aufstellen, die bei uns weniger Stress verursachen würden. Das hörte der Bauer natürlich nicht sehr gern. Der Professor erklärte ihm, dass er neuartige Bienenstöcke entwickelt habe und sie irgendwo fernab sämtlicher Pestizide austesten wolle, und zwar mit einer neuen, gesunden, kräftigen Honigbienenzüchtung. Es klang himmlisch.« Vier unterbricht sich und sieht mich direkt an. »Wissen Sie vielleicht, wo das sein könnte, Mr. Monty? Ich muss diesen Bienenstock finden. Sonst gehe ich an Einsamkeit zugrunde. Ich weiß, dass es so kommt.«

»Bienen haben auf sich allein gestellt keine Überlebenschance«, erklärt Celeste gedämpft.

Ich weiß genau, wie Vier sich fühlt. Wenn Rose mich nicht adoptiert hätte, hätte ich irgendwann womöglich aufgegeben. Ich will ihr helfen und sehe mich nach meiner Hundedecke um, aber die liegt immer noch in Paddys Haus. Ihr Geruch könnte die Erinnerung an diese Bienenstöcke womöglich wieder aufleben lassen. Stattdessen mache ich das Zweitbeste, um meine Gehirnzellen in Schwung zu bringen: Für einige Sekunden jage ich meine Rute. Das funktioniert bei mir fast wie ein Startkabel für Autos.

»Was macht er da?«, wendet sich Vier an Celeste.

»Keinen Schimmer«, antwortet sie.

Inzwischen habe ich meine Schwanzspitze im Maul und sehe aus wie ein pelziger Donut. Tief in meiner Erinnerung sehe ich Paddy vor mir, der durch einen Wald fährt. Ich selbst sitze auf dem Rücksitz und atme den schweren Duft von Kiefern und Füchsen ein, und dann höre ich auf einmal das Summen Tausender Bienen. Leider weiß ich nicht, ob es sie wirklich gab oder ob ich lediglich von ihnen geträumt habe. Ich lasse meinen Schwanz wieder los.

»Tut mir leid, Vier. Ich brauche meine Hundedecke mit all meinen Erinnerungsgerüchen, dann wüsste ich zumindest, ob wir je dort gewesen sind.«

»Okay, das Hündchen braucht sein Bett. Das hab ich jetzt kapiert«, sagt Celeste, die überhaupt nichts kapiert hat. »Aber können wir vielleicht mit Viers Geschichte weitermachen? Ich hab noch andere Aufträge, nur dass Sie es wissen. Zeit ist Geld.«

Vier räuspert sich. »Mr. Salt schlüpfte in seine Ausrüstung, damit er sich die Stöcke aus der Nähe ansehen konnte. Er schaufelte ein paar Leichen auf und legte sie in ein rundes

Glasgefäß. Als er gerade wegfahren wollte, kam ein Mann in einem roten Sportwagen – einer von denen, die immer so irre schnell unterwegs sind und auf deren Windschutzscheibe viele meiner Artgenossen sterben. Der Mann wollte wissen, was Ihr Herrchen dem Bauern erzählt hat, und er war ganz offensichtlich wütend. Professor Salt sagte, dass er nichts verraten hätte, aber dass dieses Projekt umgehend eingestellt werden müsse. Der andere Mann sagte, dass es dafür zu spät sei und dass die Tests doch schon bewiesen hätten, dass die neue Superbiene sicher ist.«

»Superbiene?«, fragt Monty.

»So hat es der wütende Mann formuliert – Superbiene. Der Professor wurde daraufhin ebenfalls wütend und sagte, dass er unter keinen Umständen die Freigabe erteilen würde. Und genau das hat mich am meisten erschreckt: Der Professor sagte nämlich, dass die Superbienen Killer sind.«

»Killerbienen?«

»Hört sich nicht gut an«, murmelt Betty, und Vier fährt fort: »Mr. Salt hatte einen speziellen Namen dafür – wie war der gleich wieder? Ich hab's! Frankensteinbienen. Weiß irgendjemand, was er damit gemeint haben könnte?«

»Frankenstein war ein verrückter Wissenschaftler, der aus Körperteilen toter Zweibeiner ein Monster schuf«, erkläre ich. »Ich hab den Film gesehen – einer von Paddys Lieblingsfilmen. Er sagte immer, wenn Menschen meinten, Gott spielen zu müssen, brächten sie die natürliche Ordnung aus dem Gleichgewicht und schüfen damit Monster.«

Vier starrt mich ausdruckslos an. »Was hat er da gerade gesagt?«, raunt sie Celeste zu.

»Mach dir darüber keine Gedanken«, antwortet Celeste.

»Also dann, Monty, ich denke mal, dass unser erster Schritt sein muss, den Fahrer dieses roten Wagens ausfindig zu machen. Klingt, als hätte er ein Motiv gehabt, Mr. Salt aus dem Weg zu räumen.«

Ich hechle, als wäre ich gerannt, meine Rute ragt steil in die Höhe, und ich stehe breitbeinig und angriffsbereit da. Roses neuer Verdächtiger, Troy Fratting, ist längst vergessen.

»Wir müssen ihn finden, koste es, was es wolle.« Es klingt wie ein Knurren.

Unwillkürlich weichen Celeste und Vier zurück, und sogar Betty sieht ein wenig unsicher aus, was mich betrifft.

»Ich schwöre Ihnen, Vier, ich helfe Ihnen dabei, Paddys Bienenrettungsstation zu finden. Aber dafür brauche ich auch Ihre Hilfe. Sie haben den Fahrer des roten Wagens gesehen. Würden Sie ihn mit uns aufspüren?«

»Natürlich.«

KAPITEL 26

Eine dunkle Gestalt löst sich aus dem wolkigen Nachthimmel und landet auf der Fensterbank, schiebt den schwarz schimmernden Kopf nach vorn, und die Augen funkeln verstörend orangefarben im Licht der Küchengeräte. Er sieht sich kurz in der Küche um und hüpft dann auf den Abtropfständer.

Celeste und Vier sind steif vor Schreck. Dante hat sie noch nicht bemerkt, aber das ist nur eine Frage der Zeit. Ich will nicht, dass er sie zur Vorspeise seines Dinners macht, und beeile mich, sie einander vorzustellen.

»Na super«, krächzt Dante. »Erst eine Ratte, und jetzt auch noch ein Marienkäfer und eine Biene. Warum rufst du nicht gleich die ganze vermaledeite Insekten- und Nagetierwelt zu Hilfe und siehst mir zu, wie ich elendiglich verhungere?«

»Celeste hat ihre eigene Detektei, und sie ist … Na ja, also, sie ist kein normales Insekt.«

»Na, Süßer«, höre ich auf einmal ein verführerisches Schnurren.

Celeste ist zu Dante hinübergeflogen und schwirrt mit ausgebreiteten rot-schwarzen Flügeldeckeln direkt über dem Abtropfgestell herum. Ihr betörender Duft – fast wie der von Maiglöckchen – verbreitet sich in der Küche. Sie zwinkert der Elster zu, lässt sich dann elegant auf der Heißwasserarmatur nieder und arrangiert ihre schwarz schimmernden Stiefel so, dass ihre schlanken Beine bestens zur Geltung kommen.

Schwer zu sagen, wer verblüffter ist: Dante oder ich. Vier steht immer noch wie angewurzelt da. Für den Bruchteil einer Sekunde fehlen Dante die Worte. Er presst sich den langen Schnabel ins Brustgefieder und blickt verwirrt drein. Ich wette, er hat noch nie erlebt, dass eine potenzielle Mahlzeit mit ihm flirtet.

Celeste streckt eins ihrer nicht bestiefelten Beine in seine Richtung, als erwarte sie, dass er ihr den Fuß küsst, wie Menschen es manchmal mit Handrücken tun. »Mein Name ist Celeste. Ausgebildet beim MI5. Verbrechen aufzuklären ist meine Leidenschaft.«

Sie spreizt die Flügel und präsentiert ihre rot-schwarzen Flügeldeckel, als wäre sie in Rio de Janeiro.

»Ich leite die Celestial PI Agency.«

Dante wiederholt wie hypnotisiert ihren Namen und den der Detektei.

»Ja, das bin ich, Sie hübsches Kerlchen. Und ein kleineres Vögelchen hat mir gezwitschert, dass Sie eine Berühmtheit sind. Oder sollte ich besser sagen: berühmt-berüchtigt? Ihr Ruf eilt Ihnen voraus, Dante. Und endlich lernen wir uns kennen! Ein Geschöpf, das mit Intelligenz und List die Menschen in die Knie zwingt, ist einfach fürchterlich sexy.«

Mein Maul steht offen – und Dantes Schnabel ebenfalls. Das Schweigen, das sich über die Küche senkt, wird nur von Betty unterbrochen, die so tut, als müsste sie sich übergeben.

»Flittchen«, brummelt sie. »So was hab ich ja noch nie gehört.«

Doch Dante stellt sich taub, schüttelt nur den eleganten Kopf, stellt ein schwarzes Bein nach vorne und verbeugt sich.

»Stets zu Diensten, Madam.«

»Ein Gentleman«, jubiliert Celeste und nickt ihm zu. »Erzählen Sie mir von diesem Rothschild-Diamanten! Das waren doch Sie, nicht wahr? Sie Schlitzohr!«

Dante zögert kurz mit seiner Antwort. »Madam, Sie sind Ermittlerin. Sie werden verstehen, dass ich mich nicht selbst belasten möchte.«

»Oh nein, da haben Sie mich falsch verstanden. Ich bin ein großer Fan von Ihnen! Was immer Sie mir anvertrauen, bleibt unter uns. Sie haben mein Wort.«

Sie wirft ihm einen Blick aus sämtlichen Augen zu.

»Dann ist es mir ein Vergnügen«, antwortet Dante. »Es geschieht nicht allzu häufig, dass meine Talente wertgeschätzt werden.«

Dante – so freundlich? Das kann doch nicht wahr sein?

Betty gähnt vernehmlich, lehnt sich dann sichtlich gelangweilt an den Tellerrand und fängt an, sich mit den Krallen zwischen den Zähnen herumzustochern.

»Dann sind Sie wirklich der Schwarze Teufel!« Begeistert springt Celeste vom Wasserhahn. »Ich wusste, dass Sie es sind!« Sie blickt in die Runde. »Das ist unglaublich! Habt ihr auch nur die geringste Ahnung, wer er ist? Einer der meistgesuchten Verbrecher hierzulande! Ein Juwelendieb, den nicht mal Zweibeiner zu fassen kriegen. Und wisst ihr auch, warum?«

Sie wartet nicht einmal auf unsere Antwort.

»Weil jeder denkt, dass der meistgesuchte Einbrecher ein Zweibeiner sein muss. Aber wie falsch sie damit liegen, nicht wahr, Dante?«

Dante spreizt seine Flügel und offenbart die schwarz-weißen Daunen. Er streckt die Brust raus, und mit dem Kopf im

Nacken krächzt er zum Gotterbarmen. Ich kann mich nicht erinnern, ihn je so glücklich erlebt zu haben.

»Dante, sei ein bisschen vorsichtig, okay? Rose ist oben und schläft.«

Dante nickt und legt die Flügel wieder an. »Celeste, Sie müssen schwören, dass Sie mich nicht verraten. Versprechen Sie es mir, meine Liebe.«

»Mich interessieren lediglich Insekten-Kriminalfälle, da können Sie sicher sein. Na ja – zumindest war das bisher so. Aber jetzt hat einer meiner Fälle plötzlich mit Patrick Salt zu tun. Ganz abgesehen davon habe ich nicht die Absicht, Sie auffliegen zu lassen.«

Jetzt meldet sich Betty zu Wort. »Jetzt mal langsam. Sie klauen Glitzerkram? Mr. Ich-bin-so-wahnsinnig-clever-und-intellektuell ist in Wahrheit ein gewöhnlicher Dieb?«

Dante marschiert auf sie zu. »Nur dass du's weißt, Ratte: Diese Juwelen sind Millionen wert, und die Häuser waren mit den allerfeinsten Alarmanlagen ausgestattet. Ich musste für jeden einzelnen Job monatelang auf der Lauer liegen und mir eine ausgeklügelte Strategie zurechtlegen.«

Betty hat die Pfoten in die Hüften gestemmt. »Und wofür? Um zu riskieren, für ein paar Glitzersteinchen eingelocht zu werden?« Sie schüttelt den Kopf. »Wenn Sie mich fragen, ist das einfach bescheuert.«

Dante will sich schon auf Betty stürzen, aber da gehe ich dazwischen.

»Dante hat seine Gründe«, erkläre ich. »Aber die soll er dir beizeiten selbst darlegen. Ich sage nur so viel: Er macht das nicht um seiner selbst willen, sondern um anderen zu helfen.«

Celestes Beine geben unter ihr nach, und sie droht vom

Wasserhahn zu fallen. Gerade noch rechtzeitig kommt sie wieder zu sich.

»Verstehe«, sagt Betty mit einem Nicken. »Ein moderner Robin Hood, ja? Na, dann sind wir ja endlich auf einer Wellenlänge. Ich muss allerdings sagen: Ich hab Sie nie für jemanden gehalten, der sich karitativ engagiert.«

Celeste hat sämtliche Augen auf Dante gerichtet. »In meiner Detektei könnte ich jemanden mit Ihrem außerordentlichen Talent gut brauchen. Zusammen wären wir unschlagbar!«

Betty bricht in lautes Gelächter aus.

»Ich fühle mich geehrt, Celeste«, antwortet Dante. »Aber ich arbeite lieber allein. Das ist sicherer.«

Dann sehe ich, wie Dante ihr zuzwinkert. Allmählich wird es mir zu viel.

»Äh«, sage ich und räuspere mich. »Ich unterbreche ja nur ungern, Celeste, aber vielleicht könnte Dante uns ja helfen, diesen roten Wagen zu finden?«

»Würde der Schwarze Teufel das denn für uns tun? Würden Sie ...«, gurrt sie ihn an.

»Erzählen Sie mir erst einmal, worum es geht, Madam. Was hat es denn mit diesem Wagen auf sich? Erst dann kann ich entscheiden, was ich für Sie tun kann.«

Dante hockt sich neben den Wasserhahn, auf dem Celeste sich niedergelassen hat. Während sie Dante ins Bild setzt, entdecke ich, dass Vier eingeschlafen ist. Betty kaut auf einem Krümel aus ihrer Backentasche herum und brummelt leise vor sich hin.

»Ich bin auch clever«, murmelt sie. »Cleverer als Kaninchen, Hamster, Mäuse, Meerschweinchen – das ist mal sicher. Und trotzdem gurrt mich niemand an. Aber so ist das wohl, wenn man als Weibchen ein gewisses Alter überschritten hat. Dann wird man einfach nicht mehr wahrgenommen.«

Inzwischen ist Celeste mit ihrem Bericht fertig.

»Verstehe«, sagt Dante, »das klingt wirklich nicht gut.«

»Und das ist noch nicht alles«, werfe ich ein. »Larry Nice war nicht der Mörder. Falscher Geruch. Irgendjemand muss sich große Mühe gegeben haben, um ihm die ganze Sache in die Schuhe zu schieben. Aber wir müssen jetzt nach einem anderen Verdächtigen suchen.«

Celeste ergreift das Wort und das Kommando. »Nachdem dieser wütende Mann vermutlich ein Kollege war, sollten wir zunächst an der Uni nach diesem roten Wagen Ausschau halten. Dante, könnten Sie vielleicht gleich morgen früh zum Campus fliegen – sagen wir, gegen zehn, bis dahin sollten fast alle bei der Arbeit sein – und sich nach diesem roten Sportwagen umsehen?«

»Selbstverständlich, aber ein bisschen mehr Informationen brauche ich noch: Marke, Modell, Kennzeichen, war's ein Cabrio …«

Wir drehen uns nach Vier um, aber die hat sich an ihre Wärmflasche gekuschelt und schläft. So sieht sie wirklich friedlich aus.

»Vier!«, schreit Celeste. »Aufwachen!«

Die arme Biene kullert fast über die Tischkante vor Schreck. »Was? Wer? Wo?«

»Vier, erinnerst du dich noch an diesen Mann, der sich mit Professor Salt gestritten hat?«

Die Biene sieht komplett verwirrt aus.

»Du weißt schon, als der Professor von den Killerbienen gesprochen hat?«, ergänzt Celeste.

»Ja, natürlich«, antwortet Vier und streckt sich erst einmal.

»Kannst du dich noch an irgendwelche Details hinsichtlich des roten Sportwagens erinnern?«

»Er war rot.«

Dante flucht in sich hinein, aber Celeste lässt nicht locker. »Wenn wir dir Fotos von verschiedenen Autos zeigen würden, könnte das deiner Erinnerung auf die Sprünge helfen?«

Stumm presst sich Vier die kalte Wärmflasche vor den Bauch.

»Das arme Ding ist vollkommen verstört«, sagt Betty. »Lassen Sie mich das machen.« Sie setzt sich neben die Biene und nimmt sie in den Arm. »Ich weiß, das alles ängstigt Sie zu Tode, aber geben Sie Ihr Bestes, einverstanden? Glauben Sie, Sie könnten uns noch mehr über diesen wütenden Mann sagen, der den netten Mr. Salt so angeschrien hat?«

Vier schüttelt den Kopf. »Tut mir leid … Ich kann Zweibeiner einfach nicht auseinanderhalten. Für mich sehen sie alle gleich aus.«

»Vielleicht wissen Sie ja trotzdem mehr, als Sie glauben. Es war definitiv ein Mann?«, frage ich.

»Ja.«

»Groß? Klein?«

»Kann ich nicht sagen.«

»Jünger? Älter?«

Vier hebt ab und fliegt nachdenklich eine Acht. »Na ja, ein Kind war er nicht mehr, aber auch kein alter Mann. Er hatte keine Schwierigkeiten beim Gehen.«

»Dunkles oder helles Haar?«

Als Vier wieder landet, ist sie ein Häuflein Elend. »Du liebe Güte, ich bin einfach zu dumm. Ich weiß es nicht.«

Betty legt ihr die Pfote um die Schultern. »Sagen Sie doch so was nicht. Sie sind überhaupt nicht dumm. Sie halten sich sehr tapfer, Schätzchen.«

»Wirklich?«

»Natürlich. Seien Sie nicht so hart zu sich selbst«, sagt Betty.

»In Ordnung«, geht Dante dazwischen. »Wir halten also Ausschau nach männlichen Kollegen von Professor Salt.« Er sieht sich in der Küche um. »Wo ist der Laptop?«

»Bin mir nicht sicher … Ich gehe und hole ihn. Das mache ich wohl am besten allein«, sage ich.

Ich gehe der Nase nach hinaus auf den Flur und finde Roses Handtasche und Schultertasche, die an einem niedrigen Tischchen neben der Treppe lehnen. Ich stupse die größere Tasche mit der Schnauze an und fühle darin etwas Flaches, Rechteckiges. Die Tasche ist unverschlossen. Mit der Nase schiebe ich die Lederklappe auf, sodass ich das Innenfach einsehen kann. Der Laptop passt genau hinein, doch ohne Hilfe kann ich ihn nicht rausziehen. Ich trotte zurück in die Küche und bitte Betty um Hilfe. Sie grinst mich mit gebleckten Zähnen an und tippt sich auf die Brust.

»Oh, du brauchst *mich*? Mich dummes altes Ding?«, sagt sie, um auch den letzten Zweifel auszuräumen, dass ich niemand anderen gefragt habe.

Dann folgt sie mir hinaus auf den Flur, wo ich die Schultertasche auf den Boden kippe.

»Kommst du daran vorbei und kannst von hinten gegen den Laptop schieben? Dann ziehe ich ihn vorne raus.«

»Nichts einfacher als das«, singsangt Betty.

Sie schlüpft in die Tasche, und das weiche Leder hebt sich

über ihrem Rücken und fällt wieder hinab wie eine La-Ola-Welle, als sie immer tiefer hineinkrabbelt. Ich schiebe meine Schnauze so tief wie möglich hinein, bis ich den Laptop zwischen die Zähne kriege, und ziehe, aber die Oberfläche ist zu glatt, und ich will keine Beißspuren darauf hinterlassen. Doch nach einigen Versuchen rutscht er mir entgegen. Als er endlich auf dem Teppich liegt, krabbelt Betty aus der Tasche und gibt mir ein High Five.

Ich trage den Laptop in die Küche und lege ihn vorsichtig auf den Boden.

»Bäh!«, ruft Celeste, als sie die Sabberspuren auf dem Deckel sieht.

»Jetzt aber bitte!«, sagt Betty und legt sich bäuchlings auf das Gerät und schiebt sich mit den Hinterpfoten ein paarmal im Kreis herum. Ihr Pelz saugt meinen Speichel auf, und als sie das hintere Ende erreicht, steht sie auf, stemmt die Pfoten in die Hüften, und ihr Bauch ist nass, verfilzt und sabberig. »Wer sagt's denn. So gut wie neu«, verkündet sie.

Dante landet auf dem Boden, macht den Deckel auf und tippt mit dem Schnabel über die Tastatur. Celeste kommt herbeigeschwebt und sieht genau zu, was er macht.

»Das ist die Homepage der Universität. In welcher Fakultät hat er gearbeitet?«

»Biowissenschaften«, antworte ich.

»Da sind wir schon. Vier, würden Sie vielleicht einen Blick auf diese Fotos werfen? Vielleicht erkennen Sie den wütenden Mann ja wieder.«

Dante klickt jedes einzelne Foto an, auch das von Dr. Bomphrey, Paddys Vorgesetztem. Doch Vier schüttelt nur den Kopf. Da fällt mir Troy Fratting wieder ein, aber sein Name steht nicht auf der Liste der Fakultät. Wir sind alle enttäuscht, am meisten jedoch Vier, die prompt wieder anfängt zu weinen.

»Tut mir leid, dass ich nicht weiterhelfen konnte. Ich bin dann mal weg«, sagt Dante, der sich in Anwesenheit eines schluchzenden Weibchens sichtlich unwohl fühlt. Er will gerade den Browser schließen, als Vier plötzlich aufschreit: »Halt! Gehen Sie zurück!«

Dante klickt zurück bis zu einem Foto, das vor dem Dekanatsgebäude aufgenommen wurde. Rechts vom Haupteingang parken mehrere Autos, und das dritte in der Reihe, das teilweise von einem weißen BMW verdeckt wird, ist ein roter Bentley Continental GT Convertible. Das Verdeck ist aufgeklappt, und wir können durch die schräge Windschutzscheibe cremeweiße Ledersitze erkennen.

»Das ist es!«, schreit Vier. »Das ist das rote Auto!« Aufgeregt hüpft sie auf und ab.

»Sind Sie sich sicher?«, fragt Dante und beugt sich mit dem Schnabel ganz nah zu der auf und ab springenden Biene hinunter. »Hören Sie, ich will Ihre visuellen Fähigkeiten ja nicht in Abrede stellen, aber wenn Sie den Mann nicht wiedererkannt haben, wie wollen Sie dann dieses Auto wiedererkennen?«

»Ich … äh … Also, ich …«

Celeste kommt ihr zu Hilfe. »Dante, manche Dinge versteht selbst ein großer Geist wie Sie nicht, weil es nicht logisch nachvollziehbar ist und weil es einfach trotzdem stimmt. Bienen mögen Zweibeiner vielleicht nicht auseinanderhalten können, aber an ein rotes Auto – an einen riesigen, glänzenden Haufen leckeren Knallrots – kann sie sich erinnern. Bienen reagieren am stärksten auf leuchtende Farben.«

»Ich verneige mich vor Ihrer überragenden Kenntnis des Bienenvolks, Madam«, erwidert Dante.

Wie hypnotisiert schiebe ich mich vor den Laptop. Das Kennzeichen ist gerade noch so zu erkennen, und ich lese vor, was darauf steht.

»GN1US.«

KAPITEL 27

Rose konnte Rebecca Salt schon schreien hören, noch ehe sie am Mittwochmorgen das Polizeigebäude betrat. Wahrscheinlich hatte die gesamte Straße sie gehört – womöglich sogar der benachbarte Landkreis. Vielleicht hatten selbst die Franzosen einen Blick über den Ärmelkanal auf das Tohuwabohu geworfen und zu Rebeccas Beschimpfungen der britischen Polizei – »Arschlöcher!« – einhellig genickt. Wenn ihre Personalagentur für Führungskräfte jemals den Bach runterginge, würde sie mit ihrer kraftvollen Stimme sofort als Marktschreierin Fuß fassen. Doch sie hatte mitnichten etwas dagegen einzuwenden, dass Varma und Pearl ihren Ehemann befragen wollten. Nein, sie war sauer, weil Leach die Leiche ihres Vaters immer noch nicht freizugeben gedachte.

»Ich hab für so was keine Zeit!«, kreischte die trauernde Tochter. »Ich muss schließlich ein Unternehmen leiten.«

Salisbury war gerade auf dem Weg nach draußen, als er auf dem Parkplatz Rose begegnete. »Hör dir das an!«

»Wenn Krakeelen irgendwann olympisch wird, dann hat sie die Goldmedaille sicher«, erwiderte Rose. »Weiß sie schon, dass Troy uns angelogen hat?«

»Noch nicht. Himmel, hilf, wenn sie das gleich erfährt.«

Und mit einem Grinsen marschierte er davon.

Rose lief die Treppen zur Major Crime hinauf. Zumindest war jetzt, da Fratting auf den Plan getreten war, Larry nicht länger ihr einziger Verdächtiger. Sie wollte gerade einen kurzen Blick in den Überwachungsraum werfen, um zu sehen, wie es bei der Befragung voranging, als Leach den schmalen Flur entlang auf sie zustürmte. Er sah aus, als wäre er mächtig auf Krawall gebürstet.

»Wer hat hier das Sagen?«, geiferte Rebecca von irgendwo im Erdgeschoss herauf.

»Herrgott, hört diese Frau denn nie auf?«

»Sieht nicht so aus, Sir.«

»Ich bin unterwegs zum Superintendent, daher nur kurz«, sagte er und klopfte ihr auf die Schulter, wobei sein Arm steif wie ein Paddel und er selbst auf Abstand blieb. »Gute Arbeit, Rose. Mir scheint, dass dieser Fratting uns einiges erklären muss.« Er räusperte sich. »Und weil Sie gerade einen Lauf zu haben scheinen, möchte ich, dass Sie bei Flay Bioscience ein bisschen zaubern gehen. Dieser Geschäftsführer, Chadstone Flay, verweigert uns den Einblick in Salts Unterlagen.«

»Dann ist der Gerichtsbeschluss nicht durchgegangen, Sir?«

»Nein, wurde abgelehnt. Zu geringer Anfangsverdacht oder irgend so ein Käse. Ich glaube allerdings eher, dass Flay ein paar einflussreiche Freunde hat. Wetten, der Mistkerl ist Freimaurer? Die halten zusammen, selbst wenn sie dabei ein paar Gesetze verbiegen müssen. *Besonders* wenn sie dabei ein paar Gesetze verbiegen müssen. Denen würde ich am liebsten ihre kleinen Maurerkellen in den rituellen Allerwertesten schieben.«

Haben Freimaurer tatsächlich Maurerkellen? Rose versuchte, Leachs Ausführungen nicht bildlich vor sich zu sehen.

»Aber wenn Flay uns nicht an diese Unterlagen heranlässt, was soll ich dort dann ausrichten, Sir?«

»Setzen Sie Ihren Charme ein. Und treffen Sie sich mit ihm, ohne dass seine Anwälte dabei sind.«

»Sicher, dass *ich* das machen soll?«

»Hat Dave vorgeschlagen. Er meinte, Flay wäre vielleicht ein bisschen weniger – wie soll ich sagen – abweisend, wenn wir nicht gleich schwere Geschütze auffahren. Halten Sie einfach einen zwanglosen Schwatz mit ihm, bleiben Sie unverbindlich.«

Rose sah den Flur entlang zum Befragungsraum, wo Pearls höhnisches Dröhnen auf Frattings eisiges Schweigen stieß. Was wollte Pearl damit bezwecken, sie zu einem derart hohen Tier wie Flay zu schicken, um sich mit ihm zu unterhalten?

»Schönen Dank dafür, Sir, aber angesichts der Relevanz dieser Unterlagen würde ich mich wohler fühlen, wenn ein erfahrenerer Kollege dabei wäre.«

»Die anderen sind alle beschäftigt, also machen Sie sich auf den Weg. Und immer schön nach Vorschrift, Rose, wir können uns keine Dienstaufsichtsbeschwerde leisten. Klar?«

Und mit diesen Worten marschierte Leach davon in Richtung Büro des Superintendenten.

Rose wusste nicht, ob sie sich über Leachs Arbeitsauftrag freuen oder ob sie misstrauisch sein sollte. Im Augenblick schien er tatsächlich halbwegs zufrieden mit ihr zu sein, aber das Gespräch mit Flay würde heikel werden, sofern sie überhaupt zu ihm durchkäme. Doch am meisten Kopfzerbrechen bereitete ihr, dass der Vorschlag von Pearl gekommen war.

Trotz aller Zweifel musste sie weitermachen. Sie rief bei Flay Bioscience an und bat um ein Gespräch mit Mr. Flay. Wie nicht anders zu erwarten, wurde sie zu seiner Assistentin, Sophie, durchgestellt, die Rose – ebenfalls wie erwartet – einen Termin verweigerte.

»Sophie, darf ich ehrlich sein?«

»Aber natürlich.«

»Ich bin neu auf dieser Stelle, und mein Boss hat mich gebeten, den Termin zu machen.« Und ein bisschen leiser fuhr sie fort: »Ich glaube, es soll eine Art Test sein. Und deshalb muss ich unbedingt diesen Termin bekommen, bitte!«

»Mr. Flay hat derzeit sehr viel zu tun. Vielleicht in ein paar Wochen?«

»In ein paar Wochen hab ich diesen Job nicht mehr, wenn ich jetzt nicht mit Mr. Flay sprechen kann. Ach, kommen Sie, Sophie, bitte – ich brauche nur fünf Minuten.«

Sophie blieb für eine Weile still. Rose wusste genau, wann sie den Mund halten und einfach warten musste.

»Hören Sie, seien Sie in einer halben Stunde hier. Da hat er fünf Minuten Pause zwischen zwei Meetings. Ich sage ihm, dass Sie behauptet hätten, es wäre dringend. Wäre das okay?«

»Danke, Sophie! Ich bin Ihnen wirklich sehr, sehr dankbar!«

Sie schnappte sich ihr Notizbuch, rannte die Treppe hinunter, auf den Parkplatz hinaus und steuerte denselben weißen Ford Focus an, den Varma gestern genommen hatte. Der Parkplatz war durch eine hohe Ziegelmauer von der viel befahrenen Straße abgeschirmt – und dahinter schrie Rebecca jetzt ihren Ehemann an, der soeben die Befragung hatte verlassen dürfen.

»Mrs. Fratting, bitte, seien Sie ein bisschen leiser«, erklang eine dritte Stimme, die dem Anwalt der beiden gehören musste.

»Ich heiße nicht Fratting, und Sie haben Ihren Job getan, also verschwinden Sie!«

»Mr. Fratting, Sie werden eines Mordes verdächtigt …«

Doch noch ehe Troy irgendwas sagen konnte, ergriff Rebecca von Neuem das Wort. »Was war am Freitagabend? Sag's mir! Hast du mit irgendeinem billigen Flittchen rumgemacht? Gott, bist du armselig!«

»Babe, du weißt genau, dass ich dich liebe, aber manchmal muss ich eben mit den Ladys essen und was trinken gehen, wenn ich so einen Deal abschließen will. Du weißt doch, wie das ist.«

»Aber rummachen musst du mit ihnen nicht!«

Dann war unmissverständlich eine Ohrfeige zu hören – und es klang, als hätte sie echt wehgetan.

»Bitte, hören Sie auf damit!«, rief der Anwalt dazwischen, und Troy wimmerte: »Wenn du mir das Geld einfach gegeben hättest, wäre nichts von alldem passiert.«

»Ach, dann ist es jetzt also meine Schuld, dass du so ein Versager bist? Aber du ziehst mich nicht mit runter in den Abgrund. Ende der Woche bin ich wieder in Hongkong, und es ist mir scheißegal, wenn sie dich hier einbuchten. Das ist nun wirklich *dein* Problem.«

Und damit stürmte sie davon.

»Halt, Babe, ich brauch 'ne Mitfahrgelegenheit …«

»Frag doch dein Flittchen!«

Als Rose auf dem Fahrersitz des Wagens Platz nahm, hatte sie nicht den geringsten Zweifel daran, dass Rebecca auf Matilda Rutter angespielt hatte. Rose hatte die Aufnahmen der beiden gesehen, wie sie am Tag des Mordes um 16:02 Uhr in sein Hotelzimmer geschlüpft waren. Rutter ließ sich gerade von ihrem zweiten Mann scheiden, weil der sie angeblich betrogen hatte. Wenn jetzt herauskäme, dass sie keinen Deut besser war als ihr Gatte, würde ihr das vor dem Scheidungsrichter womöglich nicht gerade zugutekommen.

Eine Viertelstunde später hielt Rose vor den Sicherheitstoren von Flay Bioscience. Das riesige Gelände war von einem hohen Zaun umgeben, und das bewaffnete Sicherheitspersonal und die unzähligen Überwachungskameras erinnerten sie an ein Gefängnis. Das einzige Gebäude, das Büros zu enthalten schien, war das hypermoderne zehnstöckige Haupthaus, das aussah wie die silbrige Feder eines gigantischen Füllers, der in den Himmel aufragte. Die anderen Gebäude waren alle höchstens zwei Stockwerke hoch und betonsteingrau. Ihr lief ein Schauder über den Rücken.

Sich dieses Gespräch zu erschmeicheln war verhältnismäßig einfach gewesen. Jetzt durch die Sicherheitsschleuse zu kommen erwies sich als deutlich schwieriger. Sie hielt ihren Dienstausweis aus dem Fenster.

»Sorry, Miss«, sagte der Security-Mann, der im Fenster des Wachhäuschens saß und langsam mit dem Finger über eine Klemmmappe fuhr. »Sie stehen nicht auf der Besucherliste.« Er gab sich nicht die geringste Mühe, sein Grinsen zu verhehlen.

»Rufen Sie Mr. Flays Assistentin Sophie an, sie hat den Termin für mich ausgemacht.«

Er ließ sich mit dem Anruf alle Zeit der Welt. Dann ging der Schlagbaum langsam hoch. »Sie standen nicht auf der Liste, was hätte ich denn tun sollen?«

»Wie wär's mit einer Entschuldigung dafür, dass Sie hier meine Zeit vergeuden?«

Als sie das Gaspedal durchdrückte, hörte sie gerade noch, wie er vor sich hin murmelte: »Die Arschlochnummer zieht hier nicht, Bottom-Wipe!«

Sie trat auf die Bremse und setzte zurück.

»Wollen Sie wirklich, dass ich Sie wegen Behinderung einer polizeilichen Ermittlung festnehme?«, rief sie dem Wachmann zu.

»Aber, aber ... Wie hätte ich es denn wissen sollen? Sie standen nicht auf der Liste. Ich meine, was soll ich denn da machen?« Seine geschwollenen Augenlider waren vor Schreck weit aufgerissen. »Tut mir leid, Officer.«

Ohne ein weiteres Wort fuhr Rose davon. Bei ihrem nächsten Besuch – sofern es einen nächsten geben sollte – würde er sich anders verhalten.

Als sie den Wagen vor dem Riesenfüller abstellte, klingelte ihr Handy. Es war Varma, der ihr mitteilte, dass Salts Leiche endlich zur Bestattung freigegeben war. Die verzweifelte Tochter wollte das Land in der darauffolgenden Woche verlassen, weil ihre Firma ohne sie offenbar verloren war. Vor der Beerdigung würde allerdings noch eine zweite Obduktion durch einen unabhängigen Pathologen durchgeführt werden, deren Ergebnisse dem Strafverteidiger zur Verfügung gestellt würden, sobald sie einen Tatverdächtigen dingfest gemacht hätten.

»Gibt's schon einen Termin für die Beerdigung?«, fragte sie.

»Voraussichtlich Montag.«

»Gott, das geht jetzt aber schnell.«

Unwillkürlich musste sie an Monty denken. Ob sie ihn zu der Beerdigung mitnehmen sollte?

Rose meldete sich am Empfang, und nur wenig später trat Sophie auf Plateauschuhen aus dem Aufzug. Mit ihren gesamten eins achtzig überhäufte sie Rose mit einem derart übertrieben herzlichen Willkommen, dass Rose sie beinahe gefragt hätte, welche Pillen sie denn eingeworfen hatte und ob sie selbst ein paar davon bekommen könnte. Während der Aufzug hinauf ins oberste Stockwerk raste, fühlte sie sich wie eine Zwergin – und eine äußerst unscheinbare Zwergin obendrein. Sophie sah mit ihrer Strumpfhose, dem kurzen Rock, der Seidenbluse und der zweireihigen Perlenkette makellos aus. Rose, die ausgetretene Mokassins und einen schlecht sitzenden blauen Hosenanzug trug, fühlte sich neben ihr einfach nur schäbig.

Sie wurde in ein großes Büro geführt, in dem ein L-förmiger Schreibtisch aus Chrom und Glas den Mittelpunkt bildete. Darauf lagen ein iPad und ein iPhone neben einem gerahmten Familienfoto: Mutter, Vater und ein mürrischer Junge mit einem griesgrämig dreinschauenden Pony. Der Rest des Schreibtisches war leer. Dahinter war ein elektrisches Rollo hinuntergelassen, obwohl die Sonne draußen nicht durch die Gewitterwolken drang. Von seinem schwarzen Ledersessel aus studierte Chadstone Flay seine Besucherin – und umgekehrt.

Er war Anfang vierzig, hatte eine große Höckernase, markante Kieferknochen und dunkelbraune Augen, die tief unter einem Paar buschiger, bereits ergrauender Brauen lagen. Er erinnerte Rose an einen Adler. Dann setzte er die Brille ab und stand auf, um Rose die Hand zu geben. Sein Nadelstreifenjackett war aufgeknöpft, sodass das weinrote Seidenfutter zu erkennen war. Die Knopflöcher an den Ärmeln sahen echt aus, und auf beiden Seiten hatte er den untersten Knopf gelöst. Der Anzug war maßgeschneidert. Diagonale Streifen in verschiedenen Rottönen zierten seine Seidenkrawatte, sein weißes Hemd sah fast schon steif aus, als wäre es gestärkt, und die wunderschönen rechteckigen Manschettenknöpfe schienen aus Lapislazuli gefertigt zu sein. An den Wänden hingen Fotos von Flay in Eton, in Cambridge, Flay mit verschiedenen Berühmtheiten aus der Industrie und mit dem Premierminister, doch das Bild, das Rose besonders ins Auge stach, war eines von Flay mit dem Chief Constable. Als sie schluckte, fühlte es sich an, als müsste sie einen Aprikosenkern hinunterwürgen. Dieser Mann hatte Kontakte bis zum Gehtnichtmehr. Warum in aller Welt hatte Leach eine Detective in Ausbildung hierhergeschickt? Womöglich weil sie entbehrlich war, dachte sie zusehends niedergeschlagen. Wenn Flay sich über sie beschweren würde, könnten sie sie bei der Major Crime ohne viel Federlesens loswerden.

»Detective Constable Sidebottom, wie schön, Sie kennenzulernen. Bitte nehmen Sie Platz.«

Er deutete auf einen runden Tisch, der ebenfalls aus Chrom und Glas bestand und an dem bereits ein vollkommen regloser Mann und eine ebensolche Frau saßen. Sie waren beide blass, trugen dunkelgraue Anzüge, ihre Schuhe waren auf Hochglanz poliert, und das Lächeln auf ihren geschlossenen Lippen sah genauso unbeweglich aus wie das von Schaufensterpuppen. Unwillkürlich fragte sich Rose, ob sie wohl in Flammen aufgehen würden, wenn sie an einem sonnigen Tag nach draußen träten. Auf ein Gespräch mit Flay unter vier Augen hatte sie offensichtlich vergeblich gehofft.

»Schreckliche Geschichte«, sagte er nun und gesellte sich zu ihnen an den Tisch, lehnte sich auf seinem Stuhl zurück und legte wie zum Gebet die Finger aufeinander. »Ich war wirklich schockiert, als ich von Professor Salts Tod erfuhr. Er war ein großartiger Wissenschaftler, ein rundum liebenswerter Kerl«, fuhr er mit einem Lächeln fort. »Ich kann mir einfach nicht vorstellen, warum irgendjemand den armen Mann hätte ermorden wollen.«

»Könnte es vielleicht mit seiner Arbeit für Flay Bioscience zu tun gehabt haben?«, fragte Rose. »Sein Laptop ist verschwunden.«

Schlagartig erwachte Anwalt eins zum Leben.

»Darf ich Sie hier gleich korrigieren, Detective *in Ausbildung* Sidebottom? Patrick Salt war nicht bei Flay Bioscience angestellt. Er stand im Dienst der Universität. Flay Bioscience ist lediglich der Geldgeber des Instituts für Biowissenschaften und Träger einiger Stipendien für dortige Studierende. In dieser Hinsicht ist unser Engagement rein philanthropisch.«

Genau, und ich bin die Premierministerin, dachte Rose.

»Ich bin ein großer Freund des Ansinnens, der Gesellschaft etwas zurückzugeben«, warf Flay ein und winkte mit der Rechten, als säße er in der Kutsche der Königsfamilie. »Ich will jungen Menschen die Chance geben, in dieser wegweisenden und lebenswichtigen Industrie praktische Erfahrungen zu sammeln.«

Flays Lächeln reichte nicht bis zu den Augen. Seine großen, gräulichen Zähne sahen aus wie Grabsteine.

»Wenn wir richtig informiert sind, hat Professor Salt die Ursachen des Bienensterbens erforscht. Und wir wissen auch, dass Sie ein Patent auf seine Arbeit und die von Dr. Martinez angemeldet haben. Werden Sie das Produkt denn trotz des überraschenden Ablebens von Professor Salt auf den Markt bringen?«

»Sie haben Ihre Hausaufgaben gemacht. Was die Markteinführung angeht, wird alles laufen wie geplant, denn leider wird sich der weltweite Rückgang der Honigbienen ja nicht einfach in Wohlgefallen auflösen, nur weil Patrick nicht mehr bei uns ist. Wir müssen unermüdlich weiterkämpfen. Ich bin mir sicher, der gute Patrick hätte ebenfalls gewollt, dass seine Arbeit endlich Früchte trägt.« Er legte den Kopf schief und grinste. »Entschuldigen Sie bitte die Formulierung.«

»Dann arbeitet Flay Bioscience also an einer Lösung für das Honigbienenproblem?«

Jetzt lehnte sich Anwältin zwei vor.

»Die Relevanz Ihrer Schlussfolgerung für Ihre Ermittlung ist uns nicht ganz klar«, sagte sie. »Wir sind nicht bereit, Patrick Salts Arbeit mit Ihnen zu besprechen. Die Ergebnisse sind nach wie vor vertraulich, und wenn irgendetwas davon publik würde, könnte Flay Bioscience einen erheblichen kommerziellen Schaden erleiden.«

Rose starrte kurz auf den Mund der Frau. Ihr roter Lippenstift sah beunruhigend nach Blut aus. Rose musste auf der Stelle aufhören, an Vampirfilme zu denken.

»Dass wir Patricks Arbeit beschützen, ist für uns Ehrensache«, fuhr Flay mit der Ernsthaftigkeit eines Zauberkünstlers fort, der darauf bestand, dass sein Kaninchen tatsächlich verschwunden war.

Die beiden Zombies hatten sich Rose nicht vorgestellt, doch stattdessen hatte jeder von ihnen eine Visitenkarte vor sich auf den Tisch gelegt. Rose nahm die Karte in die Hand, die vor der Frau gelegen hatte, und warf einen kurzen Blick auf ihren Namen.

»Caroline ... Wir befinden uns in einer Mordermittlung. Wir versuchen, uns über das Mordmotiv klar zu werden, und möglicherweise liegt das Motiv in seiner Forschung. Vielleicht hat die Konkurrenz ihn aufhalten wollen? Wir wissen es derzeit noch nicht, aber genau aus diesem Grund müssen wir Salts Unterlagen einsehen.«

»Na, na«, ging Flay dazwischen. »Hinter dieser schrecklichen Geschichte steckt doch bestimmt nicht mehr als ein Diebstahl. Ich habe zumindest gehört, dass Patricks antikes Silber entwendet wurde – und in irgendjemandes Garage wieder aufgetaucht ist.«

Und von wem haben Sie das gehört?

»Außerdem ist die Rettung der Honigbiene wohl kaum ein Grund für Industriespionage«, fuhr er fort. »Außer uns ist an Patricks und Marias Ergebnissen doch niemand interessiert.«

»Mr. Flay, falls Sie sich Sorgen machen, dass Informationen an die Öffentlichkeit durchsickern, können wir die Unterlagen auch gleich hier in Ihren Geschäftsräumen einsehen.«

»Die Antwort lautet Nein«, erwiderte Flay mit Betonung auf dem letzten Wort. »Kann ich sonst noch irgendetwas für Sie tun? Ich müsste nämlich gleich zu einem Treffen mit Cancer Research UK – einer der vielen Wohltätigkeitsorganisationen, die wir unterstützen. Wir sponsern ihren Spendenball. Vielleicht wollen Sie ja mitkommen, aber …« Er lehnte sich vor und legte mitleidig die Hand auf ihren Ärmel. »Der Eintritt kostet fünfhundert Pfund pro Karte. Es ist eine Schande, dass wir unsere Polizei nicht angemessen entlohnen, finden Sie nicht auch?«

In aller Seelenruhe zog Rose ihren Arm weg. »Mr. Flay, hatte Patrick Salt Feinde?«

»Keine Ahnung, aber das würde ich stark bezweifeln. Immerhin war er ein ruhiger, besonnener Mensch.«

»Wissen Sie vielleicht, ob er je bedroht wurde?«

Flay zuckte mit den Schultern. »Nein, nicht dass ich wüsste.«

Ein scharfes Kribbeln wanderte Roses Arm hinauf bis in die Schulter, als hätte sie etwas gestochen.

»Hatten Sie Meinungsverschiedenheiten mit Professor Salt?«

Flay warf einen so flüchtigen Blick auf Anwalt eins, dass Rose es beinahe übersehen hätte. »Dr. Bomphrey hatte hauptsächlich mit dem Professor zu tun. Ich hatte kaum direkten Kontakt.«

Das Kribbeln war immer noch da.

»Mr. Flay, macht es Ihnen denn gar nichts aus, dass mit Patricks Laptop auch vertrauliche Daten gestohlen wurden?«

»Natürlich, aber es wird uns bei der Markteinführung niemand mehr zuvorkommen. Was Patrick und Maria entwickelt haben, hat Jahre gebraucht und nicht nur ein paar Wochen – insofern: Nein, glücklich sind wir darüber nicht, aber wir glauben fest daran, dass Sie Ihre Arbeit machen und ihn wiederfinden.«

»Maria – ist das Dr. Martinez?« Rose wartete, bis Flay genickt hatte. »Wie war das Verhältnis der beiden?«

Flay runzelte die Stirn. »Professionell und freundschaftlich. War das alles?«

Rose wusste genau, dass sie es hierbei hätte belassen müssen. Sie hatte es nicht geschafft, ihren Auftrag auszuführen. Doch wenn Flay sich über diese Bienensache mit Professor Salt zerstritten hatte, mochte er womöglich ein Motiv gehabt haben, ihn umzubringen.

»Noch nicht ganz, Sir. Hatten Sie je Malaria?«

Seine Augen verschwanden fast unter den buschigen Brauen. »Malaria?«

Und sofort war Anwalt eins zur Stelle. »Mr. Flays Gesundheitszustand geht Sie nichts an.«

Rose ging nicht darauf ein. »Wenn Sie nichts zu verbergen haben, schadet es doch nicht, mir zu antworten?«

»Wie können Sie es wagen, mich wie einen Verdächtigen zu behandeln!«, schäumte er und klang auf einmal aggressiv.

Wer A sagt, muss auch B sagen.

»Wir bitten sämtliche Kollegen von Professor Salt um ihre Fingerabdrücke, damit wir sie aus den Ermittlungen streichen können. Ihre hätten wir auch gerne, Sir, und ein wenig Blut für einen Bluttest.«

»Das ist eine Unverschämtheit«, polterte Flay. »Ich werde mich bei Ihrem Vorgesetzten beschweren.«

»Sir«, ging Anwältin zwei dazwischen. »Hätten Sie kurz eine Sekunde?«

Flay glotzte sie einen Moment lang an und nickte dann. »Wenn Sie uns bitte entschuldigen«, wandte er sich an Rose, und Anwalt eins führte sie aus dem Büro.

»Alles in Ordnung?«, fragte Sophie, die mit einem besorgten Gesichtsausdruck hinter ihrem Schreibtisch saß.

»Klar, alles prächtig«, flunkerte Rose.

Der Schallschutz war einfach zu gut. Durch die dicken Milchglastüren war kein Mucks zu hören. Ein paar Minuten später rief Caroline, Anwältin zwei, sie wieder rein.

»Mr. Flay hat sich bereit erklärt, seine kostbare Zeit zu opfern und Sie bei Ihren Ermittlungen zu unterstützen. Er wird selbstredend seine Fingerabdrücke abgeben, sofern sie im Anschluss an die Ermittlungen vernichtet werden.«

Doch so eine Entscheidung konnte Rose nicht im Alleingang treffen. »Geben Sie mir eine Minute«, sagte sie und drehte der Gruppe den Rücken zu, um sich bei Leach rückzuversichern.

»Detective Chief Inspector Craig Leach hat eingewilligt, dass Ihre Fingerabdrücke aus der Datei gelöscht werden, sowie diese Ermittlung abgeschlossen ist – natürlich unter der Voraussetzung, dass Sie sich nichts haben zuschulden kommen lassen. Kommen Sie bitte bei nächster Gelegenheit aufs Revier Geldeford.«

Sie schenkte ihnen ein falsches Lächeln und freute sich insgeheim diebisch über Flays baffen Gesichtsausdruck.

»Ach, und noch etwas, Sir. Woher wussten Sie eigentlich von dem Silber? Diese Informationen haben wir bislang nicht öffentlich gemacht.«

Flay kniff die Augen zusammen. »Das weiß ich nicht mehr.«

Als Sophie sie hinauseskortierte, konnte Rose die eisigen Blicke in ihrem Rücken spüren. Sie blieb ganz ruhig – bis sie im Auto saß. Da schlug sie mit beiden Händen auf das Lenkrad ein. Es war einiges nötig, um Rose wütend zu machen, doch jetzt gerade war sie kurz davor überzukochen.

Flays herablassender Tonfall war ihr unter die Haut gegangen, aber am wütendsten war sie auf sich selbst, weil sie schnurstracks in Pearls Falle getappt war. Sie war mit Flay zu weit gegangen, das war ihr klar, und genau das hatte Pearl im Sinn gehabt. Er hatte geahnt, dass sie sich um jeden Preis beweisen wollen und nur zu leicht aus der Reserve locken lassen würde.

Na gut, dann würde sie eben, sobald sie das Revier betrat, von dem Fall abgezogen werden. Aber dann konnte sie in der Zwischenzeit, solange sie noch die Gelegenheit dazu hatte, auch ebenso gut alles daransetzen, ihn zu lösen. Es war an der Zeit, dass sie ihrer Intuition folgte, und ihre Intuition sagte ihr, dass Salts Ermordung mit seiner Arbeit in Verbindung stand. Deshalb entschied sie sich, Dr. Maria Martinez aufzusuchen.

KAPITEL 28

Dr. Maria Martinez war wohl die überschwänglichste Person, die Rose jemals getroffen hatte. Nach dem unterkühlten Empfang, den man ihr bei Flay Bioscience bereitet hatte, war ihr Lächeln regelrecht eine Wohltat. Martinez hatte gleich zwei Arbeitsplätze, und heute arbeitete sie im Biowissenschaftsgebäude an der Universität.

»Kommen Sie, kommen Sie! Wie geht es Ihnen? Haben Sie den Mörder schon gefasst?«, rief sie Rose entgegen. Sie hatte einen starken spanischen Akzent und eine laute Stimme, als würde sie bei einer Kundgebung ohne Mikrofon zum Publikum sprechen.

Ihre dunklen, von langen schwarzen Wimpern umrahmten Augen waren in ihrem herzförmigen Gesicht mit dem dunklen Teint so perfekt positioniert, dass man sie eine Schönheit hätte nennen können, wären ihr Mund nicht so groß und die Lippen nicht so voll gewesen. Ein echter Mick-Jagger-Mund. Trotzdem war Rose davon überzeugt, dass sich jeder nach dieser kurvigen Frau umsah, wo immer sie auch auftauchte. Von ihren Ohrläppchen baumelten im Takt ihrer Schritte rote Kreolen vom Durchmesser eines Kaffeebechers. Über ihrer Kleidung trug sie einen weißen Laborkittel, und ihr langes, dichtes schokobraunes Haar hatte sie sich zu einer Banane aufgezwirbelt und mit einer Klammer festgesteckt, die aussah wie eine Rose und in der gleichen Farbe gehalten war wie ihre

Pumps. In dieser klinisch weißen Welt, dachte Rose, legte diese Frau ganz offensichtlich Wert auf ein kleines bisschen Leuchtkraft.

»Ich habe drei Tage lang geweint, wissen Sie? Ich habe diesen Mann geliebt! Er war ein ganz besonderer Mensch. Und es war eine Freude, mit ihm zu arbeiten.«

»Das habe ich auch gehört«, sagte Rose. »Warum hätte man ihn umbringen wollen? Kann es sein, dass vielleicht jemand neidisch auf seine Arbeit war oder seine Forschung als bedrohlich angesehen hat?«

Rose hatte es mit Absicht so formuliert und nicht von ihrer beider Arbeit gesprochen, um zu sehen, wie Martinez reagieren würde.

»Es ist eine Tragödie. Er wäre berühmt geworden. Oh ja, berühmt! Er bekam Anrufe aus der ganzen Welt, müssen Sie wissen: Bauern, Kollegen, Leute von der Regierung. Sogar das US-Landwirtschaftsministerium hat sich bei ihm gemeldet.«

»Warum sollte ein US-Ministerium ihn anrufen?«

»Da sehen Sie es!« Sie riss verzweifelt beide Arme hoch. »Jeder denkt, es wären doch nur Bienen. Wen kümmert das schon? Aber stellen Sie sich eine Welt ohne Blumen vor! All die wunderbaren Farben – rosa Nelken, rote Rosen, gelbe Narzissen … Ohne Bienen gäbe es sie nicht mehr. Puff.«

Sie öffnete die Faust, wie um etwas in die Luft zu werfen.

»Wenn die Blüten von Nutzpflanzen nicht bestäubt werden, wird es weltweit zu wenig Nahrung geben. Keine Äpfel mehr, keine Erdbeeren, keine Tomaten, keinen Blumenkohl und so weiter. Die Landwirte könnten ihre Tiere nicht mehr füttern, und in der Folge gäbe es immer weniger Fleisch. Für die Regierungen ist dieses Szenario eine Katastrophe. Wussten

Sie, dass es in den USA kaum noch Honigbienen gibt? Dort verschicken sie ganze Bienenstöcke mit dem Zug kreuz und quer durch das Land, damit die Pflanzen überhaupt bestäubt werden. Aber so etwas ist für die Bienen natürlich großer Stress, besonders wenn sie schon krank sind. Viele, viele sterben.«

Nicht einmal angesichts der düsteren Aussichten war das breite Lächeln aus ihrem Gesicht gewichen. Es sah fast so aus, als hätte Dr. Martinez nur diesen einen Gesichtsausdruck.

»Warum habe ich noch nie davon gehört? Man sollte meinen, dass so etwas in den Nachrichten erwähnt wird.«

»Panik! Die Regierungen wollen nicht, dass die Leute in Panik geraten. Aber im Geheimen machen sie sich große Sorgen. Sie brauchen dringend eine Lösung für dieses *große* Problem.«

»Warum sterben die Bienen denn überhaupt?«

Martinez fummelte an ihrem Ohrring. »Oh, dazu gibt es viele Theorien. Manche sagen, es sind die Pestizide, andere, die genetisch optimierten Pflanzen. Ich forsche jetzt seit zehn Jahren, und ich glaube, das stimmt alles nicht. Und dann gibt es die These, dass die Bienenstöcke sie krank machen ... Patrick dachte so. Er glaubte, die Pestizide vergiften die Bienen und machen sie anfällig für die Varroamilbe. Hier, ich zeige es Ihnen.«

Martinez deutete auf ein Mikroskop, und Rose sah in einer Petrischale Dutzende kleiner brauner Pünktchen mit unzähligen Beinchen, die sie an Wanzen erinnerten.

»Und wo kommen diese Milben her?«, fragte sie.

»Varroamilben haben schon immer in den Bienenstöcken gelebt. Sie dienen den frisch geschlüpften Larven als Futter –

das ist die gute Seite. Die schlechte ist, dass diese Milben sich unkontrolliert vermehren und zu stark werden. Wenn die Bienenlarven schlüpfen, werden sie von den Milben attackiert, überwältigt, und dann sterben sie.«

»Dann haben Sie also mit Salt daran gearbeitet, einen Weg zu finden, diese Milben in Schach zu halten?«

Martinez' Lächeln verschwand.

»Darüber darf ich Ihnen keine Auskunft geben. Ich musste für Flay Bioscience eine Vertraulichkeitsvereinbarung unterschreiben.«

»Maria, ich brauche Ihre Hilfe, um den Mörder des Professors dingfest zu machen, und diese Information könnte dabei essenziell sein.«

»*Sí, sí*, ich verstehe.« Martinez warf einen Blick auf die Tür. Es war bereits Zeit fürs Mittagessen, und sie waren die Letzten, die sich noch im Labor aufhielten. »Ich würde Ihnen gerne helfen«, flüsterte sie. »Wirklich. Aber ich will meinen Job nicht verlieren.«

Doch statt sie hinauszubitten, setzte sie sich auf einen Laborstuhl und wartete darauf, dass Rose ihr weitere Fragen stellte. Ein gutes Zeichen.

»Wenn ich jetzt nur mal spekulieren würde, dass Salt eine chemische Lösung für das Milbenproblem gefunden hätte, wäre ich da auf der richtigen Spur?«

»Nein, wären Sie nicht. Salt hielt nichts von Chemie. Bei Flay Bioscience forschen sie an einer chemischen Lösung, aber dabei gibt es ein Problem.« Martinez lehnte sich ein Stück vor und flüsterte: »Bislang sind die Chemikalien, die die Milben töten, für Bienen genauso tödlich. Sie verstehen, was ich damit sagen will?«

Rose nickte. »Dann ist Ihre Lösung eher im Bereich der Genetik anzusiedeln?«

Erneut warf Martinez einen Blick zur Tür. »Das läge nahe, wenn man mein Forschungsgebiet in Betracht zöge.«

Rose lächelte. Martinez war nicht dumm.

»Könnte ich folglich annehmen, dass die Markteinführung in zwei Wochen auf dieser Arbeit beruht?«

»Das könnten Sie so sagen, wenn Sie wollten.«

»Und Sie beide arbeiteten nur an diesem einen Projekt zusammen?«

»*Sí.*«

»An welchen anderen Projekten hat der Professor noch gearbeitet?«

Martinez sprach jetzt so leise, dass Rose sie fast nicht mehr verstehen konnte. »Er hat normale Bienen in neuen Bienenstöcken getestet. Davon weiß Mr. Flay allerdings nichts – aber das haben Sie nicht von mir!«

»Verstehe. Sprechen Sie weiter.«

»Wissen Sie, Patrick glaubte, dass wir die Bienen in Bienenstöcke gezwungen haben, die sie schwach und verletzlich machen. Er wollte die Art, Bienen zu halten, verändern, und das hat viele Leute gegen ihn aufgebracht.«

»Wen denn?«

»Imker. Genau kann ich es nicht sagen.«

»Hat der Professor diese neuartigen Bienenstöcke denn gebaut?«

»Dr. Bomphrey hat dieses Projekt nicht unterstützt.«

Roses Hände waren inzwischen feucht, und ihr Herz raste. Wenn Salts und Martinez' Forschungsergebnisse Erfolg hätten, würde Flay Bioscience Millionen damit machen. Und zweifelsohne waren Millionen ein gutes Mordmotiv. Aber wenn irgendein Konkurrent ihre Ergebnisse gestohlen hatte, um sie als seine eigenen auszugeben, warum hatte dann Salt sterben müssen, während Martinez überlebt hatte? Oder hatte vielleicht Martinez selbst Salt ermordet, damit der Erfolg auf ihr alleiniges Konto ging? Doch das hielt Rose für unwahrscheinlich. Dr. Martinez schien tatsächlich eine hohe Meinung von Salt gehabt zu haben. Rose mochte ihre herzliche Art und war fürs Erste davon überzeugt, dass sie die Wahrheit sagte.

»Ist Salt jemals bedroht worden?«

Martinez zögerte.

»War er in letzter Zeit in Auseinandersetzungen verwickelt?«

Wieder keine Antwort.

»Maria, wenn Sie irgendetwas wissen und es mir vorenthalten, dann behindern Sie damit eine Mordermittlung.«

Martinez atmete laut hörbar aus. »An dem Tag, als Patrick ermordet wurde, war er außer sich vor Wut. Ein Streit am Telefon. Ich weiß nicht, mit wem, weil er in seinem Büro war und ich hier im Labor. Aber er hat ziemlich laut gebrüllt.«

»Und was hat er gesagt?«

»Ich weiß es nicht. Die Tür war zu.«

Roses Hände und Füße kribbelten – soeben hatte Martinez das erste Mal gelogen. »Maria, Sie sagten, er hätte gebrüllt. Irgendwas müssen Sie doch verstanden haben.«

»Ich glaube, er sagte so etwas wie: ›Das können Sie nicht tun …‹ Oh, ich weiß auch nicht.«

Rose machte einen Schritt auf sie zu, sodass Martinez gar nicht mehr anders konnte, als ihr ins Gesicht zu sehen. »Maria, Sie können sich daran erinnern. Ich weiß, dass Sie es können. Patrick sagte: ›Das können Sie nicht tun …‹ Und weiter?«

»Ich glaube, dann sagte er: ›Ich will meinen Anteil‹, aber ganz sicher bin ich mir da nicht.«

Stammte das Kribbeln immer noch von Martinez' erster Lüge? Oder von dieser jüngsten Aussage? Rose hätte es nicht sagen können.

»Was hat er noch gesagt?«

»Das ist alles, woran ich mich erinnern kann.«

Rose zeigte hinüber zu Patricks Büro, das ihr wie ein Aquarium vorkam. Noch vor zwei Tagen hatte der Aktenschrank offen gestanden. Jetzt war er zu.

»War sein Büro immer verschlossen?«

»Ja, immer«, antwortete Martinez.

»Und wer hatte alles einen Schlüssel?«

»Patrick natürlich. Dr. Bomphrey. Und ich denke mal, das Reinigungspersonal.« Sie verzog das Gesicht. »Und ich. Aber erzählen Sie das nicht Dr. Bomphrey. Er weiß nichts davon.«

Ganz offensichtlich nicht. Als sie Bomphrey dazu befragt hatten, hatte er Martinez nicht erwähnt.

»Warum hatten Sie einen Schlüssel?«

»Patrick hat ihn mir gegeben. Hin und wieder ist er nach Hause gefahren, um dort weiterzuarbeiten. Wenn er dann irgendwas vergessen hatte – und weil ich oft lange hier bin –, hat er mich angerufen und gebeten, etwas in seinem Büro nachzusehen.«

Da sie Salt nicht mehr befragen konnten, würde dies schwer zu überprüfen sein, aber warum hätte sie Rose erzählen sollen, dass sie einen Zweitschlüssel besaß, wenn sie irgendetwas zu verheimlichen hatte? Außerdem hatte es diesmal nicht gekribbelt.

»Was ist mit dem Aktenschrank? Haben Sie auch dafür einen Schlüssel?«

Martinez zögerte kurz. »Ja«, flüsterte sie schließlich. »Habe ich jetzt ein Problem?«

Rose schüttelte den Kopf. »Nicht, wenn es nach mir geht. Haben Sie seit Patricks Tod irgendetwas aus seinem Büro entfernt?«

»Nein, ich habe nichts angefasst.«

Ein scharfes Kribbeln schoss Roses Arm hinauf.

»Und Ihr gemeinsames Projekt? Wo befinden sich die Unterlagen dazu?«

»In einem passwortgeschützten Ordner. Den Zugang dazu haben nur ausgewählte Kollegen – und ich und Patrick natürlich.«

»Und es gibt nirgends eine Kopie – auch nicht bei Salt?«

»Ganz sicher nicht. Patrick war bei diesen Dingen immer sehr genau. Und ich bin auch sehr vorsichtig.«

Wieder ein Kribbeln in den Händen. Vielleicht war Martinez ja doch nicht ganz so vorsichtig, wie sie vorgab zu sein.

»Hätten Ihre Ergebnisse unter Ihrer beider Namen veröffentlicht werden sollen?«, fragte Rose dann.

»Absolut. Der Ruhm gehört uns beiden.«

Bomphrey und Flay hatten Rose zu verstehen gegeben, dass sie die Unterlagen des Professors ohne entsprechenden Gerichtsbeschluss nicht würde einsehen dürfen, aber sie hatten ihr nicht untersagt, Martinez in sein Büro zu begleiten. Es war riskant – aber den Versuch wert.

»Können Sie für mich sein Büro aufschließen? Ich werde

auch nichts anrühren. Ich will mich lediglich umsehen. Ein Gefühl für diesen Mann bekommen.«

»Ich bin mir nicht sicher, ob …«

»Aber Sie wollen, dass wir seinen Mörder finden, oder?«

Als Dr. Martinez nickte, schwangen die Kreolen an ihren Ohrläppchen heftig hin und her. Dann zog sie einen Schlüsselbund aus ihrer Kitteltasche und schloss Patricks Bürotür auf.

»Bitte, beeilen Sie sich.« Ihre Stimme war ganz brüchig.

»Hier fehlt ein gerahmtes Bild von Ihnen und dem Professor. Wissen Sie, wer es mitgenommen hat?«

Sie riss die Augen auf. »Nein, keine Ahnung.«

Kribbeln. Hatte sie es sich als Erinnerungsstück mitgenommen?

»Hat irgendjemand seit seinem Tod von hier aus telefoniert?«

»Nein, ich habe niemanden gesehen.«

»Und wann genau war dieses Telefonat, bei dem er so wütend war?«

»Äh, am Freitag, kurz bevor er nach Hause gefahren ist. Ich glaube, so um halb sechs.« Sie hielt kurz inne und beugte sich dann verschwörerisch vor. »Sie könnten die 1471 wählen.«

Rose verstand den Hinweis augenblicklich. Sie zog sich Latexhandschuhe über, hob ab und wählte. Dann notierte sie sich die angezeigte Telefonnummer und die genaue Uhrzeit: 17:17 Uhr.

»Was glauben Sie eigentlich, was sie da tun, verdammt?«, keifte Deakin Bomphrey ihnen entgegen, während er quer durchs Labor auf sie zumarschierte.

»Oh, *mierda*«, murmelte Martinez.

In aller Seelenruhe legte Rose den Hörer auf die Gabel. »Dr. Martinez hilft mir bei den Ermittlungen, und ganz wie Sie gewünscht haben, habe ich keine Unterlagen angefasst.«

»Aber das Telefon! Und wie sind Sie überhaupt hier reingekommen, gottverdammt?«

Rose wollte nicht, dass Martinez in Schwierigkeiten geriet, konnte aber auch nicht freiheraus lügen.

»Ich habe einen Schlüssel«, kam Martinez ihr zuvor und sah in Bomphreys wutverzerrtes Gesicht. »Patrick hat ihn mir gegeben.«

Bomphreys Lippen zogen sich zusammen wie ein Katzenpopo. Er streckte die Hand aus, Martinez schob den Schlüssel von ihrem Schlüsselring und überreichte ihn ihm.

»Wen haben Sie angerufen?«, fragte er dann.

»Ich habe nur die Nummer aufgerufen, mit der er zuletzt telefoniert hat.« Sie las die Nummer laut vor. »Irgendeine Ahnung, wem sie gehört?«

»Mir. Na und?«

»Dann waren Sie der Letzte, mit dem er telefoniert hat, bevor er starb. Warum haben Sie ihn angerufen, Dr. Bomphrey?«

»Das geht Sie überhaupt nichts an. Ich will, dass Sie auf der Stelle hier verschwinden, und Sie werden in meiner Abteilung mit niemandem mehr ohne meine Erlaubnis reden. Haben Sie mich verstanden?«

»Ich frage Sie noch einmal: Warum haben Sie Professor Salt angerufen?«

»Wegen irgendwelcher Arbeitsgeschichten. Und jetzt gehen Sie!«

»Ich muss Sie darüber in Kenntnis setzen, dass wir sämtliche Kollegen von Professor Salt um ihre Fingerabdrücke bitten werden, damit wir sie als Verdächtige ausschließen können. Wenn sowohl Sie als auch Dr. Martinez bitte in Geldeford vorbeikommen könnten, wäre ich Ihnen sehr verbunden.«

»Raus!«, brüllte Bomphrey, und als sie schon fast in der Tür zum Gang stand, rief er ihr hinterher: »Ich werde mich bei Ihrem Vorgesetzten beschweren. Damit kommen Sie mir nicht davon!«

Na dann, schön hinten anstellen, dachte sie.

KAPITEL 29

Sobald Rose das Revier erreichte, marschierte sie schnurstracks zu ihrem DCI, dem sie von ihren Gesprächen mit Flay und Martinez erzählte. Leach hörte ihr schweigend zu.

»Ich sollte das vielleicht nicht sagen, es ist nicht *politically correct* und so«, sagte Leach schließlich und rieb sich den billardkugelrunden Schädel, bis er glänzte. »Aber für so ein Mäuschen wissen Sie ziemlich gut, wie Sie die Leute gegen sich aufbringen können.«

»Sir, ich habe nichts falsch gemacht – aber jetzt brauche ich Ihre Hilfe.«

»Sie haben Eier, das ist mal sicher. Die meisten hätten sich vor diesem reichen Schnösel weggeduckt.«

»Es sieht so aus, als wäre er mit dem Chief Constable befreundet.«

Leach nickte. »Sein Anwalt hat mich bereits angerufen.«

»Und?«

Stille.

»Sir?«

»Ich hab gesagt, ich sehe mir die Sache an. Ich muss schließlich die Regeln einhalten.«

Rose seufzte. Einer offiziellen Beschwerde würde sorgfältig nachgegangen werden. Und sie würde in ihrer Personalakte landen.

»Sir? Warum haben Sie mich alleine zu Flay geschickt?

Wenn er sich auf Belästigung beruft, habe ich niemanden, der für mich einsteht.«

»Schreiben Sie einfach Ihren Bericht, und ich rufe ein paar Leute an.«

»Bitte sagen Sie mir, Sir, warum Sie das gemacht haben. Warum ist kein erfahrenerer Officer dabei gewesen?«

Leach klopfte mit einem Kugelschreiber auf den Schreibtisch. Rose musste eine Weile auf die Antwort warten.

»Weil Sie niemanden einschüchtern, darum. Ich dachte, vielleicht würden Sie ihn um den Finger wickeln können.« Er grinste. »Ich wünschte mir, ich hätte sein Gesicht gesehen, als Sie die Blutprobe eingefordert haben.«

»Dann stehen Sie also hinter mir, Sir?«

»Ich stehe immer hinter meinen Leuten, Rose. Schreiben Sie Ihren Bericht, lassen Sie nichts aus, und ich rufe ein paar Leute an. Und jetzt Abmarsch.«

Auf dem Weg zu ihrem Schreibtisch konnte Rose keinem der Kollegen ins Gesicht sehen. Trotz Leachs Zugeständnis wusste sie, dass sie inzwischen auf der Abschussliste stand. Pearl war nicht da – womöglich nicht das Allerschlechteste. Wahrscheinlich hätte sie etwas zu ihm gesagt, was sie hinterher bereut hätte. Sie setzte sich an ihren Schreibtisch und begann ihren Bericht zu schreiben, konnte sich aber nicht darauf konzentrieren. Die Worte von Dr. Martinez gingen ihr einfach nicht aus dem Kopf. Was hatte Salt gemeint, als er gesagt hatte: »Ich will meinen Anteil«? War es in seinem Gespräch mit Dr. Bomphrey um mehr Geld gegangen? Nachdem Bomphrey sich aber so unkooperativ zeigte, musste Rose sich einzig und allein auf Martinez' Erinnerung verlassen. Was, wenn sie sich verhört hatte?

Rose suchte Rebeccas Handynummer heraus und rief sie an. Sie war nicht sonderlich entgegenkommend, was allerdings auch wenig überraschend war.

»Was wollen Sie denn jetzt schon wieder?«

Rose senkte ihre Stimme, damit keiner ihrer Kollegen das Telefonat mit anhören konnte. »Erst einmal wollte ich fragen, ob ich zur Beerdigung Ihres Vaters kommen darf.«

»Oh. Natürlich. Wenn Sie wollen.«

»Und ich würde gerne seinen Hund mitbringen, Monty. Ich glaube, dass ihm das gefallen hätte. Sie hatten eine sehr enge Beziehung.«

»Er hat diesen Hund mehr geliebt als mich. Vielleicht ging mir ja der Schwanz zum Wedeln ab oder so«, sagte sie und schnaubte.

»Dann darf ich ihn also mitbringen?«

»Warum nicht? Es sieht ganz danach aus, als würde halb Geldeford kommen. Verdammt! Ich muss noch das Catering organisieren! Können Sie mir vielleicht jemanden empfehlen?«

»Leider nein, aber fragen Sie mal Sylvia, die kennt Gott und die Welt.«

»Danke.« Rebecca klang erschöpft. »Ich habe so viel zu tun und bekomme einfach kein Auge zu. Dieser verdammte Jetlag.«

»Ähm … Rebecca, wissen Sie zufällig, ob Ihr Vater eine Gehaltserhöhung angestrebt hat?«

Stille in der Leitung. »Woher wissen Sie das?«

»Ich habe einfach geraten.«

»Tja, um ehrlich zu sein, bin ich mir nicht sicher, ob er je dazu gekommen ist, aber ich habe ihn natürlich dazu ermutigt. Er konnte derlei Verhandlungen nicht ausstehen. Wollte kein Aufheben machen. Aber Flay hätte mit seiner Arbeit Milliarden gescheffelt, und da hab ich ihm gesagt, er soll sich endlich um eine Gewinnbeteiligung bemühen. Mal ganz ehrlich: Die haben ihn doch abgezockt.«

»Hat Flay ihn bezahlt oder die Universität?«

»Die Uni hat sein Gehalt bezahlt, aber Flay hat einen Bonus draufgelegt. Eine symbolische Summe – es war eine Beleidigung.«

Sie wurden von Roses rotgesichtigem Chef unterbrochen, der quer durch den Raum brüllte: »Rose! Zu mir! Sofort!«

»Danke, Rebecca, Sie haben mir sehr geholfen. Wir sehen uns bei der Beerdigung.«

Rose versuchte, so selbstsicher wie möglich auszusehen, als sie Leachs Bürotür hinter sich schloss, aber sie konnte nicht verhindern, dass sie zitterte. Es half auch nicht, dass Leach seinen Kugelschreiber auf den Schreibtisch pfefferte, als er sich dahinter niederließ. Der Kugelschreiber prallte von der Schreibtischplatte ab und landete auf dem Boden.

»Setzen Sie sich hin.«

Sie tat wie geheißen.

»Bomphrey ist natürlich sofort zu Flay gerannt und hat sich darüber beschwert, dass Sie dort rumgeschnüffelt haben. Seine Worte, nicht meine. Er behauptet, Sie hätten versucht, ohne Gerichtsbeschluss Salts Unterlagen einzusehen.«

»Dann lügt er. Ich habe das Telefon benutzt, mehr nicht.«

Leach hielt die Hand in die Höhe. »Flay ist ausgerastet und hat seinen Golfkumpel angerufen – ja, Sie ahnen es, den Chief Constable. Er meint, Sie hätten ihn beleidigt.«

Rose fühlte sich, als würde sie in einem Aufzug stehen, der

sich gerade im freien Fall befand. »Stimmt definitiv beides nicht«, krächzte sie.

Leach streckte den Kopf nach vorne, stützte sich mit beiden Fäusten auf dem Tisch auf und sah aus, als würde er sie im nächsten Moment hochkant hinauswerfen. Sie klammerte sich an die Armlehnen und machte sich auf das Schlimmste gefasst.

»Dieses kleine Arschloch!«, donnerte er.

Rose war sich nicht sicher, ob er Flay, Bomphrey oder den Chief Constable meinte.

»Dieser elende Emporkömmling!«

Sie war sich immer noch nicht sicher, aber zumindest schien er nicht sie zu meinen.

Leach räusperte sich. »Ich hab dem Chief Constable verklickert, dass Sie nur Ihren verdammten Job gemacht und niemanden beleidigt haben. Und dass Sie auch nicht diese Unterlagen durchsucht haben. Wenn der glaubt, dass er mich rumschubsen kann, dann kann er was erleben.« Leach starrte finster auf seinen Schreibtisch hinab. Sein Gesicht war immer noch hochrot und fleckig.

Vielleicht hatte sie sich ja in ihm getäuscht? Sich gegen den Chief Constable zu stellen war für gewöhnlich kein guter Karrierezug.

»Rose, ich muss Sie noch mal fragen. Sind Sie sich sicher, dass Sie keines dieser Unidokumente eingesehen haben?«

»Ganz sicher, Sir. Ich habe lediglich die 1471 gewählt, um herauszufinden, wer Salt zuletzt im Büro angerufen hat. Das war auch schon alles. Flay und Bomphrey lügen, und ihre übertriebene Reaktion deutet für mich darauf hin, dass sie etwas zu verbergen haben.«

»Haben Sie Mr. Flay beleidigt?«

Sie zögerte kurz. »Ich habe nur gesagt, dass seine Fingerabdrücke gelöscht würden, sofern es sich herausstellen sollte, dass er sich nichts hat zuschulden kommen lassen. Das wollte ich nur klarstellen.«

Leach ließ sich mit seinem ganzen Gewicht zurück in seinen Schreibtischstuhl fallen und brach in lautes Gelächter aus. »Na, wetten, das hat er gut aufgenommen!« Sein ganzer Körper bebte. »Ich hätte das Gleiche gemacht, wissen Sie?« Und schlagartig war er wieder ernst. »Ich werde uns diesen gottverdammten Gerichtsbeschluss besorgen, und wenn es das Letzte ist, was ich tue. Es ist vollkommen klar, dass die beiden etwas zu verbergen haben, und ich werde verdammt noch mal herausfinden, worum es dabei geht.«

»Danke, Sir. Aber was ist mit Maria Martinez? Könnte sie womöglich ebenfalls in Gefahr sein?«

»Wie kommen Sie darauf?«

»Wenn irgendeine Konkurrenzfirma Salts Daten zu diesem Bienenheilmittel gestohlen hat, dann stellt auch Martinez eine Bedrohung dar. Sie ist die Einzige, die ebenfalls an der Entwicklung beteiligt war und die immer noch lebt. Sir, und irgendjemand hat ein Foto von ihr und Salt aus dem Büro des Professors gestohlen – vielleicht damit ein Auftragskiller weiß, wie sie aussieht.«

»Unwahrscheinlich, aber ich schicke eine Streife, die bei ihr nach dem Rechten sieht.«

»Danke, Sir. Ich glaube, das ist eine gute Idee. Und was ist mit dem Leck?«

Er senkte die Stimme. »Es gibt kein Leck, Rose. Außer dass irgendjemand bei einem Bierchen an der Bar des Golfklubs mit einem guten Kumpel geplaudert hat. Nicht dass ich eine Ahnung hätte, wer das gewesen sein könnte – oder dass ich daran irgendetwas ändern könnte.« Er starrte sie für einen Moment stumm an. »Wissen Sie, Flay könnte genauso gut nervös sein, weil er in Sachen Steuern oder so Dreck am Stecken hat, und Bomphrey, dieser Fußabtreter, macht sich ins Hemd, weil er die Sponsorengelder nicht aufs Spiel setzen will. Was immer ihre Gründe sind: Wir müssen dem Ganzen auf den Grund gehen.« Er sah ihr direkt in die Augen. »Und bis Zwiddeldum und Zwiddeldei sich wieder beruhigt haben, halten Sie sich von den beiden fern. Alles andere wäre nicht gut für Sie. Und es ist besser für uns alle.«

»Aber, Sir …«

»Den Beschwerden wird ganz sicher nachgegangen werden, aber solange Sie bei der Wahrheit bleiben, ist alles in Ordnung.« Dann klingelte sein Telefon. »Und kümmern Sie sich in der Zwischenzeit um Ihren Schreibtisch.«

Ernüchtert schlich Rose aus seinem Büro. Pearl war wieder da und feixte wie eine Katze, die gerade den Hund in den Regen hinausgejagt hatte.

KAPITEL 30

Normalerweise nehme ich selbst kleinste Veränderungen in den Launen von Zweibeinern wahr, aber heute ist es geradezu die volle Lautstärke inklusive Surround-Sound. Es ist Samstag, und Rose sitzt in Jogginghose und Schlabbershirt am Küchentisch und nippt an einer Tasse starkem Tee, der schon vor Stunden kalt geworden ist. Ihr Haar ist wirr, sie lässt den Kopf hängen und ist tief in Gedanken versunken. Sie hat den ganzen Morgen noch kein einziges Wort gesagt und nicht einmal das prächtige Loch kommentiert, das ich in den Garten gebuddelt habe. Ich liebe es, meine Schnauze in die Erde zu bohren und den Geruch der Buddler wahrzunehmen – der Maulwürfe, Dachse, Kaninchen, Mäuse – und zu spüren, wie die Würmer meine Nase kitzeln, wenn sie sich winden.

Ich stupse Rose am Bein an und hinterlasse einen schlammigen Fleck auf ihrer Hose. Ups. Sie schaut hinab, scheint es aber gar nicht wahrzunehmen. Stattdessen legt sie mir die Hand auf den Kopf.

»Ach, Monty, jetzt darf ich nur noch Papierkram machen. Das ist doch sinnlos.«

Anscheinend hat sie in den letzten Tagen nichts anderes getan, und das gefällt ihr nicht. Sie seufzt und ist dann wieder still. Ich spähe zu ihrem Toast hinüber, den sie nicht angerührt hat, aber selbst für einen Foodaholic wie mich ist klar, dass Betteln jetzt nicht angesagt wäre.

»Dieser Arsch von einem Aufsteiger!«

Ich lehne meinen Kopf an ihr Bein, um ihr zu signalisieren, dass ich für sie da bin, was immer auch passiert. Wut pulsiert durch ihren ganzen Körper. Trotzdem verstehe ich nicht ganz, was sie gesagt hat. Ist irgendjemand irgendwo draufgestiegen, worauf er nicht hätte steigen dürfen? Aufs Sofa? Auf den Küchentisch? Bei Paddy durfte ich nicht auf Möbel springen, das war verboten. Aber ... Warum spricht sie von seiner Kehrseite? Hunde sind fasziniert von den Kehrseiten anderer Hunde, aber ich dachte immer, Zweibeiner wären das nicht.

»Wenigstens ist Leach auf meiner Seite.«

Rose umarmt mich.

»Sollen wir's für heute gut sein lassen? Ich werde nie wie Tante Kay. Sie war eine brillante Polizistin.«

Okay, das klingt übel. Dabei weiß ich, dass Rose eine großartige Polizistin sein wird. Weil sie einen tierischen Instinkt hat. Eine Art Bauchgefühl. Die meisten Zweibeiner wissen gar nicht, dass sie so was haben. Aber Rose weiß es.

Ich will ihr helfen, aber wie kann ich ihr klarmachen, dass Larry Nice unschuldig ist und sie stattdessen nach einem Mr. GN1US suchen muss? Ich kläffe und laufe zur Hintertür. Ich will, dass sie mit mir zu Larrys Wohnung fährt – bis mir wieder einfällt, dass ich offiziell ja überhaupt nicht wissen kann, wo er wohnt.

»Tut mir leid, Monty, aber mir steht der Sinn gerade nicht nach einem Spaziergang.«

Aber ich will doch gar nicht spazieren gehen! Frustriert setze ich mich wieder neben Rose, deren ungeöffneter Laptop auf dem Küchentisch liegt. Was würde ich darum geben, ihre jüngsten Notizen lesen zu können! Weiß sie von diesem Streit zwischen Paddy und Mr. Genius?

Ihre hellblauen Augen sind ganz rot und wässrig. Sie schiebt die Teetasse zur Seite, überkreuzt die Arme auf dem Tisch und legt den Kopf darauf.

»Ich bin so eine Versagerin.«

Es klingt, als wäre sie in einem anderen Zimmer. Ich lecke ihr über die Hand.

»Danke, Monty.«

Sie starrt eine Weile auf ihr Handy und wählt dann eine Nummer.

»Hallo, Mum.«

»Ach, du bist es! Warte mal kurz!«

Ich kann ein Geräusch hören, als wäre das Telefon auf irgendetwas Hartes aufgeschlagen. Dann spricht ihre Mutter mit jemand anderem.

»Tut mir leid, dass Sie ganz am Ende der Straße parken mussten – das ist Mousehole, wir haben hier keine Parkhäuser. Aber das ist ja gerade der Reiz an einem ruhigen kleinen Städtchen hier in Cornwall.«

Ihre Mutter lebt in einem Mauseloch? Muss ein großes Loch sein.

Ich kann die Antwort nicht verstehen, aber es ist ein Mann mit einem merkwürdigen Akzent. Roses Mutter grunzt irgendwas Unverständliches, dann entfernen sich Schritte.

»Verdammte Belgier, immer beschweren sie sich.« Sie klingt, als wäre sie ganz weit weg.

Noch ein Schlag, und dann hat die Mutter das Telefon wieder in der Hand. »Rose, Schätzchen, was für eine schöne Überraschung! Wie geht es dir?«

Rose sagt kein Wort, aber eine Träne kullert ihr über die Wange. Ich stehe neben ihr und winsele und will unbedingt, dass sie sich besser fühlt.

»Nicht besonders.« Noch eine Träne. Sie greift nach einem Papiertaschentuch und schnäuzt sich.

»O weh, was ist denn los?«

»Ich weiß nicht, was ich tun soll.« Schluchzen. »Bei der Arbeit geht einfach alles schief. Meine Kollegen hassen mich, und jetzt wird auch noch intern gegen mich ermittelt, weil ich unerlaubt etwas durchsucht haben soll.«

»Und – hast du?«

»Nein! Aber schönen Dank für dein Vertrauen.«

Ihre Mutter ist so tröstlich wie ein Kaktus. Ich hab mal versucht, mich an einem zu kratzen – nie wieder!

»Also, wie soll ich denn wissen, was diese Monster dich da tun lassen?«

Ein tiefer Seufzer.

»Hör mal, Rose, du bist nicht Kay – ich wünschte mir, du würdest aufhören, ihr nachzueifern.«

»Mum! Wie kannst du so was sagen? Tante Kay war eine Pionierin! Hätte es Frauen wie sie nicht gegeben, wäre ich nicht mal annähernd für den Polizeidienst infrage gekommen.«

»Und wo hat es sie hingeführt?«, gibt die Mutter laut zurück. »Es hat sie das Leben gekostet!«

Rose zuckt zusammen, als hätte sie etwas gestochen. Eine Weile sind beide still. Sie sprechen von der Frau, die hier in diesem Haus an Krebs gestorben ist. Ich sehe Rose ins Gesicht und kann widerstreitende Gefühle erkennen: in ihren Augen Trauer, aber ihre fest zusammengepressten Lippen zeugen von Entschlossenheit.

»Ein Fall«, sagt Rose und hält kurz inne. »Jeder Detective hat einen ungelösten Fall, der ihm nachhängt, Mum.«

»Und was passiert, wenn du deinem Fall nachgehst? Er hat sie krank gemacht. Hat sie am Ende umgebracht. Ich will nicht, dass dir das Gleiche passiert.«

»Es wird nicht passieren.«

»Wirklich nicht? Du klingst jetzt schon erbärmlich.«

Rose schlägt die Augen nieder. Ausnahmsweise muss ich ihrer Mutter recht geben. Rose ist unglücklich, und sie sieht nicht gut aus. Vielleicht muss sie auch mal ein bisschen auf Gras rumkauen? Das gibt mir immer ein besseres Gefühl.

»Warum kannst du nicht einfach stolz auf sie sein? Und auf mich?«

»Tja, das …«

Ein Moment der Hoffnung erhellt ihr Gesicht wie Sonnenschein, der durch eine Sturmwolke bricht.

»… kann ich nicht. Ich kann es einfach nicht«, sagt ihre Mutter.

Rose starrt zu Boden, und ihr Gesicht verfinstert sich wieder. »Was ich jetzt brauche, ist jemand, der mich aufmuntert. Ich bin ziemlich deprimiert.«

»Sei nicht albern, Rose. Depression ist einfach nur ein Hirngespinst. Statt Frust zu schieben, musst du aktiv werden, haben wir bei den Demos immer gesagt.«

Plötzlich setzt sich Rose gerade auf, und ihre Augen sind weit offen und strahlen. Was ist denn da gerade passiert?

»Weißt du was, Mum, das ist wirklich ein guter Rat«, sagt sie, und die Überraschung ist ihr deutlich anzuhören. Ich bin genauso überrascht. »Danke!«

»Hör mal, ich muss jetzt auflegen, die Zimmer müssen geputzt und die Betten frisch bezogen werden. Und die Belgier müssen raus. Bis bald!«

Mit einem Klick ist ihre Mutter weg.

Rose scrollt durch ihr Telefonbuch und wählt die nächste Nummer.

»Rebecca? Hier ist Rose Sidebottom.«

»Ich habe gerade wenig Zeit, können Sie schnell machen?«

Ich erkenne die Stimme sofort wieder. Es ist Paddys Tochter, die lauter jault als jeder Hund.

»Bitte entschuldigen Sie, dass ich schon wieder störe, aber wie Sie ja wissen, habe ich Monty adoptiert.«

»Ja.«

Rebecca hat mich noch nie gemocht. Und das beruhte auf Gegenseitigkeit.

»Ich frage mich gerade, ob ich kurz im Haus Ihres Vaters vorbeischauen und Montys Hundedecke und noch ein paar andere Sachen für ihn holen könnte?«

Rebecca hat nichts dagegen, solange wir nichts mitgehen lassen. Rose bedankt sich und legt auf. Dann kramt sie in ihrer Handtasche nach ein paar Schlüsseln.

»Ups, die sollte ich gar nicht haben«, sagt sie und grinst.

Es sind Paddys Hausschlüssel. Ich kläffe vor Begeisterung. Rose steht auf und läuft geschäftig in der Küche auf und ab.

»Okay, Junge, aber erst müssen wir noch zum Tierarzt.«

Meine Rute hängt augenblicklich ein bisschen tiefer.

»Dann holen wir deine Sachen und machen einen Spaziergang.«

Ich wedele mit dem Schwanz.

»Ich werde diesen Fall lösen, koste es, was es wolle.«

Ich belle – klingt super!

Mit einem Satz bin ich an der Küchentür und scharre über den Boden. Rose wirft sich ihren Mantel über, schnappt sich die Handtasche und läuft mit mir an der Leine den Gartenweg entlang zum Auto, als ich plötzlich ein wohlbekanntes Summen von Marienkäferflügeln höre.

Celeste gibt Gas, um mit mir aufzuschließen. »Wo soll's denn hingehen?«, fragt sie mich.

»In mein altes Zuhause«, kläffe ich so leise, wie ich kann.

»Ist ja gut«, sagt Rose und wirft mir einen Blick zu. Eine Unterhaltung zwischen unterschiedlichen Spezies mit Rose in der Nähe ist ein bisschen heikel. Überall lauern Missverständnisse.

»Ich komme mit«, verkündet Celeste. »Ich will den Tatort sehen.«

KAPITEL 31

Als ich in den Kofferraum von Roses Auto springe, fliegt Celeste einfach hinter meinem wedelnden Schwanz her. Rose hat die Rückbank umgelegt, sodass ich den ganzen Fond für mich alleine habe. Quasi das Hundeäquivalent von einer Stretchlimo – *wufferoo*!

Mit heruntergekurbelten Fenstern fährt Rose aus der Einfahrt, und ich stehe auf, stelle mich breitbeinig hin, damit ich die Schlaglöcher und Buckel in der Straße ausbalancieren kann, und strecke meinen Kopf aus dem Fenster. Sofort flattern meine Ohren nach hinten, das Fell auf meinem Kopf und auf der Brust wirbelt durcheinander, und meine Lefzen schlackern. Als würde ich fliegen! Rose sieht mich im Rückspiegel und lacht.

»Du magst den Wind im Fell, nicht wahr?«

Aber hallo – und wie! Meine Zunge baumelt aus dem Maul, und meine Rute schlägt hin und her.

Celeste findet den Windzug nicht ganz so toll, und sie schlüpft in die Ritze zwischen den umgelegten Rücksitzen. Dann fahren wir in einen großen Kreisverkehr – yippie! Hab ich schon erwähnt, dass ich Kreisverkehre liebe? Ich nehme an, Zweibeiner fühlen sich ganz ähnlich, wenn sie auf dem Jahrmarkt in diese Maschinen steigen, die immerzu im Kreis fahren. Ich lehne mich in die Kurve und jaule aus dem Fenster.

»Wohin ist der denn unterwegs?«, fragt Rose, und ich folge

ihrem Blick. Auf dem Fußpfad zu Sainsbury's geht Larry Nice, die schlaksige Gestalt in ein blau-weißes Chelsea-Heimtrikot gehüllt, und zieht eine Wolke Zigarettenrauch hinter sich her.

»Da hat wohl jemand das G vergessen.« Sie meint das »Samsun« auf Nices Trikotbrust. Im Rückspiegel grinst sie mich an.

Larry Nice! Ich kläffe gehetzt und laut und nachdrücklich. Sie muss das Auto anhalten! Stopp!

Wir fahren an ihm vorbei. Ich kläffe immer noch, mein Kopf hängt so weit aus dem Seitenfenster, wie es nur geht, aber Larry sieht und hört uns nicht: Er hat Kopfhörer auf den Ohren, und ein iPod steckt an seinem Gürtel. Selbstvergessen glotzt er vor sich hin.

»Sitz, Monty!«, schreit Rose. »Sonst bau ich noch einen Unfall!«

Aber das geht jetzt nicht.

»Ich fahr sofort rechts ran – aber hör endlich auf zu bellen!«

Ich gehorche, aber auch nur, bis sie den Wagen abstellt und die hintere Tür aufmacht, um nachzusehen, was los ist. Ich springe aus dem Auto und ziehe die Leine hinter mir her.

»Halt!«, ruft sie mir nach, aber da bin ich schon über alle Berge.

Mit angelegten Ohren und aufgerichtetem Schwanz galoppiere ich den Pfad entlang auf Larry zu. Ich kann hören, wie Rose hinter mir verzweifelt meinen Namen ruft. Passanten springen zur Seite, weil sie meinen fokussierten Blick sehen und meine angelegten Ohren und mein Tempo für reine Aggression halten. Ich bin nur noch ein paar Schritte von Larry entfernt, als er aufsieht, mich erkennt und seine Zigarette fallen lässt. Er erstarrt und steht mit offenem Mund da, dann schlägt er die Arme vors Gesicht, wie alle Zweibeiner, wenn sie sich schützen wollen. Mit dem Rücken zur Wand stammelt er mit zittriger Stimme: »G-gutes Hundchen …« Ich kann seine saure Angst riechen.

»Monty, nein!«, schreit Rose.

Ich sehe zu ihm auf und wedele mit dem Schwanz, und Larry späht zwischen den Fingern hindurch auf mich herab. Ich setze mich hin und warte – mit meinem freundlichsten Lächeln im Gesicht. Nach ein paar Sekunden nimmt Larry die Hände wieder runter. »G-gutes Hundchen.«

Ich lecke ihm über die Hand, und er zieht sie weg, aus Angst, ich könnte ihn beißen. Ich lasse die Zunge aus dem Maul hängen und warte. Dann lässt Larry mich an seinem Handrücken schnuppern, ich lecke darüber, und er tätschelt mir den Kopf. Wieder diese merkwürdigen Kräuterzigaretten. Offensichtlich hat er den schmutzigen Hund vor seiner Wohnungstür nicht wiedererkannt.

Endlich hat Rose zu uns aufgeschlossen. Vollkommen außer Atem starrt sie uns eine Weile an, dann bringt sie hervor: »Also, wenn das …«

Larrys Blick scheint an Roses Brust hängen zu bleiben. »Ist das Ihr Hund, Detective?«

Sie nickt, ist aber immer noch außer Atem.

»Ist das 'n Polizeihund? Dafür ist er aber ziemlich freundlich.«

Rose kommt ein paar Schritte näher. »Dafür, dass Sie unter dem Verdacht stehen, sein Herrchen umgebracht zu haben, ist er zu Ihnen in der Tat sehr freundlich.«

Larry geht neben mir in die Knie und will gerade meine pelzige Brust kraulen, als er das Loch in meinem Fell um die

OP-Nähte herum entdeckt. »Armer Teufel!« Stattdessen streichelt er mir über den Rücken, und ich schnüffle an ihm. Larry sieht zu Rose auf. »Glauben Sie wirklich, dieser Hund würde zulassen, dass ich ihn streichle, wenn ich irgendwas mit Salts Ermordung zu tun hätte?«

Rose schüttelt den Kopf. »Larry, dieser Hund ist wahrscheinlich das beste Alibi, das Sie nur haben können. Auch wenn ich mir nicht sicher bin, ob das bei Gericht Bestand hat.«

»Richten Sie Mr. Leach aus, der Hund meint, dass ich unschuldig bin. Kommen Sie schon, lassen Sie mich in Frieden, okay?«

»Ich richte es ihm aus. Aber ich weiß nicht, ob er was darauf geben wird.«

Larry hört auf, mich zu streicheln, und steht wieder auf. Erneut starrt er auf Roses Brust. Warum macht er das nur?

»Zeit für ein Bierchen? Ich kann auch später einkaufen.«

»Nein danke, Larry. Wir sehen uns.«

Rose nimmt mich am Halsband und führt mich zurück zum Auto. Dann ruft sie Leach an, obwohl sie heute freihat, und erzählt ihm, was gerade passiert ist. Sie sagt, sie will nicht, dass schon wieder jemand meint, sie wäre irgendeinem Verdächtigen auf den Pelz gerückt. Ich kann hören, wie er sagt, sie solle sich keine Gedanken machen.

Dann fahren wir weiter.

»Gute Arbeit, Monty«, kommt es von Celeste aus der Ritze zwischen den umgelegten Rücksitzen. Sie spricht in einer Tonlage, die Rose nicht hören kann. »Wenn wir da sind, mach ich mich auf die Suche nach den winzigen Details, die selbst die Spurentechniker übersehen haben.«

Wir fahren kurz bei der Tierklinik vorbei, wo eine Pflegerin mir die Fäden zieht. Auf dem Weg nach draußen kommt Malcolm durch die Praxistür, sieht Rose und kommt zu uns rüber.

»Sieht doch schon wieder prächtig aus«, sagt er, dabei hat er mich gar nicht angesehen. Er lässt Rose nicht aus den Augen.

Sie wird rot im Gesicht und macht den Mantel zu, wahrscheinlich damit er ihr Schlabbershirt und die Jogginghose nicht sieht.

»Die Wunde ist gut abgeheilt, ja, danke. Äh, ich geh dann besser mal.«

»Natürlich, ja, tja, äh … Ja.«

Dann ruft Malcolm den nächsten Patienten rein und wirft uns einen letzten Blick zu. Rose scheucht mich, so schnell sie kann, in den Kofferraum und rast in einem Affenzahn davon. Was ist hier eigentlich los?

»Warum laufe ich eigentlich immer dann anderen Leuten über den Weg, wenn ich gerade scheiße aussehe?«, fragt sie mich im Rückspiegel.

Ich sage dazu nichts.

Schon bald nehme ich die Gerüche meines alten Zuhauses wahr: sonnengebleichte Zaunlatten, Lavendel, Duftwicken und den nassen, schlammigen, schilfigen Geruch des Flusses. Rose hält vor dem Haus an, und ich springe aus dem Wagen. Celeste ist mir direkt auf den Fersen. Das Absperrband hängt immer noch da wie eine Bandage, die doch nichts wiedergutmachen kann.

Rose schließt die Haustür auf und tritt ein, ohne dass sie Celeste bemerkt hätte, die in meinem Nackenfell sitzt. Ich bleibe stehen. Alles riecht so wahnsinnig vertraut – und doch ist Paddy nicht da. Mit eingeklemmtem Schwanz mache ich einen Schritt in den Flur. Dann noch einen. Der Staub der

Bücher, ein Rest von Paddys Aftershave und ein letzter Hauch seiner letzten Mahlzeit – Chicken Korma. Ich erkenne meine Haare auf dem Teppich wieder, und ein paar Zweige, die sich in meinem Schwanz verfangen haben und als blinde Passagiere mit ins Haus gelangt sein müssen. Paddy kam nicht mehr dazu, sie wegzusaugen. Und er würde es auch nicht mehr tun. Rose sieht mich an.

»Komm, Monty, zeig mir, wo dein Bettchen steht.«

Celeste fliegt hinaus in den Garten, und ich führe Rose in die Küche. Mein Bett besteht aus einer dicken Steppdecke mit einem verblassten, leicht verschlissenen marineblauen Überzug. Ich schnüffele daran und atme tief die tröstlichen Gerüche ein. Erinnerungen stürzen auf mich ein: Paddy, der mich jeden Morgen krault und tätschelt. Paddy, der mich quer durch den Garten jagt und mich baden will, damit ich den Gestank von Dung loswerde, in dem ich mich zuvor gewälzt habe (wir hatten so einen Spaß, ehrlich!). Paddy und ich, wie wir uns beim Fischen unter einen Regenschirm kauern. Unser Ausflug ans Meer, als ein Krebs mir in die Pfote gekniffen und Paddy seine Fish 'n' Chips mit mir geteilt hat, damit es mir wieder besser geht. Ich verliere mich in glücklichen Erinnerungen. Als ich wieder aufsehe, ist Rose verschwunden. Ich schnappe mir meine Spielzeugente und folge ihrem Duft ins Arbeitszimmer. Sie macht die Schreibtischschubladen auf und wieder zu. Ich setze mich und bringe ihr meinen wertvollsten Besitz. Irgendwann war das Ding mal gelb und fluffig. Inzwischen ist es durchgesabbert und grau. Genau wie ich es mag. Lecker und abgeliebt. Sie beugt sich herab, und ich mache das Maul gerade weit genug auf, damit sie es herausnehmen kann, ohne dass es herunterfällt oder an meinen Zähnen hängen bleibt.

»Danke, Monty! Das ist also dein Lieblingsspielzeug? Dann müssen wir das wohl auch mitnehmen. Und was ist mit deinem Futter?«

Bei der bloßen Erwähnung laufe ich normalerweise an den Schrank, wo die Dosen voller Fleisch, das Trockenfutter und die Leckerlis stehen. Aber in diesem Augenblick sehe ich Paddys Strickjacke, die über der Lehne seines Drehstuhls hängt. Sie besteht aus grauer Wolle, hat große schwarze Knöpfe und zwei ausgebeulte Taschen. In einer Tasche steckt Paddys Taschentuch und in der anderen eine Handvoll Leberleckerlis. Doch ausnahmsweise interessieren die mich nicht. Die Strickjacke riecht intensiv nach meinem geliebten Paddy, und ich will, dass wir sie mitnehmen.

Ich packe sie vorsichtig mit den Zähnen und ziehe daran. Der Ärmel dehnt sich, bleibt aber an der Armlehne hängen. Rose zupft ihn los und lässt sie mich über den Boden bis zum Hundebett in der Küche schleifen. Ich kehre noch einmal ins Arbeitszimmer zurück, hole die Ente und setze sie obenauf. Dann lege ich mich darüber. Wo ich hingehe, gehen auch diese Sachen hin.

»Schon gut, Junge, das nehmen wir alles mit. Und jetzt zeig mir, wo Paddy dein Futter aufbewahrt hat.«

Ich trotte hinüber zum Küchenschrank, der so groß ist, dass ich ihn nicht selbst aufbekomme. Ich setze mich davor und sehe hinauf. Rose öffnet die Tür.

»Kluger Hund«, sagt sie und tätschelt mir den Kopf. »Ich könnte schwören, dass du verstehst, was ich sage.«

Sie nimmt sich ein paar große Einkaufstaschen und stellt alles aus dem Küchenschrank hinein – auch meinen Fressnapf. Dann rollt sie mein Bett samt Paddys Strickjacke zu einer dicken Wurst zusammen und trägt alles zurück zum Auto. Mit der Ente im Maul laufe ich ihr nach. Als alles eingeladen ist, marschiert Rose noch mal zum Haus zurück und geht von Zimmer zu Zimmer, genau wie ich. Doch dann zieht es sie erneut ins Arbeitszimmer. Sie setzt sich an Paddys Schreibtisch, tastet über die Unterseite der Tischplatte, dann zieht sie die Schubladen heraus und sieht sich die Außenseiten genau an. Ihr Blick wandert über die Bücherregale, und sie zieht einige Bücher hervor und tastet auch dahinter herum. Sogar hinter dem gerahmten Druck mit den Schwertlilien, der von einem Zweibeiner namens van Gogh stammt, sieht sie nach.

»Man sollte doch meinen, dass er hier irgendwo ein Backup versteckt hat«, murmelt sie in sich hinein. »Einen USB-Stick oder so was in der Art.«

Mit einem Ächzen lasse ich mich zu ihren Füßen nieder. Noch während mir die Augenlider schwer werden, höre ich von nebenan ein lautes Krachen. Jenseits der Bürowand liegt Mr. Graces Wohnzimmer. Rose und ich schnellen herum. Wir wissen beide sofort, dass dort etwas nicht stimmt.

Sie sieht mich an und flüstert: »Still!«

Ich weiß, was sie mir sagen will, und bleibe ihr auf den Fersen.

Rose lässt Paddys Haustür angelehnt, steigt über den niedrigen Zaun, der die beiden Gärten trennt, und späht durch Graces Wohnzimmerfenster. Mit den Pfoten auf dem Fensterbrett tue ich es ihr gleich. Ein Mann in schwarzen Jeans und einem T-Shirt beugt sich über den Alten, der reglos auf dem Teppich liegt. Der Eindringling hat uns den Rücken zugekehrt.

Rose atmet scharf ein und krächzt dann: »Polizei!«

Ich belle wie ein Wilder, reiße die Augen weit auf und

schlage in einem fort mit den Pfoten gegen das Fenster. Für den Bruchteil einer Sekunde wirft der Eindringling einen Blick über die Schulter, und wir sehen sein Profil, doch dann zieht er sich eine schwarze Kopfsocke über und verschwindet aus unserem Blickfeld.

»O mein Gott!«, haucht Rose. Ich kann ihr Herz klopfen hören und rieche das Adrenalin. Ihre Hand zittert, als sie ihr Handy zückt und eine Nummer wählt.

»Detective Constable Rose Sidebottom hier, Pepperbox Lane 2. Ich brauche Verstärkung und einen Krankenwagen, ein Mann wurde überfallen ...«

Sie schnappt sich einen Ziegel, der das Blumenbeet begrenzt, und schlägt das Kassettenfenster ein.

Dann höre ich ein Geräusch, das Rose nicht wahrnehmen kann – ein Schloss. Er nimmt die Hintertür! Für den Bruchteil einer Sekunde bin ich hin- und hergerissen. Folge ich Rose ins Haus oder dem Geräusch von hinten? Ich entscheide mich für das Geräusch, weil dort die Gefahr herzukommen scheint, laufe um Graces Haus herum – gerade noch rechtzeitig, um zu sehen, wie ein Mann über den Zaun springt und am Flussufer entlang in Richtung Geldeford verschwindet.

Ich blecke die Zähne – ich will Blut schmecken, sein Blut –, sprinte durch den Garten und mache einen Satz über den Zaun. Ich renne, als würde mein Leben davon abhängen. Dass meine Brustmuskeln vor Schmerz kreischen, ist mir egal. Meine Pfoten trommeln über die Erde. Diesmal belle ich nicht, sondern bin ganz still: Ich will ihn nicht vorwarnen. Er rempelt eine Joggerin beiseite, die aufschreit und im Fluss landet. Und erst da sieht er mich. Er zieht etwas Glänzendes aus seiner Jackentasche und wirft es in den Fluss, klettert über einen

Zaunübertritt und stürzt auf einen Wagen zu. Er winselt; sein Arm tut ihm weh. Er ist schnell und wendig wie ein Turner, und sein Bewegungsablauf kommt mir irgendwie bekannt vor. Ich schließe zu ihm auf. Jetzt zählt jede Sekunde. Wenn er das Auto erreicht, habe ich keine Chance mehr. Noch mal kann ich ihn nicht entkommen lassen. Ich bin zwar noch nicht nahe genug an ihm dran, um ihn gewissenhaft zu beschnüffeln, aber ich bin mir sicher, dass es derselbe Mann ist, der mein Herrchen umgebracht hat. Obwohl meine Muskeln brennen wie Feuer, lege ich noch einen Zahn zu. Endlich habe ich den Übertritt erreicht, aber er ist zu hoch für mich, sodass ich mich darunter durchquetschen muss. Und verliere kostbare Zeit. Ich höre, wie ein Wagen anspringt. Nein! Ich sehe seine dunkle Gestalt hinter dem Steuer und erreiche das Auto im selben Augenblick, als er aufs Gaspedal tritt. Mit den Vorderpfoten und der Schnauze berühre ich das Fenster, und meine Krallen kratzen über den Lack. Ich kläffe und knurre, und es ist fast nur mehr das Weiß in meinen Augen sichtbar. Er hat sich die Socke vom Kopf gezogen, und wir sehen einander für einen kurzen Moment in die Augen, ehe ich zu Boden falle und einen Sabberfleck auf seiner Autoscheibe hinterlasse.

Der Wagen fährt über die Landstraße davon und verschwindet hinter der nächsten Kurve. Dieses verschwitzte Gesicht und die eiskalten Augen werde ich mein Lebtag nicht mehr vergessen.

Schwer atmend bleibe ich im Straßenschmutz liegen. In der Luft schwebt Staub, den die Autoreifen aufgewirbelt haben. Ich denke kurz darüber nach, ihm nachzulaufen, aber ich weiß, dass es keinen Zweck hätte – ich kann mit Autos nicht lange mithalten.

Eine Sirene nähert sich, ich schüttle den Staub aus meinem Fell und taumele über den Pfad am Fluss entlang zurück. Ein Pärchen hilft der Joggerin aus dem Wasser, sie bemerken mich nicht mal. Ich sehe hinüber zur Flussmitte. Dort hat der Mörder irgendetwas Glitzerndes hineingeworfen. Das Wasser ist kalt und tief, und ich weiß nicht, ob ich den Grund erreichen kann. Fischen war ich bislang immer nur im seichten Wasser.

»Nein«, sagt eine Stimme ganz nah an meinem Ohr, und ich sehe mich verwirrt um.

Es ist Celeste, die direkt vor meinem Gesicht schwebt.

»Nicht. Es ist zu tief. Das sollen die Zweibeiner sich holen.«

»Aber das werden sie nicht tun – es wissen doch nur wir, wo er es hingeworfen hat«, erwidere ich und atme immer noch schwer vor Erschöpfung. »War das ein Messer?«

»Ja, aber wir finden ihn auch ohne. Ich habe sein Gesicht ebenfalls gesehen.«

Aber ich höre nicht mehr hin. Ich muss die Waffe finden.

Das Wasser ist kalt, und ich kann das Glucksen des Schlamms und das Kratzen des Schilfs unter meinen Pfoten spüren. Ich wate tiefer in den Fluss hinein. Wenn irgendwo in der Nähe Fische sein sollten, dann nehme ich sie nicht wahr. Ich versuche verzweifelt auszumachen, wo das Messer die Wasseroberfläche berührt hat. Dann nehme ich eine Weide am anderen Flussufer ins Visier und schwimme darauf zu. Je tiefer der Fluss unter mir, umso kälter ist das Wasser, und die Strömung wird immer stärker. Ich halte meine Nase direkt über die Wasseroberfläche und schnüffle die ganze Zeit und hoffe, dass der Geruch des Mannes an dem Messer haften geblieben ist. Die Strömung zerrt an mir und zieht mich flussabwärts. Ich kämpfe dagegen an, genau wie ich unzählige

Male gegen den Zug an meiner Leine angekämpft habe. Meine Muskeln tun weh, aber ich werde nicht klein beigeben, bis ich die Stelle erreicht habe, an der das Messer meiner Meinung nach eingetaucht ist. Ich kreisele um die Stelle herum und atme ein paarmal tief ein, obwohl meine Brust wegen der Narbe immer noch nicht wieder voll beweglich ist. Dann tauche ich ein.

Und öffne die Augen. Ein paar Sonnenstrahlen fallen durch das schlammig grüne Wasser, und ich sehe nach unten zum Grund, zu den Kieseln und dem toten Laub – da glitzert etwas, allerdings halb verdeckt. Und zu tief unten. Ich steuere darauf zu und paddele wie wild mit den Pfoten, ich brauche Luft, tauche trotzdem immer tiefer ein. Ich reiße das Maul auf und schnappe mir den glitzernden Gegenstand samt Schlamm und allem anderen und muss fast würgen. Meine Lunge brennt, mir wird leicht schwindlig, aber ich widersetze mich der Strömung und steige wieder in Richtung Sonnenlicht auf, breche durch die Wasseroberfläche. Immer noch habe ich etwas Metallisches im Maul, sodass ich kaum Luft holen kann, aber ein paarmal kann ich ganz flach einatmen, und schließlich schwimme ich ans Ufer zurück. Das Wasser verschleiert mir die Sicht, und jetzt erst höre ich, wie Rose mich ruft und verzweifelt versucht, mich zu ihr rüberzulocken. In ihrer Stimme liegt Panik.

Dann höre ich ein Flügelschwirren an meinem Ohr. »Es ist eine Coladose«, sagt Celeste. »Lass los. Und hol Luft!«

Ich will nicht auf sie hören. Das kann einfach nicht sein!

Doch Celeste besteht darauf. »Monty, du musst Luft holen! Ich schwöre dir, es ist nicht die Waffe.«

Fast habe ich das Ufer erreicht. Rose steht bereits knietief im Wasser und streckt den Arm nach mir aus – da spucke ich die Dose aus und mache kehrt.

»Nein!«, schreit Rose. »Monty! Hierher! Bitte, du ertrinkst!«

»Das ist es doch nicht wert«, bekniet mich Celeste.

Aber ich muss es noch einmal versuchen.

Obwohl ich bereits ziemlich erschöpft bin, paddle ich zurück in die Flussmitte. Rose schreit, und ihre Stimme ist schon heiser. Ich niese ein bisschen Wasser aus und keuche, während ich wieder über der Stelle kreisele, um mich zu orientieren. Ein tiefer Luftzug – und ich tauche erneut hinab zum Flussboden, strample mit den Beinen, so schnell ich eben kann, erreiche den Grund und sehe mich zwischen dem Schlick, den Blättern, Zweigen und dem Müll dort unten um. Fast hätte ich mich vor Schreck verschluckt, als meine Pfote den Griff eines halb eingesunkenen Einkaufswagens berührt. Doch in dem Einkaufswagen liegt ein Küchenmesser mit einer langen Klinge. Der Griff ist dunkel, und ich nehme ihn ins Maul und ziehe daran. Aber er scheint festzustecken – er bewegt sich keinen Millimeter. Und ich brauche Luft. Meine Rippen sind unter dem enormen Gewicht des Wassers zusammengepresst, als hätte sich das Wasser zu Beton verdichtet. Ich reiße den Griff hin und her – und endlich löst er sich. Ich sehe nach oben. Das Sonnenlicht, das auf der Wasseroberfläche tanzt, sieht aus, als wäre es meilenweit entfernt. Mir ist schwindlig, aber eins weiß ich sicher: Ich habe die Waffe gefunden. Ich strecke die Vorderbeine nach oben und kralle mich im Wasser fest, aber meine Beinschläge werden schwächer und schwächer, mein Kopf immer leichter und leichter, und ich habe keine Kraft mehr. Ich werde es nicht rechtzeitig bis an die Oberfläche schaffen.

KAPITEL 32

Eine Hand legt sich um mein Halsband und zieht mich hoch. Ich habe beinahe das Bewusstsein verloren, mir verschwimmt alles vor Augen, mein Körper ist ganz schwach – abgesehen von meinem Kiefer, der immer noch um den Griff des Messers liegt. Ich darf es nicht loslassen. Nicht jetzt. Rose ist mir nachgesprungen, um mich herauszuziehen. Um ihren Kopf steigen kleine Bläschen auf, und ihr Pferdeschwanz schwebt über ihr. Ihre blassgraue Jogginghose und das weiße T-Shirt bauschen sich im grünen Flusswasser. Als ich die letzten Zentimeter zur Wasseroberfläche hinaufgezogen werde, lasse ich fast meine Beute fallen, und gerade noch rechtzeitig zieht Rose sie mir aus dem Maul. Ihr Kopf verschwindet wieder unter Wasser, und sie kämpft darum, uns beide oben zu halten.

»Ich nehme den Hund!«, ruft ein Mann und streckt die Hand nach mir aus.

Ich spucke Wasser und Schlamm, pruste und japse und weiß immer noch nicht, was gerade passiert. Er zieht mich an seine schwarze Uniform, legt meinen Kopf auf seine breite Brust und schwimmt auf dem Rücken in Richtung Ufer. Es ist Joe, der nette Polizist. Ich kenne seinen Geruch. Ich entspanne mich ein wenig und lasse mich von ihm mitziehen. Er ist stark und schleppt uns ohne Probleme vorwärts. Dann höre ich Rufe – und sehe aus dem Augenwinkel, dass Rose neben uns herstrampelt. Hat sie das Messer? Sie ist eine gute Schwimmerin und erreicht das Ufer noch vor uns. Joe steigt aus dem Wasser und trägt mich wie ein Baby die Böschung hinauf. Mein Kopf liegt kraftlos auf seinem Arm. Ich höre Wasser spritzen, als eine weitere Person in den Fluss watet, um Rose an Land zu helfen, wo sie erschöpft in die Knie geht und hustet. Ihr nasses Haar klebt auf ihrem Gesicht wie Seegras auf einem Wellenbrecher.

Oben auf dem Weg werde ich auf die Seite gelegt und würge erneut Wasser hervor. Als ich die Augen aufschlage, sehe ich unbekannte Gesichter, die mich anstarren. Ich versuche, den Kopf zu heben. Joe beugt sich über mich, und von seinem besorgten Gesicht tropft es auf mich herab. Rose kauert sich neben mich und kommt mit ihrem nassen Gesicht so nahe an mich heran, dass unsere Nasen sich berühren. Ihre ist klein und rosa.

»Geht's dir gut, Monty? He, Junge, du darfst mir jetzt nicht wegsterben!«

Ich wedele einmal kurz mit dem Schwanz, aber die triefenden Strähnen sind schwer wie Blei. Sie streichelt mir übers Gesicht und setzt sich auf die Erde.

Roses Vorgesetzter – der Typ mit dem Blutegelnamen – zieht seinen Mantel aus und legt ihn Rose über die Schultern. Sie zittert am ganzen Leib.

»Wir brauchen einen Notarzt«, ruft er jemandem zu.

Rose hält immer noch irgendetwas fest in der Hand. Das Messer? Mit einem Winseln setze ich mich auf und spucke wässrige Galle. Nicht gerade schön, ich weiß, aber danach geht es mir schon besser.

»Sehen Sie mal, Sir«, wendet Rose sich an Leach, hebt die

Faust und hält sie ihm entgegen. In ihrer Hand liegt ein Küchenmesser. Sie hustet und räuspert sich. »Ich setze all mein Erspartes, dass Mr. Grace damit niedergestochen wurde.«

Leach ruft diesen überzüchteten Köter namens Pearl zu sich. Er schlendert in aller Seelenruhe auf uns zu und legt seine Alphamännchen-Allüren an den Tag, aber ich wette, wenn es zu einem Kampf zwischen ihm und Leach käme, würde er sich wie der Blitz auf den Rücken werfen und um Gnade winseln. Pearl steckt das Messer in eine Plastiktüte und marschiert davon, ohne ein einziges Wort zu Rose zu sagen.

»Das war wohl der dümmste, mutigste Einsatz, den ich seit einer ganzen Weile zu Gesicht bekommen habe«, sagt Leach zu ihr. Seine Stimme klingt rau, aber er drückt ihr sanft die Schulter, und seine kleinen Augen – wie zwei Bernsteinperlchen – haben den harten Glanz verloren. »Gut gemacht, Rose. Ich bin sehr stolz auf Sie.«

Ist das Flusswasser oder eine Träne in ihrem Auge?

»Danke, Sir«, schnieft sie. »Aber es war Monty, der das Messer aus dem Fluss geholt hat – kein Wunder, er ist schließlich ein Retriever.«

Geschmeichelt würge ich noch ein bisschen Glibber hervor.

»He!«, ruft Leach Pearl nach. »Und rufen Sie den Tierarzt! Sie wissen schon, den von Freitag. Und zwar dalli!«

Ich will nicht wieder in die Tierklinik zurück. Auch wenn Malcolm echt nett ist. Ich versuche, auf die Beine zu kommen, ich will hier sofort weg, sofern ich dazu die Kraft aufbringe. Rose krabbelt auf mich zu und nimmt meinen Kopf in beide Hände.

»Ist schon gut, Monty. Malcolm will doch nur sicherstellen, dass du in Ordnung bist. Aber du bleibst bei mir, versprochen.«

Erleichtert lege ich meinen Kopf auf ihre nassen Hosenbeine.

»Rose, Sie werden eine Aussage machen und erklären müssen, was Sie hier zu suchen hatten. Aber fürs Erste muss ich wissen, ob Sie den Angreifer identifizieren können?«

»Ich habe ihn nur kurz gesehen, und auch nur im Profil. Schwarzes Haar, Asiat. Muskulös. Eins achtzig groß.«

»Das ist doch mal ein Anfang.«

»Er hat sich den Arm an den Körper gepresst, Sir. Das war unter Garantie auch Salts Mörder.«

»Schreiben Sie so schnell wie möglich alles auf, an das Sie sich erinnern können.«

Rose nickt. »Wie geht es Grace, Sir?«

»Er hat viel Blut verloren und ist jetzt auf dem Weg ins Krankenhaus. Sie haben ihm wahrscheinlich das Leben gerettet.«

Rose fehlen vor Stolz die Worte. Gleich zwei Komplimente von einem Mann, der sonst eher geizig damit ist.

»Hat Grace denn irgendwas gesagt?«, fragt er.

»Ja, aber das habe ich nicht verstanden. Er sagte, es sei seine Schuld – sie hätten Patrick aus Versehen ermordet. Sie wären hinter ihm her wegen einer Sache, die er in Hongkong gemacht hätte. Irgendwas mit Selbstmord und einem Sohn auf Rachefeldzug.«

»Eine ganz neue Ermittlungslinie«, stellt ihr Boss fest und steht langsam mit steifen Knien auf. Ich höre es knacksen.

»Sir, ich kann nicht dafür garantieren, aber ich denke mal, Sie werden feststellen, dass Nice bei Sainsbury's war, als Francis Grace überfallen wurde.«

Ich kann nicht anders. Ich seufze erleichtert auf.

KAPITEL 33

Der Gestank schlägt uns entgegen, sobald wir Roses Küche betreten. Und mit meiner Supernase jagt er direkt durch mich hindurch. Es riecht nach Jauche.

»Puh! Monty! Warst du das?«, fragt sie und lacht.

Entschuldigung? So schlimm riechen meine Fürze nun auch wieder nicht.

Es ist früh am Abend, ich hab von Malcolm grünes Licht bekommen, und Rose hat meine Hundedecke und Paddys Strickjacke unterm Arm und tütenweise Futter in den Händen. Die Spielzeugente hab ich selbst im Nackenbiss hereingetragen und setze sie vorsichtig auf dem Küchenboden ab. Rose legt ihre Sachen auf den Tisch und steuert sofort die Toilette im Erdgeschoss an, in der das Handwaschbecken gerade groß genug ist, dass man eine Ratte darin baden könnte. Apropos – wo ist eigentlich Betty?

Die Toilettenschüssel ist randvoll mit braunem Wasser, Klopapierfetzen und … tja, mehr muss ich wohl nicht sagen.

»Na großartig.« Verzweifelt streckt Rose die Hände in die Luft.

»Na ekelhaft«, sagt Celeste, die zwischen meinen Schulterblättern sitzt. Sie würgt und fliegt davon.

»Das hat mir gerade noch gefehlt«, seufzt Rose und wirft mir einen Blick zu. »Eigentlich wollte ich nur noch die Füße hochlegen, und jetzt das!«

Dabei habe ich mit einem gloriosen Abendessen gerechnet. Seit ich das Messer aus dem Fluss geholt habe, komme ich schier um vor Hunger. Könnte die gleiche Menge verdrücken, die ich ohnehin schon auf die Waage bringe. Nein, ein ganzes Auto. Nein, einen Laster!

Sie rumort unter der Küchenspüle herum und zaubert eine Gummiglocke hervor.

»Damit sollte es gehen.« Sie hält sie vor sich wie das olympische Feuer.

Dann rammt sie das kuppelförmige Gummiende in die Kloschüssel und pumpt damit auf und ab. Die miefige Brühe schwappt auf den Fliesenboden, und wir machen beide einen Satz zurück.

»Scheiße!«

Ganz genau.

Die arme Rose zieht sich pinkfarbene Gummihandschuhe über und wischt den nassen Boden auf. Dann ruft sie Smithson Plumbing an.

»Überrascht mich kein bisschen«, höre ich Garry Smithson sagen. »Das ist die Weide. Die Wurzeln blockieren den Abfluss. Sie werden neue Rohre brauchen und vielleicht besser auch diesen Baum rausreißen und so weiter.«

»Die Weide bleibt. Die steht da schon, seit ich denken kann. Können Sie nicht ein neues Rohr verlegen, das nicht so nahe bei den Wurzeln verläuft?«

»Möglich, aber in jedem Fall müsste ich dafür den Boden aufbaggern, und das geht so ohne Weiteres nicht. Das dauert ein, zwei Wochen.«

Rose hält das Telefon vom Ohr weg und versucht, den Hörer zu erwürgen. Keine Ahnung, warum. Ich würde den

Hörer ja für sie zerkauen, wenn sie will. Ein Telefon hab ich noch nie probiert.

»Und es gibt keine andere Lösung?«, fragt sie jetzt.

»Nicht auf lange Sicht, nein.«

»Wie viel würde das kosten?«

»Oh, das müsste ich noch mal berechnen, aber ein paar Riesen, würd ich sagen.«

»Ein paar Tausend? Aber, Garry, so viel hab ich nicht. Können Sie nicht vorbeikommen und erst einmal eine vorübergehende Lösung finden?«

»Ich arbeite am Wochenende nicht. Halten Sie es bis Montag aus?«

»Nein, Garry, ich halte es mit stinkendem Abwasser *nicht* aus. Und ich gehe auch nicht zum Pinkeln hinter die Büsche, okay?«

Was ist denn falsch daran, hinter die Büsche zu pinkeln? Ich mache das die ganze Zeit.

»Das werd ich Ihnen dann als Notfalleinsatz berechnen müssen.«

Sie seufzt. »In Ordnung«, antwortet sie, auch wenn sie es überhaupt nicht in Ordnung findet. »Kommen Sie einfach, so schnell Sie können.« Dann ist das Telefonat zu Ende.

Rose sieht mich an, und ich sitze da und sehe sie an.

»Wetten, du hast Hunger?«

Oh ja! Ich lecke mir über die Lippen.

»Und weißt du, was wir an diesem Scheißtag brauchen?«

Abendessen? Jetzt sofort?

Rose wählt eine Nummer, bestellt Pizza und macht eine Flasche Rotwein auf. Eine halbe Stunde später steht Garry vor der Tür und schüttet irgendeine faulig riechende Chemikalie in die verstopfte Toilette. Die Chemikalie gurgelt und sticht mir in die Nase, aber wenigstens ist die braune Soße innerhalb weniger Minuten abgeflossen.

»Dieses Zeug löst den Asphalt vom Motorway«, erklärt er. »Aber das ist leider keine Dauerlösung. Hier ist mein Angebot für neue Rohre.« Er reicht ihr ein handbeschriebenes Blatt Papier. Rose wirft einen flüchtigen Blick darauf, schüttelt den Kopf und steckt es in die Tasche. »Und dann wären da noch sechzig für das Klo, in bar.«

Rose geht in die Küche, um ihr Portemonnaie zu holen, während ich auf Garry aufpasse. Seine Augen stehen zu nah beieinander, und ich traue ihm nicht über den Weg. Jedes Tier, dessen Augen so nah beieinanderstehen, ist verlogen.

»Was glotzt du so«, fährt der Klempner mich an.

Ich kläffe ein paarmal, nur um zu zeigen, dass ich mich ganz sicher nicht von ihm herumschubsen lasse.

»He, gute Frau, können Sie diesen Hund mal unter Kontrolle bringen?«

»Was macht er denn?«, fragt Rose, als sie zurückkommt.

»Kläfft mich ziemlich fies an.«

Ich setze mich hin, bin still und leise und sehe sie unschuldig an.

»Das ist ein großer Softie, Garry. Der bellt viel schlimmer, als er beißt.«

Das stimmt zwar nicht, aber ich werde einen Teufel tun und ihr widersprechen.

»Sorry, Garry, ich muss Ihnen einen Scheck ausstellen. Ich kriege erst am Montag mein Gehalt.«

Er brummelt vor sich hin, lässt sich aber darauf ein und verschwindet, wobei er mich auf dem Weg zu seinem Lieferwagen für keine Sekunde aus den Augen lässt. Und dann setzt Rose mir ein extragroßes Abendessen vor – ich mag sie mit jedem Tag mehr! Sie legt sich in die Wanne, und als sie wieder herauskommt, zieht sie sich einen Schlafanzug mit fliegenden Schweinen darauf an. Irgendeine Verbindung muss es zwischen ihrer Familie und Schweinen geben, aber ich hab immer noch nicht herausgefunden, welche.

Als sie sich auf dem fadenscheinigen Baumwollbezug des Sofas zusammenrollt und an ihrem Wein nippt, geselle ich mich zu ihr ins Wohnzimmer. Ihr Laptop liegt auf dem niedrigen Couchtisch. In Gedanken bereits bei der Pizza, kaue ich auf einem meiner Gummispielzeugtiere herum, aber das langweilt mich schon bald, also quetsche ich mich in die Lücke zwischen Sofa und Couchtisch, und sie spielt mit meinen Ohren.

»Du warst sehr brav heute, Monty, als du diesen schrecklichen Mann gejagt hast. Und diese Strömung, die war wirklich heftig! Wo in aller Welt hast du gelernt, so zu tauchen?«

Ich hebe meine Pfote, und sie schüttelt sie, so wie man es üblicherweise tut, wenn man einander fragt: »Schön, Sie kennenzulernen – wie geht es Ihnen?« Dann spielt sie ein bisschen mit meinen Zehen.

»Dass du Schwimmhäute hast, hilft, nehm ich mal an.«

Ja, genau das wollte ich auch gerade sagen.

Fast fühlt es sich an wie eine Unterhaltung. Ich will ihr erklären, dass ich in Flüssen schwimmen gegangen bin, seit ich ein Welpe war, und dass ich außerdem schon eine Menge Fische gefangen habe.

Sie hat ihr erstes Glas Wein geleert und schenkt sich gerade ein zweites ein, als ihr Telefon klingelt. Ich erkenne die Stimme sofort wieder – es ist Joe Salisbury.

»Ich wollte nur mal hören, wie's dir geht«, sagt er.

Im Hintergrund sind Musik und Verkehrslärm zu vernehmen. Klingt, als sei er auf dem Weg nach Hause.

»In der Klinik haben sie gesagt, dass alles in Ordnung ist.« Sie schluckt schwer. »Nett, dass du anrufst. Wirklich.«

»Du warst fantastisch, Rose. Auf dem Revier reden sie von nichts anderem mehr.«

Sie errötet. »Irgendetwas Neues zu dem Messer?«

»Es heißt, dass es die Waffe ist, mit der Grace angegriffen wurde, und – das ist das Allerbeste – dass es aussieht, als hätte der Angreifer sich selbst damit verletzt. Mit etwas Glück reichen die Blutspuren, damit wir die DNA mit dem Stück Stoff aus Montys Maul abgleichen können.«

»Obwohl das Messer im Wasser lag?«

»Zumindest hab ich das gehört.«

»Und wann wissen wir es sicher?«

»Montag, spätestens Dienstag.«

»Also könnten Salts Mörder und Graces Angreifer ein und dieselbe Person gewesen sein? Und Larry Nice war zum Tatzeitpunkt bei Sainsbury's. Er kann es also nicht gewesen sein. Irgendjemand will ihm die Sache unterjubeln.«

Ich kläffe vergnügt.

Salisbury kann mich hören und lacht. »Klingt, als wäre der Hund ganz deiner Meinung.« Dann entsteht eine kurze Pause. »Gehst du zu Salts Beerdigung am Montag?«

Ich spitze die Ohren. Beerdigung?

»Ja, eigentlich wollte ich hingehen. Ich möchte sehen, wer dort so auftaucht und wie sie reagieren.« Rose wirft mir einen Seitenblick zu. »Und Monty muss wissen, wo sein Herrchen beerdigt wird. Ich nehme ihn mit.«

»Der arme Kerl«, sagt Salisbury. »Gut, ich bin fast daheim. Wir sehen uns Montag nach der Beerdigung.«

Rose legt auf, und dann starrt sie eine Weile den roten Knopf auf dem Telefon an. Ihre Finger streichen über die Tasten. Sie ist in eine Art Trance verfallen, und ich fürchte schon, dass sie krank ist, sodass ich mein Kinn auf ihr Knie lege.

»Typisch für mich, dass er vergeben ist.«

Vergeben? An wen vergeben? Womöglich muss ich neben allem anderen jetzt auch noch herausfinden, wo Joe hingegeben wurde. Andererseits klang er ziemlich entspannt. Vielleicht kann ich ja damit warten, bis wir mit der Pizza fertig sind?

Es läutet an der Haustür – es ist eine echte Bronzeglocke mit einer Strippe dran. Als mir langweilig war, hab ich versucht, dort hinaufzuspringen, aber ich hab das Seil noch nicht erwischen können. Sofort bin ich auf den Beinen, die Rute steil nach oben gerichtet, und belle eine Warnung. Dann laufe ich zur Haustür, bereit, Rose zu verteidigen. Sie späht durch das kleine Fenster neben der Tür. Es ist der Pizzabote.

»Hallo, können Sie vielleicht zur Hintertür kommen? Die Haustür klemmt.«

Du liebes bisschen – es ist derselbe Junge, den ich in der vergangenen Nacht beinahe zu Tode erschreckt hätte! Wahrscheinlich ist es besser, ich bleibe im Hintergrund und halte mich bedeckt. Ich lege mich in den Flur und warte, als ich plötzlich spüre, wie jemand an meinem Ohr zupft.

»Lasst was für mich übrig, ja?«, sagt eine Piepsstimme.

Es ist Betty Blabble.

»Wenn sie die Ränder übrig lässt, sag ich Bescheid«, antworte ich so leise, wie ich kann, damit der Pizzabote mich nicht hört.

»Da kommt sie schon – ich bin dann mal weg!« Und schon ist Betty durch das Loch in der Fußleiste gehuscht.

Oh, Peperoni, Schinken, Käse, Tomaten, Pilze. Ich sabbere schon, bevor Rose in ihr erstes Stück gebissen hat! Sie sieht es und wischt mir mit einer Gratisserviette übers Maul. Wie peinlich ist das denn! Ich bin doch kein Baby! Nur gut, dass Betty das nicht gesehen hat, sonst würde im Handumdrehen die gesamte Hundenachbarschaft über mich lachen.

»Was hat denn nun Mr. Rotzlöffel mit dieser ganzen Sache zu tun?«, fragt sie gedankenversunken.

Was ist das für ein Löffel, und warum läuft ihm die Nase?

»Wahrscheinlich ist er einfach nur ein arroganter Mistkerl, der seine Investitionen in diese neue Biene schützen will. Andererseits hätte er es sich leisten können, sich um den guten alten Salt zu kümmern ...«

Mein Maul klappt auf wie eine Falltür. Biene? Biene, hat sie gesagt! Ich springe auf und belle und werfe dabei fast die Pizzaschachtel vom Tisch.

»Monty, reiß dich zusammen. Ich weiß, dass du auch ein Stück haben willst, aber du musst einfach abwarten, ob ich dir etwas übrig lasse.«

Nein! Ich meine: ja! Lass mir ein Stück Pizza übrig! Aber nein, das ist nicht der Grund, warum ich so aufgeregt bin. Ich will mehr über die Biene wissen und über diesen arroganten Mistkerl. Aber ich kann mich nicht erinnern, dass irgendjemand anders sich je um Paddy gekümmert hätte außer mir ... Wir reden aneinander vorbei. Ich hoffe, dass Rose mir mehr Hinweise gibt, aber sie lässt das Thema fallen. Stattdessen googelt sie »Francis Grace Bankenbranche«. Frustriert kratze ich mich erst mal ausgiebig, lege mich wieder hin und knabbere an meiner Pfote. Rose isst die Pizza auf und lässt tatsächlich bloß ein paar Rindenstücke übrig. Ein einziges davon hält sie mir hin.

»Will nicht, dass du fett wirst.«

Keine Chance. Sie lässt die Schachtel mit geschlossenem Deckel in die Spüle fallen und kehrt aufs Sofa und zu ihrer Recherche zurück. Gelangweilt schiebe ich meinen Rücken gegen die Couch und meinen Kopf auf ihren Oberschenkel, sodass ich mit auf den Bildschirm gucken kann.

Scheinbar war der alte Mann in der Vergangenheit irgendein einflussreicher Investmentbanker, der in seinen Dreißigern nach Hongkong ging und sich dort mit Unternehmensbeteiligungen beschäftigt hat. Was Unternehmensbeteiligungen sind, kann ich nicht sagen, aber ich weiß, dass sich alles, was mit Banken zu tun hat, um Geld dreht, weil Paddy immer zur Bank gegangen ist, wenn er Bargeld brauchte.

»Klingt, als wäre unser Mr. Grace ziemlich verschlagen gewesen«, sagt Rose und sieht mich an. Mein Blick klebt am Bildschirm. »Man könnte glatt denken, dass du das gerade liest.«

Ich sehe zu ihr auf. *Wenn du wüsstest!*

Ohne ein weiteres Wort lesen wir weiter, bis wir auf eine zwölf Jahre alte Meldung über eine gewisse Familie Yelong stoßen.

»O weh«, sagt Rose. »Das ist wirklich traurig.«

Kurz bevor Grace in den Ruhestand ging, beaufsichtigte er die Übernahme von Yelong Carpets, einem Familienbetrieb, der Teppiche produzierte. Angeblich war dieser Betrieb mehrere Hundert Millionen Dollar wert. Das Familienoberhaupt, Mr. Yelong, wehrte sich lange, aber am Ende zwang Grace ihn, die Firma zu verkaufen, und feuerte die oberste Managementriege samt Mr. Yelong persönlich, der daraufhin aus Scham Selbstmord beging. Zahlreiche Arbeiter verloren ihre Jobs und die übrigen Mitglieder der Yelong-Familie all ihren Besitz.

Rose hat ein Bild der Yelong-Familie aufgerufen, ein Foto aus glücklicheren Tagen. Mutter, Vater, zwei Töchter, ein Großvater und ein siebenjähriger Junge, Yelong Li, in Schuluniform: rot-grau gestreifte Krawatte, weißes Kurzarmhemd, lange graue Shorts.

»Man fragt sich …«

Ich sehe zu ihr auf und neige den Kopf zur Seite. Was fragt sie sich?

»Er müsste inzwischen etwa neunzehn sein.«

Sie nimmt ihr Telefon zur Hand und ruft die Einwanderungsbehörde an, nennt Namen und Dienstrang und fragt, ob ein gewisser Yelong Li aus Hongkong sich im Augenblick in Großbritannien aufhält. Ich höre, wie ein Mann antwortet, er müsse erst in der Hauptstelle der Polizei anrufen, um ihre Identität zu bestätigen, werde dann aber zurückrufen.

In der Zwischenzeit wühlt Rose sich weiter durch die Familiengeschichte der Yelongs. Sie klickt sich von Seite zu Seite, bis sie ausreichend Informationen über Yelong Li zusammengestellt hat, darunter auch ein Foto von ihm als Achtzehnjährigem, der sich bereit macht, beim Hongkong-Marathon mitzulaufen. Mit ein paar anderen Läufern posiert er vor der Kamera. Ich gehe näher ran, um ihn mir genauer anzusehen. Er trägt ein ärmelloses Trikot, sodass beide Arme nackt sind. Er ist schlank, muskulös und trägt eine dunkle rechteckige Brille. Über dem linken Auge hat er ein rötliches Muttermal.

Ich versuche, mir wieder den Fahrer hinter dem Autofenster ins Gedächtnis zu rufen, der mich so höhnisch angesehen hat. Sofern Yelong Li sich dieses Muttermal nicht hat entfernen lassen, inzwischen keine Brille mehr braucht und sich nicht hat tätowieren lassen, war er nicht der Mörder meines Herrchens und hat auch Mr. Grace nicht attackiert.

»Das könnte unser Täter sein«, murmelt Rose. »Die richtige Größe, sportlich – und er hätte ein Motiv.« Sie sieht mir direkt in die Augen. »Was denkst du, Monty? Hat Yelong Li sich an dem Mann gerächt, der seinen Vater und dein altes Herrchen auf dem Gewissen hat?«

Ich schüttele den Kopf.

»Juckt's dich am Ohr?«

Sie krault mich hinter beiden Ohren.

Ich seufze und lege mich wieder auf den Boden. Nur Celeste und ich haben das Gesicht des Mörders gesehen, aber wie soll ich Rose die Sache mit dem Muttermal klarmachen?

Dann klingelt das Telefon. Es ist der Mann von der Einwanderungsbehörde.

»Yelong Li ist vor neun Monaten über Heathrow eingereist und hat angegeben, hier Urlaub zu machen. Ohne Visum hätte er nur sechs Monate bleiben dürfen – aber er ist immer noch im Land. Wir sind auf der Suche nach ihm.«

»Irgendeine Vorstellung, wo er sich aufhalten könnte?«

»Nein, aber wir haben seine Angaben hier auf der Liste. Darf ich fragen, warum Sie sich für ihn interessieren?«

Rose schluckt. »Wir möchten ihn im Zusammenhang mit einer Mordermittlung befragen.«

Und was ist mit dem arroganten Mistkerl und den Bienen?

Hmpf!

KAPITEL 34

Betty und ich haben die Pizzareste vertilgt. Ich kann nicht glauben, dass Rose – die oben im Bett liegt und leise schnarcht – den Pizzarand nicht mag! Wie ist das möglich? Betty knabbert sich schnell und methodisch von einem Ende jedes Teigrands zum anderen vor, während ich meine Stücke einfach hinunterschlinge. Ich muss mich schwer beherrschen, mir nicht alles auf einmal einzuverleiben, aber Betty ist nun mal meine Freundin, sodass ich mich zurückhalte, als sie sich das nächste Stück vornimmt. Ein langer Sabberfaden hängt mir aus dem Maul und schlackert Betty über den Kopf.

»Ups! Entschuldigung!«

Betty schubbert sich an meinem Bein, um ihn wieder loszuwerden. »Wenn ich eine Dusche brauche, dann sage ich Bescheid«, beschwert sie sich.

Ich höre, wie Celeste durch das Bleiglasfenster in der Küche geflogen kommt. In sicherer Entfernung von Betty und den Pizzarändern landet sie auf dem Wasserhahn, und kurz darauf kommt auch Dante und setzt sich verdächtig nahe neben sie auf das Abtropffeld. Ist er in Celeste verschossen?

»Ich habe Dante schon erklärt, was heute anliegt«, sagt sie. »Wir hatten ein Vorbereitungstreffen zu diesem Treffen hier.«

»Betty weiß auch schon Bescheid«, sage ich, und Betty äfft Celestes heisere Stimme nach: »Vohoorbereitungsträhääffen.«

Dann bemerkt sie, dass alle sie anstarren und dass sie möglicherweise zu weit gegangen ist, und wechselt das Thema.

»Und wo ist unsere kleine Biene?«

»Das arme Ding ist heute ein bisschen deprimiert … die Schuld der Überlebenden. Ich dachte mir, ich gebe ihr heute Abend besser ein bisschen Zeit für sich«, antwortet Celeste, und dann sagt sie ein wenig lauter: »Ich möchte Monty zu seinem mutigen Einsatz gratulieren. Monty, du hast einen Orden verdient!«

Dann applaudiert sie mir, indem sie ihre Beine aneinanderreibt, Betty klatscht, und sogar Dante klappert mit seinem Schnabel gegen den Ausguss. Wenn ich erröten könnte, würde genau das jetzt passieren.

»Du bist wirklich ein Held, Kumpel«, sagt Betty.

»Äh, gut.« Celeste räuspert sich. »In Ordnung, dann also mal hergehört. Wir müssen uns wieder auf unseren Fall konzentrieren.«

»Sklaventreiberin«, murmelt Betty.

»Gehen wir noch mal gemeinsam durch, was wir inzwischen wissen.« Sie läuft auf dem Wasserhahn auf und ab. »Monty und ich haben das Gesicht des Verdächtigen sehen können. Rose konnte ihn leider nur im Profil sehen, und das auch nur sehr kurz. Der Mann, der Mr. Grace überfallen hat, hatte schnurgerades, ein bisschen zotteliges schwarzes Haar. Dunkle Augen, auffällige Augenlider. Er stammt aus Fernost, in Anbetracht seiner Größe möglicherweise aus Korea. Er ist eins achtzig groß, sportlich, aber mit einem runden Gesicht. Schwarz gekleidet. Fuhr in einem silberfarbenen viertürigen Ford Fiesta davon – was zufälligerweise eines der beliebtesten Fahrzeuge hierzulande ist.«

»Dann wird es schwer werden, es ausfindig zu machen – aber hervorragend beobachtet, Celeste«, bemerkt Dante.

»Die helfen«, sagt sie und zeigt auf ihre Facettenaugen. »Und seine Kleidung roch nach einem ganz bestimmten Essen – und ich glaube, ich weiß, was das war.«

»Faule Eier?«, frage ich.

»Genau. Vor ein paar Monaten hat eine asiatische Kirschessigfliege mich um Hilfe gebeten. Kirschessigfliegen sind hier noch nicht heimisch, haben aber die hiesigen Obstbauern im Visier. Jedenfalls war sie ziemlich gesprächig und hat erzählt, wie froh sie ist, dass dieser fürchterliche Tofu hierzulande so unbeliebt ist. Allein schon der Geruch macht sie ganz kirre.«

»Sie glauben also, dass unser Verdächtiger diesen speziellen Tofu gegessen hat?«, fragt Dante.

»Genau.«

Ich muss wieder an den Ford Fiesta denken. »Er hat sein Fluchtfahrzeug gewechselt.«

Die anderen sehen mich verwirrt an.

»Als Paddy ermordet wurde, war er in einem weißen Lieferwagen unterwegs«, erkläre ich. »Und jetzt fährt er einen silbernen PKW.«

»Wahrscheinlich alle beide geklaut«, sagt Dante.

»Und weder das eine noch das andere ist ein roter Flitzer oder gehört zu GN1US«, sagt Celeste.

»Hast du ein Muttermal auf seinem Gesicht gesehen?«, frage ich.

»Nein, wieso?«

»Weil Rose glaubt, dass der Mann, den wir heute gesehen haben, ein Zweibeiner namens Yelong Li aus Hongkong sein könnte.« Ich erkläre ihnen, wie Yelong und Francis Grace miteinander zusammenhängen. »Allerdings sieht Yelong nicht aus wie unser Mörder und hat auch kein Tattoo. Außerdem hat er ein rötliches Muttermal über dem linken Auge.«

»Aber der Mann von heute hatte kein Muttermal«, bestätigt Celeste. »Sprich: Es war nicht Yelong Li.«

»Halt, halt«, geht Betty dazwischen. »Wir schweifen ab. Vergesst diesen Yelong-Typen. Was ist mit dem Tattoo auf dem Arm des Mörders? Er könnte Mitglied irgendeiner asiatischen Mafiaorganisation sein. Vielleicht können wir ihn ja darüber ausfindig machen?«

»Es sah aus wie ein Stern«, sage ich. »Aber nicht wie ein normaler – er hatte mehr Zacken. Sieben, glaube ich.«

»Das könnte uns weiterhelfen«, sagt Betty. »Wir suchen nach einer hiesigen Organisation mit auftätowierten Sternen. Da draußen gibt's ein paar ziemlich üble Gangs, das könnt ihr mir glauben! Bin im Eurotunnel mal mit einer aneinandergeraten ... die haben Drogen geschmuggelt ... Aber wir haben das Problem aus der Welt geräumt.«

Dante und Celeste starren die Ratte ungläubig an.

»Was?« Betty zuckt verunsichert mit den Schultern.

»Wie sind Sie und Ihre Rattenfreunde die Zweibeiner denn losgeworden?«, fragt Celeste.

»Darüber möchte ich nicht reden.«

Verärgert hebt Celeste die rot-schwarzen Flügeldeckel. Au Backe. Ich rufe alle zur Räson.

»Dante«, sage ich. »Können wir uns irgendwie über diese Gangs schlaumachen?«

»Wenn du einen Laptop hast?«

Ich führe sie ins Wohnzimmer, wo Rose den Laptop auf dem Sofa hat liegen lassen. Im Handumdrehen haben wir eine sternenförmige Tätowierung gefunden, die zu der auf dem Arm des Mörders passt. Die Death-Stars-Gang. Für Betty, die nicht lesen kann, trage ich die Informationen laut vor.

»Klingt nicht gut … Echt fiese Gestalten, wenn ihr mich fragt«, sagt sie schließlich.

»Sie handeln mit Drogen aus Südkorea«, fahre ich fort, »und breiten sich in den USA und Großbritannien immer weiter aus. Sie werden mit diversen Morden in Verbindung gebracht.«

»Aber warum sollten sie einen Entomologen umbringen?«, fragt Dante. »Das klingt doch nicht plausibel.«

»Hä?«, kommt es von Betty.

»Er meint Paddy«, erkläre ich ihr.

»Und warum sagt er das dann nicht, verdammt?« Sie seufzt theatralisch und verschränkt die Arme. »Gangs morden aus zwei Gründen. Rache oder Geld. Ich setze auf Geld.«

»Wie wollen Sie denn wissen, was ihre Motive sind?«, fragt Celeste, und Betty weicht ihrem Blick aus.

»Unsereins lebt in den dunklen, schmutzigen Winkeln der Stadt. Wir hören gewisse Dinge, wissen Sie?«

Wir warten alle auf eine Erklärung, aber es kommt keine.

»Vielleicht sind diese Superbienen ja ein Vermögen wert«, fährt sie fort, »und irgendjemand wollte nicht, dass Paddy den Mund aufmacht.« Sie sieht mich an. »Entschuldige, Kumpel, aber ich sag nur, wie's ist. Wem auch immer dieser rote Sportwagen gehört, könnte diese Gang dafür bezahlt haben, dass sie sich um ihn kümmern.«

»Sie hat recht«, sagt Celeste. »Und ich glaube auch, dass diese Drogensache wichtig ist. Das hier habe ich zwischen den Bodenplatten am Tatort gefunden.«

Sie zieht den Reißverschluss eines ihrer Stiefel auf, und aus

Angst vor dem Geruch ihrer Füße treten wir alle einen Schritt zurück. Aus dem Stiefelschaft zieht sie ein Stück von einem Blatt hervor, das so winzig ist, dass ich es kaum erkennen kann.

»Was ist das?«, fragt Betty.

»Ein Eckchen von einem Cannabisblatt. Ich nehme nicht an, dass Paddy gekifft hat?« Celeste sieht zu mir herüber, und ich sehe sie ratlos an. »Marihuana, Gras, Hasch …«

»Diese komischen Zigaretten? Nein, niemals.«

»Dann muss es aus der Kleidung des Mörders stammen.« Sie sieht uns der Reihe nach an. »Und deshalb gibt es jetzt zwei Richtungen in unserer Ermittlung. Erstens: Wir müssen herausfinden, wo diese Death Stars sich herumtreiben. Bauen sie das Cannabis selbst an, oder importieren sie es? Und zweitens: Wir finden heraus, zu wem das Kennzeichen GN1US gehört. Womöglich haben die beiden sogar etwas miteinander zu tun. Vielleicht wollte Mr. Genius Paddy aus dem Weg räumen und hat einen Killer damit beauftragt.«

»Ganz deiner Meinung«, sage ich.

»Konzentrieren wir uns zuerst auf diese Death Stars«, beschließt Celeste. »Irgendwelche Vorschläge?«

»Ich kann ja mal ein paar Urimails hinterlassen«, sage ich.

»Und ich hab Kontakte in den Kanälen von Geldeford, die ich fragen kann«, erklärt Betty.

»Gut«, erwidert Celeste. »Dante, ich brauche eine Liste von Garagen und Lagerräumen, in denen gewisse Leute ein und aus gehen, ohne dass ihnen Fragen gestellt werden. Oh, und Läden für Hydrokulturpflanzen.«

»Wie Sie wünschen«, antwortet Dante.

»Und wie finden wir diesen bescheidenen Mr. Genius?«, fragt Celeste.

»Ganz offensichtlich hat er etwas mit diesem Superbienenprojekt zu tun«, sagt Dante. »Entweder arbeitet er bei Flay Bioscience oder an der Universität. Dürfte ich eine kleine Observierung vorschlagen? Eine schrecklich öde Aufgabe, aber wenn er erst einmal seinen Wagen abgestellt hat, können wir ihm folgen und herausfinden, wer er ist.« Er gähnt.

»Klingt sterbenslangweilig«, sagt Betty, »aber solange wir etwas zu futtern dabeihaben ...«

»Vielleicht müssen wir auch gar nicht so weit gehen«, sage ich. »Am Montag ist Paddys Beerdigung, und Rose nimmt mich dorthin mit. Vielleicht kommt GN1US ja auch.«

Und plötzlich schießt mir durch den Kopf, dass dies die letzte Gelegenheit sein wird, meinen geliebten Paddy zu sehen. Auch wenn ich von meinen Freunden umgeben bin, fühle ich mich mit einem Mal fürchterlich einsam. Ich lasse den Kopf und meine Rute hängen.

»Keine Angst, Kumpel«, sagt Betty, »ich bin für dich da.«

»Du kannst dich auf mich verlassen, Monty«, sagt auch Celeste. »Ich halte dir den Rücken frei.«

Als ich aufsehe, hat sie eine Ninjapose eingenommen.

Dante hüpft von einem Bein aufs andere, und seine scharfen Krallen klappern über das blecherne Abtropffeld. Gefühle – insbesondere die von anderen – findet er peinlich.

Ich setze mich gerade hin und reiße mich zusammen. Hier geht es darum, Paddys Mörder zu finden, und nicht darum, in Trauer zu versinken.

»Paddys Beerdigung ist die optimale Gelegenheit, um Mr. Genius ausfindig zu machen. Ihr müsst alle kommen und nach dem roten Wagen Ausschau halten. Dante, aus der Luft hast du die beste Sicht. Wenn du GN1US entdeckst, gib Laut.«

Er nickt kurz.

»Betty, könntest du vielleicht einen Flay-Sicherheitsausweis klauen? Das ist so ein rechteckiges Plastikding mit einem Barcode und einem Foto drauf. Paddy hatte es immer an einer langen Kordel um den Hals, aber vielleicht lässt irgendwer es ja auch mal im Auto liegen oder steckt es sich in die Tasche.«

»Ein Kinderspiel.«

»Ähm, tut mir leid, wenn ich dazwischengehe«, sagt Celeste und stampft irritiert mit dem Stiefel auf. »Ich leite die Ermittlungen, und daher sollte die Aufgabenverteilung auch bei mir liegen und nicht bei dir.«

»Jetzt ist aber mal gut«, faucht Betty. »Montys Plan ist spitze. So machen wir's.«

Celeste spreizt die Flügel und hebt ab. Ich bin drauf und dran, sie zurückzurufen, als sie auf dem Tisch landet. »Okay, zugegeben, der Plan ist gut, ich bin dabei. Dieses eine Mal.«

Das Problem ist nur, dass ich nicht wirklich einen Plan habe. Ich improvisiere gerade munter vor mich hin.

»Celeste, Rose nimmt mich wahrscheinlich an die Leine, und dann werde ich nicht allzu viel mitbekommen. Du musst dir die Gesichter der Zweibeiner genau ansehen – du weißt, wie der Mörder ausgesehen hat. Vielleicht taucht er ja ebenfalls auf.«

»Wird gemacht. Und wenn ich ihn entdecke?«

»Dann gibst du mir Bescheid und lässt ihn nicht mehr aus den Augen.«

»Glaubst du wirklich, er ist so blöd und kommt?«, fragt Betty.

»Wenn ja, dann wird er es bereuen.«

KAPITEL 35

Ich mache ein Auge auf und sehe, dass Rose im Bademantel in der Küche herumtappst. Ihre pinkfarbenen Schlappen klatschen über das Linoleum. Es ist Sonntagmorgen. Ich mache das Auge wieder zu und döse weiter – bis der Geruch von Bacon mich weckt. Nach meinem gestrigen Abenteuer bin ich vielleicht ein bisschen müde, aber Bacon ist einfach unwiderstehlich. Meine Nasenlöcher zittern, ich schlage die Augen auf und hebe den Kopf.

Rose sieht mich an und lacht. »Du siehst genauso aus, wie ich mich fühle. Echt durch den Wind. Wie kommt's, dass du dir auf die Lefzen beißt, Monty?«

Erst jetzt bemerke ich, dass ich eine Lefze zwischen die Zähne geklemmt habe. Das sieht nicht gut aus – aber mit einem ausgiebigen Gähnen ist das Problem behoben.

»Dachte ich mir, dass Bacon dich in Schwung bringt«, sagt sie.

Ich stehe auf und strecke mich. Yogaexperten nennen diese Position den herabschauenden Hund. Ich kann aber auch den Hundedonut – wenn ich meine Schwanzspitze ins Maul nehme. Nur eine Yogaposition würde ich nie machen: die Katze. Pff! Als ich mich fertig gestreckt habe, setze ich mich so nah neben Rose wie möglich. Sie muss schließlich verstehen, dass ich jetzt bereit für den Bacon bin.

»Vorsicht, das Fett spritzt, und dann verbrennst du dich.«

Sie versucht, mich beiseitezuschieben, aber ich bleibe lieber so nah wie möglich daneben stehen und weiche keinen Millimeter zurück. Sie selbst isst Bacon und Eier mit Toast und setzt sich dazu vor ihren angeschalteten Laptop an den Tisch.

Oh nein! Haben wir uns das Ding nicht gestern Nacht geschnappt? Und angelassen?

Rose liest die Nachrichten, und ich entspanne mich wieder. Sie muss ihn hierhergetragen haben, während ich geschlafen habe. Als sie fertig gefrühstückt hat, lässt sie ein letztes Stück Bacon in mein Maul fallen. Lecker! Salzig, leicht angebrannt, knusprig, rauchig, fleischig. Himmlisch! Ich lecke mir mehrmals genüsslich über die Schnauze.

»So, Monty, was machen wir denn heute?«

Mehr essen.

Gassi gehen.

Eichhörnchen jagen.

Fischen.

Frisbee spielen.

Löcher buddeln und Maulwürfe ausschnüffeln.

Mir fällt so einiges ein, und ich wedele wie wild mit dem Schwanz.

»Ich muss noch ein paar Dinge erledigen. Waschen, putzen … und das Laub aufharken. Hast du für irgendetwas davon ein Talent?«

Klingt nicht ganz so spannend. Ich beschließe, die Führung zu übernehmen, laufe zu der Stelle, wo Rose meine Leine an einen Haken gehängt hat und starre sie an. Mein ganzer Körper zeigt in Richtung Leine. Diese Technik habe ich mir bei meinen Pointer-Freunden abgeguckt.

»Ah, verstehe, du willst Gassi gehen?«

Hurra, Rose versteht mich wirklich!

»Warum nicht?«, sagt sie. »Aber erst muss ich noch schnell baden und mich anziehen.«

Wieso kann sie denn nicht einfach im Bademantel gehen?

Sie stellt die Pfanne und ihren Teller in die Spüle und geht die Treppen hoch. Nach einer Weile kommt sie mit nassen Haaren zurück in die Küche und riecht nach Erdbeeren. Sie hat schwarze Nike-Schuhe an, eine sportliche Dreiviertel-Jogginghose und ein figurbetontes Fleece-Oberteil mit Kapuze und vorne einem Reißverschluss. Sie leint mich an, und ich ziehe sie zur Hintertür. Gassiiii!

»Monty, warte, ich brauche noch meine Schlüssel und die Hundetüten.«

Sie schnappt sich im Vorbeigehen, was sie braucht – samt Handy –, und dann geht es los. In einem Affenzahn. Keine Ahnung, wo es hingehen soll, aber ich laufe, und Junge, wie ich laufe! Um sich nicht die Hand zu verletzen, lässt sie die Leine los. Ich wetze zwischen Eichen und Eschen hindurch und nehme den aufreizenden Geruch von Kaninchen, Füchsen und Eichhörnchen wahr.

»Monty! Nicht so weit! Ich will dich nicht aus den Augen verlieren«, ruft Rose hinter mir her, während ich mein Bein hebe und an einem Baumstamm folgende Nachricht hinterlasse: »Weiß jemand, wer den roten Bentley GN1US fährt? Monty@Duckdown Cottage.« Und dann noch eine: »Hat jemand einen Koreaner mit einem siebenzackigen Sterntattoo und einer Bisswunde im Arm gesehen? Monty@Duckdown Cottage.«

Während ich darauf warte, dass Rose zu mir aufschließt, überlege ich kurz, ob ich nicht auch noch twittern sollte. Aber

Urimails sind wahrscheinlich der bessere Weg, um die Nachbarn hier in der Gegend zu erreichen.

Gerade als Rose mir nahe genug kommt, um mich zu tätscheln, wittere ich den Geruch von Wasser. Ich tänzele kurz aufgeregt um sie herum, und dann rase ich mit hellwacher Nase dem Geruch nach. Er wird umso schilfiger, schlickiger, fischiger, je näher ich ihm komme. Ich weiß genau, dass es sich um einen Fluss handeln muss, weil ich jetzt auch das Gurgeln vom Ufer herauf höre. Urplötzlich stehe ich am Rand des Wäldchens, und vor mir fällt ein steiler Grashang zu einem schlammigen Strand hin ab. Eine Erle streckt ihre Wurzeln bis ins Wasser, und überall stehen Rohrkolben, deren große braune Büschel wie Speere in die Luft ragen. Ich schlittere zum Ufer hinab und schnüffele am Wasser. Es ist frisch und sauber. Und besser noch: Es riecht nach Fisch. Flussbarsch womöglich. Oder Kaulbarsch. Wie auch immer – ich bin hingerissen. Aber wenn ich einen fangen will, muss ich jetzt vorsichtig sein. Im Fluss herumzutoben macht zwar einen Heidenspaß, aber es verscheucht die Fische. Das hab ich auf die harte Tour lernen müssen.

Ich entdecke eine Stelle, an der das Wasser halbwegs stillsteht. Es sieht aus wie schwacher Tee, und ich setze behutsam eine Pfote nach der anderen hinein, um keine Wellen zu erzeugen. Ich wate ein Stück weiter hinaus, wo es immer noch einigermaßen flach ist – gerade brusthoch –, und bleibe dort stehen. Ich schnuppere an der Oberfläche, und weil mein Schwanz nicht aufhören will zu wedeln, halte ich ihn hoch, damit er keine Vibrationen durch das Wasser jagt.

»Da bist du«, höre ich die atemlose Rose hinter mir.

Ich rühre mich keinen Zentimeter. Meine Pfoten stehen

fest im Schlick, und nur meine gesenkte Schnauze bewegt sich auf der Suche nach einem Fisch über der Wasseroberfläche hin und her.

»Du bist eine echte Wasserratte, was?«, fragt sie.

Ich habe ihr den Rücken zugekehrt, aber ich höre, wie sie sich am Ufer hinsetzt.

»Sieh einer an. Springkraut«, sagt sie. »Wie ironisch.«

Ich weiß, dass sie die pinkfarbene Blume am Ufer meint, die umgangssprachlich auch »Polizeihelm« heißt. Ich werfe einen Blick über die Schulter und sehe nach, ob alles in Ordnung ist.

»Willst du echt Fische fangen?«, fragt sie und zieht ungläubig die Augenbrauen hoch.

Im selben Moment entdecke ich den stacheligen Bogen einer Rückenflosse und für den Bruchteil einer Sekunde eine rote Schwanzflosse. Ein Flussbarsch! Er kommt näher, und seine Kulleraugen bewegen sich auf der Suche nach Nahrung hin und her. Gerade als ich mein Maul aufreiße und mich bereit mache zuzuschlagen, höre ich, wie jemand meinen Namen ruft. Es ist dieser näselnde Nigel. Aber der interessiert mich jetzt nicht. Der Barsch schwimmt direkt auf die Lücke zwischen meinen Vorderbeinen zu – perfekt! Ich tauche mit weit aufgerissenem Maul ins Wasser ein, ziehe den wild um sich schlagenden Fisch heraus und niese Wasser. Dann wate ich erhobenen Hauptes zurück zum Ufer und präsentiere dabei meine Beute.

»Släpp mig!«, ruft der Barsch und schlägt mir mit der Schwanzflosse aufs Auge. »Jävla fähund!«

Rose ist aufgesprungen. »Ich glaube es ja nicht …«

Und ich kann es auch nicht glauben. Dass ich auf Schwedisch beschimpft werde! Aber ehrlich gesagt, hat der Barsch auch guten Grund dazu. Immerhin habe ich wirklich vor, ihn zu verspeisen.

»Entschuldigung«, sagt das Eichhörnchen, das an einer Trauerweide baumelt, die ihre Zweige ins Wasser hängen lässt. »Monty aus Duckdown Cottage?«

Ich sehe zu ihm auf und nicke, während der Fisch immer noch in meinem Maul zappelt.

»Wollte nur sichergehen, dass ich es mit dem richtigen Hund zu tun habe. Also, ich will Ihnen ja nicht den Spaß verderben, und ich bin eigentlich auch viel zu beschäftigt, um Zeit zu vertrödeln, außer es ist wirklich wichtig …«

Komm zum Punkt, will ich am liebsten sagen, aber ich kann jetzt das Maul nicht aufmachen. Der Fisch gibt mir schon wieder eins aufs Auge. Aua!

»… aber als Ihr zuständiger Neighbourhood-Watch-Beauftragter ist es wahrscheinlich meine Aufgabe, Sie davon in Kenntnis zu setzen …«

Endlich stehe ich am schlammigen Ufer und lasse den Fisch vor Roses Füßen fallen.

»Schlaues Kerlchen!«, sagt sie.

»Äh, also, bevor Sie weitermachen, und ich will wirklich nicht unhöflich sein, aber … haben Sie eine Fischereigenehmigung für diesen Flussabschnitt?«, fragt Nigel. »Was Regeln angeht, bin ich sehr genau, müssen Sie wissen. Regeln sind dazu da, damit man sie befolgt, und Bürokratie ist, was dieses Land … na ja … zu England macht. Also, haben Sie eine? Eine Fischereigenehmigung, meine ich?«

Ich will eigentlich nur meinen Fisch verputzen und damit auch nicht länger warten. Ich setze meine Pfote auf den

Barsch, damit er nicht davonzappelt, und habe fast schon hineingebissen, als das Eichhörnchen, das jetzt direkt über meinem Kopf baumelt, mir zuruft: »Eh, eh, eh! Nicht, wenn Sie keine Genehmigung haben. Sonst werde ich Sie anzeigen müssen. Sie lassen mir keine Wahl.«

»Skynda dig!«, meldet der Barsch sich zu Wort.

»Ich geb mir alle Mühe!«, kläffe ich dem Fisch frustriert zu.

»Monty!«, ruft plötzlich Rose. »Entweder du erlöst auf der Stelle diesen Fisch, oder ich werfe ihn zurück ins Wasser.«

Na großartig. Ich spähe hinauf zu diesem nervigen Eichhörnchen.

»Ich brauche keine Genehmigung, Sie Ochse. Ich bin ein Hund, und Hunde brauchen so was nicht.«

»Da liegen Sie gleich zweimal falsch. Natürlich gelten Regeln auch für Hunde, und ich bin kein Ochse.«

Mamma mia, ist dieser Kerl ein Erbsenzähler!

»Hören Sie, wenn Sie mir etwas Wichtiges zu sagen haben, dann spucken Sie es jetzt aus.«

»Natürlich. Sofort. Aber wenn ich so darüber nachdenke … Ich brauche Wählerstimmen. Will Vorsitzender bleiben, und um ehrlich zu sein: Ich werde auch dringend gebraucht. Manchmal habe ich den Eindruck, dass ich hier der Einzige bin, der diesen Job ernst nimmt.«

Um es mal klar zu sagen: Das ist mir schnuppe. Ich will jetzt MEINEN FISCH FRESSEN!

»Also, Monty, altes Haus, kann ich mit Ihrer Stimme rechnen?«

»Ja!«, belle ich, damit er endlich still ist. »Und was, bitte schön, wollten Sie mir erzählen?«

Ich schwöre, ich höre den Fisch seufzen.

»Ah, natürlich. Also, als Ihr Neighbourhood-Watch …«

»Nigel, das haben Sie bereits erwähnt.«

»Oh, sicher. Ich wollte Sie darüber informieren, dass sich in diesem Augenblick gerade ein Fremder mit einem verletzten Arm am Duckdown Cottage herumtreibt und durch die Fenster späht. Sieht irgendwie verdächtig aus …«

Ich zucke zusammen. Mit aufgerichtetem Nackenfell und hocherhobener Rute knurre ich furchterregend. Augenblicklich ist der Fisch vergessen. Ich weiß natürlich, um wen es geht.

Das Eichhörnchen ist entsetzt und flitzt auf die oberen Äste hinauf. Ich kläffe zu Rose hinüber, und dann renne ich wie ein Windhund durch den Wald.

»Monty, was ist denn los?«, ruft sie. »Dein Fisch!« Der glücklichste Fisch Englands, würde ich sagen. Dann setzt sie mir nach. »Monty! Warte!«

Aber ich warte nicht. Ich kann nicht warten. Ich springe über Äste und Baumstümpfe, lasse den Wald hinter mir, laufe auf die Straße und weiche gerade noch so einem Auto aus, das auf dem Weg nach Geldeford ist. Ich sehe mich nicht einmal um, sondern rase um die Ecke und die zersprungene Betonauffahrt hinauf. Die Enten flattern auseinander und quaken empört. Aber ich kann ihn nirgends sehen.

Ich umrunde das Haus und laufe in den hinteren Teil des Gartens, springe über die verbeulte Schubkarre und schnüffele. Ich weiß, dass er hier ist. Ich stelle mich auf die Hinterbeine, schnappe nach der Klinke und schiebe die Hintertür auf. Wie der geölte Blitz bin ich im Haus und sehe mich knurrend um. Aus dem Wohnzimmer kommt das Geräusch von Schritten, und dann kratzt ein altes Fenster über den Rahmen, als es aufgedrückt wird.

Nein! Ich sehe noch, wie eine Gestalt sich durch das schmale Wohnzimmerfenster schiebt und wegrennt. Sie trägt Jeans, ein graues Sweatshirt und eine Baseballkappe. Ohne nachzudenken, springe ich ihr durch das Fenster hinterher und komme unsanft in dem Blumenbeet auf, wo Terrakottatöpfe kreuz und quer herumliegen. Ich winsele. Als ich gegen den Rand eines der Töpfe schlage, verstauche ich mir den Knöchel und stolpere, aber dann rappele ich mich wieder auf und laufe weiter. Der Typ dreht sich um. Er hat sich einen Schal vor das Gesicht gebunden und eine Sonnenbrille auf der Nase.

Rose kommt die Auffahrt hochgelaufen und strauchelt, als sie den Mann auf sich zustürzen sieht – und mich direkt dahinter. Er rempelt sie absichtlich an, rammt ihr die Schulter in die Brust, sodass sie stürzt, doch sie rappelt sich sofort wieder auf, rollt sich zur Seite und kommt wieder auf die Beine. Ich bin inzwischen an ihr vorbeigesprintet. Direkt vor der Zufahrt zu einem Privatweg, der zu einem Bauernhof führt, steht ein silberner Ford Fiesta. Der Mann springt hinein und rast in Richtung Farley Green, und ich kann nichts weiter tun, als dem Wagen hinterherzusehen, der erst die schmale Straße hinunterfährt und dann hinter einer Kurve verschwindet. Heulend laufe ich auf und ab. Ich hab's schon wieder vermasselt.

Es war definitiv der Mörder: Ich hab den Geruch von feuchten Wänden und diesen merkwürdigen Zigaretten und den eigentümlichen Insektengeruch wahrgenommen, von dem ich mittlerweile weiß, dass Malaria dahintersteckt. Das muffige Essen hab ich zwar nicht riechen können (ich nehme an, er isst nicht jeden Tag das Gleiche), aber er war auch noch von anderen Gerüchen umgeben. Einer davon war ganz schwach, als hätte ihn jemand angefasst und seine Signatur auf ihm hinterlassen – irgendein chemisches Mittel vermischt mit einem Moschusduft, der in Aftershaves und Parfüms verwendet wird. Und dann war da auch noch Eiter. Diesen leicht fischigen Geruch kenne ich, ja, weil Flash, ein Terrier, den ich beim Tierarzt kennengelernt habe, eine Entzündung am Bein hatte und die Tierpflegerinnen den Eiter immer wieder entfernen mussten. Der Mörder hat also eine Entzündung – und zwar eine echt fiese. Könnte es sein, dass die von meinem Biss in seinen Arm herrührt?

Rose ruft mich zu sich, und ich humpele zu ihr zurück.

»Geht's dir gut?«, fragt sie ganz außer Atem. »Hat er dir wehgetan?«

Immer noch völlig aus der Puste hebe ich mein verletztes Bein, und sie sieht es sich an. »Müssen wir zu Malcolm? Schon wieder … Allmählich hast du dort täglich Termine!« Rose wirft einen Blick über die Straße. »Wer war das?«

Zwischen meinen Japsern bringe ich ein Knurren hervor. Wie sonst soll ich ihr klarmachen, dass das Patricks Mörder war?

»Ähnlicher Körperbau – aber das kann nicht sein«, murmelt sie.

Ich lasse sie stehen und humple ins Haus.

»Monty, warte! Ich muss erst nachsehen, ob irgendwas gestohlen wurde.«

Dann höre ich, wie sie vom Handy aus die Polizei anruft. Als sie wieder zu mir aufschließt, bin ich bereits in der Küche, habe meinen Fressnapf im Maul und halte ihn ihr entgegen. Sie muss lachen.

»Du willst eine Belohnung, was? Weil du ihn verjagt hast? Natürlich, sollst du haben.«

Nein, das meine ich nicht! Ich lasse den Napf fallen und nehme ihn wieder hoch. Diesmal sind die Wörter auf der Außenseite für sie deutlich erkennbar. Ich winsele, und erst sieht sie verwirrt aus, doch dann kommt sie näher.

»Du willst mir etwas mitteilen, nicht wahr?«, sagt sie und geht vor mir in die Hocke.

Bin ich zu weit gegangen? Verstoße ich gerade gegen Gebot sechs? Wir dürfen Zweibeinern nicht zeigen, dass wir ihre Sprache sprechen. Allerdings strotzen die *Hundechroniken* nur so von Geschichten über Artgenossen, die gegen dieses Gebot verstoßen haben. Fala zum Beispiel, der schwarze Scottish Terrier von Präsident Franklin D. Roosevelt – von ihr weiß man, dass sie dem Präsidenten überallhin gefolgt ist und dass er stinksauer wurde, wenn die Republikaner Lügengeschichten über sie erzählten. »Ich bin daran gewöhnt, bösartige Lügen über mich zu hören«, hat er einmal gesagt. »Aber ich denke, ich habe das Recht, mich über verleumderische Behauptungen über meinen Hund zu ärgern und ihnen zu widersprechen.«

Was nicht ganz so bekannt ist: Fala hat wohl versucht, ihr geliebtes Herrchen vor dem bevorstehenden Angriff auf Pearl Harbor zu warnen. Die Urinüchteküche brodelte während des Krieges schier über von Geschichten über einen japanischen Bootshund, der sich auf einem Frachter versteckt hatte, bevor er in den USA an Land ging. Er hatte sein früheres Herrchen, einen japanischen Marineoffizier, über die Angriffspläne reden hören. Fala verstieß gegen das sechste Gebot, schnappte sich einen Spielzeugflieger, setzte ihn auf eine Landkarte von Hawaii und kläffte ihr Herrchen wiederholt an. Der Präsident schob den Flieger beiseite, doch Fala setzte ihn immer und immer wieder auf Hawaii ab. Irgendwann erwähnte er dann seinen Generälen und Admiralen gegenüber, er befürchte, Pearl Harbor könne von den Japanern attackiert werden, doch die anderen winkten bloß ab. Der Rest ist Geschichte. Was ich aber eigentlich sagen will: Unter Extrembedingungen haben Hunde immer schon mehr von ihren Fähigkeiten offenbart, als sie es hätten tun dürfen. Und ich muss Rose schließlich warnen, dass Paddys Mörder in ihr Haus eingedrungen ist!

Ich wackle mühsam mit dem Futternapf und lasse ihn mit einem lauten Scheppern fallen, und sie nimmt ihn nachdenklich in die Hand.

»*Paddy's Place*«, liest sie laut vor. »Was soll das heißen?«

Ich laufe zur offenen Tür hinüber und spähe hinaus, belle mir die Seele aus dem Leib, renne dann zurück zu meinem Napf und stoße den Rand an, auf dem *Paddy's Place* steht.

Rose setzt sich auf den Boden und sieht mir direkt in die Augen. »Willst du mir etwa sagen, dass dieser Einbrecher was mit dem Mord an Patrick zu tun hat?«

Ich kläffe einmal und setze mich demonstrativ gerade auf. Genau das will ich sagen! Das war Paddys Mörder!

»Mein Gott, wenn das wahr ist, was zur Hölle hatte er dann hier zu suchen?«

Meine Rede.

KAPITEL 36

Während eine Polizistin mit Rose spricht und sich Notizen macht, checke ich die eingegangenen Urimails. Jake, der dreibeinige Staffie, hat mir eine Nachricht hinterlassen. Er muss nach unserem Ausbruch aus Dogmo hier in der Gegend geblieben sein. Gut zu wissen, dass es ihm gut geht. »Hab deine Urimail gelesen«, lässt er mich wissen. »Hab Gerüchte gehört über eine hiesige Gang, die Tattoos mit siebenzackigen Sternen hat. Ich bleib an der Sache dran. Gruß, Jake.«

Das sind tolle Neuigkeiten! Ich bedanke mich bei ihm und hinterlasse dann eine allgemeine Urimail, in der ich mich nach Infos über den Ford Fiesta unseres Eindringlings erkundige, der zuletzt nach Farley Green unterwegs gewesen ist. Mein Knöchel tut inzwischen nicht mehr ganz so weh, und ich will auch nicht schon wieder zum Tierarzt, also lege ich mich unter einen Baum und ruhe mich aus. Ein zweites Auto fährt vor, diesmal ein Zivilfahrzeug, und erst steigt dieser herausgeputzte Kötermann aus, den ich nicht leiden kann, dann Roses Vorgesetzter, Leach. Rose wird meine Unterstützung brauchen. Also humple ich zu ihr und den anderen hinüber.

»Es fehlt also nichts?«, fragt Leach, der ein weites graues T-Shirt und ausgebleichte Jeans trägt, die sich über seinem Hintern ausbeulen. Um sein Kinn und auf der Oberlippe hat er dunkle Stoppeln, und ich versuche, mir vorzustellen, wie

Leach mit einem Kopf voll dunklem Haar aussehen würde. An den Füßen trägt er alte Doc Martens, deren Sohlen an der Seite abgetreten sind. Ich nehme mal an, er war nicht darauf vorbereitet, heute ausrücken zu müssen.

»Die Schranktüren stehen auf, und er hat ein paar Schubladen ausgeleert, aber soweit ich es beurteilen kann, Sir, fehlt nichts, nein. Monty ist auf ihn losgegangen, insofern hat er wahrscheinlich nicht ausreichend Zeit gehabt. Außerdem habe ich das Gefühl, dass er nach etwas ganz Bestimmtem gesucht hat.«

»Lassen Sie endlich das ›Sir‹ bleiben, erst recht unter diesen Umständen«, sagt Leach. »Aber wie kommen Sie denn nun darauf, dass es Salts Mörder war?«

Ich sitze direkt neben ihr und sehe zu ihr auf, gerade als sie zu mir herunterschaut. Unsere Blicke kreuzen sich, und sie räuspert sich.

»Sein Körperbau war ähnlich – und er war ähnlich sportlich.« Dann hält sie inne.

»Hatte er wieder schwarze Sachen oder die Sturmhaube auf?«

»Nein, Sir.« Rose beschreibt kurz, was er anhatte. »Aber ich glaube nicht an Zufälle. Erst Salt, dann Grace, und jetzt auch noch ich. Das verbindende Element ist Salts Ermordung. Es muss sich um den Täter handeln, Sir.«

Pearl, der sich unbeobachtet wähnt, gafft Rose von oben bis unten an und leckt sich über die Unterlippe. Ihr Outfit scheint ihm zu gefallen. Dieser Widerling! Er selbst sieht aus wie aus einem Versandhauskatalog: so viel Gel im Haar, dass ein Tornado es nicht aus der Form bringen würde, die braune Lederjacke lässig über eine Schulter geworfen, das weiße Hemd am

Kragen aufgeknöpft, eng anliegende Jeans und braune Loafers mit Quasten. Als er sich eine Strähne aus der Stirn wischt, klimpern die Metallglieder seines Uhrarmbands. Wie schon gesagt: herausgeputzt wie ein Pudel. Und von diesen Angebern will ich gar nicht erst anfangen.

Rose wirft mir einen flüchtigen Blick zu. Wird sie ihnen erzählen, was sie in Wahrheit glaubt? Sie tritt von einem Bein aufs andere und sieht dann wieder Leach an.

»Hören Sie, das mag jetzt vielleicht komisch klingen, aber der Hund – *Patricks* Hund – scheint den Eindringling wiedererkannt zu haben. Er ist ihm nachgejagt, genau wie er Graces Angreifer verfolgt hat. Ich glaube, dass derselbe Mann, der Salt ermordet und Grace überfallen hat, jetzt aus irgendeinem Grund auch hinter mir her ist. Vielleicht glaubt er, dass ich ihn identifizieren kann oder dass ich etwas in meinem Besitz habe, was er sich holen will. Möglicherweise ja den Hund …«

Pearl schnaubt spöttisch.

»Rose«, unterbricht Leach sie. »Es tut mir leid, Ihnen sagen zu müssen … Francis Grace ist heute Morgen seinen Verletzungen erlegen. Wir haben es jetzt also mit einem Doppelmord zu tun.«

»Der arme Kerl!«

»Wir haben keine Zeit für Sentimentalitäten, Rose. Wir müssen diesen Yelong Li finden, und zwar schleunigst, bevor er noch jemanden angreift.«

Pearl zieht die Stirn kraus. »Und was sollte er von Ihnen wollen? Bitte, und sagen Sie jetzt nicht, den blöden Köter. Gibt es irgendetwas, was Sie uns verschwiegen haben?«

»Na ja, wie gesagt, es klingt vielleicht eigenartig …«

Pearl zieht eine blonde Augenbraue hoch, als wollte er

signalisieren: Na, das ist ja auch nicht weiter überraschend. Immerhin sind Sie eigenartig.

Ich habe das unbändige Bedürfnis, auf seine Designerjeans zu pinkeln, reiße mich aber zusammen. Es würde Rose nur in Verlegenheit bringen.

»Monty hat ihn verfolgt, bis er in seinen silbernen Ford Fiesta gesprungen und davongefahren ist.«

»Das wissen wir bereits«, grummelt Pearl.

»Dann ist er in die Küche zurückgerannt und hat seinen Fressnapf ins Maul genommen.«

Beide Männer verziehen unwillkürlich das Gesicht, als wäre jetzt vollends klar, dass Rose den Verstand verloren hat. Ich kläffe einmal und wedle zur Unterstützung mit dem Schwanz. Als sie weiterspricht, klingt sie zunehmend zögerlich.

»Außen am Rand des Napfes steht *Paddy's Place.* Monty hat darauf bestanden, dass ich den Aufdruck lese. Ich glaube … Ich glaube, er wollte mir klarmachen, dass er gerade Salts Mörder verjagt hat.«

Pearl wirft den Kopf in den Nacken und wiehert laut auf. Wenn jetzt doch nur irgendein Vogel auf ihn runterscheißen würde …

Leach schüttelt lediglich den Kopf. »Das ist ein Hund, Rose. Hunde können nicht lesen. Hunde können nicht mal richtig denken. Sie befolgen lediglich Kommandos.«

»Aber Sir …«

»Er wollte wahrscheinlich bloß gefüttert werden, das ist alles.«

Rose bleibt hartnäckig. »Aber er wusste, dass Larry Nice nicht der Mörder war, und … und er hat mir gezeigt, dass Larry unschuldig ist, indem er ihm über die Hand geleckt hat.

Und jetzt glaube ich, dass er versucht, mir zu … mir zu verdeutlichen, dass Salts Mörder in mein Haus eingedrungen ist.«

Dass sie verzweifelt ist, ist nicht zu überhören. Sie klingt ganz schrill und hat eine belegte Stimme und sieht aus, als würde sie jeden Augenblick in Tränen ausbrechen.

Das reicht. Jetzt habe ich die Faxen dicke. Denen werd ich's zeigen!

Trotz verknackstem Knöchel versuche ich, so sicher wie nur möglich aufzutreten, renne in die Küche, schnappe mir den Napf mit der deutlich sichtbaren Aufschrift *Paddy's Place.* Dann laufe ich damit zu Leach, setze mich direkt vor ihn und halte ihm den Napf hin.

Er beugt sich vor, zögert kurz und nimmt den Napf dann an der anderen Seite in die Hand. Ich lasse los.

»Okay, er mag vielleicht ein schlauer Kerl sein, aber er kann unmöglich wissen, was auf dem Rand steht.«

»Blödes Vieh«, murmelt Pearl.

Mein Bein zittert. Das blöde Vieh kann sich kaum mehr beherrschen, Pearls Hose anzupinkeln.

»Machen wir doch einen Test«, schlägt Leach vor. »Rose, holen Sie ein bisschen Futter, und ich zeige Ihnen, worum es hier in Wahrheit geht.«

»Sir, stellen Sie irgendeinem Hund Futter vor die Nase, und er wird es auf der Stelle verschlingen. Das ist kein fairer Test.«

»So langsam verliere ich die Geduld, Rose«, entgegnet er und runzelt die Stirn.

Kurzerhand befiehlt sie mir, sitzen zu bleiben. Ich gehorche, allerdings läuft mir allein bei dem Gedanken an eine Mahlzeit das Wasser im Maul zusammen. Das wird die reine Folter! Ich weiß, dass ich das Futter nicht anrühren darf, wenn ich Roses Aussage unterstützen will. Aber Futter ist nun mal meine Achillesferse – der Grund, warum ich als Begleithund versagt habe. Wird das hier zu meinem nächsten tiefen Fall? Ich wünschte mir, ich wäre der SffH beigetreten (Selbsthilfegruppe für fresssüchtige Hunde). Aber dafür ist es jetzt zu spät.

Als Rose mit einer offenen Dose fleischiger Köstlichkeit zurückkommt, tropft mein Speichel bereits auf die Stiefel ihres Vorgesetzten.

»Keine Chance«, spöttelt Pearl. »Der sabbert doch schon jetzt. Gott, wie widerlich!«

Rose nimmt Leach den Napf ab und gabelt den Hühnchen-Gemüse-Mix hinein. Ich kann die klebrige Soße glucksen hören. Himmlisch! Und dieser Geruch von gekochtem Vogelvieh! Rose schluckt schwer und stellt die Schüssel vor mir ab.

»Bleib!«, sagt sie.

Normalerweise würde nicht einmal eine ganze Armee verhindern können, dass ich über das Futter herfalle. Doch ich muss beweisen, dass Rose recht hat. Ihr Glück hängt davon ab. Mit geradem Rücken und vorgestrecktem Kinn rede ich mir ein: *Ich darf dieses Futter nicht anrühren. Ich darf dieses Futter nicht anrühren.*

Sabber tropft mir aus dem Maul, und mein Kopf neigt sich nach unten. Diese schweren Dürfte sind einfach unwiderstehlich, hypnotisch, berauschend.

»War ja klar«, sagt Pearl höhnisch, und ich reiße den Kopf wieder nach oben, stinksauer über mich selbst. Es sind gerade erst zehn Sekunden vergangen, aber es fühlt sich an wie ein ganzes Leben.

»Das hab ich nicht erwartet«, gibt Leach zu.

Ich schnaube kurz, kann aber nicht verhindern, dass der köstliche Geruch von geliertem Fleisch mir in die Nase steigt. Ich hätte nicht einatmen dürfen, weil der Duft jetzt in meiner olfaktorischen Kammer hin und her wabert und das Aroma verstärkt, sodass ich mich kaum mehr beherrschen kann. Mein Magen knurrt. Ich schaffe es nicht mehr lange – genau wie damals, als ich bei meinem allerersten Einsatz als Begleithund diesem Mann mit dem Big Mac gefolgt bin … Problem war nur, dass die blinde Dame, die ich führen sollte, in die entgegengesetzte Richtung wollte und ich sie mitten auf einem Zebrastreifen stehen gelassen habe. Nur verständlich, dass man mich daraufhin von meinen Pflichten entbunden hat. Die Dame wurde zwar von einem Passanten gerettet, trotzdem muss ich seither mit dieser Schmach leben.

Doch jetzt habe ich die Möglichkeit, es wiedergutzumachen. Ich kann der Verführung widerstehen. Ich kann es!

Nein, ich kann es nicht.

Ich muss beweisen, dass Rose recht hat!

Aber ich kann nicht einfach so hier sitzen bleiben.

Ich springe auf, schnappe mir den Napf, kippe den Inhalt auf den Boden und halte Leach die Schüssel wieder hin, drücke sie ihm in den Schritt. Zumindest schmeckt sie gut: Insgeheim lecke ich den Rest der Soße und des Gelees vom Rand des Napfs.

»Das sieh sich einer an«, sagt Leach. »Dass ich so was mal erleben würde!«

Rose zögert keine Sekunde. Sie weiß, dass meine Beherrschung nicht mehr lange anhält. Sie nimmt mir den Napf aus dem Maul und zeigt auf den Aufdruck *Paddy's Place*.

»Monty kann den Mörder identifizieren. Genau das versucht er Ihnen klarzumachen. Wir müssen Yelong finden und ihn aufs Revier bringen.«

»Das kann doch nicht Ihr Ernst sein!«, ruft Pearl, doch Leach bringt ihn mit erhobener Hand zum Schweigen.

»Ich weiß nicht recht – aber wenn Salts Mörder wirklich hinter Ihnen her ist, sollten Sie in den nächsten Tagen bei Freunden oder bei Ihrer Familie unterschlüpfen. Ich will nicht, dass Sie hier alleine bleiben. Er hat bereits zwei Menschen ermordet und könnte jederzeit zurückkommen.«

»Sir, es wird schon gut gehen. Schließlich ist Monty hier, um mich zu beschützen.«

Sie wirft mir einen Blick zu. Nachdem mein Job erledigt ist, habe ich mich über die Belohnung hergemacht.

Leach nickt zum Haus hinüber. »Sie haben nicht mal Riegel an den Fenstern. Nein, Rose, das Risiko ist einfach zu hoch.«

»Ich bleibe hier.«

Leach gibt einen lauten Seufzer von sich. »Okay, in Ordnung. Ich schicke eine Streife vorbei, die nach dem Rechten sieht.«

»Danke, Sir.«

»Sie sind doch mit PC Salisbury befreundet, oder?« Aber noch ehe sie antworten kann, fährt er auch schon fort: »Ich bin mir sicher, er wird nichts dagegen haben, Ihnen heute Nacht Gesellschaft zu leisten. Besser, wenn eine zweite Person im Haus ist.«

Rose läuft rot an. »Ich brauche keinen Babysitter, Sir. Bitte verlangen Sie das nicht von ihm – er hat Familie.«

»Keine Diskussion.«

KAPITEL 37

Joe Salisbury macht also den Babysitter. Ich mag ihn. Er krault mich immer ordentlich unter den Ohren, wenn wir uns sehen. Die schlechte Nachricht ist: Bestimmt hat er einen leichten Schlaf, weil er es gewohnt ist, bei jedem Mucks, den sein sechs Monate alter Sohn macht, aufzuwachen. Das könnte problematisch werden.

Während die Spurensicherung das Haus nach Fingerabdrücken absucht und Fotos macht, schleiche ich nach draußen und lasse meine Ermittlerfreunde wissen, dass sie sich heute Nacht bedeckt halten sollen, aber ich bitte meine Hundenachbarn, Alarm zu schlagen, sobald sie einen Mann in der Nähe von Duckdown Cottage sehen, der nach verbranntem Salbei riecht (ich finde, genau so riechen diese komischen Zigaretten), nach Malaria, Eiter und womöglich diesem muffigen Tofu, der mich an verfaulte Eier erinnert. Was Gerüche angeht, ist das ziemlich widerlich – und für uns Hunde genauso eindeutig wie ein perfekter Fingerabdruck.

Leach und das verhätschelte Hündchen sind wieder abgefahren. Und endlich verlässt uns auch die Spurensicherung. Das Arbeitszimmer ist immer noch Sperrzone, weil dort der Eindringling ein Riesendurcheinander hinterlassen hat. Vor der Tür hängt ein Absperrband.

Rose macht einen Thunfisch-Nudel-Auflauf mit Käse. Ich hab noch nie einen lebenden Thunfisch gesehen, aber ich hab mir sagen lassen, dass diese Biester riesig sind. Irgendwie werden sie in diese kleinen runden Büchsen gepresst. Ein Stückchen rosafarbenes Fleisch fällt zu Boden, und ich lecke es schnell auf. Herrlich! Dann setze ich mich vor den Ofen und sehe zu, wie der geriebene Käse anfängt zu blubbern. Keine Ahnung, warum Zweibeiner fernsehen, obwohl das hier doch viel spannender ist! Rose hat ganz rote Wangen und sieht dauernd auf die Uhr, dann klopft sie die Sofakissen auf (was sie noch nie gemacht hat), wischt penibel den Esstisch sauber (hab ich bei ihr auch noch nie erlebt), läuft nach oben und kommt umgezogen wieder runter. In einem Kleid hab ich sie noch nie gesehen. Was geht hier eigentlich vor? Es ist ein Wickelkleid, und sie fummelt an den Bändern herum, die sie sich um die Taille geschlungen hat. Dann macht sie eine Flasche Wein auf und trinkt sie halb leer, »um ihre Nerven zu beruhigen«.

Was in aller Welt hat Joe mit ihren Nerven zu tun?

Als er ankommt, hat er eine Nike-Jogginghose an, und ein Sweatshirt, und ist bereit für eine lange Nacht. Den Wein, den Rose ihm anbietet, lehnt er ab. Stattdessen bittet er sie um einen Kaffee.

»Es tut mir so leid, Joe! Ich hab dem Chef gesagt, dass ich keinen Bewacher brauche. Das war seine Idee, nicht meine.«

»Ich weiß. Ist schon in Ordnung. Sarah lässt dich übrigens herzlich grüßen.«

»Grüß sie zurück. Wie geht's dem kleinen Daniel?«

Rose tischt den Nudelauflauf und grünen Salat auf, und Joe macht sich mit großem Appetit darüber her, während Rose ihre Portion kaum anrührt. Fröhlich berichtet er von seinem Sohn und zeigt ihr Fotos auf dem Smartphone. Sie flötet und lächelt, aber ich spüre genau, dass sie unter Strom steht. Irgendwas stimmt hier nicht, aber ich weiß nicht was. Sie lassen das Geschirr in der Spüle stehen und ziehen um ins Wohnzimmer.

»Was ist eigentlich mit dir?«, fragt Joe. »Willst du Kinder?«

Rose wird puterrot im Gesicht. Sie zieht die Füße aufs Sofa und bringt so ein bisschen Abstand zwischen sich und ihn. »Vielleicht sollte ich erst mal einen Mann finden …«

»Gibt's jemanden?«

Sie lacht. »Komm schon, Joe, ich bin mit meinem Job verheiratet. Das weißt du doch.«

»Aber das Leben ist mehr als nur der Job.«

»Du kennst mich. Ich bin das schüchterne Mädchen, das auf Partys geht und einen Knoten in der Zunge hat, sobald ein netter Kerl sie anspricht. Den Rest des Abends sitze ich in der Ecke, bis irgendein besoffener Idiot mich fragt, ob ich mit ihm ins Bett will. Und dann verlasse ich die Party. Allein.«

Joe stippt einen Keks in seinen Kaffee. Ein Stück bricht ab und schwimmt auf der Oberfläche. Ich lecke mir die Lefzen.

»Du hättest es verdient, einen netten Mann kennenzulernen.«

»Wie wär's mit Larry?«, schlägt sie vor und lacht. »Er hat mich gestern erst gefragt, ob ich mit ihm was trinken gehen würde. Er ist der Beste, der mir seit Jahren untergekommen ist.«

Ich lege meinen Kopf schief. Das meint sie doch nicht ernst? Hühner-Windhundmann?

Auch Joe muss lachen. »Ich denke mal, da ist noch Luft nach oben.« Er nimmt einen Schluck Kaffee. »Rose, ich hoffe, du verstehst mich jetzt nicht falsch. Aber du siehst echt toll aus in dem Kleid. Warum trägst du so was nicht häufiger?«

»Bei der Arbeit, meinst du?«

»Nee, du weißt schon, was ich meine. Du hast eine tolle Figur, aber du versteckst sie die ganze Zeit.«

Ihr Handy klingelt, und sie stürzt sich darauf wie Betty auf einen Essensrest. Nach ihrer Gesichtsfarbe zu urteilen, vermute ich, dass sie erleichtert ist, das Thema wechseln zu können. Malcolm, der Tierarzt, ist dran. Ich wusste, dass ich die Stimme von irgendwoher kannte. Mein Nackenfell sträubt sich. Er ist ein freundlicher Kerl, aber ich will wirklich nicht noch mal zu ihm zurück.

»Hi, ich hoffe, es stört Sie nicht, dass ich anrufe«, sagt er, »aber ich wollte mich nach Monty erkundigen. Wie geht es ihm?«

Vielleicht hab ich ihn ja falsch eingeschätzt? Wie nett! Ich muss unbedingt daran denken, ihm das nächste Mal die Hand abzulecken, wenn ich ihn treffe.

Rose nimmt das Telefon in die andere Hand und schüttelt die freie aus, als hätte sie gekribbelt. Jetzt bin ich wirklich verwirrt. Das macht sie normalerweise nur, wenn Leute lügen. Aber warum sonst hätte Malcolm anrufen sollen?

»Es geht ihm den Umständen entsprechend gut, danke der Nachfrage. Ich nehme an, Sie haben schon gehört, dass er heute einen Einbrecher verjagt und sich dabei ein bisschen das Bein verknackst hat. Aber inzwischen scheint er wieder fit zu sein.«

»Ja, Joe hat mir davon erzählt«, sagt Malcolm. »Monty ist wirklich ein tapferer Kerl. Sie haben großes Glück, dass er bei Ihnen ist!«

Ich hebe den Kopf. Was für ein großartiger Tag! Jeder mag mich!

Rose sieht Joe fragend an und runzelt die Stirn, doch der scheint plötzlich völlig fasziniert von dem Stück Keks zu sein, das in seinem Becher schwimmt.

»Ich wusste gar nicht, dass Sie Joe kennen«, sagt Rose zu Malcolm und stupst Joe in die Hüfte.

Joe sieht zu ihr auf, zuckt mit den Schultern und macht eine Geste, die wohl sagen soll: was denn?

»Doch«, erwidert Malcolm. »Wir sind zusammen zur Schule gegangen.«

Stille. Wie unangenehm.

Ich merke, wie ich zuhöre, was Malcolm sagt, dabei aber Joes Körpersprache mustere. Er sieht aus wie ein Hund, der auf frischer Tat ertappt wurde, als er den Sonntagsbraten stibitzen wollte.

»Na ja, dann also noch mal danke, dass Sie sich nach Monty erkundigt haben«, sagt Rose. »Wenn er morgen immer noch humpelt, mache ich einen Termin aus.«

»Sie brauchen doch keinen Termin! Rufen Sie einfach an, und ich schiebe Sie ein … ich meine natürlich, ihn.« Wieder dieses unangenehme Schweigen. »Und wie geht es Ihnen? Sie müssen sich zu Tode erschreckt haben.«

»Danke, mir geht es gut. Es ist einfach nur ein komisches Gefühl zu wissen, dass ein Fremder meine Sachen durchwühlt hat. Gut, dass Monty und Joe bei mir sind.«

»Sagen Sie Bescheid, wenn ich irgendetwas für Sie tun kann. Was auch immer.«

»Äh, ja, klar.« Wieder eine Pause. »Äh, dann also gute Nacht.« Sie legt auf und schüttelt ungläubig den Kopf. Dann fragt sie Joe: »Was hast du ihm erzählt?«

Jetzt sieht er zu hundert Prozent aus wie ein ertappter

Hund: Er hat den Kopf gesenkt und den Blick niedergeschlagen. Wenn er eine Rute hätte, würde sie jetzt zwischen seinen Hinterläufen klemmen. Er antwortet nicht, aber mir ist, als würde er gleich winseln.

Rose schnappt sich ein Kissen und schlägt es ihm spielerisch über den Kopf.

»Du versucht, uns zu verkuppeln, ist es das? Komm schon, gib es zu!«

Mit seinen eins neunzig tut er so, als wollte er sich in der Sofaecke verkriechen. Am liebsten würde ich mitspielen, und ich springe auf und kläffe und versuche, mit den Zähnen nach dem Kissen zu schnappen.

»Ach, nicht verkuppeln … Ich hab nur ein paar Dinge erwähnt.«

»Ein paar Dinge? Ein dreister Dreckskerl bist du! Hast du ihm erzählt, dass ich Single bin?«

»Na ja, er hat gefragt – und ich wollte nicht lügen.« Sie schlägt immer noch mit dem Kissen auf ihn ein. »Außerdem hast du mir mal erzählt, dass du früher Tierärztin werden wolltest, und da dachte ich, da habt ihr ja etwas gemeinsam …«

Mit einem Mal lässt Rose das Kissen sinken und macht ein ernstes Gesicht. Nicht einmal ihre blauen Augen lächeln mehr. »Bitte nicht, Joe. Ich kann das einfach nicht. Ich vermassele es doch sowieso. Bitte, feuere Malcolm nicht auch noch an.«

»Okay, okay. Ich lass es bleiben«, erwidert er und hebt die Hände, als würde er sich ergeben. »Trotzdem – er mag dich.«

Keiner der beiden hat bemerkt, dass ich mich gerade damit vergnüge, die Nähte des Kissens aufzuknabbern. Ich ziehe eine Troddel heraus, spucke sie aus und mache mich über die nächste her.

»Monty! Hör auf damit!«, ruft Rose.

Ich sehe zu ihr auf, und eine rote Quaste hängt mir aus dem Maul. Aber das ist doch ein Spiel, oder nicht? Kill das Kissen? Und ich bin sogar ziemlich gut darin!

»Lass das«, sagt sie und nimmt mir vorsichtig das Kissen weg. »Egal, ich geh jetzt schlafen. Ich lass nur noch schnell den Hund raus.«

Ich laufe hinaus, um in den Garten zu pinkeln, und lasse mich dann auf meiner Hundedecke nieder. Ich bin froh zu sehen, dass ihr Laptop immer noch auf dem Küchentisch steht. Dann hat der Mörder ihn also nicht mitgenommen. Warum aber war er dann hier?

»Oben ist noch ein Gästezimmer mit einem bequemen Bett«, sagt Rose zu Joe, der schon fast fertig ist mit dem Abwasch.

Ich hoffe, sie hat diese gruseligen Puppen mit den großen Glasaugen weggeräumt!

»Ach was, ich bleib hier auf dem Sofa. Besser, wenn ich hier unten bin, falls er zurückkommt.«

»Bist du dir sicher?«

Er nickt.

»Gut, dann hole ich dir Bettzeug.«

Ich höre, wie die Dielen knarzen, als sie nach oben geht, um Decke, Laken und Kissen zu holen. Als sie wiederkommt, warte ich schon vor der Wohnzimmertür auf sie.

»Und nimm dir, was du brauchst heute Nacht – Kaffee, Kekse, was auch immer. Nacht, Joe!«

Sie hält kurz inne, geht dann aber schnell nach oben.

Joe setzt sich aufs Sofa und schaltet den Fernseher ein. Ich lege mich vor seine Füße, und wir sehen uns einen Film über Zweibeiner mit langen Reißzähnen an, die in anderer Leute Hälse beißen. Offenbar besitzt Rose eine ganze Sammlung von Vampirfilmen. Ich fletsche die Zähne in Richtung des Bildschirms, aber Joe versichert mir, dass die Zähne dort nicht echt sind.

KAPITEL 38

Um mein Halsband hängt eine schwarze Schleife. Rose trägt ein schwarzes Kostüm, das sie für besondere Anlässe in einer Plastikhülle aufbewahrt. Auf ihrem Rock hab ich schon Haare hinterlassen, sodass er eher dachsgrau aussieht, aber das scheint sie nicht zu stören. Sie lässt mich im Auto zurück, hat aber die Fenster ein Stück aufgemacht, sodass kühle Luft hereinströmt.

Wir sind ziemlich früh dran, und es ist verhältnismäßig kalt. Am düsteren Himmel steht eine wässrige Sonne. An den Scheiben kondensiert Wasser und tropft an der Innenseite runter, und weil ich herumzappele und aufgeregt hechle, bildet mein heißer Atem ein kleines Wölkchen vor meiner Schnauze. Rose hat schon zweimal ihre Autoschlüssel fallen lassen, und als wir hergefahren sind, hat sie in einem fort an ihrem Pony rumgezupft. Sie ist genauso nervös wie ich. Durch die schmutzige Scheibe kann ich gerade noch eine alte Kirche mit grob beschlagenen Steinmauern und abgerundeten Buntglasfenstern erkennen, und einen Glockenturm mit einem Kreuz auf der schmalen Spitze. Ein Schotterweg führt zu dem steinernen Portal mit Torbogen und einem eigenen kleinen Vordach. Moosbewachsene, verwitterte Grabsteine ragen merkwürdig schräg aus dem Gras, als hätte die Last vergangener Jahrhunderte sie niedergebeugt. Dazwischen gibt es aber auch ein paar neuere, sauberere. In einer Ecke des Friedhofs erkenne ich ein weißes Marmorkreuz wieder. Paddy ist dort regelmäßig hingegangen und hat seiner Frau, Emily, Blumen vorbeigebracht und mit dem Kreuz gesprochen, auf dem ihr Name steht, als hätte sie ihm dort persönlich gegenübergestanden. Ich saß dann immer neben ihm, wenn er vor dem Grab in die Hocke ging, und bin bei seinem leisen, beruhigenden Murmeln irgendwann eingedämmert.

Rose hat sich die Kirche angesehen. Jetzt ist sie wieder da, macht die Autotür auf, leint mich an und läuft mit mir über den Weg zurück zu dem steinernen Torbogen, der eine Flügeltür aus Eichenholz umrahmt. Die schwarzen Schmuckscharniere erinnern mich an Schwalben, die in unterschiedliche Richtungen segeln. Die Türen stehen offen. Sie hat mir erklärt, dass heute Paddys Beerdigung ist, aber ich bin mir nicht ganz sicher, was das bedeutet. Ich laufe an ihr vorbei, weil ich es kaum erwarten kann, Paddy wiederzusehen, aber sobald ich den Eingang erreicht habe, bleibe ich stehen. Ich habe Angst.

»Ist schon okay, Monty. Komm, wir gehen rein.«

Meine Nerven gehen mit mir durch, und ich muss pinkeln. An einer verwitterten Säule hebe ich das Bein, und Rose späht zur Tür hinein, um sicherzugehen, dass der Pfarrer es nicht gesehen hat. Dann streicht sie mir über den Kopf. Wir machen drei Schritte hinein und bleiben sofort wieder stehen. Die Wände sind blass und schmucklos, und die Holzbänke sehen hart und irgendwie streng aus. Mit einem Mal ist es vernehmlich kälter, und ich spüre intuitiv, dass hier eine Menge Tote durchgekommen sind. Immer noch angeleint, ziehe ich mich ein Stück zurück.

»Du brauchst keine Angst zu haben. Du willst Paddy doch sehen, oder? Dort drüben ist er.«

Sie blickt den Mittelgang entlang zu einer merkwürdig geformten, polierten Holzkiste, deren Deckel an einem Ende offen steht. Die Kiste liegt auf einem Untersatz mit schimmernden Messinggriffen. Daneben steht der rot gelockte Pfarrer in einer schwarz-weißen Robe und sieht mich argwöhnisch an. Ich bin ihm schon begegnet – wenn Paddy Emilys Grab besucht hat. Da hat er uns immer aus einiger Entfernung beäugt, als wollte er den richtigen Moment abpassen, um Paddy zu bitten, mich nicht mehr mitzubringen. Aber er war nie mutig genug.

»Der Pfarrer hat dir eine Sondererlaubnis erteilt, damit du Patrick noch mal sehen kannst, bevor die Beerdigung losgeht«, flüstert Rose mir zu. »Er liegt dort in dem Sarg, Monty.« Sie zeigt auf die Holzkiste. »Versprich mir, dass du dich benimmst und nichts kaputt machst. In Ordnung?«

Ich höre auf zu ziehen und warte, bis sie mich an die ganz kurze Leine nimmt und mit mir den Gang hinuntergeht. Außer dem Pfarrer ist niemand hier. Weiße Lilien in hohen Vasen schmücken das Kirchenschiff, doch ihr süßer Duft wird überdeckt von einer Kombination aus feuchter Erde, Messingpolitur und irgendeiner Chemikalie, die stärker wird, je näher wir dem Sarg kommen. Paddy selbst kann ich nicht riechen. Oder … doch?

Ja, doch, kann ich! Ich wedele so schnell mit dem Schwanz, dass er einem schier vor den Augen verschwimmt, und dann schnüffle ich an dieser langen Kiste.

»Darf er in den Sarg gucken?«, fragt Rose den Pfarrer.

»Das wäre doch sehr unpassend, Detective Sidebottom. Ich meine, das habe ich Rebecca natürlich nicht gefragt. Sie wollte einen offenen Sarg, damit die Trauergemeinde ihm erst noch ihren Respekt zollen kann, aber ich glaube nicht, dass sie damit den Hund gemeint hat. Es wäre besser, wenn er es nicht täte …«

Nein! Wenn Paddy dort drinnen liegt, dann will ich ihn sehen. Ich stelle mich auf die Hinterläufe und lege die Vorderpfoten auf den Rand der Kiste.

»Du liebe Güte!«, ruft der Pfarrer und weicht einen Schritt zurück.

So kann ich in den Sarg hineinsehen, und tatsächlich. Da liegt er. Er schläft. Sein weißes Haar ist ordentlich gekämmt, genau wie sein grauer Bart. Ich bin überrascht, dass sein Haar nicht wirr vom Kopf absteht wie sonst immer, wenn er ein Nickerchen macht. Er hat seinen besten Anzug an – den für die Konferenzen. Ich wedele mit dem Schwanz und kläffe, dann beuge ich mich ein Stück vor, damit ich ihm übers Gesicht lecken kann. Ich bin so froh, ihn zu sehen! Doch dann zucke ich entsetzt zurück. Irgendwas stimmt hier nicht. Seine Haut riecht merkwürdig. Woher kommt dieser scharfe, chemische Geruch? Und warum riecht Paddy danach? Ich schnüffle an seinem Hemd und stelle fest, dass tatsächlich nur die Kleidung seinen ureigenen Geruch trägt. Ich belle – wach auf, Paddy! Bitte! Was haben sie mit dir gemacht?

»Nein, nein, das darf er nicht«, ruft der Pfarrer. »Bitte, nehmen Sie ihn sofort wieder weg.«

»Runter mit dir, Monty. Es ist jetzt gut.«

Winselnd sehe ich zu ihr hinüber. Ich brauche Antworten. Ich will mein geliebtes Herrchen nicht alleinlassen. Ich schiebe meine Schnauze in seine Tasche. Das gefaltete Taschentuch riecht genau, wie ich ihn in Erinnerung behalten will: nach alten Büchern, Rotwein, Angelzeug und Blumenbeeten und dem schwachen Hauch von Leberleckerlis. Ich stelle mir vor, wie ich seine Stimme höre, während wir uns unter einen Regenschirm ducken und Paddy eine Angelrute umklammert und darauf wartet, dass ein Fisch anbeißt.

»Heute wird uns ein Kaventsmann an den Haken gehen, du wirst sehen! Heute ist der Tag der Tage«, würde er sagen und mich anstupsen. Ein Kaventsmann wurde es zwar nie, aber das hat seiner Begeisterung keinen Abbruch getan. Oder meiner.

Rose nimmt mich fest in die Arme und zieht dann meine Vorderpfoten vom Rand des Sargs und setzt sie auf dem kalten Boden ab. Ich sträube mich und winsele, aber sie hält mich fest. Ich versuche, ihr klarzumachen, dass ich bei Paddy bleiben will. Dass ich ihn beschützen will. Aber sie versteht mich nicht.

»Bitte, Sie müssen den Hund jetzt wirklich wieder rausbringen.«

Mit zurückgelegtem Kopf – die Schnauze auf die riesigen Dachsparren gerichtet – heule ich laut auf, und mein Heulen hallt von den Wänden wider, bis meine Trauer die hohe Decke erreicht und durch den Glockenturm und die aufstehende Tür über den Friedhof entweicht, über die schmalen Landsträßchen, den Dorfanger, die Grundschule und den kleinen Kramerladen hinweg. Ein weiteres Heulen stimmt mit ein, dann noch eins und noch eins, bis es klingt, als wären die Wölfe nach Großbritannien zurückgekehrt. Sie alle heulen, weil sie mit mir fühlen. Weil nur sie allein das ganz spezielle Band zwischen Hund und Herrchen nachvollziehen können.

Inzwischen steht die Sonne höher, aber die Wärme auf meinem Rücken kann die Kälte in meinem Herzen nicht vertreiben. Ich lasse den Kopf hängen und klemme den Schwanz ein. Die Trauergemeinde hat die Kirche verlassen und starrt jetzt genau wie ich in ein tiefes rechteckiges Loch in der Erde – es ist viel tiefer, als ich je buddeln könnte. Paddys Sarg wurde verschlossen und schwebt nun darüber. Ich will nicht, dass er hinuntergelassen wird, weil ich ihn aus diesem Loch niemals werde ausbuddeln können. Ich ziehe an der Leine, kläffe, aber Rose hält mich mit einer Hand zurück und tätschelt mir mit der anderen den Kopf.

»Ruhig, Monty«, flüstert sie, »oder wir müssen gehen.«

Der Pfarrer redet und redet, seine Stimme ist endlos und deprimierend monoton. Irgendein Zweibeiner schluchzt. Auf der anderen Seite des Grabs, mir fast genau gegenüber, steht Maria Martinez. Hinter ihrer Fifties-Sonnenbrille kullern ihr Tränen über die Wangen und landen auf ihrem eng anliegenden schwarzen Kleid. Sie tupft sie mit einem weißen Taschentuch ab, das sie sich von Deakin Bomphrey geliehen hat, der direkt neben ihr steht und unruhig von einem Bein aufs andere tritt. Es sind auch noch andere Leute da, die ich entfernt aus der Uni kenne. Nicht weit von Martinez türmt sich Rebeccas goldblondes Haar eine gute Handbreit über allen anderen auf. Auch sie hat eine Sonnenbrille auf, aber ihr Gesichtsausdruck ist hart wie Stahl. Fast könnte man glauben, dass dies ein Albtraum ist, in dem ich mit der Schnauze zucke und aus dem ich gleich wieder erwache, aber Roses weiche, warme Hand auf meinem Schädel bedeutet mir, dass das hier ganz schrecklich real ist.

Zuvor habe ich durch die geschlossene Kirchentür hören

können, wie Rebecca die Trauerrede für ihren Vater gehalten hat. Sie hat von seinen zahlreichen Erfolgen gesprochen, aber wenig über ihn selbst gesagt. Weder hat ihre Stimme gezittert, noch hat sie sich verhaspelt. Ich wünschte mir, sie hätte Paddys Freundlichkeit und Barmherzigkeit erwähnt, seine Geduld und seinen Sinn für Humor. Ich weiß, wie sehr er Rebecca vermisst hat und wie sehr er sich auf ihre Telefonate freute, aber sie war immer zu beschäftigt, um sich länger mit ihm zu unterhalten. Am meisten wünschte ich mir, dass ich Paddy erzählen könnte – und jedem anderen hier auch –, wie sehr ich ihn geliebt habe.

Dann wird der Sarg ins Grab gelassen. Ich springe nach vorne – ich will nicht, dass wir getrennt werden. Rose muss all ihre Kraft zusammennehmen, um mich zurückzuhalten, und die Leute starren uns an, schnalzen missbilligend mit der Zunge und runzeln die Stirn. Ich trete von einem Bein aufs andere. Dann hat der Sarg den Grund des Grabes erreicht, und die Seile werden weggezogen. Rebecca tritt vor und wirft ein bisschen Erde auf den Sargdeckel. Ohne auch nur kurz innezuhalten, dreht sie sich wieder weg und geht zur Seite. Ihr Ehemann tut es ihr gleich. Sonst tritt niemand vor. Ich ertrage das alles nicht. Mein Herz schlägt schwer in meiner Brust, und ich reiße die Vorderpfoten in die Höhe, sodass Rose Schwierigkeiten hat, mich festzuhalten. Ich stürze mit solcher Kraft nach vorne, dass sie die Leine loslassen muss. Die anderen halten erschrocken die Luft an, als ich zum Rand des Grabes springe und mich dort mit einem Bellen verabschiede. Mit der Nase am Boden schnüffele ich über die üppige Erde und atme die Erinnerung an diesen Moment tief ein. Dann schiebe ich ein bisschen lose Erde in das rechteckige Loch.

Dumpf landet sie auf der polierten Holzkiste. Ich spähe hinab – und plötzlich ist es völlig still um mich herum. Dann lege ich mich mit dem Kopf zwischen den Vorderpfoten neben das Grab.

Auf Wiedersehen, mein Herrchen.

KAPITEL 39

Allmählich löst sich die Trauergemeinde auf. Ein paar betreiben höflich Konversation, der Pfarrer will sich um Rebecca kümmern, aber die würgt ihn regelrecht ab und marschiert davon. Andere schlendern zurück zum Parkplatz, und ihre Schritte sind ganz leicht, weil sie froh sind, dass dieses düstere Ereignis endlich vorbei ist und sie wieder zum Alltag zurückkehren können. Mit hängendem Kopf taumele ich ziellos zwischen ihnen herum und ziehe die Leine hinter mir her. Ich gehe wie ein alter Hund. Ich fühle mich wie ein alter Hund. Rose behält mich zwar im Blick, lässt mich aber in Ruhe. Sie weiß, dass mein Herz gebrochen ist.

Als von oben ein Krächzen ertönt, sehe ich zwischen Kniescheiben, Hosenbeinen, Anzugjacken, Mänteln und Gesichtern zu den Zweigen einer Ulme hinauf. Dante beugt den schwarzen Hals nach vorne und zeigt mit seinem Schnabel auf einen schlaksigen Mann im Nadelstreifenanzug, der zu der Beerdigung zu spät gekommen ist. Er hat immer noch sein Handy am Ohr, beendet sein Telefonat und eilt dann auf Rebecca zu, die zwischen Bomphrey und der schluchzenden Martinez eingeklemmt ist. Die buschigen grauen Augenbrauen des Neuankömmlings verdecken beinahe seine dunklen Augen, akzentuieren dafür aber seine Höckernase. Er erinnert mich an einen Bussard, den ich einmal dabei beobachtet habe, wie er ein Kaninchen gerissen hat. Ich schnüffle in seine Richtung, aber zwischen uns stehen bestimmt zwanzig Leute, sodass ich ihn nicht herausriechen kann.

Ich kläffe zu Dante hinauf. »Ist das GN1US?«

»Ja, ist gerade vorgefahren«, keckert er zurück.

Rose hat mein Kläffen gehört. Eigentlich hat sie das Trio Rebecca-Bomphrey-Martinez beobachtet, doch jetzt versucht sie herauszufinden, auf wen ich meine Schnauze gerichtet habe. Sie hält scharf die Luft an und will schon auf mich zurennen, aber sie befindet sich auf der gegenüberliegenden Seite des Grabes. Mein Nackenfell sträubt sich, und aus meinem tiefsten Innern bricht sich ein leises, grollendes Knurren Bahn. Wie kann dieser Typ es wagen hierherzukommen, nachdem er meinen geliebten Paddy bedroht und womöglich sogar seinen Tod in Auftrag gegeben hat? Ich nehme meine Beute ins Visier, und während ich im Slalom um die Beine der sich unterhaltenden Nachzügler herumlaufe, lasse ich Mr. Genius keine Sekunde aus den Augen. Dann packt mich jemand am Halsband.

»Mach jetzt keine Szene, Monty. Fratting gehört längst zum Kreis der Verdächtigen«, flüstert Rose mir ins Ohr.

Verwirrt sehe ich mich zu ihr um. Fratting? Ich folge ihrem Blick. Als Mr. Genius den Friedhof betreten hat, ist er beinahe mit Rebeccas Ehemann zusammengestoßen, der jetzt abseits vom Trubel allein an der Friedhofsmauer lehnt und durch die Nachrichten auf seinem Handy scrollt. Ganz offensichtlich haben er und seine Frau sich gestritten. Und dann wird mir schlagartig klar, dass Rose gedacht haben muss, ich hätte Fratting angeknurrt. Ich hechle aufgeregt. Wie soll ich ihr verständlich machen, dass dieser jüngste Neuzugang ein Motiv hatte, Paddy umzubringen? Es tut mir aufrichtig leid, aber mir bleibt keine andere Wahl. Mit aller Kraft stürze ich nach vorne und reiße Rose dabei fast den Arm aus dem Schultergelenk. Sie lässt mein Halsband los, und ich schnelle auf Fratting zu, bin fast schon bei ihm. Er riecht nach Salz, piefigen Restaurants und Bier. Er ist nicht der Mörder. Unsanft rumple ich gegen seine Beine, und er lässt das Handy fallen, starrt mich an, und seine Augen sind vor Panik weit aufgerissen, doch dann lecke ich ihm über die Hand und wedle mit dem Schwanz. Endlich hat Rose zu mir aufgeschlossen. Und sie hat alles gesehen.

Jetzt ist der Besitzer von GN1US dran.

»Monty!«, kreischt Dante. »Beweg deinen Arsch, GN1US geht zu seinem Wagen zurück!«

Nach einigem Suchen kann ich meine Zielperson neben dem roten Bentley auf dem winzigen Friedhofsparkplatz ausfindig machen. Der Wagen blockiert die Ausfahrt, sodass kein anderer wegfahren kann, bis er den Weg freimacht. Die Fahrertür steht offen. Ich gebe Gas – Ohren angelegt, Fell gesträubt, Zähne gefletscht. Rose rennt hinter mir her, als ich auf Mr. Genius zustürze, der mich aus dem Augenwinkel heraus entdeckt und die Arme hochreißt, um mich abzuwehren. Ich treffe ihn mit voller Wucht von der Seite, er kippt nach vorn wie eine Weide und landet dann dumpf auf dem Asphalt. Ich stehe über ihm und knurre ihm direkt ins Gesicht. Ich werde ihn nicht beißen – ich will nur sicherstellen, dass Rose und alle anderen verstehen, dass er verdächtig ist.

Jemand reißt mich am Halsband zurück und von dem am Boden liegenden Mann herunter. Ich werfe den Kopf herum. Es ist Leach! Er muss sich bisher bedeckt gehalten haben, weil ich ihn in diesem Augenblick zum ersten Mal hier sehe.

»Nehmen Sie ihn von mir weg!«, jault mein Opfer wie ein Baby und kriecht auf allen vieren davon.

Dann kommt Bomphrey herbeigerannt und hilft GN1US auf die Beine. »Mr. Flay, ist alles in Ordnung?«

»Nichts ist in Ordnung«, faucht Flay ihn an und zieht seinen Arm aus Bomphreys Griff. Dann wendet er sich Leach zu und zeigt mit einem knochigen Finger auf ihn. »Sie haben danebengestanden und zugelassen, dass diese Bestie über mich hergefallen ist! Das wird Sie Ihren Job kosten!«

Meine ganze Kampfeslust hat sich in Luft aufgelöst, und ich bin fassungslos. GN1US riecht nach Sandelholz, Golfbällen und frischem Leder. Nicht der Hauch des Gestanks von Paddys Mörder. Was habe ich getan?

Leach reicht mich an Rose weiter, die mich von den anderen wegzieht. Ich leiste keinen Widerstand.

»Es ist doch nichts passiert, Mr. Flay«, sagt Leach, doch Flay starrt an seinem maßgeschneiderten blau-weiß gestreiften Hemd hinab, das jetzt mit meinen Pfotenabdrücken übersät ist.

»Dieser Hund ist wahnsinnig. Lassen Sie ihn einschläfern, oder ich kümmere mich eigenhändig darum«, schreit er.

»Es tut mir schrecklich leid, Mr. Flay«, mischt Rose sich ein. »Aber wir haben gerade erst sein Herrchen beerdigt – verständlicherweise ist er ein bisschen durch den Wind.«

»Herr im Himmel!«, faucht Flay und steigt in seinen roten Bentley, kreischt dann aber wie ein kleines Mädchen, das gerade eine große, haarige Spinne in seiner Butterbrotdose gefunden hat, und springt wieder heraus.

»Eine Ratte! Eine verdammte Ratte!«

Ich sehe gerade noch, wie Betty aus dem Fußraum des

Wagens auf den Asphalt rutscht. Flay versucht, sie zu zertreten, und Dante krächzt, stürzt sich im Sturzflug auf ihn und richtet seinen scharfen Schnabel auf Flays Kopf. Flay duckt sich, Dante fliegt über ihn hinweg und peilt dann Betty an. Sie flitzt zwischen den Beinen der Leute hindurch. Das alles passiert so schnell, dass ich mir sicher bin, es hat niemand gesehen, dass sie Flays Plastik-Sicherheitsausweis im Maul hatte. Dante schnappt sich den Ausweis von der zu Tode erschrockenen Betty und schießt damit gen Himmel. Zu meiner großen Erleichterung verschwindet Betty im hohen Gras entlang der Friedhofsmauer.

Leach wirft Rose einen Blick zu. »Was zum Teufel war das?«

Rose sieht zu mir herunter. Ich habe meinen allerbesten Unschuldiger-Hund-Blick aufgelegt.

KAPITEL 40

»Das ist nicht Ihr Ernst!«, sagt Pearl, und sein Gesicht ist vor Wut so rot wie eine Blutorange. »Dieser Hund ist doch verrückt!«

Es ist Montagnachmittag, und ich werde an einer so kurzen Leine gehalten, dass ich schon das Gefühl habe, mein Kopf ist an Roses Oberschenkel gefesselt. Aber ich lasse es geschehen. Ich weiß genau, warum sie ihre Karriere aufs Spiel setzt, indem sie mich mit aufs Revier genommen hat. Sie wollen eine Gegenüberstellung machen. Unter den Männern jenseits des Spionspiegels befindet sich auch Yelong Li. Am Sonntag hat man ihn in Birmingham aufgegriffen, und weil im Zusammenhang mit einem Doppelmord nach ihm gefahndet wird, wurde er von dort nach Geldeford gebracht.

»Monty ist alles andere als verrückt«, gibt Rose mit einem Seufzer zurück und sieht zu Leach hinüber. »Wir haben das doch schon besprochen, Sir, und Sie haben es bei der Beerdigung selbst gesehen. Monty war demonstrativ nett zu Fratting. Offensichtlich riecht er nicht wie der Mörder. Aber dann hat er Flay zu Boden geworfen – er war der Erste, den Monty attackiert hat, seit er versuchte, Salt zu verteidigen. Es muss irgendeine Verbindung zwischen Flay und Salts Ermordung geben.«

»Was für ein Riesenhaufen Scheiße!«, brüllt Pearl. »Yelong Li hat ein Mordmotiv – und Fratting ebenso. Aber warum in aller Welt sollte Flay seinen eigenen Topwissenschaftler umbringen?«

Leach nickt. »Ich weiß, was Sie meinen, Rose. Sie gehen davon aus, dass dieser Hund genau weiß, was er tut. Aber ich fürchte, Sie haben da falsche Vorstellungen.«

»Warum verschwenden wir dann unsere Zeit, indem wir ihn mit Yelong zusammenbringen, wenn Sie doch überzeugt sind, dass Flay der Täter ist, hä?« Pearl sieht auf Rose herab. Er hat eine blonde Augenbraue hochgezogen.

»Ach kommen Sie«, blafft Rose ihn an. »Flay würde sich nie im Leben die eigenen Hände schmutzig machen, oder glauben Sie das wirklich? Er würde jemanden damit beauftragen. Am besten jemanden, der ohnehin noch ein Hühnchen zu rupfen hat, wie Yelong.«

»Bringen wir es einfach hinter uns«, sagt Leach.

Rose und ich warten, bis Yelongs Anwalt, Mr. Penn, zu Pearl und Leach im Überwachungsraum aufgeschlossen hat, und treten ein. Der Pflichtverteidiger sieht kein Stück älter aus als irgendein pickliger Schuljunge, der stolz seinen allerersten, schlecht sitzenden Anzug zur Schau trägt.

»Also, Mr. Penn«, sagt Leach. »Detective Constable Rose Sidebottom wird sich zuerst diese Personen dort von hier aus ansehen. Vielleicht erkennt sie ja den Mann wieder, den sie am siebten September in Francis Graces Haus gesehen hat, während er sich über sein schwer verletztes Opfer beugte. Anschließend nimmt sie Patrick Salts Hund mit in den Raum, damit er ...« Leach räuspert sich verlegen. »... die Männer ausschnüffeln kann.«

»Dieser Hund darf meinen Mandanten nicht angreifen. Er darf Mr. Yelong nicht mal berühren.«

Leach nickt.

Rose und ich stehen direkt vor dem Spionspiegel, während sie die neun Männer auf der anderen Seite genau in Augenschein nimmt. Keiner von ihnen hat eine Brille auf, auch nicht Yelong Li, der seine absetzen musste. Sie haben samt und sonders schwarze Haare und stammen alle aus Fernost. Sie tragen T-Shirts beziehungsweise Kurzarmhemden, und Yelong ist der Dritte in der Reihe.

»Nummer zwei ist zu groß, und Vier und Sieben haben die falsche Statur.« Sie späht zu Leach hinüber. »Könnten Sie sie bitten, sich nach links zu drehen, Sir?«

Über eine Gegensprechanlage befiehlt er den Männern, sich nach links zu drehen, sodass Rose jetzt deren rechte Gesichtshälfte sehen kann, und Yelong betrachtet sie besonders lange. Aus dieser Perspektive ist sein rotes Muttermal nicht zu erkennen.

»Ich muss hineingehen, Sir.«

Ich habe die Männer ebenfalls gemustert, aber nach Tattoos und Bissverletzungen Ausschau gehalten. Ich fokussiere mich auf Yelong. Die Nummer drei. Er hat, soweit ich es erkennen kann, weder eine Tätowierung noch irgendeine Bisswunde.

»Sind Sie sich sicher, Sidebottom?«, fragt Leach.

»Sir, es ist wichtig.«

»Dann gehen Sie. Aber legen Sie dem Hund einen Maulkorb an.«

Oh nein! Ich hasse Maulkörbe! Nicht nur, dass ich mich damit fühle, als müsste ich ersticken. Ich kann mich so auch nicht vor einem Angriff schützen. Aber ich muss ihnen klarmachen, dass Yelong nicht der Gesuchte ist. Also warte ich geduldig, bis Rose mir den Maulkorb über die Schnauze gestreift und ihn im Nacken befestigt hat, und muss all meine Willenskraft aufbringen, um ihn nicht wieder abzuschütteln.

»Denken Sie dran: Der Hund muss auf Abstand von meinem Mandanten bleiben«, sagt der Anwalt, während Pearl in der Ecke steht und zu schmollen scheint.

Ehe sie es sich doch noch anders überlegen, verlassen Rose und ich den Überwachungsraum, und die Männer drehen sich zu uns um, als wir uns zu ihnen gesellen. Dann reißen sie die Augen auf. Ein paar von ihnen weichen ein Stück zurück – auch Yelong. Ich kann ihren Schweiß riechen. Immerhin sehen sie sich jetzt einem Hund mit Maulkorb gegenüber, und sie müssen denken, dass ich gefährlich bin.

Einer der Männer beschwert sich. »Niemand hat etwas von einem Hund gesagt. Was macht der hier?«

Doch Rose geht nicht darauf ein.

»Treten Sie zurück in die Reihe!«, donnert Leach durch die Gegensprechanlage. »Der Hund tut Ihnen nichts.«

Ganz langsam laufen Rose und ich an jedem einzelnen Mann vorbei. Während sie nach Bisswunden schaut, beschnüffele ich die Männer. Einer von ihnen hat eine Bandage um den Arm, und Rose bittet ihn, den Verband abzulegen. Er tut wie geheißen. Darunter verbirgt sich eine frische Tätowierung, allerdings kein siebenzackiger Stern. Als wir bei Yelong ankommen, spüre ich, wie Rose die Leine fester packt.

Ohne seine Brille sticht sein Muttermal – das aussieht, als wäre über seinem linken Auge eine Erdbeere zermatscht worden – besonders deutlich hervor. Seine Angst riecht nach Essig und Hefe, aber ansonsten kann ich nur den Geruch von Waschmittel und diesen schrecklich süßen Energydrinks wahrnehmen. Er mag ohne gültiges Visum hiergeblieben sein, aber was mich betrifft, ist das sein einziges Vergehen. Ich will ihm schon die Hand ablecken, halte mich dann aber zurück, weil er die Geste falsch verstehen könnte. Und weil der Anwalt sich beschweren würde. Stattdessen beschließe ich, Yelong so wenig Interesse wie nur möglich entgegenzubringen. Ich sehe weg, warte darauf, dass Rose zum Nächsten in der Reihe weitergeht, und spüre, wie sie sich wieder entspannt.

Als wir alle Männer gemustert und nicht eine einzige Bisswunde entdeckt haben, verlassen wir den Raum und gehen zurück zu Leach, Pearl und Penn.

»Und?«, fragt Leach. »Ist der Mann dabei, den Sie am siebten September bei Francis Grace zu Hause gesehen haben?«

»Nein.«

Pearl schnaubt vernehmlich und schlägt die Tür hinter sich zu.

»Gut, wenn mein Mandant also nicht länger des Mordes verdächtigt wird, haben wir es hier nur mehr mit einem Verstoß gegen die Visabestimmungen zu tun«, schließt der Anwalt messerscharf.

»Nicht so voreilig«, entgegnet Leach. »Wir haben noch ein paar Fragen.« Er dreht sich zu Rose um. »Bringen Sie den Hund nach Hause und kommen Sie so schnell wie möglich wieder.«

Rose nimmt mir den Maulkorb ab, und ich muss weit und ausgiebig gähnen. Ich liebe diese Freiheit.

Auf dem Heimweg sieht Rose mich immer wieder im Rückspiegel an und fragt schließlich: »Wenn es Yelong nicht war, dann ist der Täter immer noch auf freiem Fuß – was, wenn er wiederkommt und dich verletzt?«

Ich wedle mit dem Schwanz. Soll der Mörder mich doch finden – er wird schon sehen!

»Ich könnte Malcolm um einen Gefallen bitten. Vielleicht kann er ja für den Rest des Tages auf dich aufpassen.«

Ich springe auf und kläffe ihr ein klares *Nein!* entgegen. Lieber will ich das Risiko eingehen.

»Okay, verstehe, du magst Tierarztbesuche nicht.«

Dann ruft Rose über die Freisprechanlage Ed, den Allround-Handwerker an und fragt ihn, ob er den Nachmittag bei ihr zu Hause verbringen könnte. Sie würde ihn auch dafür bezahlen. Sie erklärt ihm, worum es geht. Ed muss sich bloß drinnen einschließen und fernsehen. Ed entgegnet, er müsse arbeiten, aber gegen ein kleines Taschengeld werde Finn sicher gern einspringen.

»Geht er denn gar nicht zur Schule?«, fragt sie.

»Er ist schon länger krank«, entgegnet Ed. »Nichts Ansteckendes, keine Sorge.«

Rose scheint zu zögern. Finn ist ihr nicht geheuer, aber am Ende willigt sie ein.

Als wir in Duckdown Cottage ankommen, liegt Finn bereits im Vorgarten und sieht den vorüberrasenden Wolken nach. Es geht ein ordentlicher Wind. Wann immer gerade wieder Wolken die Sonne bedecken, liegt ein dunkler Schatten über Finn. Dann kommt die Sonne wieder. Gemächlich setzt er sich auf und sieht uns beim Aussteigen zu. Ich laufe sofort zu ihm hinüber und wedle mit dem Schwanz. Er lächelt zwar nicht, legt aber seinen Arm um mich, und wir raufen kurz miteinander. Ich bin genauso überrascht wie Rose.

»Finn, vielleicht hast du ja schon gehört, dass am Sonntag bei mir eingebrochen wurde?«

Wir hören auf zu spielen, er sieht zu Rose auf und nickt, was allerdings kaum mehr als ein kurzes Zucken mit dem Kinn ist.

Sie wirft einen Blick auf seine Hände, die auf meinem Rücken ruhen. Die verschrammten Knöchel sind fast wieder verheilt, der Schorf und die blauen Flecken sind allerdings immer noch da.

»Was ist mit deinen Händen passiert?«

Er zuckt mit den Schultern, und sie seufzt. Das hier sieht nach einer ziemlich einseitigen Konversation aus.

»Könntest du vielleicht bis sechs Uhr bleiben? Wenn dir irgendetwas verdächtig vorkommen sollte, mach nicht die Tür auf, sondern ruf gleich die Polizei. Ist das okay?«

Ohne ein einziges Mal zu blinzeln, starrt er sie an, als hätte sie kein Wort zu ihm gesagt.

Rose seufzt erneut. »Sorry, Finn, ich glaube nicht, dass das hier gut geht.«

Ich schon. Ich lecke ihm übers Gesicht, und er muss lachen. Er packt mich unterm Brustkorb, und ich falle über ihn her und drücke ihn rücklings ins Gras.

»Warum redest du denn nicht mit mir?«, fragt sie, und dann errötet sie. »Bitte entschuldige! Wie peinlich. So kannst du es mir ja auch nicht erklären.«

Finn ist inzwischen aufgesprungen und rennt quer durch den Garten vor mir her.

»Finn, warte mal kurz!«

Er bleibt stehen, und ich springe an ihm hoch und wedele mit dem Schwanz.

»Wie willst du denn im Notfall Hilfe rufen?«

Er geht auf sie zu und zeigt ihr sein Handy, klickt auf das

SMS-Symbol und ruft die 999 auf, drückt aber nicht auf Senden. Rose nickt. Natürlich, er kann einen Notruf auch per SMS absetzen.

»Ruf mich doch kurz an, ja, damit ich deine Nummer habe.«

Sie diktiert ihm ihre Handynummer. Er zögert kurz, klickt dann aber auf Anrufen, und ihr Handy beginnt zu klingeln.

»Komm mit rein«, sagt sie dann, und wir folgen ihr in die Küche. »Bedien dich, wenn du etwas essen willst.«

Im Wohnzimmer drückt sie ihm die Fernbedienung in die Hand.

»Leg den Riegel vor, wenn ich gleich gehe, und lass die Fenster zu.«

Er schaltet den Fernseher ein und versinkt augenblicklich in seiner eigenen Welt.

Rose hält kurz inne, sieht auf die Uhr und eilt dann zur Hintertür hinaus. Ich höre noch, wie ihr Handy klingelt, als sie zum Auto läuft.

»Seine Jacke?«, sagt sie. »Bin schon unterwegs!«

KAPITEL 41

Rose fuhr, so schnell sie konnte, aber die einspurige Landstraße nach Sandyheath Common war so kurvig, dass sie immer wieder vom Gas gehen musste. Vor dem *Three Weeds* bog sie auf den Parkplatz ein, wo neben einem schlammigen blauen Land Rover Defender bereits ein Einsatzwagen und ein ziviler Ford Focus standen. Der Rover, nahm sie an, gehörte dem Wirt des Pubs.

Die Stille der Heidelandschaft mit ihrem sandigen Unterholz, den leuchtend violetten Erikabüscheln und den eng beieinanderstehenden dunklen Kiefern hatte Rose immer schon gemocht. Sie lauschte gern dem Wind im Geäst und dem Gesang der Feldlerchen und atmete den reinigenden Duft der Kiefern ein. Unter der Woche waren hier auf diesem Gebiet von gut fünf Quadratkilometern eigentlich nur Hundebesitzer und Reiter unterwegs, aber jetzt konnte sie nur gellende Feuerwehrsirenen und Menschen schreien hören. Ätzender Rauch stieg ihr in die Nase.

Sie fand den teilweise verkohlten silbernen Ford Fiesta in einer Senke. Die Bäume, die um die Senke herumstanden, waren nun ebenfalls verbrannt, und ihre Äste rabenschwarz. Das Feuer war mittlerweile gelöscht worden, und die Spurensicherung wimmelte herum wie Ameisen um ein Picknick. Als Varma Rose entdeckte, winkte er sie zu sich. Seine ordentlich gebügelte olivgrüne Cordhose war sorgfältig in seine Hunter-

Gummistiefel gesteckt. Darüber trug er eine ebenfalls olivgrüne Barbourjacke. Rose hatte immer noch ihr schwarzes Kostüm von der Beerdigung an, war inzwischen aber in ein Paar billige Gummistiefel geschlüpft, die sie auf eBay ersteigert hatte. Sie hatte eigentlich mit Grau gerechnet, doch die Stiefel hatten sich als leuchtend rot entpuppt, und sie fühlte sich in ihrem Outfit wie Paddington Bär.

»Ich habe Sie schon aus einer Meile Entfernung kommen sehen«, scherzte Varma mit einem Blick auf ihre Stiefel.

»Und Sie waren wohl auf dem Weg zu einer Jagdgesellschaft?«, gab sie augenzwinkernd zurück.

Nur die blauen Überzieher, die er über die Sohlen seiner Gummistiefel gezogen hatte, störten das Gesamtbild.

»Touché! Wie war die Beerdigung? Hab schon gehört, dass Monty auf Flay losgegangen ist.«

»Wohl wahr, Serge«, sagte Rose und streifte sich ein Paar Überzieher über ihre Schuhe. »Und deshalb glaube ich auch, dass er irgendwie mit dieser Sache zu tun hat.« Rose sah sich am Tatort um. »Der Wagen ist nicht vollständig verbrannt, oder sehe ich das falsch?« Die Kühlerhaube war verrußt und ausgebeult, die Vordersitze eingeschmolzen, aber das Heck hatte die Flammen offenbar nicht erreicht. »War das Auto als gestohlen gemeldet?«

»Ja, heute Morgen, von einer gewissen Mrs. Granger«, antwortete Varma. »Sie war gerade von einer Dienstreise zurückgekommen, als sie bemerkte, dass es nicht mehr da war. Und dann hat um drei Uhr neun die Wirtin vom *Three Weeds* den Rauch entdeckt und das Feuer sofort gelöscht. Sie steht dort drüben.«

Varma deutete in Richtung einer untersetzten Frau in einer

marineblauen Steppjacke, die sich gerade mit Pearl unterhielt. Zu ihren Füßen stand ein knallroter Feuerlöscher.

»Und Sie haben die Jacke gefunden?«, fragte Rose.

»Kommen Sie.«

Rose folgte ihm zu einem aufgebockten Tisch, auf dem eine Handvoll Gegenstände lagen, die bereits ordentlich in Asservatenbeutel verpackt und beschriftet worden waren.

»Sehen Sie sich das an«, sagte Varma und reichte ihr einen der Beutel. »Lag im Kofferraum.«

Durch das durchsichtige Plastik konnte Rose eine zerrissene, fleckig schwarze Baumwolljacke erkennen.

»Die DNA-Probe sollte in ein paar Stunden ausgewertet sein«, sagte Pearl und erschreckte sie damit beinahe zu Tode. Sie hatte ihn nicht einmal kommen hören. »Eins der Schätzchen im Labor tut mir den Gefallen.« Er tippte sich an die Nase und zwinkerte ihr zu.

»Dave, das sollten Sie sich ansehen«, rief Jemma, die für die Tatortsicherung verantwortlich und von Kopf bis Fuß in einen weißen Overall gehüllt war. Mit Einweghandschuhen an den Händen hielt sie ein Brillenetui in die Höhe.

Sie liefen zu ihr hinüber.

»Wo haben Sie das gefunden?«, fragte Pearl.

»Unter dem Fahrersitz. Ziemlich verkohlt, aber da steht *Polo Ralph Lauren*. Schicke Marke.«

Jemma klappte das Etui auf, und darin lag eine Gleitsichtbrille mit Schildpattbügeln. Sie hielt sie ins Licht. Auf einem der Brillengläser prangte ein beinahe perfekter Fingerabdruck.

»Gut gemacht, Jemma«, sagte Pearl. »Ich will wissen, zu wem dieser Abdruck gehört, aber pronto.«

»Soll ich mal raten?«, gab sie mit einem schelmischen Grinsen zurück und zog dann ein Brillenputztuch aus dem Etui. Darunter kam eine Visitenkarte des Geschäftsführers von Flay Bioscience zum Vorschein: Chadstone Flay.

»Schau einer an«, sagte Pearl und warf Rose einen Seitenblick zu. »Sieht aus, als müsste Flay uns einiges erklären.«

Das Nachmittagsprogramm im Fernsehen ist wirklich Mist. Serien, Werbesendungen und Talkshows. Warum in aller Welt sehen sich Zweibeiner so gerne an, wie andere Zweibeiner fies zueinander sind? Das verstehe ich einfach nicht. Finn hat den Fernseher angelassen und ihn laut gestellt, spielt aber irgendein Spiel auf seinem Handy, das laut piepst. Ich hab ihm mehrfach mein Entchen angeboten, damit er sich wieder mit mir beschäftigt, aber sein Spiel vereinnahmt ihn komplett. Weil ich nichts Besseres zu tun habe, denke ich an Paddys Beerdigung und fühle mich schlecht. Ich will gar nicht darüber nachdenken, dass er jetzt dort unten in der Dunkelheit alleine ist. Also stehe ich auf, trotte in die Küche und schnuppere an meinem Bett. Ah, ja, schon besser. Ich atme Paddys Geruch tief ein und schwelge eine Weile in schönen Erinnerungen – bis ich pinkeln muss. Die Hintertür ist zu, und ich weiß, dass ich sie nicht selbst aufmachen darf, also muss ich Finn bitten, mich rauszulassen.

Als ich zurück ins Wohnzimmer komme, starrt er die gerahmten Fotos auf dem Kaminsims an. Sein Handy hat er auf dem Sofa liegen gelassen. Es ist eine Nachricht eingegangen, und da er mich noch nicht bemerkt hat, lese ich sie.

»Wo steckst du? Direktor auf hundertachtzig. Dein Bericht ist durch. Duncans Veilchen immer noch ziemlich übel. Sein Vater will einen Verweis. Meld dich! Anna.«

Ich starre auf Finns blaue, verschrammte Hände. Er nimmt eines der Fotos vom Sims – die stolze, glückliche Kay als junge Polizistin, die einem Senior Officer die Hand schüttelt und in die Kamera lächelt. Ich kenne dieses Bild genau. Ich habe es mir ausgiebig angesehen und über die Ähnlichkeit von Kay und Rose gestaunt: das gleiche herzförmige Gesicht, die gleichen hellblauen Augen. Finn tritt ans Fenster, um das Foto besser betrachten zu können. Dann entdecke ich etwas auf seinem Gesicht. Unbeugsamen, allumfassenden, eiskalten Hass. Jede Zelle seines Körpers strahlt ihn aus. Er zittert, knirscht mit den Zähnen und hebt den Rahmen an, als wollte er ihn gleich auf den Boden schmettern. Ich mache einen Schritt zurück und belle. *Lass Roses Sachen in Ruhe!* Er sieht zu mir herüber, und in den unendlich tiefen schwarzen Pupillen glüht ein zerstörerischer Zorn, den ich sonst nur von Hunden kenne, die ihr Leben lang an der Kette lagen. Ich belle erneut, fletsche die Zähne, und er stellt das Bild zurück auf den Kaminsims. Trotzdem bleibe ich auf Abstand. Mit einem Mal weiß ich nicht mehr, ob Finn Freund oder Feind ist. Wir starren einander eine Weile an, und er ballt die Fäuste, spreizt dann die Finger wieder, und ich bleibe, wo ich bin. Er sieht zuerst weg, murmelt immer wieder »Nein« und legt die Arme um seinen Oberkörper. Allmählich wird seine Atmung wieder ruhiger. Trotzdem bleibe ich auf der Hut.

Inzwischen muss ich allerdings so dringend pinkeln, dass ich vor ihm her zur Küchentür laufe und kläffe. Er sieht erleichtert aus, dass dies alles ist, was ich von ihm zu wollen scheine. Er hält ein wenig Abstand und macht mir die Tür gerade so weit auf, dass ich hinausschlüpfen kann. Der Wind zerrt an den Ästen und bläst mir Laub ins Gesicht, und Finn zittert und macht die Tür hinter mir zu. Na ja. Ich sollte ihm ohnehin besser nicht allzu nahe kommen. Aber warum hat er derart auf Kays Foto reagiert? Ich hebe mein Bein am Vogelbad und trotte dann in Richtung Teich, um mir einen schönen Ort zum Entenjagen auszugucken, damit ich die Anspannung loswerde.

Aber wo sind die ganzen Enten? Kein Schnattern, kein Planschen, keine Beschwerden weit und breit.

Es ist mucksmäuschenstill. Viel zu still.

Vorhin waren sie noch da. Ich hoffe, ich habe sie nicht vollends vor den Kopf gestoßen. Enten sind ziemlich gut darin, andere aufzuwiegeln, aber wenn jemand anderes das tut, dann sind sie eingeschnappt. Als Rose und ich heute Morgen zu Paddys Beerdigung aufgebrochen sind, hat eine der Enten mich einen »Schönling« genannt, nur weil ich diese schwarze Schleife am Halsband trug. Ich war stinksauer. Immerhin hatte ich sie zu Ehren meines geliebten Herrchens angelegt. Ich stürzte also auf sie zu und schaffte es tatsächlich, ihr ein paar Schwanzfedern auszurupfen. Trotzdem ist normalerweise deutlich mehr nötig, um so eine feiste Stockente zu verscheuchen.

Eichenlaub weht durch die Luft und landet unten am anderen Ende der Wiese vor der Hecke. Ich versuche, es mit meinen Pfoten zu fangen, doch dieses Spielchen wird ziemlich schnell langweilig. Weil der Wind aus der anderen Richtung kommt, nehme ich den herrlichen Geruch von Rindfleisch erst wahr, als ich direkt neben der Hecke stehe. Wie Hackbällchen sind die Stücke über die Wiese gekullert. Ich kann mein Glück kaum fassen! Ich schnuppere an dem Stück, das mir am nächsten liegt. Es riecht ein wenig anders als sonst, irgendwie süßer als erwartet, aber wer wäre ich, wenn ich ein kostenloses Mahl verschmähen würde? Ich lecke mir über die Lefzen.

»Stopp!«, schreit plötzlich jemand.

Oh nein, vergiss es. Das sind meine Fleischstückchen. Ich mache das Maul auf.

»Das ist Gift!«, schreit Celeste und schlägt zornig mit den Flügeln, als sie auf mich zuschießt.

Ich schnüffele noch einmal daran.

»Monty, er versucht, dich umzubringen«, ruft sie jetzt und landet völlig außer Atem auf meinem Nasenrücken. »Rühr es nicht an!«

»Also, ich finde, es riecht völlig okay.«

Komplett erschöpft und atemlos rutscht Celeste von meiner Nase hinab ins Gras. »Ich hab die ganze Zeit versucht, dich auf mich aufmerksam zu machen«, japst sie, »durchs Wohnzimmerfenster,« und sie japst erneut, »aber du hast mich nicht gehört.«

Klar, weil Finn den Fernseher so laut gestellt hatte.

»Der Mörder ist hier!«, keucht sie, und ich schnelle herum, fixiere das Haus mit meinem Blick, stelle die Ohren auf und lausche konzentriert.

»Wo?«

Celeste zeigt auf das Haus. »Da drin.«

Entsetzt starre ich sie an. Und dann sehe ich wieder den Hass in Finns Gesicht vor mir. Mein Magen krampft sich zusammen.

KAPITEL 42

»Ist es der Junge? Finn?«, keuche ich und bin schlagartig panisch. »Aber er sieht kein bisschen aus wie der Mörder!«

Ich weiß genau, dass Finn etwas Schlimmes widerfahren ist. Er erinnert mich an einen Hund, der wieder und wieder verprügelt wurde. Unnahbar. Argwöhnisch. Misstrauisch. Das Misstrauen gibt ihm eine gewisse Sicherheit. Und er ist zornig. Wenn man ihm zu nahe kommt, dann geht er blindwütig und wild auf einen los. Aber ein Mörder?

Celeste schüttelt den Kopf. Sie ist immer noch ganz außer Atem. »Nein. Da. Leiter.«

Ich sehe auf – doch auf der Rückseite steht keine Leiter, also renne ich seitlich am Haus entlang –, und unter dem Fenster zum oberen Badezimmer steht sie. Das Flügelfenster steht weit offen.

Ich renne zum Wohnzimmerfenster und schlage mit den Pfoten dagegen. Finn sitzt auf dem Sofa und hat zwar den Kopf in meine Richtung gewandt, ist aber wieder völlig in sein Handyspiel versunken, als hätte es den Vorfall mit dem Foto nie gegeben. Er sitzt mit dem Rücken zur Tür da und sieht nicht ein einziges Mal zu mir auf. Verzweifelt belle ich, so laut ich kann, aber selbst hier draußen kann ich das Gekreische zweier Frauen aus dem Fernseher hören.

Hinter Finn steht Paddys maskierter Mörder und hält eine volle Weinflasche in seiner Hand. Ich schlage wie wild gegen das Fenster und knurre wie verrückt. Dann sehe ich, wie der Mörder die Flasche hebt – und ich jaule entsetzt auf. Finn lehnt sich ein Stück nach vorne, und die Flasche streift ihn, bevor sie unversehrt im Sofakissen einschlägt. Aber der Schlag hat Finn bewusstlos gemacht. Er kippt nach vorne auf die Knie. Nein! Ich springe mit all meiner Kraft gegen die Fensterscheibe und versuche, sie einzuschlagen, und sie bekommt einen Sprung, doch die Bleiruten halten das Glas an Ort und Stelle.

Der Eindringling sieht zu mir herüber, dann wieder auf Finn, der reglos daliegt, und rennt, immer noch mit der Weinflasche in der Hand, in die Küche. Ich höre, wie der Riegel an der Hintertür zuschrammt. Jetzt habe ich keine Chance mehr hineinzukommen. Die Küchenschränke fliegen auf, Konserven schlagen auf den Boden, dann reißt ein Stoff, und mir bleibt fast das Herz stehen. Nein, das kann er doch nicht tun – nicht mein Bett! Nicht mein Bett zerstören! All meine Erinnerungen an Paddy!

Ich renne auf das Küchenfenster zu und starre hinein. Er hat den Überzug von meinem Hundebett zerrissen und stößt jetzt mit einem Messer in die Füllung. Warum? Warum macht er das bloß? Ich knurre, kläffe, hab schon Schaum vor dem Maul. Dann plötzlich sehe ich, wie Betty die Nase aus ihrem Loch streckt.

»Halt ihn auf!«, schreie ich ihr zu. »Betty, das ist der Mörder!«

Er zerreißt die Füllung meines Betts – und plötzlich hält er inne. In seiner Hand liegt ein schwarz-silbriger USB-Stick. Hat der wirklich in meinem Bett gesteckt?

»Gehört der Paddy?«, fragt Celeste, die mit allen sechs Beinchen an der Fensterscheibe zu kleben scheint.

»Ja, den muss er dort versteckt haben. Ich wusste doch, dass da ein Knubbel war, aber ich hab mich nicht weiter darum gekümmert.«

»Deshalb ist der Mörder wiedergekommen! Er wollte diesen USB-Stick haben«, stellt Celeste fest. »Dein Herrchen war verdammt clever. Er wusste genau, dass dein Bett das perfekte Versteck darstellte. Dort stecken all deine Erinnerungen – und du würdest es jederzeit aufs Blut verteidigen.«

»Aber jetzt gerade verteidige ich es nicht«, heule ich. »Betty!«

Doch sie ist aus meinem Blickfeld verschwunden.

»Er darf das schwarz-silberne Ding nicht mitnehmen! Betty!«

Urplötzlich schreit der Eindringling auf und schlägt sich mit der Hand an den Knöchel. Er lässt den USB-Stick fallen – Betty hat ihre Zähne tief in sein Fleisch gebohrt. Jetzt lässt sie los, stürzt auf den Boden, schnappt sich den Stick und rennt, so schnell die kurzen Beine sie tragen. Der Mörder versucht, auf sie draufzutreten, und sie läuft im Zickzack durch die Küche, um seinen Stiefeln auszuweichen. Sie hat das Schlupfloch in der Fußbodenleiste fast erreicht, als er direkt davor aufstampft und ihr den Weg versperrt. Sie wetzt in Richtung Flur. Der Mörder greift nach einer Pfanne, schmettert sie auf den Teppich in der Diele und verfehlt sie nur um Haaresbreite.

Verzweifelt versuche ich, ihr beizustehen. Ich kratze über das Küchenfenster, während Betty auf das Klo zusteuert.

»Nicht!«, belle ich. »Dort sitzt du in der Falle!«

Aber sie kann mich nicht hören. Ich sehe gerade noch, wie sie sich hinter den Abflussrohren hinkauert, als der Mörder nach der Klobürste greift und sie damit gegen die Wand drillt.

Ihr Verzweiflungsschrei ist bis hier draußen zu hören. Und plötzlich sehe ich Celeste. Die Toilette ist mit einer dieser altmodischen Lüftungen in der Wand ausgestattet, die im Grunde aus nicht mehr als einem Loch in der Mauer und einer ziselierten Eisenabdeckung bestehen. Durch diese Abdeckung ist sie geschlüpft, und jetzt steuert sie auf das maskierte Gesicht des Mannes zu. Sie ist so klein, dass er sie nicht einmal bemerkt. Mit wachsendem Erstaunen sehe ich, wie sie einen ihrer schwarzen Stiefel aufzieht und ihren stinkenden Giftcocktail versprüht. Der Mörder lehnt sich immer noch über Betty, und mit seinem Körper versperrt er mir die Sicht, aber nach seinen hektischen Bewegungen zu urteilen, versucht er wohl gerade, ihr den Stick wegzunehmen. Doch dann weicht er angesichts des Gestanks abrupt zurück.

»Was zum …«

Doch Celestes Angriff kam zu spät. Er schiebt sich etwas in die Hosentasche. Den USB-Stick. In seiner anderen Hand hält er Betty am Schwanz. Sie schreit vor Angst, strampelt und versucht sich loszuwinden. Celeste zieht einen weiteren Stiefel auf und versucht verzweifelt, den Mann abzulenken. Diesmal sieht er den Marienkäfer und schlägt ihn weg. Ich bin wie versteinert – hat er Celeste getötet? Dann wirft er Betty in die Kloschüssel, knallt den Deckel zu und zieht ab.

Ich kreische.

Ich bin derart erschüttert, dass ich ein paar Sekunden lang wie weggetreten bin. Dann höre ich, wie die Eingangstür aufgetreten wird. Ich sprinte um die Ecke, fest entschlossen, ihn diesmal aufzuhalten. Und er wartet bereits auf mich. Ich rechne schon damit, dass er irgendetwas nach mir wirft, und nehme seinen Arm fest ins Visier. Doch dass er mir etwas ins Gesicht sprüht – damit habe ich nicht gerechnet. Ich wende den Kopf ab und kneife gerade noch rechtzeitig die Augen zu. Trotzdem sind die Schmerzen himmelschreiend: Es fühlt sich an, als würde meine Nase in Flammen stehen. Meine Augen tränen, und ich kann nichts mehr sehen, als hätte er Chilipulver nach mir geworfen. Ich jaule laut auf, reibe mein Gesicht über das Gras und versuche verzweifelt, den brennenden Schmerz zu lindern. Der Mann versetzt mir noch einen Tritt und rennt davon. Dann höre ich, wie Dante neben mir landet. Der Tumult muss ihn angelockt haben.

»Was soll ich tun?«, fragt er.

»Flieg ihm nach!«, rufe ich zwischen zwei Niesern. »Wir müssen uns diesen Stick zurückholen!«

Und mit ein paar Flügelschlägen ist Dante wieder weg.

Ich kann kaum atmen, und mein Blick ist immer noch verschleiert. Trotzdem schleppe ich mich zum Haus zurück.

»Mir nach!«, ruft Celeste.

»Du lebst!«

Ich kann sie zwar nicht sehen, aber ihrer Stimme folgen.

»Wir müssen Finn helfen. Und Betty finden«, bringe ich hervor. Meine Augen tränen immer noch.

Ich stoße mit dem Flurtischchen zusammen. Mit der Nase kann ich gerade so den Klodeckel aufdrücken, aber da ich kaum die Augen aufbekomme, rufe ich blind: »Betty, bist du da drin?«

»Oh nein«, flüstert Celeste. »Sie ist weg!«

»Wir finden sie. Wir müssen die Kanalisation durchsuchen.«

»Monty, sie ist bestimmt ertrunken …«

»Nein, nicht Betty. So eine Klospülung haben schon ganz andere Ratten überlebt.«

Ich trotte weiter ins Wohnzimmer. Die Wunde in Finns Hinterkopf blutet heftig. Weil er in sich zusammengesackt ist, sammelt sich das Blut zu seinen Füßen. Aber er atmet. Wir brauchen dringend einen Notarzt.

Ich niese ein paarmal und wische mir über die Augen, was nicht viel nützt, weil meine Pfoten so groß und ungelenk sind. Doch Finn hat nicht mehr viel Zeit. Sein Handy liegt immer noch am Boden, und als ich mit dem Ballen darüberwische, leuchtet es auf.

»Jetzt kommt der schwierigste Teil«, sage ich. »Wenn doch nur Betty hier wäre!«

Nach mehreren Versuchen habe ich endlich die SMS-Funktion aufgerufen. Ich kann das winzige Display kaum sehen und kann nur hoffen, dass die Nummer, die ich dreimal angetippt habe, wirklich die Neun war. Meine Pfoten sind einfach zu groß, und Celeste ruft mir in einem fort zu, dass ich schon wieder die falsche Taste erwischt habe. Irgendwann klappt es endlich. Ich versuche zu schreiben: »Notarzt Duckdown Cottage Farley Green«, aber irgendwie gerate ich immer auf die falschen Tasten, und dass vor meinen Augen alles verschwimmt, hilft auch nicht gerade. Zum Glück hat sein Handy eine Art Ratefunktion, die automatisch erschließt, welches Wort ich gerade tippen will, und die mir hilft, die Nachricht fertigzustellen. Nach einer gefühlten Ewigkeit drücke ich auf Senden.

Die Blutlache unter Finns Kopf ist noch größer geworden.

KAPITEL 43

Zwei Sanitäter schieben Finn in einen Krankenwagen. Er ist bleicher, als ich es je bei einem Zweibeiner gesehen habe, und seine Augenlider sind geschlossen. Sein Kopf steckt in einer Art Schutzhelm. Der Rettungswagen fährt mit gellender Sirene davon.

Wir sitzen vor dem Cottage. Rose hockt im Schneidersitz vor mir und wischt mir mit einem nassen Wattebausch mechanisch über die Augen, obwohl Malcolm ihr gesagt hat, dass das die Schmerzen von dem Pfefferspray nicht lindern wird, doch zum Glück wird es ohnehin langsam ein bisschen besser. Leach steht direkt neben uns, und die Schöße seines kamelbraunen Trenchcoats flattern im Wind.

»Was in Gottes Namen hatte er hier zu suchen?«

Wen meint er? Doch nicht hoffentlich mich? Ich wohne hier!

Überall sind Leute von der Spurensicherung. Auf dem Küchenboden liegen verbeulte Konservendosen, aufgeplatzte Tüten mit Leckerlis und die Füllung meines Hundebetts herum. Die Fetzen schweben durch die Luft wie Löwenzahnsamen. Die Blutlache im Wohnzimmer ist größer als mein Fressnapf, und die Auffahrt sieht aus wie der Hof eines Gebrauchtwagenhändlers: ein Peugeot 309 mit reflektierender Polizei-Aufschrift, Leachs silberfarbener Astra sowie Varmas weißer Ford Focus und daneben der Einsatzwagen der Spurensicherung. Doch Rose nimmt nichts von alldem wahr. Ihre Augen sind ganz wässrig. Sie hört nicht, was ihr Vorgesetzter sagt, und nimmt auch nicht den scharfen Tonfall zur Kenntnis, den er jetzt angeschlagen hat. Sie steckt die Hand in eine Schüssel Wasser und stößt sie versehentlich um. Nicht einmal das bemerkt sie.

»Rose!«, sagt er jetzt lauter.

Sie blickt zu ihm auf und sieht aus, als würde sie ihn nicht mal wiedererkennen.

»Was hatte Finnegan Toyne in Ihrem Haus zu suchen?«

Rose runzelt die Stirn. »Wer?«

»Finnegan Toyne. Der Junge.«

»Ach, Sie meinen Finn. Er hat auf Monty aufgepasst.« Sie blinzelt, als wäre sie sich nicht ganz sicher, aber dann wird ihr etwas klar. »Er sollte das Haus hüten, bis ich wieder heimkomme.« Sie lässt den schlabbrigen Wattebausch ins Gras fallen und schlägt die nasse Hand vor den Mund. »O Gott! Ich hätte es nie für möglich gehalten, dass er verletzt werden könnte! Ich dachte, im Haus wäre er sicher. Ich hab wirklich gedacht …«

Jetzt schlägt sie beide Hände vors Gesicht. Leach geht neben ihr in die Knie. Seine dicken Beine, die überdimensionierten Oberschenkel, üben zu viel Druck auf seine Hosennähte aus, und ich betrachte fasziniert, wie sie sich ausdehnen, bis sie kurz davor sind zu platzen.

Pearl kommt aus dem Haus, hält aber ausnahmsweise den Mund. Leach schüttelt den Kopf, und Pearl verschwindet wieder in das Tohuwabohu.

Leach legt Rose die Hand auf die Schulter. »Kommt Ihnen der Name Toyne bekannt vor?«, fragt er, als würde er mit einem kleinen Kind sprechen.

»Toyne?«

Rose reißt die Augen auf, und ihre Lippen bilden ein perfektes O. Sie sieht aus, als hätte sie ein Gespenst gesehen.

»Das kann nicht sein …«

»Doch, er ist es. Das wussten Sie nicht?«

Sie springt abrupt auf und wirft einen Blick durchs Wohnzimmerfenster.

»Vorsicht, nicht die Scheibe berühren!«, ruft Leach.

Ich trete neben sie und frage mich, was sie dort drinnen sucht. Ihr Blick wandert zum Kaminsims und zu dem Foto von Kay in Polizeiuniform – dasselbe Foto, das bei Finn so große Wut ausgelöst hat.

Rose schnellt herum, beugt sich vor und presst sich die Hände vor den Bauch, als hätte sie Schmerzen. Dann kauert sie sich hin und rollt sich wimmernd auf dem Gras zusammen. Die Enten aus der Yogastunde nennen diese Position den Embryo, allerdings geben sie dabei keine Geräusche von sich. Sie finden das wohl ziemlich entspannend. Die Geräusche, die Rose jetzt von sich gibt, habe ich von ihr noch nie gehört. Sie muss fürchterliche Schmerzen haben. Ich lecke ihr über die Hand und winsele.

»O mein Gott … Was, wenn er jetzt stirbt? Er war der einzige Überlebende …«, flüstert sie.

»Selbst wenn, dann wäre es nicht Ihre Schuld.«

Ich belle zustimmend.

»Rose, sehen Sie mich an«, sagt Leach.

Sie hebt den Kopf, und auch ich blicke zu ihm hinüber. Das hier scheint wirklich wichtig zu sein.

»Finn ist gefährlich, und wenn's nach mir ginge, wäre er längst hinter Gittern.«

»Aber Kay war der Meinung, er war unschuldig.«

Mit einem lauten Seufzer steht Leach wieder auf, und seine Knie knacken. »Hören Sie, gerade weil Kay in den Fall verwickelt war, auch wenn er zu den Akten gelegt wurde, ist es meiner Ansicht nach besser, wenn Sie sich von ihm fernhalten. Und das meine ich ernst. Auch kein Krankenbesuch.« Als sie nicht antwortet, winkt er ein zweites Sanitäterteam herbei. »Kümmern Sie sich um sie. Sie steht unter Schock.«

Dann klingelt sein Handy, und er geht dran. Er hört kurz zu, dann ruft er nach Pearl. Rose rappelt sich langsam wieder auf und sieht sich um, ganz wie ein Igel, der nachschaut, ob die Gefahr gebannt ist. Die Sanitäter stellen ihr ein paar Fragen, doch sie gibt keine Antwort. Ich bleibe ganz dicht neben ihr und lasse sie keine Sekunde aus den Augen.

»Also«, sagt Leach zu Pearl. »Das Labor hat gerade durchgegeben, dass das Blut von der Jacke aus dem silbernen Ford Fiesta mit der DNA-Probe von dem Stück Stoff aus dem Hundemaul übereinstimmt.«

Sage und schreibe fünf Zweibeiner starren mich an. Ich weiß nicht, wen ich zuerst angucken soll – jetzt, da ich überhaupt wieder etwas sehe –, und entscheide mich kurzerhand für das Alphatier, Leach. Ich setze mich gerade auf, Kopf hoch. Mein Stück Stoff! Mein Biss!

»Und die Brille aus dem Auto«, fährt er fort, »gehört tatsächlich Flay. In einer halben Stunde haben wir den Durchsuchungsbeschluss. Ich will, dass sowohl sein Privathaus als auch sein Büro gründlich durchsucht werden. Wir brauchen Salts Dokumente und E-Mails. Dave, wir beide kümmern uns um Flays Haus. Wir wissen, dass er daheim ist. Jetzt muss dieser arrogante Dreckskerl mit uns reden.«

»Sollen wir erst dem Chief Bescheid sagen?«, fragt Pearl. »Immerhin sind die beiden Freunde und so.«

»Oh nein, ich denke nicht«, antwortet Leach.

»Seien Sie vorsichtig, Sir«, sagt Rose. »Er muss einen Komplizen gehabt haben. Und wer das ist, wissen wir immer noch nicht.«

Es ist, als hätte sich Roses Hirn ganz plötzlich wieder eingeschaltet, und allmählich bekommt auch ihr Gesicht wieder ein wenig Farbe.

Leach kann sich ein Lachen nicht verkneifen. »Rose, das hab ich schon im Griff. Sie kümmern sich besser mal um sich selbst.«

»Wusst ich's doch, dass dieser hochnäsige Pinkel etwas zu verbergen hat«, sagt Pearl, und wie auf ein Stichwort fahren Rose und ich zu ihm herum und starren ihn fassungslos an. Dieser dreiste Lügner!

Dann versuchen die Sanitäter, Rose zum Rettungswagen zu eskortieren.

»Danke, mir geht es gut, wirklich«, sagt sie, auch wenn sie noch ein bisschen wacklig auf den Beinen ist. Auch ich bin mittlerweile aufgestanden, bereit, ihr jederzeit zu folgen.

»Was soll ich tun, Sir?«, fragt sie.

»Gar nichts.«

»Sir, ich bin schon wieder okay.« Sie wirft den Sanitätern einen Blick zu. »Danke für Ihre Hilfe, aber Sie vergeuden hier nur Ihre Zeit. Ich fahre nicht mit.«

Leach seufzt. »Dann nehmen Sie am besten Ihren Hund und schlüpfen bei irgendwelchen Freunden unter. Nehmen Sie sich ein paar Tage frei. Und das ist ein Befehl.«

»Auf keinen Fall!«, ruft Rose, doch Leach gebietet ihr Einhalt.

»Sidebottom! Befehl, hab ich gesagt.«

»Tut mir leid, Sir, ich will Ihnen nur ungern widersprechen, aber Flay war mein Verdächtiger. Insofern wäre ich jetzt gerne dabei ...«

Ich bin so froh, dass Rose für ihre Sache einsteht, dass ich zur Unterstützung bellen muss.

Pearl sieht mich finster an. »Wie ärgerlich, dass diese vergifteten Fleischstückchen nicht funktioniert haben«, murmelt er in sich hinein.

»Halten Sie den Mund, Dave!«, blafft Rose ihn an. »Wenn dieser Hund nicht wäre, hätten wir Flay bis jetzt noch nicht mit dem Mord zusammengebracht und auch das Messer nicht gefunden, mit dem Grace erstochen wurde.«

Pearl klappt den Mund auf und, ohne etwas zu sagen, wieder zu. Ich knurre leise in seine Richtung.

»Rose«, geht Leach dazwischen, »Sie sind mittlerweile eine wichtige Zeugin in diesem Fall, und bei Ihnen ist schon zweimal eingebrochen worden. Ich befehle Ihnen, sich bedeckt zu halten.«

»Bitte, Sir, lassen Sie mich irgendetwas tun!«

Doch Leach zögert. »Verdammt«, sagt er schließlich und schüttelt den Kopf. »In Ordnung, fahren Sie mit Varma. Beschlagnahmen Sie die Laptops und sämtliche Daten von Flay Bioscience und der Uni und bringen Sie alles in die Technik.«

Die Enttäuschung steht Rose ins Gesicht geschrieben. Sie hat den langweiligen Job bekommen, während Leach und Pearl den Mastermind hinter einem Doppelmord und einem versuchten Mord verhaften. Für einen Augenblick verfinstert sich ihr Gesichtsausdruck, und erst als sie ein paarmal tief durchgeatmet hat, nickt sie frustriert.

»In Ordnung, Sir.«

Mein Magen brodelt. Die Vorstellung, dass Rose zum Flay-Hauptquartier fährt, behagt mir ganz und gar nicht. Wer weiß, wo dieser Mörder sich versteckt? Was, wenn sie ihm dort in die Arme läuft und es nicht mal bemerkt?

Leach und Pearl fahren davon, und Varma schlendert herüber.

»Scheißjob, was?«, sagt er und nickt dem davonfahrenden Astra hinterher. »Aber wir wissen alle, dass Sie die Flay-Verbindung hergestellt haben und nicht Dave.«

Während Rose noch abgelenkt ist, halte ich die Augen nach Celeste offen und entdecke sie an einem Gully an der Straße.

»Irgendeine Spur von Betty?«

»Leider nein.« Sie verzieht das Gesicht. »Ekelhafte Arbeit, aber was muss, das muss …« Dann fliegt sie auf, nimmt Anlauf und stürzt sich hinab in die Kanalisation.

»Celeste, warte! Irgendwelche Neuigkeiten von Dante?«

»Nicht ein Zwitschern«, antwortet sie. Sie hat den Kopf zum Gullydeckel herausgestreckt.

»Ich fahre mit Rose zu Flays Firma. Ich will sie jetzt nicht alleinlassen. Irgendwas stimmt da nicht. Wenn ich zurück bin, helfe ich dir, Betty aufzuspüren.«

Celeste sieht mich einen Moment unbewegt an. Sie schwebt immer noch über dem Gullydeckel. »Monty, du willst das vielleicht nicht hören, aber die Chance, dass Betty noch am Leben ist, ist sehr gering.«

Ich schüttele den Kopf. »Papperlapapp. Sie ist eine Kämpferin. Eine, die überlebt. Wir müssen sie nur wiederfinden.«

Plötzlich höre ich das Tapsen von Pfoten von der Straße herkommen. Ein komischer Rhythmus – eins, zwei, drei,

Pause. Dann ein Schnaufen und Keuchen wie von einer alten Dampfmaschine. Celeste verschwindet sicherheitshalber im Gully.

»Jake!«, rufe ich, als sein vernarbtes Gesicht an der Ecke auftaucht. Aus meiner Perspektive sieht man angesichts seines breiten Brustkorbs nicht einmal, dass er nur noch einen Hinterlauf hat.

»Alles klar, Monty?«

»Alles klar, Jake.«

»Hab Neuigkeiten für dich.« Er hält kurz inne und blickt finster zum Einsatzwagen der Polizei hinüber. »Was machen die hier?«

»Der Mörder ist wieder zurückgekommen. Hat fast einen Jungen umgebracht.«

Die Nachricht scheint Jake nicht sonderlich zu beeindrucken. Ich hätte wahrscheinlich genauso gut sagen können: Na, das ist nur die Müllabfuhr, die unsere Tonne leert.

»Hast recht gehabt. Diese Gang – die mit dem siebenzackigen Stern – hat ein paar Verstecke im Truscott Estate.«

»Gute Arbeit!«

Aufgeregt wedele ich mit dem Schwanz, und zwar so schnell, dass die Verpackung eines Schokoriegels in den Luftzug gerät und aufwirbelt.

»Sind im Drogenhandel«, fährt Jake fort. »Anscheinend bauen sie auch irgendwo hier in der Gegend Cannabis an. Unter Wärmelampen. Das Ganze unter dem Deckmäntelchen, medizinische und Laborgeräte zu importieren. Die Drogen sind in den Geräten versteckt.«

»Monty!«, ruft Rose.

Ich bedanke mich bei Jake und schließe mich Rose an. Sie

will gerade die Tür zu dem weißen Ford Focus aufziehen, als Varmas Faust sich um den Autoschlüssel schließt.

»Der kann nicht mitkommen«, sagt er.

»Sorry, Kamlesh, ich kann ihn wirklich nicht noch mal allein lassen.«

»Aber er ist doch nicht allein«, sagt er und nickt zu all den Spurentechnikern hinüber, die durch Roses Zuhause wimmeln.

»Und was, wenn die nach Hause fahren?« Rose schüttelt den Kopf. »Ich kann auch selbst fahren, wenn Sie ihn nicht in Ihrem Auto mitnehmen wollen.«

»Okay«, sagt Varma. »Warum übernehmen Sie nicht Flay Bioscience, und ich übernehme in der Zwischenzeit die Universität? Sobald ich dort fertig bin, komme ich zu Ihnen.«

»Gute Idee«, antwortet Rose.

Nein, das ist überhaupt keine gute Idee. Es gibt eine Verbindung zwischen einem Drogenring und Flay Bioscience, auch wenn ich immer noch nicht genau weiß, worin sie besteht. Bis der Mörder hinter Gittern ist, will ich nicht, dass Rose dort ohne Verstärkung hingeht. Ich versuche, Varma Richtung Roses Auto zu scheuchen, ein bisschen so, wie ich es schon bei Hütehunden gesehen habe.

»Was will er denn jetzt?«, fragt Varma und führt ein kleines Tänzchen auf, um von mir wegzukommen.

»Ich nehme an, er will, dass wir endlich loslegen. Dann komm jetzt, Monty, auf geht's!«

Nein, das meinte ich nicht! Ich nehme den Aufschlag von Varmas Barbourjacke ins Maul und ziehe.

»Er macht sie noch kaputt! Sagen Sie ihm, dass er aufhören soll!«, ruft Varma.

»Monty, aus!«

Ich habe keine andere Wahl. Ich muss loslassen. Bei Varma kann ich offenbar nichts ausrichten, deshalb renne ich schnurstracks an Rose vorbei ins Haus. Ich muss noch etwas mitnehmen, nur für alle Fälle.

KAPITEL 44

Hong Seok-Cheon überreichte seinem Auftraggeber den USB-Stick. Er war heilfroh, ihn endlich los zu sein. Jetzt würde er kassieren und dann verdammt noch mal das Weite suchen.

Der Auftrag hatte kinderleicht geklungen – zehntausend Pfund für einen toten Professor und ein paar Daten. Ein alter Mann – nichts leichter als das. Und es würde sich lohnen, seinen Kunden bei Laune zu halten: gut vernetzt und überaus erfolgreich, was den Verkauf von Drogen an Studenten anging. Also hatte Hong den Auftrag angenommen.

Es war keineswegs sein erster Mord gewesen. Er hatte als Teil seines Initiationsritus bei den Death Stars bereits ein paar gegnerische Gangmitglieder umgelegt. Sein erstes Opfer, einen Sechzehnjährigen, hatte er eigenhändig erschlagen und dann auf die Leiche gepisst. So markierte man nun mal sein Territorium. Der Nächste war ein wenig schwieriger zu erwischen gewesen. Lee Min-ho. Ein Schlepper, der sogar ziemlich gut bewacht worden war. Aber an einem Ort entspannten sie sich alle: auf dem Klo. Hong hatte die Zielperson erstochen, als sie gerade auf dem Thron gehockt hatte. Er konnte sich ein Grinsen nicht verkneifen. Den verblüfften Gesichtsausdruck des fetten Schweins, als Hong die Klotür eingetreten hatte, würde er nie vergessen. Anschließend war der große Durchbruch gekommen: als er nach England gegangen war. Und die Türen für die hiesigen Operationen aufgestoßen hatte. Laborausstattung besorgt hatte. Er hatte seine Chance wahrlich genutzt.

Dieser Auftrag jedoch hatte sich als komplizierter erwiesen, als er eingangs vermutet hatte. Er hatte über diesen Hund Bescheid gewusst, aber angenommen, dass es sich dabei um einen verwöhnten alten Köter handelte. Ein Tritt, und dieses Stück Scheiße würde Reißaus nehmen. Aber das hatte das Biest nicht getan. Es hatte ihm nachgesetzt. Wieder und immer wieder. Wer hätte damit wirklich rechnen können?

Er sah zu, wie der USB-Stick mit dem Laptop verbunden und sein Inhalt durchgescrollt wurde. Wörter, Gleichungen, Zahlen … bla, bla, bla. Grafiken, noch mehr Zahlen. Langweilig. Aber auf irgendeine Weise offenbar wertvoll.

»Gut«, kam es vom Empfänger.

»Ich will mein Geld.«

»Erst muss ich das hier durchsehen.«

Hongs Kopf pochte, er war drauf und dran, sich zu übergeben. Und schon wieder war ihm schwindlig. Er schwankte leicht auf seinem Stuhl, seine Kleidung war schweißnass, und mit der unverletzten Hand hielt er sich an der Stuhlkante fest. Langsam neigte er den Kopf, um einen Blick auf seinen zerfleischten, eitrigen Arm zu werfen, der inzwischen doppelt so dick angeschwollen war wie der andere. Dieser Scheißköter! Er würde sich auf die Lauer legen, und wenn die Bullen irgendwann von dem Salt-Fall abließen, würde er ihn aufspüren und langsam und qualvoll hinrichten.

»He, haben Sie vielleicht noch ein Antibiotikum?«, fragte Hong, doch sein Gegenüber schnalzte nur missbilligend mit der Zunge.

»Später.«

Die Tabletten, die er zuvor genommen hatte, hatten gar keine Wirkung gezeigt, aber was hatte er auch erwartet, nachdem das Haltbarkeitsdatum längst überschritten gewesen war? Mit dem Ärmel seines gesunden Arms wischte er sich über die feuchte Stirn. Diese Entzündung war fast genauso schlimm wie der Malariaschub, den er als Kind gehabt hatte.

Hong hasste es zu warten. Er hasste es, wenn irgendwer glaubte, ihm sagen zu können, was er tun und lassen sollte. Aber im Augenblick war er zu schwach, um irgendetwas dagegen zu unternehmen. Er konnte schließlich nicht einfach in eine Arztpraxis oder in ein Krankenhaus spazieren. Immerhin fahndeten die Bullen nach jemandem mit einem Hundebiss. Und außerdem war er illegal hier.

Sein Auftraggeber klickte auf »Löschen« und sah zu, wie der gelbe Balken, der den Prozess verbildlichte, über den Bildschirm wanderte, bis schließlich der gesamte Inhalt des USB-Sticks gelöscht war. Die Kopie von Patrick Salts Aufzeichnungen über die Killerbienen war vernichtet.

»Und zur Sicherheit wird der hier gleich verbrannt.« Der Stick wanderte in eine Tasche. »In Ordnung, Antibiotika …«

Hong starrte den Rücken seines Auftraggebers an, schaffte es aber nicht, sich länger auf einen Punkt zu konzentrieren. Eine Schranktür ging auf, dann wurde eine Flüssigkeit aus einer Glasflasche in eine Spritze aufgezogen.

»Ärmel hochkrempeln, und leg dich dort hin.«

Wenn er sich für ein paar Minuten hinlegte, vielleicht würde es ihm ja dann tatsächlich besser gehen? Das Zimmer drehte sich um ihn herum, und dann bohrte sich die Nadel in seinen Arm. Erst fühlte sich die kühle Lösung angenehm an. Bestimmt würde sie sein Fieber senken. Aber als er in das Gesicht seines Auftraggebers blickte, schlug sein Herz unwillkürlich schneller. Das Lächeln war falsch, und die kohleschwarzen Augen, die auf ihn herabblickten, glühten regelrecht vor zurückgehaltenem Zorn, genau wie bei einer Kobra, die drauf und dran war zuzubeißen.

»Du hättest das Shilin-Messer nicht nehmen dürfen. Ärgerlich, sehr ärgerlich.«

Als er Salts Haus ausgespäht hatte, hatte Hong das Messer durch das Fenster des Nachbarn entdeckt. Daheim in Seoul hatten nur Generäle oder noch Höherrangige solche Messer – Gangmitglieder, die sich das Recht, so eine Waffe zu besitzen, schwer erarbeitet hatten. Es war an der Zeit, dass er ebenfalls eine besaß. Aber der alte Mann war im selben Augenblick ins Zimmer geschlurft, als Hong aus dem Fenster gesprungen war, und hatte ihn womöglich auch am Abend beobachtet, als er Professor Salt niedergestochen hatte. Deshalb hatte der Alte aus dem Weg geräumt werden müssen. Sein Auftraggeber war schier ausgerastet, als Hong erklärt hatte, was passiert war. Die dunklen Augen hatten vor unkontrollierter Wut gelodert, und er war angebrüllt und ein dämlicher Idiot genannt worden, ein Amateur – und Schlimmeres. Ein glatter Schnitt durch die Kehle hätte alldem ein Ende setzen können. Aber er hatte seinen Lohn haben wollen.

Hong versuchte, sich aufzusetzen, aber er hatte nicht mehr die Kraft, und obendrein drückten ihn überraschend starke Hände zurück und hielten ihn unten. Hände, die in OP-Handschuhen steckten. Die wiederum keine Fingerabdrücke hinterlassen würden. Keine Hautpartikel. Er wehrte sich, fühlte sich aber genauso hilflos wie dieser dürre alte Mann, Grace.

»Du solltest nur den USB-Stick finden und Salt umlegen – und alles wie einen Einbruch aussehen lassen. Ich habe dir alles gegeben, was du dafür brauchtest – Salts Adresse, seinen Tagesablauf, das Versteck des USB-Sticks. Ich habe dir sogar den perfekten Sündenbock für den Einbruch geliefert – Larry Nice. Aber nicht einmal diesen einfachen Job konntest du richtig machen. Und was haben wir jetzt? Zwei, vielleicht sogar drei Leichen und zu viele Spuren!« Sein Auftraggeber trat ein Stück näher. »Spuren, die alle auf dich zeigen.«

Was war in dieser Spritze gewesen? Hongs Augenlider wurden schwer. Er konnte nicht einmal mehr seinen Arm heben. Verzweifelt kämpfte er gegen die Müdigkeit an. Wenn er jetzt einschlief, war er verloren.

Dann klingelte das Telefon.

»Ja?« Eine Pause. »Security? Was wollen Sie?«

Sein Hilferuf war nicht mehr als ein gemurmeltes Tröpfeln. Weder sein Kiefer noch seine Zunge wollten sich mehr bewegen. Niemand hörte ihn mehr. Stocksteif lag Hong auf der Liege. Seine Augen waren vor Angst weit aufgerissen.

»Geben Sie mir fünf Minuten, bevor Sie sie reinlassen. Und lassen Sie sie keine Sekunde aus dem Blick!«

KAPITEL 45

Der Detective Chief Inspector drückte unentwegt auf die Messingklingel zu dem Vier-Millionen-Anwesen in der bewachten Wohnanlage. Allein der Portikus war größer als Leachs Gästezimmer, und von der Decke hing eine Florentiner Lampe, die groß genug war, um sämtliche Sicherungen rausfliegen zu lassen. Hinter ihm im Schein der grellen Security-Lichter lagen eine hufeisenförmig angelegte, mit Quarzkieseln bestreute Auffahrt, ein perfekt gepflegter Rasen und in dessen Mitte ein runder steinerner Springbrunnen mit Wassernymphen, die eine Muschelschale in die Höhe hielten. Um das Haus mit seinen sechs Schlafzimmern – jedes mit eigenem Bad –, der Garage, die Platz für vier Autos bot, und dem Bedienstetentrakt herum hielt eine akkurat gestutzte Eibenhecke neugierige Blicke fern.

»Wie können Sie es wagen!«, grollte Flay Leach an. »Und Sie« – er zeigte auf Pearl –, »fassen Sie das nicht an!«

Pearl ließ die Spitze eines hohen, zu einem Korkenzieher formgeschnittenen Rosmarinbäumchens los, während Flay dem Wachmann einen finsteren Blick zuwarf. Immerhin war es dessen Aufgabe, den Pöbel von seinem Anwesen fernzuhalten – und damit war eben auch die Polizei gemeint.

»Sie haben die längste Zeit einen Job gehabt, Sie Idiot«, blaffte Flay den fetten Fünfzigjährigen mit Pastetenbröseln auf der Unterlippe an.

»Aber Mr. Flay, die sind von der Polizei – und sie haben drauf bestanden«, stammelte der Wachmann, dem klar war, dass er so einen gemütlichen Job nie wieder finden würde.

»Ach, verziehen Sie sich doch in Ihre Hütte!«, fauchte Flay.

Der Mann fiel fast hintüber, als er die Marmortreppe rückwärts hinabstieg.

»Sie belästigen mich. Ich rufe jetzt augenblicklich meinen Anwalt an«, sagte Flay, blieb aber im Eingang stehen, damit sie sich keinen Zutritt verschafften.

»Hier ist der Durchsuchungsbeschluss sowohl für Ihr Haus als auch für Ihren Arbeitsplatz.«

Leach hielt ihn in die Höhe, und zwar so nah vor Flays Gesicht, dass die kaum angetrocknete Tinte von der Unterschrift des Richters fast auf Flays Höckernase schmierte. Der schnappte sich den Papierbogen und kniff die Augen zusammen.

»Zufällig Ihre Brille verloren, Sir?«, fragte Leach.

»In der Tat. Aber ich habe noch eine Ersatzbrille im Arbeitszimmer. Warten Sie hier.«

»Nein, Sir, wir warten nicht hier. Wir durchsuchen jetzt auf der Stelle Ihr Haus«, entgegnete Leach und drängelte sich an ihm vorbei.

Noch ehe Flay auch nur eine Silbe hervorbringen konnte, strömte auch schon ein Police Officer nach dem anderen durch die Tür. Die schweren Stiefel auf den Travertinfliesen in Classico Cream klangen, als wäre dort gerade ein Überfallkommando einmarschiert. Der kreiselförmige Kronleuchter, der von der rund abgesetzten Stuckrosette hing, erinnerte Leach an die Tortenspitze, die seine längst verblichene liebe Großmutter immer verwendet hatte. Direkt vor ihnen zerteilte ein

Treppenaufgang die Eingangshalle in zwei Hälften, sodass die Officers zu beiden Seiten daran vorbeimarschieren mussten.

»Ist noch jemand im Haus, Mr. Flay?«

»Bitte? Ja, die Haushälterin.«

»Die gerade das Dinner zubereitet ...«

»Ja, warum?«

»Und Ihre Frau?«

»Äh, keine Ahnung, wahrscheinlich bei irgendeinem Cocktailempfang, denk ich mal.«

»Kinder?«

»Internat.«

»Sir, setzen Sie sich bitte, und fassen Sie nichts mehr an.«

»Das ist doch wohl nicht Ihr Ernst! Das ist *mein* Haus!«, brüllte Flay Leach hinterher, während der Detective auf das Arbeitszimmer zumarschierte. Gewienertes Eichenparkett, Eichenpaneelen an den Wänden, ein Schreibtisch aus Eichenholz und ein marmorner Kamin mit einem Familienfoto in einem üppig verzierten Goldrahmen darüber, der so breit war wie der Kaminsims selbst.

»Halt, das ist privat!« Flay wieselte hinter ihm her.

»Ich brauche die Schlüssel zum Safe.«

»Woher wollen Sie denn wissen, dass ich einen habe?«

»Das da«, Leach warf einen Blick auf das gerahmte Bild, »sieht Ihnen so gar nicht ähnlich.«

»Hier passiert nichts, bevor ich mit meinem Anwalt gesprochen habe.«

»Rufen Sie Ihren Anwalt meinetwegen an. Sie haben ein Telefonat frei.« Der bullige Detective machte einen Schritt auf seinen schlanken Verdächtigen zu. »Und ich sag es nicht noch mal. Setzen Sie sich hin!«

Flay ließ sich an seinem geschnitzten Eichenschreibtisch mit dem grünen Ledereinsatz nieder, und drehte ihm den Rücken zu.

»Sie da!«, rief Leach und zeigte auf einen Officer im Flur. »Passen Sie auf ihn auf!«

Flay griff zum Hörer und wählte eine Nummer. »Aber halten Sie Ihre Leute von meinen Unterlagen fern, hören Sie?«

»Zu spät«, erwiderte Leach.

»Das kostet Sie Ihren Job!«

Während Leach die Durchsuchung von der Eingangshalle aus koordinierte, konnte er hören, wie Flay seinem Anwalt befahl, augenblicklich herzukommen. Dann senkte er die Stimme zu einem Flüstern. Leach drehte sich zu seinem Mordverdächtigen um, der über das Telefon gekauert dasaß und ganz offensichtlich gerade ein zweites Gespräch führte.

»Sind schon Detectives da?«, fragte er gerade, und offenbar behagte ihm die Antwort ganz und gar nicht. »Volltrottel!«, fauchte Flay durch die zusammengebissenen Zähne. »Lassen Sie sie nicht aus den Augen! Und schreiben Sie alles auf, was sie mitnimmt!«

»Sir, legen Sie sofort den Hörer hin«, kam es von seinem Bewacher.

»Sobald ich fertig telefoniert habe«, blaffte Flay ihn an und wandte sich dann wieder seinem Gesprächspartner am anderen Ende der Leitung zu. »Ich scheiß auf die Lieferung …«

Leach schoss auf den Schreibtisch zu und warf den Hörer auf die Gabel.

»Chadstone Flay, ich verhafte Sie wegen Mordes an Patrick Salt und Francis Grace und wegen versuchten Mordes an Finnegan Toyne.«

Im Dämmerlicht sieht die gesamte Flay-Bioscience-Anlage aus wie ein Forschungszentrum aus dem Kalten Krieg: hohe Elektrozäune, und obendrauf Stacheldraht. Flache, blassgraue Betongebäude, die aussehen, als würden sie sich aus Angst vor der aufkommenden Dunkelheit zusammenkauern – mit Ausnahme eines einzigen, das mich an einen scharfen Knochensplitter erinnert, der den Himmel durchbohrt. Ich nehme an, dabei handelt es sich um das Hauptgebäude. Die Anlage muss mehrere Fußballfelder groß sein, aber hier gibt es nichts, was einen willkommen heißt. Sie ist darauf angelegt, dass Leute fernbleiben.

Durchs Autofenster kann ich ein Wachhäuschen erkennen, das aussieht wie die TARDIS aus *Doctor Who*. Paddy und ich haben *Doctor Who* geliebt – wir haben uns die alten Folgen immer wieder angeschaut, damit ich K9 sehen und ihm zur Unterstützung zubellen konnte. Ich rieche den schwachen Geruch von Ginster und Heidekraut, und hier und da auch einen Hauch Silberbirke aus der weitläufigen Heidelandschaft, die die Anlage umgibt. Ich habe ein mulmiges Gefühl. Dieser Wachmann – ein Schlägertyp mit einer platten Nase wie ein Mops – scheint uns hinhalten zu wollen. Er bewegt sich wie ein altes Weib, das ich einmal beim Tai-Chi im Park beobachtet habe, obwohl ich sein Herz rasen höre und er nach saurer Milch riecht, was nur heißt, dass er unter Strom steht. Ich wünschte mir, Varma wäre hier, aber er will Paddys Arbeitszimmer an der Uni ausräumen.

Ich weiß, dass Leach und Pearl in Gefahr sind, denn sie sind losgefahren, um Chadstone Flay alias Mr. Genius zu verhaften, der für Paddys Tod verantwortlich ist, und Mr. Graces, und wahrscheinlich auch für den Angriff auf Finn. Was auch immer Paddy auf diesem USB-Stick hatte, es muss eine Bedrohung für Flay gewesen sein. Aber Flay hat die Morde nicht selbst begangen. Es muss jemand anders gewesen sein, und das ist es, was mich beunruhigt. Wo steckt dieser Mann mit dem siebenzackigen Stern und der Bisswunde nur?

Rose glaubt, dass sie Paddys Unterlagen aus dem Labor einfach mitnehmen kann. Trotzdem ist mein Fell über meinem gesamten Rückgrat gesträubt, und ich kann meine Pfoten nicht stillhalten. Ich sehe einen dunklen Vogel, der aus der Anlage flieht – war das Dante? Ich kläffe, damit er wiederkommt.

»Dante, hier rüber!«

»Monty, sei still! Sonst glauben die dir nicht, dass du ein Polizeihund bist. Sei ein guter Junge«, sagt Rose zu mir.

Also sehe ich dem Vogel nach, der in Richtung Geldeford verschwindet.

Dann folgen wir dem Wachmann in seinem kleinen weißen Skoda Citigo über verschlungene Wege in Richtung der Labors, in denen Paddy manchmal mit Dr. Martinez gearbeitet hat. Er schleicht so langsam vor uns her, dass ich zu Fuß schneller wäre. Rose hat sich einer kleinen Notlüge bedient und ihm erzählt, dass ich ein Polizeihund bin, weil der Wachmann mich zunächst nicht durchlassen wollte. Sie sieht sich zu mir um, und ihr Pferdeschwanz schwingt hin und her wie die Rute eines Fuchses.

»Das nenne ich mal kooperativ«, sagt sie, grinst schief und sieht dann wieder nach vorne auf die Rücklichter, denen wir folgen.

Der Weg führt uns an diversen Äckern vorüber, bis wir schließlich ein Dutzend Gewächshäuser erreichen, jedes einzelne in der Größe eines Tennisplatzes. Ich höre das Summen

Tausender Bienen, und als ich hinaus in die Dunkelheit spähe, kann ich in den lang gezogenen Glasgebäuden etwas erkennen, das wie Bienenstöcke aussieht. Wir fahren an einer Straße zu unserer Linken vorbei, die uns zur Anlieferungshalle und einem Lagerhaus gebracht hätte, dann an einem Betonsteingebäude und ein paar Hütten, zwischen denen überdachte Gehwege verlaufen. Ein geklinkerter Fabrikschornstein, so hoch wie die Londoner Nelsonsäule, spukt Rauch aus, der vor dem immer schwärzer werdenden Himmel blassgrau wirkt. Allerdings riecht dieser Rauch nicht nach Holzfeuer, sondern eher nach zerkochtem Schweinefleisch und angesengter Matratze, und ich muss niesen. Ich mag diesen Geruch nicht.

In einem Gebäude, nicht weit entfernt von dem Fabrikschornstein, sind noch Lichter an, und jemand in einem weißen Kittel wartet vor der Tür auf uns. Weil das Licht in seinem Rücken so hell ist, kann ich erst nicht erkennen, um wen es sich dabei handelt. Dann stellt der Wachmann seinen Wagen ab und steigt aus.

»Bitte entschuldigen Sie, Dr. Martinez, aber sie hat darauf bestanden«, sagt er und zeigt auf Rose.

Irgendetwas stimmt hier nicht. Die Nerven dieser Leute sind zum Zerreißen angespannt, auch wenn sie alle so tun, als wären sie die Ruhe selbst. Ich will auf der Stelle aus dem Auto springen, aber Rose macht die Tür nicht auf. Stattdessen geht sie mit offenen Armen auf Martinez zu, als würde sie eine Freundin begrüßen.

»Maria, es tut mir wahnsinnig leid, dass ich Sie stören muss, erst recht so spät, aber wir haben jetzt erst den Durchsuchungsbeschluss bekommen. Ich brauche von Ihnen sämtliche Aufzeichnungen von Patrick Salt, sowohl auf Papier als auch elektronisch. Das gilt auch für Ihre gemeinsame Arbeit. Hier ist der Beschluss.«

Rose sieht entspannt aus. Von Martinez hat sie keinen Widerstand zu befürchten, und wie erwartet, wirft die bloß einen kurzen Blick auf das Papier und lächelt.

Oh Himmel, sie sieht wirklich aus wie ein gähnendes Krokodil! Was für ein riesiger Mund! Aber sie macht einen halbwegs freundlichen Eindruck.

»Kommen Sie alleine?«, fragt sie. »Ich dachte, so etwas würde man immer zu zweit machen.«

Sie zuckt mit den Schultern, als wäre es ihr eigentlich egal. Trotzdem glaube ich nicht, dass sie so gleichgültig ist. Mit weit aufgerissenen Augen sieht sie Rose aufmerksam an.

»DS Varma wird nachkommen, aber ich nehme an, das hier wird nicht lange dauern. Wahrscheinlich sind wir längst fertig, bis mein Kollege ankommt«, antwortet Rose.

»Folgen Sie mir«, sagt Martinez und winkt Rose nach drinnen.

»Ich muss nur eben den Hund holen.«

Martinez' Antwort kommt wie aus der Pistole geschossen: »Nein, kein Hund. Diese Zone ist steril, er muss also draußen bleiben.«

Weg ist ihr Lächeln, und ihre großen runden Ohrringe schlenkern hin und her, als sie entschlossen den Kopf schüttelt.

Nein! Ich muss Rose doch beschützen! Sie ist mein Frauchen – ich muss auf sie achtgeben. Ich kläffe und kratze mit der Pfote über die Fensterscheibe.

»Kann ich ihn dann wenigstens hier draußen anbinden?«, fragt Rose. »Vielleicht muss er zwischendurch mal pinkeln.«

Martinez zögert, dann wandert ihr Blick für den Bruchteil einer Sekunde auf etwas, was sich weit hinter Roses Rücken befindet. Rose hat es nicht bemerkt, weil sie ins Licht schaut.

»Meinetwegen. Aber können wir jetzt reingehen? Es ist kalt hier draußen.«

Meine Nachtsicht ist deutlich besser als die von Rose, und ich versuche auszumachen, was Martinez in der Ferne angesehen hat. Dort steht ein weißer Ford Transit an einer Laderampe. Ich kann gerade noch so erkennen, dass auf den Hecktüren in Schwarz *Hong Lab Equipment* geschrieben steht – und dann zucke ich zusammen, als ich das Symbol über dem Schriftzug sehe. Ein riesiger siebenzackiger Stern, der goldfarben umrahmt ist. Das ist ihr Logo! Ich springe zur anderen Seite, strecke die Schnauze in die Luft und versuche verzweifelt, die Witterung des Fahrers aufzunehmen, aber es ist zwecklos. Die Autofenster und -türen sind geschlossen. Was hat Jake gleich wieder über diese Gang gesagt? Dass sie in Laborgeräten Drogen schmuggeln. Mein Herz rast wie wild, und ich kläffe wie ein Wahnsinniger.

»Still, Monty!«

Rose macht die Tür auf. Ich springe hinaus, noch ehe sie mir den Weg versperren kann, und sprinte in die Richtung des Lieferwagens. Aber der Wachmann ist schneller. Er schnappt mich am Halsband und reißt mich zurück, und das mit einer Wucht, dass mein Bellen wie ein verschlucktes Jaulen klingt, als das Halsband mir in den Hals schneidet. Ich muss würgen.

»Geben Sie ihn mir«, befiehlt Rose und leint mich an. »Sie können ihn jetzt loslassen.« Sie wirft dem Wachmann einen finsteren Blick zu, und er lässt mich widerwillig los. »Was ist denn los, Monty?«

Als sie die Leine an einer Regenrinne neben dem Eingang befestigt, schnappe ich immer noch nach Luft.

»Sorry, Monty, es dauert auch nicht lange. Heute Nacht werden keine Eichhörnchen gejagt!«

Meine Augen sind vor Angst weit aufgerissen, sodass man das Weiße darin sieht. Mein Schwanz ist steil aufgestellt, und ich fletsche die Zähne, doch das Geräusch, das aus meiner Kehle dringt, klingt eher nach einem Benzinrasenmäher, der nicht anspringen will. Ich huste eine erbärmliche Warnung aus. Jetzt kann ich es sogar riechen – es wabert durch die kühle Nachtluft, auch wenn Martinez' moschusartiges Parfüm es beinahe überdeckt. Ich kann muffiges Essen riechen, das schlimmer stinkt als Abwasser, Cannabis – und diese Krankheit. Malaria. Aber am deutlichsten ist der scharfe Geruch einer infizierten Wunde.

Hinter Rose schließt sich die Tür.

KAPITEL 46

Rose konnte Monty immer noch heiser kläffen hören, als sie Martinez den hell erleuchteten, leeren Gang entlang folgte. Weiße Wände, weiße Türen, ein blassgrauer abgeschliffener Betonfußboden und der Geruch von antiseptischem Bodenreiniger. Warum in aller Welt war dieser Hund so aufgeregt? Vielleicht behagte es ihm nicht, draußen angeleint zu sein.

»Sie sind spät bei der Arbeit«, stellte Rose fest. Neben dem tiefen Brummen der Klimaanlage und Martinez' Sohlen auf dem Boden war sonst kein Mucks zu hören.

»Das bin ich immer. Oft arbeite ich sogar die ganze Nacht. Ich habe großes Glück – ich brauche nicht viel Schlaf.« Sie lächelte Rose an. »Nett, zur Abwechslung mal Gesellschaft zu haben, auch wenn es ein Polizeieinsatz ist.«

Rose spürte, wie ihre Hand leicht taub wurde, schob es aber auf die schweren Beweismittelkisten, die sie vor sich hertrug. Sie mochte Martinez – sie war immer so herzlich. Und genau wie Rose hatte sie sich mit Leib und Seele ihrem Job verschrieben. Rose hatte nicht viele Freunde und fragte sich unwillkürlich, ob sie sich vielleicht, wenn dieser Fall vorbei wäre, auf einen Kaffee oder einen Drink im Pub verabreden könnten.

»Wie haben Sie es geschafft, diesen Durchsuchungsbeschluss zu bekommen? Flay war felsenfest davon überzeugt, dass Ihnen das niemals gelingen würde.«

Martinez hielt ihr eine Tür auf, die in einen großen Laborraum führte, und ließ Rose den Vortritt, damit sie die großen Plastikkisten abstellen konnte. Vor Rose standen zwei Reihen länglicher weißer Labortische mit Regalen darüber, und auf diesen Regalen standen Hunderte Petrischalen und andere Glasgefäße. Das Einzige, was wirklich ins Auge stach, waren eine Vase mit roten Blumen – der Farbklecks, den Martinez hier reinbringt, dachte Rose – sowie Fotos von ihr mit Freunden und Kollegen. Vor einer der Wände standen ein paar Inkubatoren, die ein konstantes leises Brummen von sich gaben. Bienen.

»Wir haben neue Hinweise erhalten«, erklärte Rose und trat ganz nah an einen der Inkubatoren heran, sodass sie einen Blick hineinwerfen konnte. »Mehr darf ich Ihnen leider nicht verraten.«

Es waren Hunderte Bienen. Hinter der Glastür sahen sie für Rose fast aus wie ein einziger Körper. Sie blickte quasi auf eine wimmelnde schwarze Fläche. Das sonore Summen war jetzt viel, viel lauter. Und bedrohlicher. Rose hatte beinahe das Gefühl, als wollten sie auf ihr Gesicht losgehen.

»Bitte, treten Sie ein Stück zurück«, sagte Martinez. »So regen Sie sie nur auf.«

Rose machte einen Schritt zurück. Die Aggressivität der Tiere hatte sie überrascht. Anders als die meisten ihrer Klassenkameraden hatte sie nie Angst vor Bienen gehabt. Als Kind hatte sie sogar die eine oder andere aus einem Glas Johannisbeersaft gerettet oder wenn sich mal eine von ihnen ins Haus verirrt hatte, aber diese Bienen waren niemals angriffslustig gewesen. Nicht so wie die hier. Irgendetwas irritierte sie. Sie hätte erwartet, dass es in dem Labor nach Chemikalien und

Desinfektionsmittel riechen würde – und nicht nach faulen Eiern. War das Schwefel?

»Das da war Patricks Arbeitsplatz«, erklärte Martinez und zeigte auf einen makellos sauberen Labortisch, auf dem rein gar nichts Persönliches stand: kein Foto, kein Stressball, keine handgeschriebene Notiz. Als hätte man hinter ihm ausgekehrt.

»Haben Sie den Tisch aufgeräumt?«, fragte Rose.

»Natürlich. Patrick war ein hinreißender Mann, aber schrecklich unordentlich. Ich musste schließlich mit meiner Arbeit weitermachen – und ich mag es nicht, wenn es unordentlich ist.«

Rose hatte sofort bemerkt, dass aus der *gemeinsamen* inzwischen *meine Arbeit* geworden war.

»Hatten Sie nicht erwähnt, er sei so akkurat gewesen?«

»Nein, ich habe ständig hinter ihm aufgeräumt.«

Ein leichtes Kribbeln lief durch Roses Hände und Füße. Aber war es nicht völlig egal, dass Martinez Salt insgeheim für einen Chaoten gehalten hatte?

»Wo ist denn sein Aktenschrank? Und wo sind seine USB-Sticks?«, fragte Rose.

»Dort drüben. Aber wir arbeiten hier nur noch selten auf Papier«, antwortete sie und zeigte auf einen roten Aktenschrank mit vier Schubladen. Den hatte ganz sicher auch sie ausgesucht, mutmaßte Rose.

»Haben Sie Zugang zu Patricks kompletten Unterlagen?«

»Natürlich, wir haben all unsere Daten miteinander geteilt.«

»Dann brauche ich auch Ihren Laptop.«

»Oh nein, bitte nicht, ich brauche ihn.«

»Tut mir leid, aber das hier ist eine Mordermittlung.«

Rose zog ein Paar Einweghandschuhe aus der Tasche.

Martinez lehnte sich an einen Arbeitstisch und lächelte Rose breit an, als wären die beiden Freundinnen, die unbefangen miteinander plauderten.

»Rose? – Ich darf Sie Rose nennen?«

»Natürlich.«

»Rose, ich glaube, Sie denken, dass jemand hier bei Flay Bioscience Patrick getötet hat. Vielleicht denken Sie sogar, es war Mr. Flay?«

»Wie kommen Sie darauf?«

»Ich rate nur.« Sie zuckte mit den Schultern. »Mir geht es allein um die Einführung meiner neuen Honigbienen. Wenn Mr. Flay ins Gefängnis kommt, muss ich wissen, ob die Markteinführung trotzdem stattfindet.«

»Maria, ich nehme an, dass das Sache Ihres Unternehmens ist. Aber wenn Sie irgendetwas wissen sollten, was uns bei den Ermittlungen weiterhelfen könnte, dann müssen Sie es mir sagen.«

Martinez starrte auf ihre Füße.

»Maria?«

»Es ist vielleicht gar nichts …«, hob sie an.

»Dann schadet es auch nicht, wenn Sie es mir sagen.«

»Ich habe etwas mit angehört, okay? Mr. Flay … Er war sehr wütend auf Patrick.«

Kein Kribbeln. Sie sagte die Wahrheit.

»Und was genau haben Sie gehört?«

Martinez' Blick flackerte hin und her. Offenbar war sie hochgradig nervös. »Vielleicht fragen Sie besser Mr. Flay. Er ist mein Arbeitgeber. Das hier ist kompliziert, wissen Sie.«

»Maria, Sie müssen es mir sagen.«

»Ich glaube, Patrick wollte mehr Geld – aber das habe ich Ihnen ja schon erzählt. Er hat mit Dr. Bomphrey gesprochen, und der hat Mr. Flay davon erzählt«, brach es aus ihr hervor.

Da war es wieder, dieses Kribbeln – und diesmal breitete es sich schmerzhaft in ihrem ganzen Körper aus. Nach allem, was sie inzwischen über Patrick Salt wusste, schien eine Auseinandersetzung über Geld nicht im Geringsten seinem Charakter zu entsprechen. Er hatte sich mit Leib und Seele der Rettung der Honigbiene verschrieben. Nichts an seinem schlichten Lebensstil wies darauf hin, dass er sich nach mehr Reichtum gesehnt hätte. Warum also hatte Martinez gelogen?

»Reden Sie weiter.«

»Okay … Es war am Tag, bevor Patrick gestorben ist. Ich war gerade an der Uni angekommen und lief am Verwaltungsgebäude vorbei. Dort konnte ich hören, wie Mr. Flay und Dr. Bomphrey sich miteinander unterhielten. Ich glaube nicht, dass sie mich gesehen haben. Mr. Flay sagte, Patrick sei zu einer Belastung geworden und man müsse sich darum kümmern.«

»Hat er das wörtlich so gesagt? Dass man sich *um ihn kümmern* müsse?«

Martinez nickte.

»Und hat Patrick sein Gehaltsgesuch schriftlich eingereicht?«

»Das weiß ich nicht.«

»Okay, Dr. Martinez, dann brauche ich jetzt Ihre offizielle Aussage.« Sie zog Notizblock und Stift aus der Tasche.

»Oh nein, bitte, das will ich nicht – dann könnte ich meinen Job verlieren«, wandte Martinez ein.

Doch diesmal wollte Rose es ganz bestimmt nicht vermasseln. Dies hier musste streng nach Vorschrift laufen. Sie rief Varma auf dem Handy an, doch er ging nicht ran. Sie hinterließ ihm eine Nachricht, er möge sie bitte umgehend zurückrufen. Dann versuchte sie es bei Pearl, der ihren Anruf entgegennahm, und erzählte ihm, was sie gerade von Martinez erfahren hatte. Im Hintergrund konnte sie Flay mit irgendjemandem diskutieren hören – es klang wie ihr DCI.

»Okay, schnappen Sie sich ihren Laptop und sämtliche Ausdrucke und bringen Sie sie aufs Revier. Ich befrage sie, sobald wir hier fertig sind.«

Rose erklärte der aufgebrachten Martinez, dass sie auf dem Revier erwartet werde.

»Während ich diese Kisten hier packe, denken Sie noch einmal scharf darüber nach, was genau Sie mit angehört haben und wann genau das war. Würden Sie das für mich tun?«

»Nein, bitte, ich komme gleich morgen zu Ihnen aufs Revier. Ich kann hier jetzt nicht weg«, stammelte Dr. Martinez. Ihr Lächeln war wie ausradiert und ihr Nacken vor Aufregung gerötet. »Ich muss hier heute Nacht noch etwas Wichtiges fertigstellen.«

»Tut mir wirklich leid, Dr. Martinez ...«

»Nicht heute Nacht!«, schrie sie, und Rose blinzelte sie überrascht an.

»Maria, es muss noch heute sein. Warum arbeiten Sie nicht einfach weiter, bis ich hiermit fertig bin?«

»Ich brauche eine Zigarette«, fauchte diese und stampfte aus dem Labor.

Durch die Glaseinsätze in den Türen konnte Rose sehen, dass sie nach rechts statt nach links marschierte. Links herum ging es zurück zum Eingang. Merkwürdig. Aber vielleicht gab es ja noch einen zweiten Zugang.

Zum ersten Mal, seit sie sich begegnet waren, keimte in Rose Misstrauen gegen Martinez auf. Sie hatte einen Schlüssel zu Patricks Arbeitszimmer an der Uni gehabt und außerdem Zutritt zu seinem Arbeitsplatz hier bei Flay Bioscience. Für sie wäre es ein Leichtes gewesen, sämtliche physischen Beweise zu vernichten und auch die Daten in den passwortgesicherten Ordnern zu löschen. Dass Rose die 1471 anrufen sollte, um zu sehen, wer Salt vor dessen Ermordung zuletzt angerufen hatte, war Martinez' Idee gewesen, und so hatte sie auch den Verdacht auf Bomphrey lenken können. Außerdem hatte sie auf dem Foto von Salt mit der ihm frisch verliehenen Frink Medal stinksauer ausgesehen – und dieses Foto samt Rahmen war auf mysteriöse Weise wie vom Erdboden verschluckt.

Martinez hatte ihren Laptop angeschaltet zurückgelassen. Rose konnte ihre Neugier nicht zügeln. Sie klickte sich durch Martinez' jüngst aufgerufene Dokumente und fand den Entwurf für eine Pressemitteilung, die vor dem Tag der Markteinführung unter keinen Umständen publik werden durfte. Rose öffnete das Dokument. Martinez hatte darin im Korrekturmodus einige Änderungen vorgenommen, und die Änderung, die Rose sofort ins Auge stach, betraf die Verantwortlichkeiten: Dem Dokument zufolge hatte Patrick Salt lediglich assistiert, während Maria Martinez angeblich den Löwenanteil der Arbeit geleistet hatte.

Selbst durch die geschlossenen Laborfenster konnte Rose Montys zusehends manisches Kläffen hören. Er klang regelrecht hysterisch. Was, wenn er gerade versuchte, Alarm zu schlagen?

Schlagartig war ihr Mund ganz trocken. War Martinez auf Salt eifersüchtig gewesen? Hatte sie die Lorbeeren für die milbenresistente Biene alleine einheimsen wollen? Zumindest gab sie ihr Bestes, um Flay und Bomphrey in Misskredit zu bringen. Vielleicht, um die Ermittler vom Offensichtlichen abzulenken?

Rose stellte sich an die Labortür und warf einen Blick durch die Scheibe. Wohin war Martinez verschwunden? Sie zog die Tür auf und marschierte nach rechts den Gang entlang, genau wie es Martinez zuvor getan hatte. Am Ende des Korridors stand eine Brandschutztür einen Spaltbreit offen. Sie drückte die Tür auf und erwartete, die Wissenschaftlerin dort mit einer Zigarette in der Hand anzutreffen, aber weit und breit war nichts von ihr zu sehen. Rose war auf dem Weg hierher an zwei weiteren Türen vorbeigekommen. Sie machte kehrt und warf einen Blick durch den Glaseinsatz der ersten Tür. Dort drinnen war es dunkel, doch der Schwefelgeruch war hier stärker als in dem anderen Labor. Sie drückte auf die Klinke, und die Tür ging auf. Als sie das Licht einschaltete, stockte ihr der Atem.

Auf einer Rollbahre lag ein muskulöser Asiat mit einem bandagierten Arm. Er war ganz offensichtlich bewusstlos. Sie nahm einen süßlich-fauligen Geruch wahr – und den Gestank von Schwefel. Unwillkürlich musste sie würgen. Als sie sich wieder einigermaßen unter Kontrolle hatte, zückte sie ihr Handy.

Im selben Augenblick spürte sie einen scharfen Stich im Nacken und schnellte herum. Vor ihr stand Martinez mit einer Spritze in der Hand.

»Gute Nacht«, sagte sie.

KAPITEL 47

Ich kann nicht weg.

Als ich an der Leine gezerrt habe, hab ich mich beinahe stranguliert, aber der Knoten an der Regenrinne wird dadurch nur immer fester. Ich hab gebellt wie ein Wahnsinniger und gehofft, dass Rose wieder herauskommen würde, und wenn es nur wäre, um mir zu sagen, dass ich still sein soll. Ich bin außer mir vor Panik und keuche vor Angst. Ich springe vor und zurück und fauche wie ein tollwütiger Hund. Rose schwebt in Lebensgefahr, und sie ist auf sich allein gestellt.

Der Wachmann ist ein paarmal um den Lieferwagen von Hong Lab Equipment herumgegangen und hat vergeblich versucht, jemanden auf dem Handy zu erreichen. Jetzt stapft er auf mich zu.

»Halt die Schnauze!«

Es muss mir irgendwie gelingen freizukommen. Ich sehe mich um, vielleicht fällt mir ja etwas ein. Ein hölzernes Fensterbrett. Das könnte klappen. Ich mache mich über die Kante her. Ich liebe es, morsches Holz zu zerkauen, aber diesmal bleiben bittere Lacksplitter auf meiner Zunge kleben.

»He, hör auf, du blöder Köter!«

Ich kaue weiter auf dem Fensterbrett herum, bis ich ein ordentliches Stück herausreißen kann. Es ist faulig, sodass es sich leicht durchbeißen lässt. Ich spucke es wieder aus.

»Du kleines Drecksvieh!«

So klein bin ich nun auch wieder nicht, Freundchen! Wenn ich mich auf die Hinterläufe stelle, kann ich dir meine Vorderpfoten auf die Schultern legen und dir in die Nase beißen!

Er packt meine Schnauze und schiebt sie vom Fensterbrett weg, aber er erwischt mich nicht richtig, sodass ich sofort wieder in das Holz beißen kann.

»Oh nein, so nicht …«

Er nimmt sich den straff zusammengezogenen Knoten in meiner Leine vor und ruft mir ein paar üble Beschimpfungen zu, die nicht mal meine Entenfreunde gutheißen würden. Nachdem er eine Weile mit seinen Wurstfingern herumgefummelt hat, hat er den Knoten gelöst und zieht mich weg.

»Du kommst jetzt wieder ins Auto«, sagt er und zieht die Hintertür auf. Rose schließt nie ab, und mit Vergnügen springe ich hinein. Er schlägt die Tür hinter mir zu und verhöhnt mich durchs Fenster.

»Kau doch auf ihren Scheißautositzen rum! Das würde dieser arroganten Schlampe recht geschehen.«

Er dreht sich nach dem Gebäude um, in dem Rose verschwunden ist. Ja! Geh schon! Los, lauf ihr zu Hilfe!

»Halt's Maul!«, schreit er mich an.

Mir war nicht einmal klar, dass ich weitergebellt habe. Er entfernt sich von dem Gebäude und marschiert auf seine blöde Karre zu, schiebt sich mühsam hinters Lenkrad und verschwindet in der Dunkelheit.

Jetzt liegt es einzig und allein an mir. Der Mörder ist hier irgendwo, und ich muss Rose beschützen. Ich nehme die Metallklinke ins Maul und ziehe. Mit einem Klicken geht die Tür auf. Dann schiebe ich meine Schnauze in die Decke, die über der umgelegten Rückbank liegt, und ziehe Chadstone

Flays Sicherheitsausweis hervor. Ich bekomme das flache, schimmernde, glitschige Stück Plastik von der Größe einer Kreditkarte kaum zu fassen, aber irgendwann gelingt es mir, und mit der Karte im Maul springe ich aus dem Wagen.

An der Tür versuche ich herauszufinden, wo der Ausweis durchgezogen werden muss. Weil ich Paddy oft dabei beobachtet habe, weiß ich, dass man nur so hineinkommt. Auf halber Höhe hängt eine Metallkiste neben dem Türrahmen. Darüber liegt eine Glasscheibe, hinter der ein rotes Lämpchen leuchtet. Ich springe hoch und versuche, den Ausweis über die Scheibe zu reiben, aber meine Lefzen hängen darüber, sodass der Ausweis nicht erkannt wird. Ich plumpse wieder auf alle viere und winsele. Wie kann ich diesen Ausweis nur ins Maul nehmen und den Barcode so ausrichten, dass diese Zugangsbox ihn scannen kann?

Mit der Zunge schiebe ich die Plastikkarte zur Seite, sodass sie mir halb aus dem Maul hängt. Sie ist schon ganz vollgesabbert – hoffentlich ist das kein Problem! Ich stütze mich mit beiden Vorderpfoten an der Wand ab und ziehe den Ausweis noch einmal über die Glaskiste. Es piept, dann macht es Klick, und die Tür geht auf. Ich stürme durch den Spalt, ehe die Tür gleich automatisch wieder zufällt.

Mein Herz rast. Mein erster Instinkt ist, den Korridor entlangzurennen und nach Rose zu rufen, aber dann besinne ich mich eines Besseren. Immerhin habe ich jetzt das Überraschungsmoment auf meiner Seite. Ich lasse den Sicherheitsausweis fallen und starre den Flur hinab, von dem zu beiden Seiten in regelmäßigen Abständen Türen abgehen. Abgesehen vom Summen der Bienen, das aus allen Richtungen zu kommen scheint, ist es mucksmäuschenstill. Ich stelle die Ohren auf und lausche auf Roses Stimme. Nichts. Ich schnüffele – und kann sie tatsächlich riechen. Marias Moschusgeruch ist zwar überall, aber da sie nun mal hier arbeitet, hat das gewiss seine Richtigkeit. Doch wie ein angreifender Rottweiler trifft mich auf einmal der scharfe Geruch von faulen Eiern und der fischige Gestank von Eiter. Mein gesamtes Rückgrat entlang sträubt sich mir das Fell, und mit der Schnauze am Boden versuche ich, die Witterung aufzunehmen. Mit geschärften Sinnen schleiche ich vorwärts und muss ein Jaulen unterdrücken, als hinter mir der Haupteingang zuschnappt. Dann folge ich Roses einzigartigem Duft von Vanille, Honig, Minze und dem Meer, über dem inzwischen mein eigener Geruch liegt. Ja, meiner! Ich bin jetzt hochoffiziell ihr Hund.

Erst gehe ich ein wenig schneller, komme dann aber auf dem rutschigen Boden schlitternd zum Stehen und mache ein paar Schritte zurück. Jenseits dieser Tür kann ich sowohl Rose als auch den Mörder riechen. Ich kann mich gerade noch zurückhalten, um nicht die Tür einzurennen. Jetzt darf ich keinen Fehler machen.

Ich nehme die Klinke ins Maul, ziehe sie nach unten und drücke die Tür so leise auf wie möglich. Das Labor liegt im Dunkeln, trotzdem kann ich sehen, dass hier niemand ist. Wohin hat der Mörder sie verschleppt? Mit der Nase am Boden folge ich ihrer Spur zu einem Notausgang. Er ist verschlossen. Ich schnüffele an dem Spalt unter der Tür und weiß sofort, dass Rose, der Mörder und Maria eben erst hier waren und durch diese Tür gegangen sind. Ich sehe zu der waagerechten Metallstange auf – ein Kinderspiel –, springe hoch, stütze mich mit den Vorderpfoten auf, und die Stange klappt hinunter. Die Tür schwingt auf, und ich lande auf einem zementierten Weg.

Er führt zu weiteren Gebäuden, die wie kleine Hütten aussehen. Sie sind allesamt grau und sehen sich zum Verwechseln ähnlich, bis auf das große Ziegelhaus im Hintergrund mit dem riesigen runden Schornstein. Immer noch drischt der Rauch wie eine graue Faust auf den Himmel ein. Ich kann Diesel riechen, aber der Gestank von verkohltem Schweinefleisch und Matratzen hat sich verflüchtigt. Wahrscheinlich ist der Verbrennungsofen mittlerweile leer. Meine Sinne sind geschärft, meine Ohren zucken und nehmen jedes noch so leise Geräusch wahr. Nirgends Stimmen, nur das Sirren der Außenbeleuchtung und das Kreischen eines Fuchses irgendwo dort draußen in der Heide. Ich blicke zu den dunklen Fenstern hinauf und in den Schatten, den die Hütten werfen, kann aber außer der leichten Brise, die durchs Gras weht, nirgends eine Bewegung erkennen. Ich atme tief ein und versuche, einzelne Gerüche aufzunehmen. Am stärksten riecht Maria: Moschusparfüm, fettiges Make-up und Knoblauch. Dem kann ich leicht folgen. Roses Duft ist schwächer, als hätten ihre Füße den Boden nicht berührt, und auch der Mörder riecht kaum noch, was keinen Sinn ergibt. Ist er vor ihnen hergegangen? Als ich den Weg entlanglaufe, zerschürfe ich mir die Nase. Eine Abbiegung zu einer weiteren Hütte lasse ich links liegen, weil die Fährte mich auf das Schornsteingebäude zuführt.

Dann höre ich plötzlich ein Flattern. Für einen kurzen Augenblick hoffe ich, dass es Dante ist – aber das Jaulen wie von einer Katze sagt mir, dass es sich um einen Bussard handelt. Er schwebt über das Gras, schlägt seine Krallen in eine Feldmaus, und schon ist er wieder weg. Die kleine Kreatur schreit vor Angst. Ich frage mich, ob der Mörder inzwischen weiß, dass ich ihm auf den Fersen bin. Oder ist er vielleicht mir auf den Fersen? Ich sehe mich in der Dunkelheit um – und schlage dann schnell wieder die Augen nieder. Sie leuchten in der Nacht wie die Lichtkegel von Taschenlampen und verraten meine Position.

Inzwischen bin ich bei dem Schornsteingebäude angekommen. Die roten Ziegel strahlen Hitze ab. Drinnen rattert und klappert ein Motor. Die Tür ist lediglich angelehnt, und ein Streifen Licht von drinnen zerschneidet die Finsternis, in der ich versuche, mich zu verstecken. Ich spähe durch den Türspalt, zucke aber zurück, weil mir von dort eine mörderische Hitze entgegenschlägt. Feuer macht mir Angst. Als Welpe – als ich noch bei den Collums gelebt habe – bin ich bei einer Runde Jag-mich-doch-wenn-du-deine-Socke-wiederhaben-willst einmal mit einem Feuerwehrmann zusammengestoßen und in einem Haufen glühender Kohlen gelandet. Den Schmerz werde ich nie vergessen.

Ich atme die zahlreichen widersprüchlichen Aromen tief ein, sodass sie sich in meiner olfaktorischen Kammer verstärken. Biomüll, Haushalts- und Laborabfälle, schmutzige Bettwäsche, Matratzen und Kleidungsstücke, menschliche Ausscheidungen und verkohltes Fleisch. So macht zerkochtes Schwein natürlich Sinn. Marias Moschusduft ist ebenfalls ziemlich stark, aber am schlimmsten riecht der Mörder mit den faulen Eiern und dem Eiter. Rose ist ebenfalls hier irgendwo, obwohl ihr Geruch immer schwächer wird.

Meine Nase ist ganz trocken, und ich muss mir darüberlecken. Auch wenn der Brennofen einen Heidenlärm verursacht, kann ich das Blut durch meine Adern rauschen hören. In meinem Kopf klingt es wie eine Trommel.

Ich habe keine Ahnung, was mich dort drinnen erwartet. Mit der einzigen Waffe, die mir zur Verfügung steht, marschiere ich los – mit gefletschten Zähnen.

KAPITEL 48

Zuerst trifft mich die höllische Hitze, dann das Brüllen des Brennofens, der klingt wie ein zorniger Braunbär mit todbringenden Kiefern. Unter meinen Pfoten bebt der Boden. Die Kammer zu der riesigen Verbrennungsanlage ist groß genug, um eine Doppelbettmatratze aufzunehmen. Darüber hängt ein ferngesteuerter drehbarer Deckel. Die Maschine nimmt den halben Raum ein. Dann entdecke ich Rose, die mit Panzerband um die Taille an einen Stuhl auf Rädern gefesselt ist. Ihr Kopf liegt auf der Brust, und sie bewegt sich nicht. Ein Speicheltropfen landet auf ihrem Schoß.

Auf einer Rollbahre daneben liegt der Mann, der Paddy umgebracht hat. Ich muss seinen bandagierten Arm oder das Tattoo gar nicht erst sehen – sein Geruch hat mich hierhergeführt. Wahrscheinlich ist das dieser Hong von Hong Lab Equipment. Seine Augenlider sind geschlossen, und er liegt auf der Seite, sodass ein Arm von der Rollbahre baumelt. Mein Knurren ist über das Donnern des Brennofens kaum zu hören, also belle ich ihn an, aber er zuckt nicht einmal mit der Wimper. Wie können die zwei nur schlafen? Ich sehe mich nach Martinez um – ihr Moschusduft ist ziemlich stark, aber ich kann sie nirgends entdecken. Wie in aller Welt hat sie Hong überwältigen können? Und warum ist er nicht gefesselt, so wie Rose? Ist sie losgelaufen, um Hilfe zu holen? Irgendetwas stimmt hier doch nicht! Ich muss Rose hier rausbringen!

Ich stupse sie am Arm an, dann noch einmal etwas fester, aber sie reagiert nicht. Ich sehe ihr ins Gesicht, das im Feuerschein des Brennofens pink leuchtet. Ihre Augen bleiben geschlossen. Ich winsele, lecke ihr übers Gesicht und belle. Wach auf! Ihr Kopf kippt zur Seite. Sie atmet flach, also lebt sie noch, aber warum kann sie mich dann nicht hören? Was hat der Kerl ihr angetan?

Ich hechele wie verrückt – mir ist zu heiß –, dann beiße ich in den Aufschlag von Roses Jacke und ziehe. Der Stoff dehnt sich und reißt, doch der Stuhl bewegt sich keinen Millimeter von der Stelle. Ich will ihr wirklich nicht wehtun, aber sie schwebt in Lebensgefahr, also nehme ich ihren Arm ins Maul. Mit dem Rücken zum Ausgang stemme ich die Pfoten in den Boden und gehe rückwärts, Schritt für Schritt. Roses schlaffer Körper rutscht ein wenig zur Seite, aber das Panzerband hält sie aufrecht, und dann endlich rollt der Stuhl in meine Richtung. Wenn ich sie nur aus dieser Brennkammer herausbekäme, könnte ich sie über den Asphaltweg in Sicherheit ziehen.

Als die Tür hinter mir zufällt, zucke ich erschrocken zusammen, lasse Roses Arm los und schnelle mit gebleckten Zähnen herum – bereit zu attackieren. Für den Bruchteil einer Sekunde frage ich mich, ob der Mörder gerade aufgewacht ist oder ob Flay – der Drahtzieher hinter alledem – gekommen ist, um seinen Kompagnon zu retten. Mit Maria habe ich nicht gerechnet. Sie hält eine Schaufel in der Hand und hebt sie hoch über den Kopf, um damit zuzuschlagen. Die Flammen hinter mir züngeln orangefarben in ihren dunklen Augen. In diesem Augenblick rieche ich ihren Killerinstinkt.

Schlagartig ergibt alles einen Sinn. Dr. Maria Martinez –

der mein Herrchen voll und ganz vertraut hat, die immer so charmant und freundlich zu ihm war – hat seine Ermordung geplant und dann einen Auftragskiller angeheuert, um die Tat auszuführen.

»Drecksköter«, faucht sie.

Breitbeinig, mit zusammengekniffenen Augen knurre ich sie an. Kampflos werde ich mich nicht ergeben.

»Beinah hättest du alles kaputtgemacht.«

Ich ducke mich, bereit zum Angriff, und Speichel tropft von meinen Reißzähnen.

»Aber das hier bringt alles wieder in Ordnung«, fährt sie fort und wirft dem Brennofen in meinem Rücken einen flüchtigen Blick zu. »Bald ist von euch allen nur noch Asche übrig.«

Ich setze zum Sprung an, und kurz fühlt es sich an, als würde ich in Zeitlupe durch die Luft schweben. Martinez reißt die Schaufel herum, aber sie ist nicht schnell genug. Ich packe sie am Arm, sodass sie den Schlag nicht richtig setzen kann. Die Schaufel trifft mich an der linken Hüfte statt auf dem Kopf. Als meine Zähne sich in ihr Fleisch bohren, schreit sie auf. Ich werfe den Kopf hin und her und versuche, ihr so große Schmerzen wie nur möglich zu bereiten, ihren Arm zu zerfleischen und ihn in Fetzen zu reißen, wie es schon meine Wolfsahnen getan haben. Ich lege all meinen Kummer, meine Wut und meine Trauer in den Biss. Ich darf sie nicht mehr loslassen, sonst werden wir alle sterben. Die Schaufel klappert zu Boden, doch jetzt nimmt sie die freie Hand und schlägt mir ins Gesicht. Aber da braucht es schon einiges mehr, damit ich loslasse. Sie wirbelt mich herum und schreit vor Wut und Schmerzen. Irgendwann habe ich wieder festen Boden unter den Hinterpfoten, aber ich habe das Gleichgewicht verloren, und sie zerrt mich zu dem offenen Brennofen hinüber. Ich bin ein starker Hund, aber ohne meine Hinterläufe habe ich ein Problem, denn dann finde ich keinen Halt. Ich gerate in Panik. Es fühlt sich an, als stünde mein Fell in Flammen. Mir bleibt keine andere Wahl, als ihren Arm loszulassen, wieder auf alle viere zu kommen und hinter die Rollbahre zu springen, auf der Hong liegt. Ich hechle schwer und versuche verzweifelt, mich zu kühlen – die Hitze setzt mir gewaltig zu.

Von ihren Schläfen rinnt der Schweiß. Ihre Haarspange hat sich gelöst, und einzelne Strähnen kleben auf ihrem feuchten Gesicht. Dort, wo ich sie in den Arm gebissen habe, ist ihr weißer Laborkittel blutbefleckt, und sie sieht mich finster an.

»Ich verbrenne dich bei lebendigem Leib, du verdammter Bastard!«

Sie springt um die Bahre herum und versucht mich zu packen, aber ich weiche zur anderen Seite aus. Jetzt ist Hongs Gesicht mir zugewandt, und unsere Köpfe sind auf Augenhöhe. Ich belle, so laut ich kann. Rose muss aufwachen! Mir fällt einfach nichts mehr ein. Ein Zucken flackert über Hongs Gesicht, und er macht die Augen einen Spaltbreit auf. Gar nicht gut. Wenn er jetzt aufsteht und mich zusammen mit Martinez in die Zange nimmt, sind wir verloren. Sie greift erneut nach der Schaufel. Offenbar hat sie nicht gesehen, dass Hong sich bewegt hat.

»Rose, wach auf!«, jaule ich.

»Halt's Maul!«, schreit Martinez mich an und hebt ihre Waffe hoch über den Kopf.

Doch ich halte mein Maul nicht. Hong schlägt die Augen auf, blinzelt ein paarmal und sieht mich direkt an. Dann schiebt sich seine Hand ganz langsam in die Jeanstasche. Er zieht ein Springmesser daraus hervor. Obwohl er keine Kraft mehr hat und sich nur schwerfällig bewegt, gelingt es ihm, es aufzuklappen. Will er mich damit erstechen? Plötzlich rollt er sich auf den Rücken und versucht, Martinez anzusehen. Sie schlägt ihm mit der Schaufel über die Schläfe, ich höre, wie er keucht, und dann bewegt er sich nicht mehr. Das Messer fällt zu Boden, und ich schnappe es mir. Sie lacht, als sie das sieht.

»Und was willst du jetzt damit?«

Ich habe das Messer nicht besonders fest im Biss, und es ist gegen die Schaufel auch nicht gerade perfekt, aber nun mal meine einzige Möglichkeit. Ich steche Rose damit in die Wade. Martinez ist derart verblüfft, dass sie mich mit offenem Mund anstarrt, doch zumindest ist Rose davon endlich aufgewacht und heult laut auf. Ich versuche, das Panzerband in ihrem Rücken zu zerschneiden, aber ich kann die Klinge nicht führen. Martinez hat sich inzwischen wieder zusammengerissen und schlägt erneut nach mir, trifft aber nur den Stuhl, der zur Seite rollt. Mit verschwommenem Blick sieht Rose erst die blutüberströmte Martinez, dann Hong an, der reglos auf seiner Bahre liegt. Ich lasse das Messer in Roses Schoß fallen und baue mich mit hochgezogenen Lefzen vor ihr auf, bereit, sie bis in den Tod zu verteidigen.

»Maria …«, bringt sie hervor, und sie klingt gleichermaßen betrunken und verwirrt, »was … haben Sie vor?«

»Ich werde diesen wahnsinnigen Hund umbringen!«, schreit Martinez, tritt einen Schritt nach vorne und schwingt die Schaufel mit aller Kraft in Richtung meines Kopfes.

KAPITEL 49

Ich sehe die Schaufel auf mich zurasen und weiche zur Seite aus. Dann höre ich einen dumpfen Schlag und ein »Uff!«, als die Luft aus jemandes Lunge weicht.

Martinez taumelt nach hinten. Rose, die immer noch an den Stuhl gefesselt ist, hat ihr den Kopf in den Bauch gerammt. Martinez lässt die Waffe fallen und geht atemlos zu Boden. Die Schaufel klappert, und dann ist erneut ein dumpfer Aufprall zu hören, als Martinez auf dem Boden aufschlägt. Das angerissene Klebeband gibt nach, und endlich kann sich Rose von ihren Fesseln befreien. Wie ein neugeborener Welpe taumelt sie auf wackligen Beinen vorwärts und streckt die Arme aus, um das Gleichgewicht zu halten. Ihre weiße Bluse ist schweißnass. Auch das Messer ist am Boden gelandet, und ich stelle mich davor. Martinez mag benommen sein, aber ihre Hand versucht, nach der Waffe zu greifen. Ich springe ihr auf die Brust, starre ihr direkt in die Augen und knurre ihr zur Warnung ins Gesicht.

»Und jetzt entschuldigst du dich, und zwar auf der Stelle«, sage ich.

»Nehmen Sie den Hund weg!«, schreit sie.

»Auf den Bauch – sofort«, befiehlt Rose mit einer Autorität, die ich von ihr nicht kenne. Sie ist immer noch ein bisschen wacklig auf den Beinen, aber ihr Blick ist wieder klar und scharf wie die Kanten eines geschliffenen Saphirs. »Hände auf den Rücken!«

Meine Lefzen sind jetzt so nah über Martinez, dass mein Speichel ihr auf die Lippen tropft.

»Ja, ja, wenn Sie den Hund wegnehmen!«

Ich mache einen Schritt zurück, und widerwillig dreht sie sich auf den Bauch. Ich lasse sie nicht aus den Augen, knurre in einem fort und verfolge jede noch so geringe Bewegung. Rose greift nach Martinez' Armen und legt ihr Handschellen an.

»Mein Arm! Ihr Hund hat mich gebissen!«

»Heulen Sie mir nicht die Ohren voll.«

Ich ziehe Rose zu dem Mann auf der Bahre hinüber. Sein Gesicht und seine Haare sind blutüberströmt und schweißgebadet, und ein Stück Kopfhaut fehlt.

»Ist das der Mörder?«

Ich belle ein Mal.

Sie überprüft seinen Puls. Er ist sehr schwach, aber noch schlägt sein Herz. Rose fummelt den Geldbeutel aus seiner Tasche und findet auf dem Führerschein seinen Namen: Hong Seok-Cheon. Dann stolpert sie nach draußen, atmet ein paarmal hektisch die kalte Nachtluft ein und setzt einen Notruf ab.

»Hier ist Detective Constable Rose Sidebottom. Ich brauche sofort Verstärkung bei Flay Bioscience, Lyston Road in Geldeford. Maria Martinez hat versucht, mich und einen gewissen Hong Seok-Cheon umzubringen. Beide sind in Gewahrsam. Und beide brauchen dringend medizinische Versorgung.«

Als sie wieder aufgelegt hat, sieht sie zu mir herab.

»Wir haben es geschafft, Monty. Wir haben es geschafft.«

KAPITEL 50

Das *Lord Dudley* war exakt, wie Rose sich den perfekten Pub vorstellte: günstige Getränke, Gäste, die es nicht auf einen Schlagabtausch mit einem Bullen außer Dienst abgesehen hatten, und schüsselweise heiße Pommes Frites. Aufgrund des offenen Kamins, der niedrigen Decke und der zahlreichen Besucher, die sich hier nach Feierabend noch den ein oder anderen Drink gönnten, war die Kneipe, die dafür bekannt war, dass hier viele Polizisten verkehrten, allerdings auch stickig wie eine Sauna. Rose hatte sich wirklich Mühe mit ihrem Outfit gegeben, nachdem sie ihre Kollegen seit einer ganzen Woche nicht mehr gesehen hatte. Auf die Auszeit hatte ihr Vorgesetzter bestanden. Nachdem sie ihre Aussage zu Protokoll gegeben hatte und im Krankenhaus ordentlich durchgecheckt worden war, war sie daheim ins Bett gestiegen und hatte mehr oder weniger vierundzwanzig Stunden lang geschlafen. Monty hatte neben ihrem Bett gelegen und hin und wieder vorsichtig die Schnauze auf ihre Decke gelegt, um sicherzugehen, dass alles in Ordnung war. Jetzt umspielte ihr offenes Haar ihren figurbetonten blauen Kaschmirpulli, und ihre Jeans hatte sie in schwarze Stiefel mit einem kleinen Absatz gesteckt. Fünf Zentimeter, nicht mehr, sonst hätte sie sich auf dem biergetränkten Teppichboden langgelegt.

»Was möchten Sie trinken?«, fragte Leach.

Rose hob ihr Weinglas. »Hab schon, Sir. Trotzdem danke.«

Leach nickte. »Und Sie, Andy?«

»Danke«, rief Detective Inspector Morgan ihm entgegen und hielt sein Guinness-Glas hoch. »Noch so eins.«

Rose hatte den Kontakt zu Andy Morgan aus der Drogenfahndung tunlichst vermieden, seit er auf dem Parkplatz fast auf sie losgegangen war. Zu ihrem Entsetzen schob er sich jetzt durch die verschwitzte Menge vor der Bar und gesellte sich zu ihr, Salisbury und Varma, die in einer Ecke an einem offenen Fenster standen und sich unterhielten.

»Rose!«, rief er ihr zu.

»Ach du Scheiße«, murmelte sie in sich hinein.

Morgan drängelte sich nach vorne. Sein schwarzes, schweißnasses T-Shirt klebte auf seinem beeindruckenden Sixpack.

»Joe, Kamlesh …«

Er nickte den beiden zu, dann wandte er sich wieder an Rose.

»Ich dachte, es interessiert Sie vielleicht, dass wir ihn geschnappt haben. Summers war bei einer alten Bekannten in Brighton untergeschlüpft. Sie hatten recht.«

»Das ist ja großartig. Gratuliere!« Sie war aufrichtig erleichtert. »Prost!«

Sie stießen miteinander an, und Morgan leerte mit ein paar wenigen Schlucken sein Bierglas.

»Hören Sie«, sagte er und wischte sich mit dem Handrücken den Mund ab. »Nach dieser Geschichte im Pub bin ich Sie ein bisschen zu hart angegangen. Vergessen wir die Sache, einverstanden?«

»Klar. Wird Summers auspacken?«

Morgan nickte. »Oh ja, er wird singen.« Er schenkte ihr ein

vielsagendes Lächeln. An einem seiner Schneidezähne fehlte eine Ecke.

»Na also«, sagte Leach und reichte Rose ein volles Glas des hauseigenen Chardonnay. Widerstand war da wohl zwecklos. Sie stellte das Glas auf den Tisch neben ihr, während Morgan sein Guinness von Leach entgegennahm und sofort die Hälfte in sich hineinkippte.

»Hat er Ihnen schon erzählt, dass sie Ray Summers festgenommen haben? Dank Hong«, sagte Leach und nickte mit seinem Billardkugelkopf in Morgans Richtung.

»Dann ist er also so weit wiederhergestellt, dass er aussagen kann?«, fragte sie.

»Oh ja«, antwortete Leach, »und er will nicht länger als nötig ins Gefängnis. Hat Ray Summers und dessen Gang auffliegen lassen und uns sogar von einer verdammt großen Cannabisplantage keine vier Meilen von hier erzählt.«

»Und was am allerbesten ist«, fiel Morgan ihm ins Wort und kratzte sich im Nacken über seinem schwarzen Spinnentattoo, »wir haben ein unterschriebenes Geständnis, das die Bandenführer in Südkorea benennt. Sogar den Dragon Head. Die dortigen Behörden nehmen sie in diesen Minuten fest.«

»Aber wenn Hong Mitglied einer Triade war, werden die ihn dann nicht beseitigen?«

Morgan zuckte mit den Schultern. »Nach dem Prozess wird er in ein Zeugenschutzprogramm aufgenommen. Und danach – mir doch schnuppe.«

»Dann war die Nagelpistole am Ende also doch erfolgreich«, stellte Leach fest. »Und das nur, weil Sie Hong aufgespürt haben.« Er klopfte ihr auf die Schulter, sodass der Wein auf ihre Stiefel schwappte.

»Danke, Chef.« Rose lief rot an. Es war an der Zeit, die Aufmerksamkeit wieder von sich weg zu lenken. »Behauptet Martinez immer noch, sie hätte mich in dieser Nacht vor Hong retten wollen?«

Leach musste lachen. »Nicht mal ihr Anwalt konnte bei dieser Behauptung seine Gesichtszüge unter Kontrolle halten. Hong hatte den USB-Stick des Professors kopiert, um sie damit unter Druck setzen zu können für den Fall, dass sie nicht zahlen würde. Als sie das erfahren hat, hat sie dichtgemacht wie eine Muschel.«

»Was war denn nun auf diesem Stick?«, hakte Rose nach.

»Der Beweis dafür, dass ihre genetisch veränderten Bienen aggressive kleine Scheißer sind, die sich zu Schwärmen zusammentun und Attacken fliegen. Ich muss wohl nicht erwähnen, dass Chadstone Flays Heiliger Gral zur Bienenrettung jetzt doch nicht auf den Markt kommen wird.«

»Patrick stand also ihrem großen Durchbruch im Weg?«

»Ganz genau«, antwortete Leach. »Martinez' Honorar für die Entwicklung dieser Killerbienen hätte auch Anteile an Flay Bioscience beinhaltet, und die wären ein Vermögen wert gewesen. Salt hat noch versucht, sie zur Vernunft zu bringen, aber es ist ihm nicht gelungen. Bomphrey und Flay wollten nicht auf ihn hören. Er hatte wohl vor, seine Ergebnisse in *Nature* publik zu machen, was Martinez herausgefunden hat. Daraufhin hat sie Hong angeheuert, ihn aus dem Weg zu räumen. Sieht ganz so aus, als hätten Zwiddeldum und Zwiddeldei tatsächlich mit den Morden nichts zu tun.«

»Und Martinez hat Hong kennengelernt, weil sie drogensüchtig war? Kokain?«, fragte Rose.

»Das hat Joe Ihnen also schon erzählt, ja?« Leach warf Salisbury einen düsteren Blick zu, weil der ihm die große Überraschung verdorben hatte.

»Nein, gar nicht«, beeilte sich Rose zu sagen. »Ich hab nur geraten. Martinez war einfach die ganze Zeit über viel zu aufgedreht, wie ein Kaninchen auf Speed ... und sie machte wahnsinnig viele Überstunden, insofern lag Kokain verhältnismäßig nahe.«

Leach starrte sie einen Moment verblüfft an. »Wissen Sie, womöglich machen wir aus Ihnen doch noch eine Topermittlerin.«

Rose konnte sich ein Lächeln nicht verkneifen.

»Sie hat gedealt, um ihren eigenen Konsum zu finanzieren«, erklärte Varma, der trotz der Hitze immer noch sein Jackett anhatte, doch an seiner rechten Schläfe kullerte ein Schweißtröpfchen hinab. Mit einem Stofftaschentuch wischte er es weg. »Sie hatte sich ein Netzwerk aus Studenten aufgebaut, die für sie arbeiteten und von Hasch bis Heroin alles vertickten.«

»Wie hab ich mich bloß so kolossal in ihr täuschen können?«, fragte sich Rose und schüttelte den Kopf.

»He, es hat sich *jeder* in ihr getäuscht«, gab Varma zurück.

»Sie hat einfach nur bei den ganz kleinen Dingen geflunkert«, erklärte Salisbury. »Bei Dingen, die leicht zu übersehen waren. Was Bomphrey und Flay anging, hat sie die Wahrheit gesagt. Sie hatten tatsächlich mit Salt einen Streit über die Bienen, haben dann aber beschlossen, ihn einfach zu ignorieren.«

»Dann hat der Professor also nie um eine Gehaltserhöhung gebeten?«

»Nein«, antwortete Leach.

»Und was ist mit Rebecca? Wieder in Australien?«

»Jepp«, sagte Leach und nahm einen Schluck Bier. »Dem Himmel sei Dank.«

»Und ihr Mann?«

»Für kein Geld der Welt würd ich mit dem armen Teufel tauschen wollen«, sagte er mit einem Kichern, und Varma nahm den Faden auf.

»Rebecca hat herausgefunden, dass er sie mit Matilda Rutter betrogen hat, und jetzt setzt sie alles daran, ihn zu vernichten.«

»Eine wirklich angsteinflößende Frau«, fiel Salisbury ein.

»Und ein einziges Mal im Leben war Larry Nice tatsächlich unschuldig. Verdammt, wer hätte das gedacht!«, sagte Leach.

»Allerdings hat Hong es ziemlich geschickt angestellt, ihn hinzuhängen, Sir«, gab Varma zu bedenken. »Wir waren eine ganze Weile ausschließlich auf ihn fixiert.«

»Ja, und trotzdem wird es nicht lange dauern, bis er für irgendeine andere Sache wieder hinter Gittern landet.« Leach runzelte die Stirn und sah sich in der Menge um. »Wo ist eigentlich Dave? Er wollte doch längst hier sein.«

»Er meinte, er hätte noch irgendeine anderweitige Verabredung«, antwortete Varma.

Salisbury und Rose sahen einander vielsagend an. Ganz offensichtlich wollte er ihren Erfolg nicht mitfeiern.

»Und da kommt Ihr Date«, sagte Leach und nickte in Richtung Malcolm, der ihnen über das Meer aus Köpfen hinweg zuwinkte. Er hatte sein schwarzes Haar ordentlich gegelt und sein Hemd frisch gebügelt.

»Wir haben kein Date«, brach es aus Rose hervor, und sie wurde puterrot. »Ich wusste nicht mal, dass er kommen wollte.« Dann warf sie Salisbury einen vorwurfsvollen Blick zu.

»Ich war's nicht!«, erwiderte er und hob entschuldigend die Hände.

»Ich hab ihn eingeladen«, sagte Leach und zwinkerte Rose zu.

KAPITEL 51

Wufferoo! Das Leben könnte nicht besser sein!

Ich habe meine Nase aus dem Fenster gestreckt, atme tief die üppigen Waldaromen ein, die draußen vorüberfliegen, und meine Ohren schlackern im Wind. Ich kläffe freundlich jedem Hund, Eichhörnchen, Vogel, Schaf und jeder Kuh zu, an der wir vorbeifahren. Vielleicht sogar der einen oder anderen Katze – natürlich nur versehentlich.

Rose wirft mir im Rückspiegel einen Blick zu. Sie sieht irgendwie anders aus und riecht auch nicht wie sonst, hauptsächlich weil sie sich hat schminken lassen, sodass ihre Augen und ihr Mund größer aussehen, und das alles nur dank dieser Frau mit ihren unzähligen bunten Pöttchen und Püderchen aus dem Frühstücksfernsehstudio in London. Rose war nervös, ich ebenfalls, und irgendwann habe ich angefangen, die Couch im Studio anzuknabbern, was ein paar Leuten nicht zu passen schien, aber alles war wieder gut, sobald ich einen Kauknochen zu meinen Koteletts bekommen habe. Ich saß zu Roses Füßen, und solange die Kamera lief, ging ich voll auf in meiner Rolle als treuer Hund, während Rose das Reden übernahm. Aber mal ehrlich: Ich konnte schließlich nicht die ganze wahre Geschichte erzählen! Außer hier in diesem Buch natürlich.

»Also, Mr. Schnüffelnase«, sagt Rose und lächelt mich an. »Wie gefällt dir dein neues Leben als Berühmtheit?«

Ich? Ich bin hier doch nicht die Berühmtheit! Rose ist berühmt. Allerdings ... Als unser Bild auf der Titelseite der *OK!* erschienen ist, stand dort *Hundedetektiv*, und wann immer wir inzwischen draußen unterwegs sind, zeigen die Leute auf mich und starren mich an und fragen: »Ist das nicht der Hundedetektiv?«

Ich wedele aufgeregt mit dem Schwanz, als ich endlich den Geruch von Entenschiss, stehendem Wasser und honigsüßem Klee wittere. Dann biegen wir in die Auffahrt zum Duckdown Cottage ein. Ich springe aus dem Wagen und laufe im Kreis über eine lilafarbene Wiese, die einmal ein Rasen war, und remple dabei immer wieder Rose an, damit sie versteht, dass sie mich fangen soll.

»Froh, wieder daheim zu sein?«, fragt sie und lacht.

Und wie!

Sie geht in die Hocke und nimmt mich in die Arme. Ich lehne mich an sie und lecke ihr über die Hand. Wir sind jetzt Partner, und das hier ist mein Zuhause.

Als Rose mir erzählt hat, dass Rebecca Paddys Haus an einen Makler geben wollte – und ich begriffen habe, was das bedeutete –, war ich erst ziemlich niedergeschlagen. Ich hab nicht mal mein Frühstück runtergekriegt, sondern bloß den ganzen Tag zusammengerollt auf meinem geflickten Hundebett gelegen. Wie gut, dass Rose es für mich wieder zusammennähen konnte! An diesem Tag konnten mich nicht einmal mehr die Enten aus der Reserve locken. Wann immer ich in den Garten schlich, biss mir eine von ihnen in den Schwanz, und ich verjagte sie nicht mal.

»Langweiler!«, bekam ich zu hören, und eine pupste sogar direkt vor mich hin und watschelte davon.

Rose hatte Mitleid und fuhr mit mir zu Paddys Haus,

damit ich noch ein letztes Mal an all meinen Lieblingsstellen schnüffeln konnte. Wir liefen am Flussufer entlang, und sie warf einen Stock für mich ins Wasser, damit ich ihm hinterherspringen und eine Runde schwimmen konnte. Dann hinterließ ich eine Abschieds-Urimail am Gartentor und bat meinen Nachfolgerhund, gut auf dieses Haus aufzupassen.

Nun ist es an der Zeit, mir neue Lieblingsstellen zu suchen.

»Ich muss aus diesen Klamotten raus«, sagt Rose und schiebt die Schubkarre beiseite, damit wir über den Gartenweg nach hinten gehen können. Die Vordertür, die Hong aufgetreten hat, wird immer noch einzig und allein von einem verschraubten Querbalken an Ort und Stelle gehalten. Rose geht hinein und zieht sich um, während ich draußen im hohen Gras liegen bleibe und die warme Herbstsonne genieße – und einen wunderbar morschen Ast.

»Hallo, schöner Hund!«

Celeste hat nicht mehr mit mir gesprochen, seit sie von meinem Auftritt im Fernsehen erfahren hat. Ich glaube, das hat ihrer Rüsselnase einen ziemlichen Knick versetzt. Sie landet wie eine Zirkusartistin, die in die Manege schwebt, auf einer Pusteblume. Gerade noch rechtzeitig denke ich daran, dass ich sie nicht anhecheln darf. Ich weiß, dass sie meinen Kauknochenatem unerträglich findet.

»Schön, dich wiederzusehen«, sage ich.

Sie denkt einen Augenblick nach.

»Monty, ich finde, du solltest deine eigene Detektei eröffnen. Ich halte mich besser an mein Spezialgebiet – Verbrechen an Insekten. Und du kümmerst dich um sämtliche Verbrechen, die die Zweibeiner nicht lösen können. Auf diese Weise gibt es für uns beide doch genug zu tun.«

»Du bist hoffentlich nicht sauer, dass ich im Fernsehen war? Dabei ging es einzig und allein um Rose.«

Erst da merke ich, dass mir immer noch ein Stück zerkaute Borke in den Lefzen hängt. Das sieht nicht gut aus. Einmal drübergeleckt, und es ist weg.

»Zugegeben, ein bisschen neidisch war ich schon«, sagt sie und schlägt zwei ihrer sechs Beine übereinander. Sie hat brandneue rote Stiefel an. Ich nehme an, dass sie die Stiefel extra für ihren erhofften TV-Auftritt gekauft hat, der dann allerdings nicht stattgefunden hat. »Aber mein Geschäft brummt – es hat sich überall herumgesprochen, wie brillant meine Strategie war, um Martinez und ihren Auftragskiller Hong dingfest zu machen.«

»Gut zu hören. Ich will aber gar keine eigene Detektei aufmachen, Celeste. Es gab nur ein einziges Verbrechen, das ich aufklären wollte, und das ist jetzt geschehen. Ich werde wohl was anderes machen.«

Sie spreizt die Flügel, hebt ab und schwebt direkt vor meinen Augen. »Du kannst gar nicht verhindern, dass weitere Fälle auf dich zukommen. Ich denke mal, du bleibst dabei. Viel Glück jedenfalls – und sag Bescheid, wenn ich dir irgendwie helfen kann.«

»Warte! Wie geht es Vier?«

»Rundum gut«, antwortet Celeste. »Sie hat einen neuen Stock und eine neue Familie gefunden. Scheint ihre kalte Wärmflasche nicht mehr zu brauchen.«

Paddy hat auf demselben USB-Stick, auf dem er auch die Forschungsergebnisse zu den Killerbienen hinterlegt hatte, Angaben zu seinen neuen Bienenstöcken in Pirbright Woods hinterlassen.

»Ich muss los, wir sehen uns, Großer!«

Noch während ich Celeste nachsehe, spüre ich, wie etwas an meinem Schwanz zupft. Ich sehe mich um, und hinter mir steht eine völlig aufgedunsene, atemlose Betty. Ihre Wampe sieht aus wie die eines Kugelfischs.

»Moment mal«, stößt sie hervor und keucht, »hat sie allen Ernstes gerade *deine* Strategie für *ihre* ausgegeben?«

»Macht doch nichts, Betty.«

»Oh doch, verdammt! Du hast dieses Verbrechen aufgeklärt, nicht sie. Und das solltest du dir gut merken, Mr. Monty, weil sie an einem Punkt nämlich tatsächlich recht hat: Du solltest wirklich eine eigene Detektei gründen. Du wärst dafür perfekt!«

Während ich darüber nachdenke, halte ich die Nase in den Wind, bin aber prompt abgelenkt, als Betty auf den Rücken fällt und angesichts ihrer Wampe aus eigener Kraft nicht wieder auf die Beine kommt.

»Betty, was in aller Welt hast du gefressen?«

Sie versucht mühsam, sich wieder aufzusetzen. »Nachdem ich dem Tod ins Auge geblickt habe, hab ich beschlossen, dass ich von jetzt an jeden Tag voll auskoste, und das bedeutet auch, dass ich so viel Fressen in mich hineinstopfe, wie ich nur kann.«

»Und was war es heute? Eine Melone?«

Unter einigem Keuchen und Ächzen hat sie sich wieder gerade hingesetzt. »Sehr witzig, Kumpel. In der Vorratskammer lag ein Marmeladendonut, der irgendwie verwaist aussah.«

Sie hat noch Zucker an den Barthaaren – oder vielmehr: Der Zucker rieselt ihr vom ganzen Kopf wie Schuppen aus dem Fell.

»Hab dieses Spiel gespielt, du weißt schon: Donut essen, ohne sich ein einziges Mal über die Lippen zu lecken. Geht natürlich nicht. Der Zucker kitzelt viel zu sehr.«

Sie hält sich ein Barthaar nach dem anderen vors Maul und lutscht die Zuckerkörnchen einzeln ab. Kaum zu glauben, dass vor gerade erst einer Woche meine kugelrunde Freundin, nachdem sie ins Klo gespült worden war, nur deshalb überlebt hat, weil sie schlank genug war, um sich durch den Riss im Abflussrohr zu zwängen, den die Weidenwurzeln dort hineingebohrt hatten, und obendrein stark genug, um sich dann auch noch den Weg zurück an die Erdoberfläche zu buddeln. Wie gut, dass Rose die Rohre nie hat reparieren lassen!

Plötzlich klingt ein Scheppern und dann ein dumpfes Geräusch aus dem Haus zu uns herüber. Ich laufe durch die Küche und die Treppe hinauf, noch ehe Betty sich auf alle viere gekullert hat. Auf dem Treppenabsatz steht eine Metallleiter, die zu einem Loch in der Decke führt, und durch dieses Loch rieselt Staub auf mich herab wie Schneeflocken.

»Himmel, ist das hier dreckig«, höre ich Rose sagen, und dann muss sie husten.

Ich kläffe.

»Schon okay, Monty«, ruft sie mir zu. »Ich bin hier oben auf dem Dachboden.«

Schon klar, aber was treibst du dort?

Ich setze eine Pfote nach der anderen auf die Leiter und spähe mit bebenden Nasenlöchern durch die Luke, bekomme Rose aber nur flüchtig zu Gesicht, weil sie verbeulte, alte Koffer und Umzugskisten hin und her wuchtet. Widersprüchliche Gerüche treffen auf meine Nase, die alle eine eigene Geschichte erzählen. Anis, Olivenhaine, Sonnencreme. Schlammige

Wanderschuhe, Ölzeug. Knoblauch, Rotwein und dieser weiche Käse, der einem auf der Zunge zergeht. Und – weniger lecker – der Geruch von Desinfektionsmittel und verkochtem Kohl, der durch Krankenhäuser wabert. Und unter all dem Knirschen und Schaben zucken meine Ohren.

Dann tauchen die Spitzen ihrer Sneakers auf der obersten Sprosse auf, sie kommt runter und bringt einen alten Pappkarton mit einem Aufkleber auf der Seite mit. Ihre blauen Augen funkeln.

»Davon gibt's da oben noch viel mehr«, sagt sie, stellt die staubige Kiste neben mir auf den Boden und setzt sich dann im Schneidersitz auf den Teppich.

Ich schnüffle daran. Und ziehe sofort wieder den Kopf zurück. Welke Rosenblätter, Zigarettenqualm und schwarzer Kaffee. Und irgendetwas Rauchiges, das ich nicht identifizieren kann. Rose fummelt an dem Klebeband herum, mit dem die Kiste verschlossen ist, und hält dann inne.

»Das hier ist es, Monty. Das ist der Fall, der Tante Kay das Leben gekostet hat.«

Da erst sehe ich, was auf dem handgeschriebenen Etikett steht. *Mordfall Familie Toyne*. Und ein Datum. DI Kay Lloyd hat die Ermittlungen geleitet, und dann steht auf dem Deckel noch in Großbuchstaben: *UNGELÖST*.

Vorsichtig zieht Rose das Klebeband ab, nimmt den Deckel runter und wirft einen Blick auf den Inhalt der Kiste. Als Erstes nimmt sie eine braune Versandtasche in DIN A3 heraus, in der Fotos von einem Hausbrand stecken. Ich lasse den Schwanz hängen und lege die Ohren an, als sie die Fotos der verkohlten, schwarzen Ruine durchsieht. Am schlimmsten ist das Bild eines verängstigten kleinen Jungen. Ich erkenne

Finnegan Toyne an seinen dunklen Augen wieder. Er hat sie in Panik weit aufgerissen, und seine verschmierten Wangen sind tränennass.

Inzwischen ist er fünfzehn und liegt in einem Krankenbett im Koma.

»Das wird unser nächster Fall«, sagt Rose und sieht mich an. »Das sind wir Finn schuldig.«

Ich belle zustimmend. Vom unteren Treppenabsatz höre ich ein aufgeregtes Quietschen – und dann einen allmächtigen Rülpser.

Danksagung

Vor einigen Jahren habe ich eine gute Freundin in Irland besucht, die mich mit einem Barkeeper namens Tim Rowe bekannt machte. Es war seine Liebe für – oder vielmehr seine Sorge um – die Honigbienen, die mich zu dieser Geschichte inspiriert hat. Wer mich kennt, wird außerdem nicht überrascht sein, dass unser Golden Retriever namens Pickles als Vorlage für Monty gedient hat, auch wenn die Grundidee zu einer Hundekrimiserie schon vor Pickles existierte. 2006 haben mein Mann und ich Urlaub in einem Ferienhaus in Farley Green gemacht. Eines Abends, als wir vor dem Fernseher saßen, entdeckte ich auf einmal ein Eichhörnchen am Fenster, das hektisch mit dem Schwanz zuckte.

»Wetten, das ist einer von diesen Fernsehgebühren-Fahndern?«, sagte ich und deutete zum Fenster.

Der Hund des Hausbesitzers jagte das Eichhörnchen auf einen Baum, kläffte dabei begeistert und wedelte mit dem Schwanz. Das Eichhörnchen starrte den Hund argwöhnisch an und quiekte, als würden die beiden wild miteinander diskutieren. In diesem Moment kam mir die Idee zu einer Geschichte über einen Hund, der einem Detective bei der Aufklärung von Verbrechen hilft, die ansonsten ungelöst bleiben würden. Zum Glück habe ich einen Ehemann und Freunde, die mich nicht für meine Spinnereien aus-, sondern mit mir gemeinsam lachen, und ich hoffe, meine Leser werden dies ebenfalls tun. Michael, mein Mann, ist dabei immer mein allererster Lektor und mein größter Förderer, und ich möchte ihm von tiefstem Herzen danken.

Mein unendlicher Dank gebührt auch dem inzwischen pensionierten Detective Chief Superintendent David Gaylor vom Sussex CID. David hat mir unermesslich viel Zeit geschenkt, und wenn in dieser Geschichte die Ermittlungsarbeit nicht korrekt dargestellt ist und Fachbegriffe nicht ganz akkurat verwendet wurden, dann liegt das an mir. Sämtliche Figuren – auch die Ermittler aus dem Major Crime Team – sind meiner Fantasie entsprungen. Danke auch an den Tierarzt Steven Cooney, der geduldig all meine Fragen rund um Hunde beantwortet hat. Auch diesbezüglich nehme ich alle Abweichungen von der Realität auf meine Kappe.

Sie würden *Monty und ich* nicht in Händen halten, wenn es all die wundervollen Menschen bei HarperCollins nicht gäbe, vor allem meine großartige Lektorin, Katy Loftus. Danke, Katy, dass du diese Geschichte so begeistert aufgenommen hast, danke für deine Ratschläge und deine Unterstützung. Die Zusammenarbeit mit dir war große Klasse. Danke auch an die Kollegen im HarperCollins-Vertrieb und in der Presse. Ihr macht einen fantastischen Job! Mein Agent, Phil Patterson von Marjacq Scripts, ist der beste, den man sich als Autor nur wünschen kann. Phil hat mit seiner Begeisterung und seinem Humor unendlich viel für dieses Buch getan. Ich kennte niemanden sonst, der E-Mails unter dem Betreff verschickt: »Wuff! Der Hund ist los!« Außerdem ein Dankeschön an Kirsten Naegele vom Heyne Verlag, die *Monty und ich* nach Deutschland geholt hat.

Und last but not least: Danke, lieber Leser. Wenn Sie mit Monty in Kontakt bleiben wollen, finden Sie ihn hier:

www.MontyDogDetective.com